PANINI BOOKS

Jagged Alliance

Schattierungen von Rot

Roman von I. M. Wong

Panini Books

Bibliografische Information der Deutschen Nationalbibliothek
Die Deutsche Nationalbibliothek verzeichnet diese Publikation in der Deutschen Nationalbibliografie; detaillierte bibliografische Daten sind im Internet über http://dnb.d-nb.de abrufbar.

Dieses Buch wurde auf chlorfreiem, umweltfreundlich hergestelltem Papier gedruckt. In neuer Rechtschreibung.

I. M. Wong: JAGGED ALLIANCE: Schattierungen von Rot

Lektorat: Jesper Hollenberg für Grinning Cat Productions
Redaktion: Mathias Ulinski, Holger Wiest
Chefredaktion: Jo Löffler
Umschlaggestaltung: tab indivisuell, Stuttgart
Cover Image: bitComposer Games
Satz: Greiner & Reichel, Köln
Druck: GGP Media GmbH, Pößneck
Printed in Germany

ISBN 978-3-8332-2446-1
1. Auflage, Januar 2012

www.paninicomics.de

„Out in the park children were playing
Though it was dark sky glowed red"

Fischer-Z, Red Skies over Paradise

Karlovačko

Vukovar, Ostslawonien, 30. November 1995

Das Gewitter hatte die Waldpiste nahezu unbefahrbar gemacht: Tiefe Schlammlöcher ließen den Kleinlaster immer wieder in die Knie gehen, und Stepanovic fluchte dann jedes Mal laut und in einer Weise, die seine Frau ihm nicht hätte durchgehen lassen. Auch deshalb genoss er die Fahrt, obwohl er schon mehr als einmal hatte aussteigen müssen, um mit einem Stock zu überprüfen, wie tief die lehmbraune Pfütze vor ihm war und ob der Wagen sie passieren konnte.

Eigentlich hätte Mirko Stepanovic, den seine Freunde Smirko nannten, weil er ein entwaffnendes Grinsen besaß, bereits Feierabend gehabt. Doch dann war ein Kollege ausgefallen, und sein Chef hatte ihm den Auftrag erteilt, noch vierzig Kisten Karlovačko auszuliefern. Und ebenso eigentlich hatte er seinem Sohn versprochen, mit ihm die letzten hellen Stunden des Tages noch ein wenig zu kicken: auf dem verfallenden Bolzplatz am Ende der Straße vor dem südlichen Tor, das von den Granateinschlägen verschont geblieben war. Aber dann hatte es beim Mittagessen einen hässlichen Streit mit der Frau gegeben, wegen einer anderen, die er angegrinst hatte, und jetzt würde er nicht ganz unfreiwillig zu spät kommen. Hoffentlich hatte sein Chef wenigstens bei ihm zu Hause angerufen, und hoffentlich funktionierte das Telefon. Andernfalls würde der Streit sicher eine hässliche Fortsetzung erfahren.

Die Kaserne der RSK, die das Bier geordert hatte, lag etwa zwei Kilometer vor ihm, gut versteckt, südöstlich in einem der Wälder um Vukovar. Die RSK, die Serben, das war der Feind – zumindest für die meisten seiner Bekannten. Noch. Denn gekämpft wurde schon lange nicht mehr. Doch das Jahr 1991, die Schlacht und das Massaker, dem so viele seiner Freunde zum Opfer gefallen waren, war nicht vergessen. Zwar lebten heute nur noch wenige Kroaten in Vukovar, aber die zugezogenen Serben waren meist Flüchtlinge, arme Habenichtse, Vertriebene aus Bosnien und den südlicheren Teilen Kroatiens, und seine Familie und er hatten wenig mit ihnen zu tun. Er lebte in einer jetzt serbischen Stadt, aber er war immer noch der Serbe unter Kroaten.

In wenigen Wochen, so gingen die Gerüchte, würde es einen Friedensvertrag geben. Dann würde die RSK abziehen und die UNO kommen. Und irgendwann in der Zukunft, da war er sich sicher, läge Vukovar wieder in Kroatien. Die Flüchtlinge würden verschwinden, die Kroaten zurückkehren. Man musste in großen Dimensionen denken. Vukovar würde nicht serbisch bleiben können. Nicht für immer.

Er war mit einer Kroatin verheiratet. Er hatte sie schützen können vor vier Jahren. Er schützte sie immer noch, manchmal zumindest. Doch seit der Krieg entschieden war, verhielt sich der serbische Teil der Bevölkerung weniger aggressiv.

In Zukunft, wenn die Kroaten zurückkämen, würde sie ihn schützen. Das nannte man Ehe. Seine Kinder sagten, sie seien Kroaten. Sie wussten, wohin ihre Freunde verschwunden waren. Kinder dachten nicht taktisch. Kinder entschieden nach Recht und Unrecht. Auch Kroaten hatten Unrecht begangen, aber das Unrecht, das die Serben begangen hatten, hatte seinen Kindern ihre Freunde genommen. Sie wollten Kroaten sein, um nicht Serben sein zu müssen. Man war entweder Cowboy oder Indianer.

Und auch das war ihm recht. Dann hatten sie in Zukunft, wenn die Kroaten wieder zurück waren, weniger zu leiden, und die Familie musste nicht wegziehen. Er kam schon klar. Seine Frau hatte zu ihm gehalten wie er zu ihr, obwohl er kaum Geld nach Hause brachte. Den wenigen Nachbarn und Freunden, die geblieben waren und von denen einige sie als Serbenhure beleidigt hatten, hatte sie die Stirn geboten während all der Jahre. Dankbarkeit überfiel ihn, und Schuldgefühle wegen des lächerlichen Streits. Und weil er sie nicht immer so gut behandelt hatte, wie sie es verdiente. Vielleicht fand er auf dem Heimweg noch einen Blumenladen.

Die Dämmerung war hereingebrochen, und wieder einmal lag eine Föhre quer über dem Weg, vom Sturm entwurzelt. Der Baum war klein, und so stieg er aus, um ihn aus dem Weg zu räumen. Als er sich bückte, bemerkte er hinter sich zwei Militärstiefel. Kurz spürte er den jähen Schock kalten Metalls in seinem Genick. Den Schuss hörte er nicht mehr: Die Kugel beendete sein Leben, bevor das leise Peitschen der schallgedämpften Glock sein Gehirn erreichte.

Der Mann, den sie Miroslav nannten, schraubte bedächtig den Schalldämpfer von der Waffe und verstaute beides im Futter seines Mantels. Aus dem Unterholz traten einige weitere Männer und begannen das Bier abzuladen. Miroslav hatte anderes zu tun. Er zog eine alte Polaroidkamera aus einer alten, stark abgenutzten Sporttasche und schoss ein Foto vom Gesicht des Toten. Zwei Männer kamen hinzu und entkleideten den Leichnam. Gute Vorbereitung war einfach alles! Miroslav hatte die korrekte Perücke dabei. Der schwarze Kurzhaarschnitt war in dieser Gegend der Welt nahezu Standard. Smirko lag jetzt in Unterwäsche auf dem Rücken vor ihnen, immer noch den überraschten Ausdruck auf dem Gesicht. Die Austrittsöffnung der Kugel knapp unterhalb seines Adamsapfels erinnerte an eine Vulva. Er wurde bei den Füßen genommen und ins Unterholz geschleift.

Der Mann hatte nicht gelitten. Darauf legte Miroslav Wert. Er tötete nicht, um zu quälen. Wenn es möglich war, betrieb er sogar einen gewissen Aufwand, um jegliche Quälerei zu vermeiden. Sie widerte ihn an. Er tötete aus Notwendigkeit. Oder aus Rache. Er tötete häufig, das war sein Beruf, und er sah darin eher ein logistisches Problem als ein moralisches. Überall war das Töten von Menschen illegal. Wenn man bereit war, diese Grenze zu missachten, reduzierte sich der Job auf das Hinterlassen einer möglichst nichtssagenden und verwirrenden Spurenlage. Unter dieser Prämisse versuchte er immer, das Opfer so wenig leiden zu lassen wie möglich. Aber auch wenn in einem Land die Rechtsordnung zusammengebrochen war, wie in den Trümmern des ehemaligen Jugoslawien, und ein Mord deshalb ein geringes Risiko darstellte, tötete er, wenn es ging, ohne sein Opfer unnötig leiden zu lassen.

Miroslav stopfte die Kleidung des Toten in die Sporttasche, zog den Reißverschluss zu, schnappte sie und kletterte in den Lastwagen. Im Rückspiegel bemerkte er einen anderen Wagen, der den holprigen Waldweg entlangkam. Alles lief exakt nach Plan. Er brauchte nicht lange. Die Perücke und einige wenige Minuten mit den Utensilien aus dem Schminkkoffer, dann die Kleidung des Toten: Nach nicht einmal drei Minuten stieg er als Smirko Stepanovic wieder aus dem Lieferwagen. Niemand, der den Toten nicht wirklich gut kannte, würde den Betrug merken.

In der Zwischenzeit war der zweite Lieferwagen herangekommen. Die Männer hatten identische Bierkisten von ihm abgeladen und in Smirkos Wagen verstaut. Und sie waren bereits dabei, ihr eigenes Fahrzeug mit Smirkos Kisten zu beladen. Ein perfekter Tausch. Von außen sahen beide Ladungen völlig gleich aus. Niemand würde etwas bemerken. Bis es zu spät war.

„Seid Ihr fertig mit dem Verladen?“

„Alles erledigt.“

„Gib mir mal dein Feuerzeug!“

Er nahm das Polaroid und hielt es in die Flamme. Sorgfältig achtete er darauf, dass alles verbrannte, bis das Foto als schwarze Ascheflocken vom Wind verweht wurde.

Der Mann, den sie Miroslav nannten und der jetzt wie Mirko Stepanovic aussah, blickte sich noch einmal um, überprüfte, ob mehr als ein paar Reifenspuren zurückgeblieben waren, und nickte zufrieden, als er nichts finden konnte. Dann bestieg er den Lkw und fuhr los. Hinter sich auf der Ladefläche schaukelten vierzig Kisten Karlovačko. Und weder den Flaschen noch dem Fahrer sah man an, dass ihre Etiketten logen.

Keine Spuren. Das Einzige, was zurückblieb, waren die Abdrücke von Lkw-Reifen und ein Toter im Unterholz. Die Blumen für Stepanovic' Frau blieben ungekauft, und ein Streit endete ohne Versöhnung. Sein Sohn wartete vergebens mit dem Fußball auf seinen Vater. Erst im Januar 1996 erfuhren seine Kinder und seine Frau, was mit ihrem Vater und Ehemann geschehen war, als eine Gruppe von Waldarbeitern auf die Leiche stieß. Doch daran verschwendete der Mann, den sie Miroslav nannten, keinen Gedanken. Der wichtige Teil des Jobs lag noch vor ihm.

Nackter Tod

Bei Pale, 13. Dezember 1995

Es war kälter geworden während der letzten Tage, und gestern früh hatte es angefangen zu schneien: nicht heftig, aber doch beständig. Nunmehr schneite es bereits seit mehr als vierundzwanzig Stunden. Der sanft abfallende Hang erstreckte sich wie mit einem Leichentuch bedeckt vor ihnen, zweihundert Meter weit, bis zu dem kleinen Bachlauf, der rechterhand in einer über dreißig Meter hohen Kaskade verschwand. Ein Wasserfall, so dünn, dass er die Bezeichnung kaum verdiente, doch durch den Frost der letzten Tage war das Wasser zu einer bizarren, gigantischen Skulptur erstarrt.

Was immer diesen Hang sich durch die fünfzehn Zentimeter dicke Schneedecke hinaufarbeiten würde: es würde ihnen nicht entgehen.

Morgen, sagten sie, sollte der Krieg vorbei sein. Er konnte es sich noch nicht vorstellen. Sie hatten verloren, hieß es. Wie sollte er jetzt nach Hause zurückkehren? Was sollte er dort tun? Wie sollte er die Schande überstehen? Den Ehrverlust? Wie sollte er seinem Großvater gegenübertreten, der damals die Nazis besiegt hatte? Und er hatte gegen die Kroaten verloren.

Wie sollte er das Tier wieder einfangen, das der Krieg in ihm entfesselt und genährt hatte? Denn er hatte es lieben gelernt, dieses Tier, vor einem halben Jahr in Srebrenica! Die Macht, die es verlieh! Der Geruch des Blutes, der Gestank sterbender Menschen, die Schreie, das sinnlose Geflenne und das Flehen um Gnade – und er versehen mit der Macht eines Gottes. Aber er war nicht gnädig gewesen. Mitleidige Götter starben. Er lebte.

Bei der Erinnerung daran musste er lächeln. Andere aus seinem Zug hatten danach begonnen zu trinken und waren zerbrochen an ihren Schuldgefühlen. Schwächlinge! Ranislav spuckte seine Verachtung in den frischen Schnee und genoss den verwirrten Blick des Jungen neben ihm.

Noch waren die Rekrutierungsagenten der internationalen Söldnerfirmen nicht gern gesehen in Pale. Aber sie scharrten schon mit den Hufen, und wenn es morgen wirklich Frieden gäbe, dann würde er sich ein Angebot machen lassen. Für ihn würde es keinen hohlen Frieden mehr geben. Ranislav konnte genügend Englisch aus der Schule und von den Texten seiner Lieblingsbands, obwohl die dafür gesorgt hatten, dass sein Vokabular insgesamt recht gewalttätig geblieben war. Er grinste. Es war eine gewalttätige Welt. Seine Welt! Er las „Soldier of Fortune", sogar dafür reichte sein Englisch aus, ohne allzu viele Wörter nachschlagen zu müssen. Er war international einsatzfähig! Nein, für Ranislav würde der Krieg weitergehen. Nicht dieser Krieg. Aber der Krieg! Jene Bestie, die immer irgendwo tobte. Sie würde seine neue Geliebte.

Aus irgendeinem Grund waren sie in erhöhte Alarmbereitschaft versetzt worden. Vielleicht hing das mit dem Russen zusammen, der vorgestern eingeflogen worden war: ein finsterer Mann, groß, breitschultrig, mit einem flachen, entschlossenen Gesicht. Silevic, sein Boss, der Kriegsheld, der große Ante Silevic, schien ihn zu kennen. Möglicherweise erwartete er eine letzte Racheaktion der Bosniaken! Sollten sie kommen! Ohne die Luftunterstützung der NATO hatten sie keine Chance. Und die NATO würde nicht in der Nacht vor dem Friedensschluss zuschlagen.

Ranislav ließ seinen Blick routiniert über die Schneefläche schweifen. Zur Linken wurde sie von einem dichten, undurchdringlichen Nadelwald begrenzt. Jede Annäherung von dort hätte man sofort gehört: brechende Zweige, tückische Wurzeln, überall umgestürzte Bäume. Dazwischen: Stolperdrähte, Selbstschussanlagen und Minen. Selbst bei Tag konnte niemand dieses Waldstück betreten, ohne sich in größte Gefahr zu begeben. Nachts bedeutete alleine der Versuch für jeden nach wenigen Metern den sicheren Tod.

Rechts von ihnen fiel der Hügel in einer steilen, brüchigen Kalksteinwand vierzig Meter tief zu einem kleinen, aber wilden Fluss hinab. Niemand konnte diesen Hang in der Dunkelheit erklimmen, und selbst mit einer Taschenlampe würde er bei jedem Griff, jedem Schritt den Tod riskieren. Wenn ihn das Licht nicht verriet, so würden es die von der Wand herabfallenden Steine tun – oder die Hammerschläge, sollte jemand so wahnsinnig sein zu versuchen, sich anzuseilen.

Ihre Aufgabe war einfach. Was über den zweihundert Meter langen Hang vor ihnen kam, wurde erschossen. Fragen oder Warnschüsse waren nicht vorgesehen. Hier hatte niemand etwas verloren.

Die Kälte nervte. Sie hatten dicke Decken dabei, aber die halfen auf die Dauer nur wenig, denn die Kälte kroch durch die Sohlen ihrer Schuhe. Der Unteroffizier bewegte seine Zehen in den Springerstiefeln und schaute zu dem jungen Rekruten hinüber. Slobodan blies in seine steif gefrorenen Finger. Er hatte eine Decke über das MG gelegt, damit die Mechanik nicht zuschneite und einfror. Ein dünner, weicher Flaum breitete sich an seinem Kinn aus. Er war kaum siebzehn, erst seit ein paar Wochen dabei, und er wurde noch rot, wenn man ihn nach seiner Freundin fragte. Wahrscheinlich hatte er sie noch nicht ein einziges Mal gevögelt.

Ein Geräusch ließ Ranislav aus seinen Gedanken aufschrecken. Vor ihnen, im Wäldchen jenseits des Bachlaufs, hörten sie jemanden rufen. Eine Frauenstimme, keine Frage.

„Hallo? Hilfe! Ist da oben jemand?“

Die Frau sprach Englisch. Jetzt konnte er ihre Silhouette ganz unten am Hang ausmachen, als sie aus dem Unterholz herausstolperte und mit zwei ungeschickten Sprüngen den schmalen Bachlauf überquerte. Slobodan zog die Decke vom MG, aber Ranislav, der den Befehl hatte, bedeutete ihm, noch nicht zu schießen.

Die Frau arbeitete sich jetzt den Hügel hinauf und winkte. Wahrscheinlich hatte sie gegen den schneegrauen Hintergrund ihre Helme gesehen. Sie schien keine Ahnung davon zu haben, in welcher Gefahr sie schwebte. Eigentlich hätten sie jetzt schießen müssen, doch die schlanke Gestalt der Frau und ihre etwas raue, tiefe Stimme erregten Ranislav. Sie trug keinen Mantel, stellte er erstaunt fest. Lange konnte sie so dünn bekleidet in einer Nacht wie dieser nicht überleben. Und schwere Bewaffnung trug sie ganz offensichtlich nicht. Es konnte also nicht schaden, sie ein wenig aus der Nähe zu betrachten.

„Wo kommt die denn her?“, wollte Slobo wissen, der nervös das MG in ihre Richtung hielt.

„Keine Ahnung.“ Ranislav legte seine Hand beruhigend auf den rechten Unterarm des Jungen, damit sich nicht aus Versehen ein Schuss löste. „Vielleicht ist sie eine dieser westlichen Studentinnen, die unten in Sarajewo ihren Helferkomplex ausleben? Ist vielleicht mit ihrem Stecher zum Ficken hier raufgefahren – und er hat die Schlampe dann aus dem Auto geschmissen. Hat's wahrscheinlich nicht gebracht!“ Er grinste – und Slobo lief rot an. „Erst schießen, wenn ich den Befehl gebe, klar?“ Der Junge nickte.

Im unteren Bereich war der Hang nicht sehr steil, und die Frau kam einigermaßen gut voran, auch wenn der Untergrund tückisch und glatt war. Sie war jetzt bis auf vielleicht hundert Meter herangekommen. Dort wurde das Gelände steiler, und der Unteroffizier konnte deutlich erkennen, dass sie tatsächlich nur mit einem kurzen Rock und einem T-Shirt bekleidet war. Ranislav pfiff leise durch die Zähne. „Jesus Christus, siehst du diese Figur, Slobo? Für die lass ich sämtliche Nutten Pales stehen …“

„Rani, ich habe eigentlich Schießbefehl!“

„Du hast gar nichts. Den Befehl hier habe ich, Slobo! Und wenn du's dir nicht für alle Zeiten mit deinem Vorgesetzten verscherzen willst, dann lässt du den Finger gerade! Mann, schau dir das an … Solche Frauen wachsen nicht auf Bäumen, Junge. So was erschießt man nicht voreilig! Heute ist dein Glückstag …“

Die Frau war offenbar vor Kälte schon halb wahnsinnig. Immer wieder stolperte sie und fiel vornüber in den Schnee, rappelte sich dann wieder hoch und mühte sich ein paar Schritte weiter, nur um erneut auszurutschen oder über eine Bodenwelle zu stolpern. „Schau sie dir doch an! Unter den Klamotten kann die nicht mal eine Nagelschere verstecken, ohne dass wir das aus von hier aus sehen würden."

„Lass uns wenigstens über Funk Verstärkung rufen!"

Ranislav lachte den Jungen aus: „Willst du die mit hundert notgeilen Böcken teilen, denen das Sperma sowieso schon zu den Ohren rausläuft? Nee, nee, die gehört uns allein, Slobo! Zuerst ich, dann darfst du auch mal. Morgen ist der Krieg vorbei. Das ist die letzte Gelegenheit, Junge!"

„Hallo?" Die Stimme klang verzweifelt. „Können Sie mir helfen?" Die Frau war höchstens noch zehn Meter von ihnen entfernt. Im fahlen Licht des schneebedeckten Hanges konnten sie ihre hohen Wangenknochen erkennen, ihre vom Schneefall nassen Haare schienen brünett, vielleicht sogar rot zu sein. Das war nicht so leicht zu entscheiden. Ihr Haar wurde von einem breiten Stirnband zusammengehalten. Unter ihrem T-Shirt waren ihre Nippel in der Kälte klar zu erkennen. Sie trug keinen BH – und fror erbärmlich.

„Halt, stehen bleiben!"

Die Frau blieb stehen, höchstens drei oder vier Meter vor ihnen. „Mein Freund …" Sie wies mit hektischen Bewegungen den Hang hinab. „Irgendwo da unten, ich suche schon seit einer Stunde Hilfe. Wir wurden überfallen und beraubt. Er … er wurde zusammengeschlagen … und regt sich nicht mehr … Bitte, gibt es hier einen Arzt?"

„Dies hier ist militärisches Sperrgebiet, junge Frau." Ranislav verfiel in jenen Ton, der frustrierte und boshafte Grenzbeamte, Polizisten und andere Gewaltbefugte dieser Welt vereint und jedem unmissverständlich klarmacht: Du hast hier gar nichts zu melden! Hier wird nach meiner Pfeife getanzt! „Wir müssen sichergehen, dass Sie nicht bewaffnet sind. Bitte ziehen Sie sich aus!"

„Was?" Die Frau starrte ihn mit wilden, beinahe hysterischen Augen an, riss sich dann aber mit letzter Kraft zusammen: „Hören Sie, ich kann auch einfach wieder gehen. Da unten liegt mein Freund, schwer verletzt! Wir brauchen Hilfe!“

„Wenn Sie gehen, müssen wir Sie als Spionin erschießen. Es ist leider Krieg, wie Sie vielleicht schon bemerkt haben. Ziehen Sie sich aus, dann können wir Ihnen vielleicht helfen!“

Die Frau schüttelte fassungslos den Kopf. „Bitte …“ Sie zitterte bereits am ganzen Leib. Doch sie sah die Unnachgiebigkeit in seinen Augen, und weil sie keine andere Wahl hatte, zog sie sich schließlich das T-Shirt über den Kopf. Ranislav genoss den Anblick der festen, nicht zu kleinen Brüste. Die Nippel standen in der Kälte weit aus den dunklen Höfen hervor. Er musterte sie mit aufreizender Gründlichkeit. Beiderseits des Bauchnabels schien sie kleine, unregelmäßige Tätowierungen zu haben, genau konnte er es nicht erkennen. Und offensichtlich hatte sie kürzlich bei irgendeiner Gelegenheit ein paar Kratzer abbekommen. „Reicht das jetzt?“ Die Frau legte einen Arm über ihre Brüste.

„Den Rock!“

„Was? Was für eine Waffe soll ich denn unter einem Minirock verbergen?“

„Tut mir leid, Vorschriften!“ Ranislav ließ ein breites, unverschämtes Grinsen aufblitzen, das die Frau mit blankem Hass in den Augen erwiderte. Sie wusste, dass ihre Notlage ausgenutzt wurde, aber sie wusste auch, dass sie in der Falle saß. Und genau das gefiel Ranislav. Die einzige Hoffnung für ihren Freund bestand darin, dass er, Ranislav, irgendwann wirklich Hilfe herbeiholte. Er genoss seine Macht und das Spiel und hatte nicht vor, es so bald zu beenden. Es war fast wie Srebrenica: das Flehen um Hilfe, das aufreizende Spiel mit falschen Hoffnungen. Nur hatte es in Srebrenica keine Frauen gegeben. Die hatte Mladic, der Weichling, überleben lassen.

Ranislav schaute zu Slobodan hinüber, der verlegen hinter seinem MG hockte. Der Junge würde heute viel lernen. Ranislav erinnerte sich an den Beginn des Krieges, als er selbst auch noch so ein unschuldiges Kerlchen gewesen war. Lange her.

Die Frau griff jetzt hinter sich und öffnete den Reißverschluss ihres Minirocks, der daraufhin zu Boden glitt. Ihre Arme versuchten verzweifelt, dem Oberkörper ein wenig Wärme einzureiben.

„Den Rest auch! Sie ahnen nicht, Madam, wo Frauen manchmal Waffen versteckt haben."

„Du Schwein!"

„Wie lange soll Ihr Freund noch warten? Wenn Sie nicht kooperieren, kann ich ihm nicht helfen."

Sie wandte ihren kalten, verächtlichen Blick nicht vom Gesicht des Serben, als sie Schuhe, Strumpfhose und Slip auszog und völlig nackt vor den beiden Soldaten stand. Sie hatte einigen Stolz, das stand außer Frage. Der Unteroffizier liebte das. Es war immer ein Höhepunkt, der Höhepunkt des Spiels, den Stolz einer Frau brechen zu sehen. Früher oder später brach er immer. Slobodan links neben ihm ließ ein gurgelndes, geiles Schmatzen vernehmen. Ranislav grinste, als er das hörte, nahm den Blick jedoch nicht von der Frau. Sie war rasiert, stellte er fest, eine vollendete Schönheit, und die bleiche weiße Landschaft sorgte für die perfekte Ausleuchtung. Das Tier würde noch ein letztes Festmahl halten, bevor der Krieg beendet war.

„Und jetzt kommen Sie mit erhobenen Händen langsam näher. Wir wollen doch mal sehen, ob da nicht doch noch irgendwo Waffen versteckt sind. Slobo, du hältst die Stellung, während ich …"

Er hatte wieder einen kurzen Blick auf den Jungen geworfen. Es dauerte ein wenig, bis er begriff, was er da sah: der Kopf des Jungen war nach hinten abgeknickt, die Augen waren erstaunt aufgerissen, und das Blut, das aus seiner aufgeschlitzten Kehle pulsierte, färbte seine Brust dunkel.

„Sch…" war alles, was Ranislav im kurzen Rest seines Lebens noch sagen konnte. Eine kräftige Hand verschloss von hinten seinen Mund, und eine Klinge stieß in seinen Hals. Mit großer Präzision drang sie unterhalb des Adamsapfels in die Luftröhre ein und zerstörte dann, aufwärts geführt, die Stimmlippen des Serben.

„Du hättest genauso schnell sterben können wie dein Kamerad", flüsterte eine Stimme an seinem Ohr. „Aber du bist einfach zu widerlich für einen schnellen Tod!“ Dann kam das Messer mit zwei schnellen, sicheren Stößen auf seine Augen zu. Nicht so hart, dass sie die Augenhöhlen durchstoßen und das Hirn verletzt hätten. Nicht tödlich. Doch der Schmerz war unerträglich. Es wurde dunkel, und statt seiner Stimme hörte Ranislav nur das hohle, knarzende Schlürfen, das seiner geöffneten Kehle mit jedem Atemzug entwich.

„Hast du immer noch nicht genug gesehen, Shadow?“, hörte er die Stimme der Frau. „Oder kann ich mich endlich wieder anziehen?“

„Schneller ging es nicht. Ich gehe unsere Sachen holen.“ Der Kerl, sein Mörder, der Shadow genannt wurde, sprach seltsam, wie zu sich selbst. „Der Dreck hier kann Fox nicht mehr schaden.“

Ranislav wurde zu Boden gestoßen. Seine Augenhöhlen brannten wie Feuer, und er spürte, wie ihm das Innere seiner Augen über die Wangen rann und dort erkaltete. Die Luft, die er atmete, stach eiskalt in seine Lunge, ohne in der Nase und im Hals vorgewärmt worden zu sein. Blut geriet in seine Luftröhre, und er musste erbärmlich husten. Der Schmerz zerriss beinahe seine Brust. Dann spürte er, wie das Messer längs über die Innenseiten seiner Handgelenke gezogen wurde und klebrige, warme Ströme aus den Armen liefen. „Du hast noch ein paar Minuten Zeit“, hörte er die Stimme zischen. „Fox ist eine exzellente Sanitäterin. Vielleicht hätte sie dir was gegen die Schmerzen gegeben, wenn du netter zu ihr gewesen wärst. Sie ist übrigens auch eine erstklassige Eierabschneiderin!“ Der kalte Hass in der Stimme des Mannes drang bis in Ranislavs Eingeweide. „Ich habe mal zugesehen, wie sie einem Kerl den Schwanz in Scheiben abgeschnitten hat. Hauchdünn, wie Salami. Und der Typ war im Vergleich zu dir ein Gandhi!“ Schließlich verschwanden der Mann und seine geisterhafte, grauenvolle Stimme. Es war kaum eine Bewegung zu hören.

Fox tat weder das eine noch das andere. Sie ließ den Serben eine Weile im Ungewissen, da sie fror, und beendete erst, nachdem sie sich wieder angezogen hatte, Ranislavs Leben und Leiden mit einem gezielten Stich ins Herz.

Anschließend wickelte sie sich in ein paar Decken und wartete auf Shadow. Aber auch wenn sie dem Serben einen gnädigen Tod geschenkt hatte: Ihr gefiel Shadows Salamigeschichte irgendwie, obwohl er sie frei erfunden hatte.

Shadow hatte sich, während sie die Soldaten abgelenkt hatte, am Waldrand den Hang hochgearbeitet. Er hatte das MG-Nest umgangen und war dann von hinten eingedrungen, lautlos, beinahe unsichtbar, wie es seine Spezialität war. Jetzt schaute sie über die Sandsackbarriere den Hang hinunter und versuchte, ihn auszumachen. Er hatte eigentlich keinen Grund mehr, sich zu verstecken. Dennoch war es ihr beinahe unmöglich, ihn zu entdecken. Sie wusste, dass er da war und trotzdem konnte sie nur erahnen, wo er sich gerade befand. Seine weiße Kleidung, seine schemenhaften Bewegungen: nichts war sicher auszumachen. Sie kam sich ein wenig dumm vor. Ihr eigener Einsatz war völlig unnötig gewesen. Shadow hätte es sicherlich auch allein geschafft.

Um sich nicht völlig nutzlos zu fühlen, demontierte sie das MG, ein deutsches MG3, was bei der Kälte nicht leicht war. Die Teile schleuderte sie in verschiedene Richtungen aus dem MG-Nest. Dann warf sie einen Blick auf den jungen MG-Schützen. Eine Schande! Was für ein hübscher Kerl! Fast noch ein Kind …

Sie sah sich um. Es erschien ihr obszön, wie friedlich die Nacht war: verschneite Tannen, lautlose, sanfte Schneeflocken, die vom Himmel schwebten, das Rauschen des wilden Flusses, das leise von unten zu ihr heraufdrang. Beinahe hätte sie die beiden Leichen zu ihren Füßen vergessen können.

Doch dies war nur der erste Schritt gewesen. Der erste von vielen – und weitaus riskanteren, die noch folgen würden. Es war eine Blutnacht. Ein roter Mond wäre angemessener gewesen. Das Leichentuch war eigentlich erst später dran, wenn das Blutvergießen beendet war.

Wenn sie scheiterten, dann … Sie durften nicht scheitern! Um keinen Preis! Denn dann würde es keinen Frieden geben: nicht in Bosnien, nicht auf dem Balkan und möglicherweise nicht einmal mehr im Rest Europas.

Wenn sie den Tag jedoch überstanden und ihr Ziel erreichten, würde sie wahrscheinlich die fetteste Erkältung aller Zeiten kriegen! Hoffentlich kam Shadow bald mit ihrer Kampfausrüstung. Sie schaute den Hang hinab. Shadow näherte sich – und er war nicht allein.

Große Fische

Pennsylvania, 19. April 1995

„Die Forellen beißen in diesem Jahr wirklich schlecht!"

„Wahrscheinlich, weil der Himmel zu blau ist!"

„Außer es regnet."

„Ich bin nicht hier. Ich war nie hier. Es gibt jede Menge Zeugen, dass ich gerade in Washington in einer Besprechung sitze."

„Ich bin auch nicht hier. Fragen Sie bei der Einwanderungsbehörde nach."

Er konnte sich das sarkastische Grinsen auf dem Gesicht der Frau vorstellen, obwohl er nur ihren Rücken sah. Der White Clay Creek murmelte vor sich hin. Hier, kurz bevor er die Grenze zwischen Pennsylvania und Delaware überschritt, gab es nur wenige Wanderer und noch weniger Angler. Die vielleicht fünfzig Jahre alte Frau stand, mit einer Anglerhose bekleidet, knietief im Wasser, hielt eine Angel fest in ihren Händen und tat so, als würde sie fischen. In Wahrheit trug der Haken keinen Köder. Ein Biss hätte nur gestört. Der Mann, den sie Miroslav nannten, hatte sich die Hosenbeine hochgekrempelt und war, ungefähr einen Meter nach links versetzt, hinter sie getreten. Das Parolenspielchen war vorbei, er hatte bestanden. Er wusste, wen er vor sich hatte, denn sonst wäre er das Risiko nicht eingegangen.

Die Frau war auf typisch amerikanische Weise überstylt. Jedes einzelne ihrer halblangen, blond gefärbten Haare war in eine exakt getimte Dauerwelle nahezu hineinbetoniert worden. Das Make-up war perfekt, wenn man es mochte, von ihm angeschrien zu werden, und malte zwei wie gemeißelt wirkende Wangenknochen in ein Gesicht, das ohne den ganzen Verputz vermutlich deutlich weniger spektakulär ausgefallen wäre. Offenkundig hatte sie sich liften lassen, denn für die maskenhafte Faltenfreiheit ihres Gesichts bot ihr Alter keine natürliche Erklärung. Zwei kostbare Perlenohrringe zierten die Frau, und eine nicht minder teure Sonnenbrille hatte sie sich in die Frisur geschoben. Ansonsten trug sie keinerlei sichtbaren Schmuck, denn kein Schmuck der Welt hätte ihr Äußeres noch kostspieliger erscheinen lassen können. Selbst die Anglerhose wirkte an ihr teuer. Dies war die mächtigste Frau der Vereinigten Staaten von Amerika, Ginger Poors, Sprecherin des Kongresses und erbitterte Gegnerin des Präsidenten. Außerdem war es nur noch eine Frage von Monaten, bis sie die offizielle Kandidatin ihrer Partei für die Präsidentschaftswahl 1996 sein würde. Ernsthafte Konkurrenten hatte sie in ihrer Partei nicht zu fürchten.

„Es sieht nicht gut aus für Ihre Sache." Sie hatte ihn noch nicht einmal angeschaut.

„Wir kämpfen wie die Löwen, und die Moslems sind erbärmliche Feiglinge! Wir werden siegen!"

„Ersparen Sie mir Ihre Parolen! Dafür bin ich nicht hierhergekommen! Niemand unterstützt sie, nicht einmal mehr Belgrad, und mit Zähnen und Fingernägeln allein hat noch niemand einen Krieg gewonnen. Außerdem sind Sie viel zu sehr Profi, als dass sie solch patriotischen Quatsch glauben würden."

Miroslav schwieg. Die Vögel zwitscherten, und das helle Grün des jungen Frühlings verzauberte das Tal. Er war von einem Kaff namens Landenberg aus losgelaufen und unterwegs mehrere Male auf jenem Mobiltelefon angerufen worden, das man ihm kurz nach der Landung in Philadelphia zugesteckt hatte. Ein ihm unbekannter Mann schickte ihn mal hierhin und mal dorthin, bis er sich heillos verlaufen hatte. Er wusste, dass es nur ein einziger Mann gewesen war, obwohl er seine Stimme verstellt hatte, und das nicht einmal ungeschickt. Aber Miroslav machte man nichts vor. Niemand beherrschte es besser als er, sich in andere Menschen zu verwandeln: die Stimme, die Bewegungen, das ganze Verhalten. Er kannte alle Tricks, und deshalb durchschaute er sie, wenn er sie bei anderen bemerkte.

Es wäre ein schöner Spaziergang gewesen, fast ein kleiner Marsch durch diese Idylle aus Klang und Licht, und beinahe hätte Miroslav ihn genossen. Aber es war ein Katz-und-Maus-Spiel, und er war die Maus, was ihm ganz und gar nicht behagte. Er hatte nichts zu befürchten. Wahrscheinlich … Wenn sie ihn hätten verhaften wollen, dann hätten sie bereits mehr als eine Gelegenheit dazu gehabt. Aber es war nie gut, nicht die Kontrolle zu haben. Es ging bei diesem Spiel darum zu demonstrieren, wer der Stärkere war. Und seine eigenen Optionen in diesem Spiel waren klar: Er hatte keine. Zumindest bislang.

„Können Sie uns helfen?“

„Helfen? Wobei? Den Krieg zu gewinnen? Nein, natürlich nicht! Was glauben Sie!“

„Warum haben Sie mich dann hergeholt?“

„Ich habe gerne Gesellschaft beim Fischen!“

Er registrierte die Provokation durchaus, nahm sich jedoch aus praktischen Gründen vor, Ginger Poors vorerst nicht auf seine Feindesliste zu setzen. Dennoch drehte er sich langsam und ohne sich seine Wut anmerken zu lassen, herum und watete zum Ufer zurück. Er verschwendete nicht gern seine Zeit. Sie hatte ihn herbestellt, und nun sollte sie endlich damit herausrücken, was sie von ihm wollte. Er hatte das Ufer noch nicht erreicht, als die Frau ihm ihr Angebot unterbreitete.

„Aber ich biete Ihnen Rache!“

Er blieb stehen. Wieder hatte sie ihn nicht einmal angesehen. Unverändert stand sie in dem Flüsschen und hielt die Angel fest, als hinge ihr Mittagessen davon ab. „Rache?“ Miroslav trat wieder von hinten an die Frau heran. „Ich bin Profi, wie Sie richtig festgestellt haben. Ein Profi denkt nicht in diesen Kategorien.“

„Sie sind aber auch Serbe. Ich biete Ihnen Rache am Westen. Und an den Russen, die Sie in wenigen Wochen verraten werden. Ich biete

Ihnen eine große Demonstration serbischer Stärke. Und vielleicht auch Optionen für die Zukunft."

Miroslav stellte sich wieder neben die Frau. Er hatte verstanden, und in der Welt, in der er lebte, konnte ihn ein solches Angebot nicht überraschen. Die Frau wollte ihren größten Widersacher auf dem Weg ins Weiße Haus ans Messer liefern: „Sie bieten mir, mit anderen Worten, den Kopf Ihres Präsidenten? Und bessere Beziehungen zwischen den USA und Serbien, wenn Sie erst einmal Präsidentin sind."

„Die Details gehen Sie vorerst nichts an." Sie spuckte in den Fluss, was bei ihrem Erscheinungsbild ungewöhnlich und rüde wirkte und wahrscheinlich auch so wirken sollte. Nun schaute sie ihn zum ersten Mal direkt an. „Wollen Sie Rache oder nicht?"

„Was soll das kosten?"

Sie lächelte wie über den dummen Scherz eines noch dümmeren Kindes. Das Lächeln erreichte ihre Augen nicht. Tatsächlich wirkten sie so, als wären sie seit mindestens vierzig Jahren von keinem Lächeln berührt worden. Eine amerikanische Spezialität, dachte Miroslav. Er hatte das auf vielen seiner Reisen bemerkt. Irgendwann in der Kindheit treiben sie ihren Töchtern das Lächeln aus den Augen und zertrümmern es zu einem falschen Grinsen. „Nichts", sagte der zähnefletschende Mund jetzt. „Sie sind doch völlig pleite. Nennen Sie es von mir aus einen privaten Waffentest, den Sie durchführen. Ein ziemlich beeindruckender Waffentest, um genau zu sein." Sie spuckte wieder in den Fluss und schaute Miroslav an. Ihr Lächeln schien eingerastet zu sein, jedenfalls blieb es vollkommen unverändert: „Ich glaube, Sie werden diese Gelegenheit nicht ausschlagen. In Landenberg gibt es einen kleinen Lebensmittelladen, direkt bei der alten Brücke. Vor dem Geschäft steht eine alte Holzbank. Holen Sie sich drinnen einen Kaffee, setzen Sie sich vor den Laden, und warten Sie! Man wird Sie anrufen."

Miroslav nickte, wandte sich um und zögerte.

„Was ist?", fragte Ginger Poors nach einer Weile.

„Ich verstehe nicht ganz ..."

„Was?“

„Warum schicken Sie mir nicht einfach einen Ihrer Lakaien? Warum kommen Sie selbst? Warum gehen Sie dieses Risiko ein? Sie könnten erkannt werden!“

„Fünfundneunzig Prozent meiner Landsleute würden ihren Präsidenten nicht erkennen, wenn er ihnen morgens beim Frühstück gegenübersäße. Zumindest nicht, bevor er am Mount Rushmore hängt. Eine Sonnenbrille reicht also völlig aus. Ich wollte sicher sein, dass Sie mir glauben und sich daran erinnern werden, wem Sie diese Gelegenheit zu verdanken haben. Hätten Sie einem meiner Mitarbeiter geglaubt?“

„Ich muss mir erst einmal überlegen, ob ich Ihnen glaube!“ Es war Zeit, schwächer zu wirken, als er wirklich war. „Ich habe mich verirrt. Muss ich nach rechts oder links?“

„Rechts“, sagte Poors. „Immer rechts. Wenn Sie in ein Dorf mit mehr als drei Häusern kommen: Das ist Landenberg.“

Party

30. November 1995, 22:25 Uhr, bei Vukovar

Bald war es vorbei. Einige Wochen noch, dann würde wieder Frieden herrschen. Dann konnte er nach Hause gehen. Nach Hause, wo es keine Kroaten mehr gab. Nach Hause, wo es Frieden gab und vielleicht eine Zukunft: ein Mädchen, das es aushielt, dass er Menschen getötet hatte. Ein Mädchen, das ihn umarmte, wenn er nachts schrie, wenn ihn die Toten einholten, die Schrecken, der Wahnsinn. Ein Mädchen, dem er vielleicht eines Tages erzählen konnte, wie Männer zu Tieren geworden waren. Zu reißenden Bestien, die keine Gnade mehr kannten, weder für den entwaffneten Feind noch für seine wehrlosen Frauen und Kinder.

Nach Hause, wo sein geliebtes Cello stand: seit vielen Monaten ungespielt.

Er hatte dabeigestanden, kehrten seine Gedanken zu den Gräueln zurück, als ertrüge sein Geist die Erinnerung an die Unschuld des Musikinstruments nicht mehr. Und anschließend hatte er die Frotzeleien ertragen, weil er nicht mitgemacht hatte, weil er an seine Mutter gedacht hatte, die vor drei Jahren gestorben war, als er sechzehn gewesen war. Ermordet von irgendwelchen Jugendlichen aus seinem Dorf. Niemand wollte so genau wissen, wer es gewesen war, niemand hatte sich wirklich viel Mühe bei der Untersuchung des Mordes gegeben, denn sie war Kroatin gewesen.

Seinen Vater, der sein großes Vorbild gewesen war, hatte das anscheinend nicht besonders gekümmert. Sie waren schon viele Jahre geschieden. Nicht einmal zur Beerdigung war er gekommen. Er,

Josip, hatte allein vor dem offenen Grab seiner Mutter gestanden. Niemand war gekommen, denn keiner wollte riskieren, bei der Beerdigung einer Kroatin gesehen zu werden. Einige Bekannte waren später bei ihm zu Hause erschienen, hatten ihm verschämt die Hand gedrückt, ihm kaum in die Augen geschaut und sich dann schnell wieder verdrückt. Und zwei Tage später lag ein zweiter Kranz auf dem Grab. Anonym, obwohl Jossip wusste, wer ihn in der Nacht klammheimlich dorthin gelegt hatte.

Es war nicht der Vater gewesen.

Der Krieg hatte ihn dann in den überwiegend serbisch bewohnten Teil Kroatiens geführt. Und hatte der Hass in seinem Heimatdorf noch verdeckt gewütet, heimlich, als schämte er sich dann doch der Niedrigkeit seiner Instinkte, so brach er offen, beinahe stolz hervor, sobald er Uniform trug. Und Jossip musste lernen, dass es nur wenige gab wie ihn. Dass die Mehrheit, die übergroße Mehrheit der Menschen aus einer hauchdünnen Schicht Zivilisation bestand, unter der große Mengen ungezähmter Brutalität nur darauf warteten, hervorbrechen zu dürfen. Nicht viele hatte er kennengelernt, die, wie er, keine Freude daran fanden, Frauen zu vergewaltigen, während keine fünf Meter entfernt ihre langsam verreckenden Männer schreiend ihre Gedärme wieder in die Bauchhöhle zu drücken versuchten.

Tomas war einer von denen gewesen, die Mensch geblieben waren: ein Pianist, zerrissen bei einem Bombenangriff der NATO. Milan Gorkic, der schwule Milan – was er nicht verbarg –, der einer der besten Kämpfer gewesen war, die Jossip kennengelernt hatte. Erschossen im Streit von einem betrunkenen Kameraden, der Schwule hasste. Und der für den Mord nicht einmal bestraft worden war.

Das war es auch schon gewesen. Der Rest hatte mitgemacht. Vielleicht nicht immer gerne und am Anfang noch widerstrebend, doch spätestens beim zweiten Mal war jede Erinnerung ans Menschsein erloschen.

Jossip war nicht dumm genug, um zu hoffen, dass er von den Gräueln unberührt geblieben war. Er hatte nicht mitgemacht, aber er hatte alles gesehen. Und nichts dagegen unternommen. Er hätte nichts unternehmen können, aber das war nur die juristische Rechnung. Die ethische folgte einer anderen Arithmetik. Er war schuldig, und er wusste, es würde ihn sein Leben lang verfolgen. Die andere Seite, die kroatische, war noch schuldiger, hatte man ihm gesagt. Als ob das relevant wäre!

Er schaute durch den hohen Stacheldrahtzaun in die Nacht, über die fünfzig gerodeten Meter, die ihn vom Waldrand trennten. Stockdunkel war es, und er konnte kaum die Baumwipfel erkennen, die sich noch etwas schwärzer vom sowieso beinahe vollkommen schwarzen Himmel abhoben. Die Grasfläche vor ihm war stockschwarz. Die Scheinwerfer, die sie eigentlich in ein grelles Licht tauchen sollten, waren bereits seit Wochen kaputt, und niemand hatte es für nötig befunden, sie auszutauschen. Wahrscheinlich war dafür kein Geld mehr da. Es würde ja sowieso keine Angriffe mehr geben. Wozu auch? Noch vor Weihnachten würden sie abrücken. Er lief dennoch Wache, und er genoss die kalte Luft in seinen Lungen und die Einsamkeit auf seinem Posten. Zwölf von ihnen hatten Wachdienst, der Rest feierte. Ein paar Kameraden waren über die Grenze gekommen, aus Serbien, um irgendeine private Angelegenheit zu feiern. Irgendetwas zwischen ihrem Kommandeur und Ante Silevic, die wohl zusammen zur Schule gegangen waren. Und am Abend war der Lieferwagen mit dem Bier vorgefahren. Dafür war eigentlich auch kein Geld da. Aber Silevic hatte bezahlt, hieß es.

Er hatte den alten Stepanovic gesehen, als er das Bier brachte, und normalerweise half er ihm immer beim Abladen, doch heute hatte er Wachdienst und durfte seinen Posten nicht verlassen, auch wenn der Krieg faktisch vorbei war. Seine Kameraden hatten ihn und die anderen Wachsoldaten gutmütig gehänselt und ihrer Vorfreude auf die Garnisonsparty etwas überlaut Ausdruck verliehen, in der Hoffnung, so etwas wie Neid zu ernten. Die Dümmeren unter den Soldaten, die zum Wachdienst eingeteilt worden waren, hatten ihnen den Gefallen auch getan.

Jossip grinste. Ihm war das egal. Er trank kein Bier. Nicht mehr, seit er gesehen hatte, was die Kombination aus Alkohol und Krieg aus ansonsten freundlichen und vernünftigen Männern machte. Er hielt sich fest an seinem kleinen bisschen Stolz, nicht mitgemacht zu haben. Es war alles, was er hatte Und er wusste nur allzu genau, wie wenig das war.

Aus dem Mannschaftsheim hörte man nicht viel, denn Jossip war mehr als zweihundert Meter davon entfernt, und der Wind blies in die entgegengesetzte Richtung. Deshalb wunderte er sich nicht. Eigentlich müssten sie um diese Zeit schon singen, dachte er. Er schaute, ob er irgendwelche Anzeichen der Feier beim Eingang des lang gestreckten Gebäudes erkennen konnte, in dem beinahe alle seine Kameraden sich gerade betranken. Er wollte sich gerade wieder abwenden, als er sah, wie eine Gestalt geradezu panisch die Tür aufstieß und ins Freie rannte. Es war einer seiner Kameraden aus dem zweiten Zug, von dem er nicht viel mehr wusste, als dass er Boris hieß. Im Lichtschein der Eingangsbeleuchtung konnte er ihn leicht erkennen. Jetzt trat ein weiterer Mann aus der Tür. Sein Gesicht hatte Jossip noch nie gesehen, und deshalb ging er davon aus, dass es sich um einen der Serben aus der Heimat handelte, einen von Silevic' Männern. Er hob sein Gewehr, und ganz leise konnte Jossip den Schuss hören. Boris taumelte und stürzte in den Schnee. Entsetzt starrte Josip auf die Szene. Der Mann mit dem Gewehr schaute sich um, bemerkte Jossip jedoch nicht, der im Schatten einer großen Eiche stand. Eine weitere Gestalt erschien hinter dem Mann, klopfte ihm auf die Schulter, und dann folgten etwa ein Dutzend andere Männer, die alle bewaffnet waren. Sie stammten ausnahmslos von jenseits der Grenze. In vier geordneten Gruppen schwärmten sie aus und auf die Rückseite des Mannschaftsheims zu, um die Wachsoldaten der Garnison ausfindig zu machen.

Jossip verstand nicht, was dort vor sich ging, aber er wusste, dass seine Kameraden tot waren. Er wusste, dass dies ein Massaker war und keiner von ihnen überleben sollte.

Er konnte später nicht erklären, warum seine Füße so viel mehr Überlebenswillen gezeigt hatten als er selbst. Er zog sich von dem großen Baum zurück, fand die Stelle im Außenzaun, unter der sich ein Dachs durchgegraben hatte, und kroch mit Mühe unter dem Zaun durch. Fünf Meter weiter tauchte er in die Dunkelheit ein, aber sicher fühlte er sich erst, nachdem er im Wald unter ein Gebüsch gekrochen war. Er hörte noch leise einige vereinzelte Schüsse herüberwehen. Die letzten seiner Kameraden starben dort. Später hörte er die Motorengeräusche zweier Lastwagen, die zu der Garnison fuhren, kurze Zeit später wieder zurückkehrten und schließlich verhallten. Danach hörte er nichts mehr außer den nächtlichen Geräuschen des Waldes, dem Schlagen seines Herzens und, noch Jahre nachdem sie längst verklungen waren, den Todesschreien seiner Kameraden.

Landenberg

Pennsylvania, April 1995, etwas später

Miroslav hatte alles so vorgefunden, wie Ginger Poors es ihm beschrieben hatte. Er trank seinen Kaffee, biss von Zeit zu Zeit in einen Bagel und bereitete sich darauf vor, noch ein paar Stunden warten zu müssen, als bereits sein Telefon ging.

Er nahm ab: „Ja?"

„Identifizieren Sie sich!"

„Miroslav."

„Gut."

Das Gespräch brach ab. Miroslav blickte etwas verwundert auf das Gerät, aber es dauerte nicht lange, bis ihm klar wurde, dass er wahrscheinlich beobachtet wurde. Und dass man wollte, dass er das wusste. Er schaute umher. Zu seiner Rechten lag die Brücke über den White Clay Creek, die Poors erwähnt hatte. Ihm gegenüber und linker Hand standen genau drei weitere Häuser. Wahrscheinlich waren einige weitere in den Wäldern und hinter den Hügeln verborgen, die Landenberg umgaben. Eine Straße führte rechts über die Brücke. Links von ihm mündete sie in die Hauptstraße, von der weiter vorne eine kleinere Straße wiederum nach links in Richtung der Hügel abzweigte.

Keine Menschenseele war auf der Straße zu sehen. Wenn also nicht die Bedienung im Geschäft ein Spitzel war, dann musste jemand hinter einem der Fenster sitzen und ihn beobachten. Aber das würde zu viele Spuren und Mitwisser hinterlassen. Irgendwo gab es also eine Überwachungskamera. Er schätzte, dass sie herausfinden wollten, ob er bis zu dieser Schlussfolgerung gelangte. Wenn ja, so liefen wahrscheinlich ihre Gedanken, würde er jetzt zumindest kurz nach dieser Kamera suchen. Doch diesen Gefallen würde er ihnen nicht tun. Es war besser, sie unterschätzten ihn. Es war immer besser, unterschätzt zu werden. Die Liste der Feinde, die ihn unterschätzt hatten, war ziemlich lang. Die Liste seiner lebenden Feinde dagegen war sehr kurz. Sein Kaffeebecher war leer, und sein Bagel war nur noch ein kleiner Haufen Krümel auf dem Holztisch vor ihm. Was auch immer sie mit ihm vorhatten, sie wollten erst einmal ein wenig mit ihm spielen. Er würde mitspielen, aber zu seinen eigenen Regeln.

Also betrat er den Laden erneut und fragte, ob er das Telefon benutzen dürfe. Die Dame, eine apfelbäckige, mittelgroße und typisch amerikanisch aus dem Leim gegangene Mittfünfzigerin, begleitete ihn zu einem Apparat in der hinteren Ecke des Geschäfts und demonstrierte ihm dann ihre Weltoffenheit: Sie mochte zwar in der Provinz wohnen, erklärte sie umständlich, aber sie wisse sehr wohl, wie man sich Fremden gegenüber verhalte, die telefonieren wollten. Und deshalb sei sie jetzt ganz schnell wieder weg.

Sicher wurde er auch hier beobachtet. Er wählte die Vorwahl für Serbien, anschließend eine lange Fantasienummer und unterhielt sich dann eine Weile mit der jungen Serbin, die immer wieder behauptete, dass es unter dieser Nummer keinen Anschluss gebe. Wenn sie nicht auch dieses Telefon angezapft hatten, und das konnte Miroslav sich nicht vorstellen, dann würden seine Schatten ihn ab jetzt für noch ein bisschen dümmer halten – und außerdem wahrscheinlich ein wenig nervös werden, sobald sie feststellten, dass der gewählte Anschluss – den sie herausfinden würden, da war er sich sicher – zwar in Serbien lag, dort jedoch keiner offiziell verfügbaren Nummer zugeordnet werden konnte. Bis sie wissen würden, was der Inhalt des Gespräches gewesen war, wäre er längst wieder von der Bildfläche verschwunden. Es konnte nicht schaden, wenn sie herausfanden, dass er ihr Spiel durchschaut hatte.

Schließlich beendete er sein seltsames Telefonat, holte sich noch einen Kaffee und ging wieder nach draußen. Das war toll in Amerika: Man zahlte für einen Kaffee und konnte sich nachschenken, so oft man wollte.

Er hatte noch nicht wieder Platz genommen, und der Kaffee schwappte in seinem Becher hin und her, als ein Pick-up der Marke Ford über die Brücke heranrollte. Durch das offene Fenster sah man am Steuer einen fetten, ungewaschenen Kerl mit unangenehmen Gesichtszügen. Charles Laughton in „Geheimaktion Carlotta", schoss es Miroslav unwillkürlich durch den Kopf. Sie haben ihn geklont.

Der Fettsack parkte sein Fahrzeug auf der gegenüberliegenden Straßenseite, machte jedoch keine Anstalten, den Wagen zu verlassen. Stattdessen ließ er den Motor laufen und starrte Miroslav an, der gelassen an seinem Kaffee nippte.

Das Handy klingelte wieder. Miroslav nahm ab, ohne etwas zu sagen. „Sie können einsteigen", sagte die Stimme.

„Beim Glöckner von Notre-Dame? Sind Sie sicher, dass ich den Gestank überlebe?"

Aber das Gespräch war bereits beendet worden. Miroslav schaute zu Charles Laughton hinüber, der ihn unverschämt angrinste. „Respektlosigkeit", dachte Miroslav lächelnd, „ist der schnellste Weg auf meine Feindesliste." Er steckte das Mobiltelefon ein, ließ den Kaffee stehen, und schlenderte zur Beifahrerseite des Pick-ups hinüber. „Feind von Carlotta?", fragte er, als er die Tür aufriss.

„Quatsch keine Opern, steig ein!", kläffte der Fettsack. Noch bevor Miroslav die Tür hinter sich geschlossen hatte, gab er Gas. Miroslav wurde in den Sitz geschleudert, und die Tür knallte heftig zu. „Ihr verfickten Europäer glaubt wohl, wir hätten den ganzen Tag Zeit, was? Lasst euch meinetwegen von euren verfickten Euroschlampen den Schwanz lutschen, aber wenn ihr hier Geschäfte machen wollt, dann geht das nach unseren Regeln! Klar?"

War das ein Test? Miroslav schaute zu dem Mann hinüber. Der Dicke arbeitete offenkundig hart mit seinen Händen, und weniger häufig mit dem Gehirn. Seine Rechte ruhte oben auf dem Lenkrad und leistete die eigentliche Arbeit beim Steuern des schweren Wagens. Die lückenhaften blonden Stoppeln verliehen seinem schwabbeligen Unterkiefer im Gegenlicht eine leuchtende Aura. In einem Staufach der Fahrertür bemerkte Miroslav eine Smith & Wesson Modell 500. Der Griff wies nach vorne, und der lange Lauf des schweren Revolvers verschwand im Türfach. Griffbereit für einen Rechtshänder, ein Linkshänder hätte sie mit dem Lauf nach vorne gelagert, um sie schnell ergreifen zu können. „Ist das klar?“, blaffte der Mann jetzt noch einmal.

Miroslav öffnete das Handschuhfach. „Ey, was soll das? Das ist nicht dein Auto!“

In dem Fach lag ein Eiskratzer. Miroslav nahm ihn mit seiner Linken ruhig heraus, schloss das Fach wieder und fuhr mit dem Daumen prüfend über die scharfen Kanten des Kratzers. Ehe der Mann, der ihn dabei nervös beobachtete und gleichzeitig den Wagen auf der Straße halten musste, begriff, was vor sich ging, zertrümmerte Miroslav mit einem harten Schlag seiner beschäftigungslosen und unbeachteten rechten Hand den rechten Unterarmknochen des Fahrers.

Der Dicke schrie auf, fing jedoch instinktiv und trotz der rasenden Schmerzen mit seiner Linken den ausbrechenden Wagen wieder ab. Dann spürte er den Eiskratzer, den Miroslav ihm mit seiner Linken an die Kehle hielt.

„Beidhändigkeit hat seine Vorteile. Und ja: Ich habe schon Menschen mit noch stumpferen Gegenständen die Kehle aufgeschlitzt. Das gibt richtig hässliche Wunden! Die linke Hand immer schön am Lenkrad, dann lasse ich dich leben. Und jetzt fahr da vorne rechts ran. Mit nur einem Arm kannst du ja nicht fahren!“

Wimmernd vor Schmerzen lenkte der Mann seinen Pick-up auf eine kleine Parkbucht am Waldrand zu.

„Jetzt nimmst du deine Linke ganz langsam vom Lenkrad, greifst die Knarre am Lauf, und reichst sie mir. Und wenn du nur ein wenig zu hektisch bist oder falsch zuckst, bist du tot. Hast du das verstanden?“

Der fette Kerl nickte und gehorchte aufs Wort. Nach wenigen

Augenblicken hielt er Miroslav die Smith & Wesson entgegen. Der nahm sie und legte sie rechts neben sich auf den Beifahrersitz.

„Gut. Sehr brav. Wenn du willst, kannst du dich ja tatsächlich benehmen. Jetzt steig aus! Und keine schnellen Bewegungen. Alles, wie gehabt.“

Der Mann gehorchte und stand kurz darauf hilflos neben seinem Wagen. Miroslav griff sich den Revolver und vergewisserte sich, dass die Trommel mit Patronen versehen war. Er stieg auf seiner Wagenseite aus, ging um das Fahrzeug herum und zielte auf den Mann. „Rüber in den Wald! Zwanzig Meter von der Straße weg!“ Der Mann ging widerstrebend einige Schritte in den lichten Laubwald hinein. Miroslav folgte ihm mit fünf Metern Abstand.

„Und jetzt bitte die Nummer von deinem Zoowärter!“

„Fick dich!“

Miroslav zog den Hahn zurück. „Ich denke schon, dass er von den geänderten Geschäftsbedingungen wissen sollte, oder nicht?“ Der Mann gab ihm die Nummer. Miroslav konnte in seinem Gesicht lesen, wie viel Ärger das für Charles Laughton bedeuten würde. Er tippte die Nummer mit der Linken ein, während der Revolver weiter auf den Mann gerichtet blieb.

„Ja?“, meldete sich die Stimme, die Miroslav bereits den ganzen Tag durch die Gegend gescheucht hatte.

„Ihr Ochse hat sich den rechten Vorderlauf gebrochen und kann nicht mehr fahren.“

Am anderen Ende der Leitung wurde einer der lautesten Flüche unterdrückt, die jemals jemand gerne ausgestoßen hätte.

„Dann fahren Sie doch, verdammt noch mal, und lassen sich den Weg erklären!“, sagte der Mann dann nach einer kurzen Pause.

„Ich fürchte, das geht auch nicht“, antwortete Miroslav, hielt das Telefon direkt neben den Revolver und drückte ab. „Ihr Mann hat sich gerade in den Kopf geschossen. Ist aber nur ’ne Fleischwunde.“

„Sind Sie wahnsinnig, Mann?“ Die Stimme überschlug sich beinahe. „Sie können doch nicht unseren Fahrer erschießen!“

„Und Sie sollten Ihren Insassen erklären, dass Ihre Gäste höflich zu behandeln sind, auch wenn es sich bei denen nur um Ausländer handelt. Ihr Mastschwein jedenfalls können Sie jetzt zu Schinken verarbeiten. Und wenn Sie weiterhin an einem Geschäft mit mir interessiert sind, dann sollte hier innerhalb von zwanzig Minuten ein Mensch auftauchen, für den Slawen keine Untermenschen sind. Sonst lade ich Ihr Mastschwein vor dem nächsten Polizeirevier ab. Sie können sich dann schon mal überlegen, wie Sie aus der Geschichte wieder rauskommen."

Miroslav legte auf, suchte und fand einen abgebrochenen, aber noch belaubten Ast, und deckte den Toten notdürftig zu, für den Fall, dass jemand in der Parkbucht anhalten sollte. Er wischte den Revolver gründlich ab und legte ihn zu dem Toten. Nach zehn Minuten tauchte eine Chevrolet-Limousine auf, der zwei Männer mit zusammen fünf Zentnern Lebendgewicht und vier Metern Körpergröße entstiegen. Der Fettanteil lag bei ihnen jedoch deutlich niedriger als bei Charles Laughton. Sie kamen direkt auf Miroslav zu: „Wo?" Miroslav wies ihnen den Weg. Einer der Männer hielt seine pfannengroße Hand auf. „Die Waffe? Beim Dicken!" Miroslav wies noch einmal in die Richtung.

Ohne großes Federlesen schnappten sie den toten Charles Laughton an Beinen und Armen und verstauten ihn mitsamt der Waffe im Kofferraum des Chevys. „Sie fahren hier mit, er fährt den Ford", sagte dann derjenige der beiden, der wahrscheinlich das Kommando innehatte.

„Muss ich Ihnen Armbänder anlegen?", fragte er, als Miroslav im Wagen Platz genommen hatte.

„Nur, wenn Sie vorhaben, mich zu beleidigen."

„Beleidigt es Sie, dass ich nicht vorhabe, mit Ihnen zu reden?"

Miroslav grinste, lehnte sich zurück und schloss die Augen. Jetzt befand er sich auf Augenhöhe mit ihnen. Die Verhandlungen konnten beginnen. Der Wagen rollte sanft auf die Straße und beschleunigte dann zügig.

Rotes Licht

Zagreb, 2. Dezember 1995

Im Gegensatz zu den allermeisten Menschen mit hohen moralischen Grundsätzen galten diese bei John Paul Kline auch und sogar zuerst für ihn selbst. Dies verschaffte ihm eine Aura der Unantastbarkeit und, zumal für einen Briten, der Humorlosigkeit, und nur wenige enge Freunde konnten berichten, dass sie Zeuge geworden waren, wie er einmal einen Scherz gemacht hatte.

Dann allerdings einen exzellenten.

Seit Jahren war er als Geheimdienstbeauftragter der amerikanischen Streitkräfte in Europa an den Krisenherden der Welt beschäftigt, und der Leere, die sich über die Jahre hinweg seines Privatlebens bemächtigt hatte, begegnete er mit sehr klaren Handlungsanweisungen an das eigene Ich. Auf die gleiche Weise betrieb er sein Büro, und das sehr erfolgreich. Es war eben alles eine Frage von Verfahrensregeln.

Eine dieser Regeln hatte zur Folge, dass er, der mit einer Frau verheiratet war, die es längst aufgegeben hatte, ihm hinterherzuziehen, seine Ehe beziehungsweise die damit einhergehenden Konventionen und, ja, Verfahrensregeln um jeden Preis aufrechterhielt. Er wusste nicht, ob seine Frau, die er, seitdem die Kinder aus dem Haus waren, selten länger als zwei Monate im Jahr gesehen hatte, dies auch so hielt. Doch das war ihm auch relativ gleichgültig, denn für ihn war seine eheliche Treue weniger eine moralische denn eine strukturelle Notwendigkeit, die seinem unsteten Leben einen gewissen Halt gab. Die Unangreifbarkeit, die sich daraus ergab, war in seinem Beruf überlebensnotwendig: Seine Vita war wohl von jedem Geheimdienst der Welt gründlichst überprüft worden, und unzählige Fallen waren ihm gestellt worden (von einigen, da war er sich sicher, hatte er nie Kenntnis erhalten), aber bei keiner Gelegenheit hatte John Paul Kline sich je erpressbar gemacht.

Und deshalb hasste er, was er jetzt tun musste. Er musste es tun, weil niemand ihm dies mehr zutraute und weil deshalb auch niemand damit rechnete. Er musste es tun, weil nichts von dem, was er in den nächsten Stunden tat, an die Öffentlichkeit gelangen durfte – zumindest nicht während der nächsten vierzehn Tage. Er musste es tun, weil so viel davon abhing, dass dieses Treffen niemals bekannt wurde.

Es war schon bis jetzt eine aufwendige Operation gewesen, die in größter Eile hatte stattfinden müssen. Die Terminierungen, die Flüge, alles hatte unter Beschattung erfolgen müssen. Einer Beschattung, die sicherstellen sollte, dass er nicht beobachtet wurde. Niemand war involviert, der auf irgendeiner offiziellen Gehaltsliste auftauchte. Dies war eine Operation, bei der jeder Fehler nicht nur tödlich sein konnte. Er konnte eine globale Katastrophe auslösen, und es war besser, bei so etwas keine pensionsberechtigten Instanzen einzuschalten.

Die einzige solche Instanz war er selbst, und auf sich konnte er sich verlassen.

Zumindest hoffte er das. Doch schon auf dem Weg bemerkte er, dass sein Zielort ihn auf eine Art und Weise nervös machte, die in viktorianischen Zeiten als durchaus skandalös betrachtet worden wäre.

Das Crveno Svjetlo hatte einen unzweifelhaften Ruf. Es war der beste Nachtclub Zagrebs. Zugleich war es auch das beste Bordell in der Stadt. Weil sein Besitzer, Bosjan Svetkovic, in seinem früheren Leben Lehrer für Englisch, Deutsch und Französisch gewesen war, stellte er mit Vorliebe fremdsprachlich gebildete junge Mädchen ein, da er wusste, dass seine zahlungskräftige ausländische Kundschaft sich mit den Mädchen auch gerne mal ein wenig unterhielt. Manchmal blieb es sogar dabei. Wenn die Stadt schon voller Kriegstouristen jeglicher Couleur war, so sollten sie wissen, wo es sich am angenehmsten entspannen ließ.

Mädchen gab es massenhaft, und der Krieg hatte die Auswahlmöglichkeiten für Svetkovic erheblich vergrößert. Die Wirtschaft lag am Boden, die jungen Männer waren im Krieg, verwundet oder tot, und in vielen jungen Familien fehlte der Ernährer. Svetkovic gab den jungen Frauen die Möglichkeit, ihre Würde zumindest auf hohem Niveau zu verkaufen.

Kline öffnete die Tür, die ihn in einen kleinen Vorraum führte, der wiederum vor einem schweren roten Samtvorhang endete. Davor saß ein junger Mann, dessen Äußeres nicht verriet, welch wirkungsvollen Schutz gegen unerwünschte Eindringlinge er darstellte. Er würde, gemeinsam mit dem Rest der Belegschaft des Crveno Svjetlo, in wenigen Stunden in eine Maschine verfrachtet, die sie, wenn auch nicht völlig freiwillig, zu einem vierzehntägigen Urlaub auf eine einsam gelegene Insel in der Südsee bringen würde. Nur Svetkovic war eingeweiht – und stand seither unter intensiver Bewachung.

Der Mann teilte, ohne ein Wort zu verlieren, den Vorhang, ließ Kline hindurchgehen und schloss den Vorhang wieder. Dann stand er auf, öffnete die Außentür und hängte ein Schild daran, das kundtat, dass die Bar wegen einer privaten Veranstaltung geschlossen sei. Sorgfältig verriegelte er die Tür dann von innen und nahm wieder Platz auf seinem Stuhl.

Kline sah sich um und registrierte die schwülstige Innenausstattung der Bar. Auf einer kleinen Bühne an der Mitte der Rückwand tanzte eine sehr biegsame, schlanke junge Frau, die lediglich ein sehr knapp geschnittenes Tangahöschen trug. Er war solche Anblicke nicht gewohnt, und es war ihm sehr unangenehm, feststellen zu müssen, dass sein Körper recht unangemessen darauf reagierte. Beziehungsweise, korrigierte er sich mit der ihm eigenen Nüchternheit, wahrscheinlich angemessen – zumindest biologisch betrachtet –, aber wenig hilfreich. Es war genau diese Reaktion, die er schon auf dem Hinweg befürchtet hatte.

Um die Bühne herum standen im Halbkreis zwei Reihen Tische, die von schweren Sesseln und kleinen Sofas flankiert wurden. Kline schätzte das Publikum auf etwa zwanzig Personen. Es war nicht völlig ausgeschlossen, dass auch Personen anwesend waren, die nicht auf der Lohnliste standen. Mit ihm, das war der Plan, sollten zwölf Agenten anwesend sein und die anderen Gäste im Auge behalten. Wenn er sich nicht verrechnete, hielten sich also acht Unbeteiligte in dem Nachtclub auf. Sie wurden längst überprüft – und wenn sie für die falsche Seite arbeiteten, würde dieser Abend für sie ein unvorhergesehenes und tragisches Ende nehmen. Kein Risiko! Man brauchte Struktur!

Für den Ahnungslosen würde alles ganz normal aussehen. Wobei er zugeben musste, dass er keine Ahnung hatte, was unter „normal aussehen" an einem solchen Ort zu verstehen war. Kline schaute sich ein paar Gesichter an und fand das gesuchte im hinteren Teil des Lokals. Der Mann hatte sich in eines der Sofas gelümmelt und ließ sich von zwei jungen Damen unterhalten.

Kline trat näher und setzte sich in einen der schweren Sessel. „Guten Abend, Herr Dolvich!"

„Guten Abend, Sir!" Ivans Englisch war sehr hart, und Kline fragte sich, ob sein Gegenüber dem Gespräch ausreichend würde folgen können. „Guten Abend, Sir", sagte jetzt auch eines der Mädchen mit typisch amerikanischem Akzent. Sie trug etwas Negligé-artiges, einen Hauch von nichts, dass allerdings genügend verbarg, um nicht billig und primitiv zu wirken. Was auch immer es verbarg, es war es wert, ausgepackt zu werden. Kline riss seinen Blick vom Körper der Frau, sah ihr ins Gesicht und erkannte sie: „Guten Abend, Miss Guzzman", stammelte er beinahe schockiert. Strukturen, erinnerte er sich, Strukturen! „Sind sie instruiert?" Die rothaarige Schönheit nickte. Kline war es peinlich, in einem solchen Ambiente, das die niedrigsten Instinkte seiner Geschlechtsgenossen ausbeutete, mit einer Frau auf Augenhöhe sprechen zu müssen. Und wie es seine Art war, registrierte er diese Peinlichkeit und erkannte entsetzt, dass er selbst den

Mechanismen hinter diesen Instinkten ausgesetzt war. Eine Frau gehörte nur als Ware in dieses Ambiente. Die Anwesenheit einer Frau, die sich nicht anbot, war nicht vorgesehen. Es sei denn, man erweiterte die Struktur … Und Guzzman, so viel war ihm klar, bot sich hier nicht an, auch wenn sie das Spiel offensichtlich genoss.

„Entschuldigen Sie meine Verwirrung. Mir wurde gesagt, dass Ivan alleine käme. Mit Mister Portman."

„Ich verstehe zu wenig Englisch! Cynthia kann Russisch und übersetzen! Mr Portman nicht." Der schwere Akzent Ivans und sein unbeholfenes Englisch bestätigten die Argumentation unmittelbar.

Das andere, nicht weniger attraktive Mädchen, das offensichtlich auch im wirklichen Leben zum Personal der Bar zählte, erhob sich nun und setzte sich zu Kline auf die Sessellehne. „Guten Abend, ich heiße Svetlana, und du?" Ihr Englisch hatte einen wesentlich leichteren, durchaus anziehenden Akzent, der seine Wirkung auf Kline nicht verfehlte.

„Äh, nenn mich Peter!" John Paul Klines Blick wanderte von den wundervoll geformten Beinen nach oben. Unter ihrem sehr kurzen, sehr tief ausgeschnittenen schwarzen Kleid konnte er ihre wohlgeformten, kleinen Brüste erkennen. Sie war schlank, ohne mager zu sein. Eine sanfte Hand hob jetzt sein Kinn an, und Kline blickte in ihre großen, belustigten braunen Augen: „Ah, Petr! Ivan hier hat mir gesagt, du wärst ein großer Charmeur. Bestellst du mir einen Champagner?" Bis auf den Akzent war ihr Englisch fehlerfrei. „Dann sorge ich dafür, dass du dich erst einmal entspannst. Genieß es!" Sie drückte sein Gesicht gegen ihr Dekolleté, und er tauchte in ihren betörenden parfümierten Duft ein. Die Reaktion seines Körpers, stellte er resignierend fest, geriet inzwischen fast außer Kontrolle. Das Mädchen ließ ihn los, winkte einer Kellnerin, bestellte auf Kroatisch etwas, trat dann hinter seinen Sessel und begann behutsam seinen Nacken zu massieren. Kline beugte sich vor, vor allem, um die Beule in der Hose vor seinen beiden Gesprächspartnern zu verbergen.

„Sie sollten tun, was Svetlana sagt. Genießen Sie! Es umsonst ist!

USA zahlt!“ Ivan Dolvitch lachte dreckig. Kline lächelte ein wenig gezwungen. Er hatte gewusst, dass er die Kontrolle verlieren würde, und er hasste sich dafür.

„Wie wäre es mit einem privaten Tanz, Mister!“ Svetlanas Hände wussten genau, was sie zu tun hatten.

„Nein danke, äh, ich bin Nichttänzer!“

Kline wusste nicht, warum die anderen drei jetzt in lautes Lachen ausbrachen, doch er lachte mit und tat so, als hätte er den Scherz beabsichtigt.

„Sie sollten das nicht auslassen, Sir.“ Cynthia Guzzman schlug betont langsam eines ihrer langen Beine über das andere. „Es würde Ihre Tarnung perfekt machen!“

„Und Ihre?“

„Oh, ich bin hier Tänzerin. Die neue. Vielleicht …“, Cynthia Guzzman lächelte anzüglich, „können wir ja zu dritt privat tanzen?“ Ivan brach wieder in lautstarkes Gelächter aus, und Kline begriff, wie naiv seine vorherige Bemerkung gewesen war.

„Ich denke, wir haben jetzt genug gescherzt.“ Kline stellte fest, dass die Massage tatsächlich sehr entspannend wirkte, wollte sich jedoch die Initiative nicht völlig entreißen lassen. „Dafür ist die Angelegenheit zu ernst. Solange deine Finger oberhalb meines Bauchnabels bleiben, darfst du gern weitermachen, Svetlana.“

„Worum geht es?“ Auch Ivan wurde nun geschäftlich. Kurz irritiert, registrierte Kline jetzt, dass Cynthia in ihre Rolle schlüpfte und sich an Ivan kuschelte, seine breite Brust streichelte und ihm gelegentlich einen Kuss aufs Ohr hauchte. Doch schnell wurde Kline klar, dass dies, zumindest in dieser Umgebung, die unauffälligste Art und Weise darstellte, als Übersetzerin tätig zu sein.

„Wenn Sie dieses Lokal verlassen, dann erhalten Sie einen Umschlag mit den Details. Das jedoch nur, wenn sie ihn auch wirklich haben wollen. Nur so viel ganz kurz: Vorgestern Nacht wurde bei Vukovar eine serbische Garnison überfallen und ausgelöscht. Es gab, zumindest offiziell, keine Überlebenden. Siebenundfünfzig Tote. Die

Männer wurden regelrecht, hingerichtet, ohne dass eine erkennbare Gegenwehr erfolgte. Die Spuren deuten auf Ustascha-Rebellen hin."

Ivan ließ sich ein wenig Zeit mit der Antwort, während Fox noch übersetzte. Obwohl Kline sich sicher war, dass Ivan ihn sehr wohl verstanden hatte. „Und?", kam die Antwort schließlich. Ivans Gesichtsausdruck deutete darauf hin, dass er den Braten bereits roch.

„Es gab einen Überlebenden, und den haben wir überprüft. Er ist absolut glaubwürdig. Keine Ustascha. Es waren Serben. Sie wollen den Friedensprozess untergraben."

„Mich nicht wundert. Keiner gerne verliert Krieg! Ich weiß, wovon ich rede."

„Ja. Und deshalb brauchen wir weitere Beweise. Der Zeuge ist in Sicherheit, aber außer ihm haben wir nichts in der Hand. Wir brauchen Leute, die nach Serbien einsickern und weitere Beweise sichern. Wieso kam es zu dem Gemetzel? Warum haben sich die Opfer nicht gewehrt?"

Wieder ließ sich Ivan die Worte zunächst einmal übersetzen. Der Blick seiner kleinen, harten Augen blieb dabei unverwandt direkt auf Kline gerichtet.

„Warum das die Serben nicht selbst untersuchen?"

„Die Serben würden nie zugeben, dass das ihre eigenen Leute waren. Wir brauchen das Motiv und weitere Details über die Vorgehensweise der Mörder, um die Beweiskette unangreifbar zu machen. Aber wir können nicht mit unseren eigenen Kräften nach Serbien. Dazu haben wir kein Mandat."

Ivan nickte beinahe unmerklich.

„Die finanzielle Seite ist natürlich geklärt", ergänzte Kline, unnötigerweise, denn dies war die Voraussetzung, um direkt mit den Einsatzkräften zu sprechen. Kline arbeitete seit Jahren mit A. I. M. zusammen, einer Firma, die Elitekämpfer vermietete, und das zu jedem denkbaren Zweck, wie Kline wusste. Aber wenn zwei einigermaßen gleichwertige Anfragen bei der Firma eingingen, tendierte A. I. M. dazu, den ethisch eher vertretbaren Auftrag anzunehmen, was man über andere Firmen mit dem gleichen Geschäftsmodell nicht unbedingt sagen konnte.

„Wo ist Haken?"

„Sie meinen, außer dass Sie auf feindlichem Gebiet operieren müssen?"

Der Russe winkte beinahe beleidigt ab. Er hatte mehr Jahre auf feindlichem Gebiet zugebracht, als die meisten anderen erwachsenen Menschen auf der Schulbank.

„Wir haben einen Hauptverdächtigen." Kline schaute Dolvich auf eine Art und Weise an, die diesen Satz unausgesprochen um Begriffe wie „guter", „alter" und „Bekannter" erweiterte.

Ivan lehnte sich vor. Cynthia, die sich gerne auch Fox nennen ließ, massierte ihm nur noch mechanisch den Rücken. Wer immer sie beobachtete, wusste nun, dass das Gespräch soeben seinen unterhaltsamen Charakter verloren hatte.

„Wen?" Dolvich bellte das Wort beinahe.

„Das Kommando, das die Garnison auslöschte, wurde von einem international gesuchten Auftragskiller angeführt. Es handelt sich um einen Serben, der sich ‚Miroslav' nennen lässt. Sein wahrer Name ist Tomas Pavlevic, aber das weiß nicht einmal Interpol."

Ivan nickte. „Das ist harte Nuss. Er Dutzende Menschen getötet hat, und das nicht nur bei Krieg. Und man hat nicht mal Foto!"

Kline nickte. Es stimmte. Niemand wusste, wie Miroslav aussah. „Das ist aber nicht alles", fuhr er fort.

„Sein Auftraggeber? Ich kenne ihn?"

„Silevic!"

Ivan lehnte sich zurück und schloss die Augen.

„Haben Sie ein Problem damit?"

Ivan öffnete die Augen. „Ich dachte, Silevic sitzt in Pale, Bosnien. Nicht in Serbien."

„Das ist auch so. Aber er unterhält ein Kommando bei Bač, direkt hinter der Donau, gegenüber von Vukovar. Er hat im ganzen ehemaligen Jugoslawien Kräfte stationiert. Und wir nehmen an, dass dieses

Kommando aus Bač den Einsatz durchgeführt hat. Silevic wird nicht dabei gewesen sein. Der traut sich momentan nicht aus Pale heraus."

„Das heißt, Einsatz nicht direkt gegen Silevic!" Guzzman hatte längst aufgehört zu übersetzen.

„Nein, aller Voraussicht nach nicht."

„Silevic ist mein Freund. Silevic selbst. Nicht seine Soldaten. Wir machen das." Ivan nickte und schaute dann Guzzman an, die ihre Schultern hob, um ihm zu bedeuten: dein Problem, deine Entscheidung.

„Ich hatte gehofft, dass Sie sich so entscheiden. Wir hätten Sie sonst für zwei Wochen aus dem Verkehr ziehen müssen. Die ganze Angelegenheit ist wie üblich absolut geheim!"

„Ante Silevic. Mann! Jetzt ich kann Privattanz vertragen! Svetlana!" Ivan erhob sich, nahm die junge Frau an der Hand und verzog sich mit ihr ins Dunkel der Bar. Kline vermisste die massierenden, entspannenden Finger des Mädchens sofort und schaute Fox ein wenig ratsuchend an. Die klopfte mit der rechten Hand auf den frei gewordenen Platz zu ihrer Rechten. „Mr Kline, wir sollten jetzt unsere Tarnung nicht fallen lassen, oder?"

Kline stellte fest, dass er seinen Körper nach wie vor nicht unter Kontrolle hatte.

Freundschaft

Zagreb, 3. Dezember 1995

„Was weißt du über Silevic?"

„Er ist Nationalist, Serbe. Freund. Großer Kämpfer. Großer Freund. Furchtbarer Feind."

„Intelligent?"

„Sehr."

„Hat er Schwächen?"

„Trinkt nicht viel. Spielt nicht. Gerne mal Frau, aber nie Liebe. Er nur liebt Serbien. Und Russland. Mutter Russin. Du mir misstraust?" Ivan funkelte sein Gegenüber wütend an. So ging man mit ihm nicht um.

Kyle Simmons, den sie auch Shadow nannten, da sein größtes Talent darin bestand, so gut wie unsichtbar zu werden, wenn er es wollte, lehnte sich betont lässig in seinen Stuhl zurück.

„Kannst du gegen ihn kämpfen?"

„Ich nicht glaube, das beweisen müssen."

Ivans Gesichtsausdruck verweigerte jede weitere Aussage, aber das war eigentlich schon immer so gewesen. Es war seine Sprache. Shadow misstraute ihm, weil der Russe anders sprach, weil sein Englisch noch immer schlecht war. Und weil er anders dachte. Für Shadow war er Kommunist, weil er ein Russe war. Alle Russen waren in Shadows Augen Kommunisten. Shadow verstand ihn nicht, und er verstand Shadow nicht. Aber Shadow hatte kein Recht, an seiner Kampfbereitschaft zu zweifeln. Wenn Ivan kämpfte, dann kämpfte er richtig, egal gegen wen.

Sie hatten sich in einem abgelegenen Café außerhalb von Zagreb getroffen. Über dem Tresen lief auf einem Fernseher das Programm von CNN. Gerade wurde zum wiederholten Male das Gesicht eines amerikanischen Reporters gezeigt, der vor einigen Wochen in Serbien spurlos verschwunden war. Die Sache hatte damals einige Wellen geschlagen, war jedoch mittlerweile aus den Schlagzeilen verschwunden und wurde nun aus irgendeinem Grund wieder aufgewärmt. Aber es interessierte sie nicht, denn sie waren mit sich selbst beschäftigt.

Bei ihnen saß LP, Leister Portman, ihr leitender Offizier bei A. I. M.

„Das Problem stellt sich für mich nicht“, mischte er sich nun in das Gespräch ein. „Ivan hat sich bislang nie anders als absolut professionell verhalten. Ich habe keinen Grund, an ihm zu zweifeln. Wenn er den Auftrag annimmt, dann wird er ihn erledigen. Und die Wahrscheinlichkeit, dass ihr Silevic selbst begegnet, ist äußerst gering.“

Ivan nickte bestätigend.

„Hoffentlich“, zweifelte Shadow.

„Selbst wenn!“ LP reagierte, bevor Ivan das tun konnte, und wischte Shadows Bemerkung beiseite. Er hatte offenkundig keine Lust auf weitere Diskussionen. „Ivan wird euch anführen. Er ist der Einzige, der Serbisch spricht. Oder ist das ein verborgenes Talent von Ihnen, Simmons? Guzzman?“ Portman blickte in die Gesichter von Fox und Shadow und erzwang dort den erwünschten Gehorsam. Doch Shadows war nicht ohne Bedingung zu haben: „Ich will vorher wissen, wie ihr Freunde geworden seid.“

Ivan schaute auf den Amerikaner. Er war ein guter Kämpfer, und es war gut, ihn im Team zu haben. Mit ihm gewann man zahlreiche taktische Optionen. Aber Shadow war für Ivan immer ein Buch mit sieben Siegeln geblieben. Er konnte Fox verstehen, wusste, wo sie herkam, was sie dachte, wie sie funktionierte. Shadow jedoch blieb ihm fremd. Er spürte das Misstrauen, er mochte ihn nicht, aber nichtsdestotrotz brauchte er ihn. Also begann er zu erzählen.

„Du nicht warst in Afghanistan“, sagte er jetzt. „Du nicht warst auf Berg 3234.“

„Nein, war ich nicht. Was war da?“

Ivan setzte an zu erzählen, doch die Worte fehlten ihm. Es war bereits auf Russisch schwer genug. Er konnte es nicht erklären. Nicht auf Englisch. „Fox muss übersetzen.“

Sie nickte und Ivan begann, immer nach wenigen Worten Pause machend, nicht nur, damit Fox übersetzen konnte, sondern auch, damit er sie auf Russisch fand. Sie sollten dem gerecht werden, was geschehen war.

„Wir waren eingeschlossen. Neununddreißig Mann. Neununddreißig gegen zweihundertfünfzig Mudschaheddin. Neununddreißig Mann, die in vierundzwanzig Stunden zu einem einzigen verschmolzen. Sechs fielen, achtundzwanzig wurden verwundet. Alle neununddreißig wurden hinterher hoch dekoriert, und keiner wurde zurückgelassen. Doch der Name des neununddreißigsten Mannes taucht in keiner offiziellen Liste auf. Alle Listen führen nur achtunddreißig Namen an, obwohl immer von neununddreißig Mann die Rede ist. Und es waren neununddreißig! Das weiß ich genau, denn ich war dabei, und ich weiß, wer der neununddreißigste war: Er war kein Russe, und er gehörte nicht mal zur Kompanie. Er hieß Ante Silevic. Und viele von uns verdanken ihm ihr Leben.“

Er würde es nie vergessen, schon wegen der Kälte. Denn es ist verdammt kalt in Khost, im Winter, auf 3234 Metern. Seine Höhe gab dem ansonsten namenlosen Berg den Namen. Sie waren im Morgengrauen des 7. Januar 1988 auf seiner Spitze gelandet. Hier hatten sie sich eingegraben, denn von hier aus sollten sie einen größeren Abschnitt der Straße von Gardez nach Khost überwachen.

Sie, das war die 9. Kompanie des 345. Luftlanderegiments der 40. Armee der UdSSR. Siebenunddreißig Mann –, Offiziere, Unteroffiziere und Mannschaften unter Oberleutnant Sergey Borisovich Tkachyov.

Sie hatten ihre Stellungen am Nachmittag gerade bezogen, als um halb vier die Schlacht begann. Die Mudschaheddin, deren Vormarsch sie beobachteten, ohne etwas gegen ihn unternehmen zu können, begannen aus allen Rohren auf sie zu feuern. Andrey Alexandrovich, ein Funker, der den Vormarsch der Gegner beobachtet hatte, wurde von der Explosion einer Rakete aus jenem Baumwipfel geholt, in dem er Stellung bezogen hatte. Er war der erste Tote.

Sie beantworteten den Beschuss mit dem bisschen Artillerie, das sie hatten, und bald ließ das afghanische Feuer merklich nach. Sie wussten: Das war lediglich die Ruhe vor dem Sturm. Kurz darauf brach der Angriff einer gewaltigen Übermacht los. Die Propaganda hatte später von bis zu vierhundert oder gar fünfhundert Mann gesprochen. Ivan war dabei gewesen und hatte die Zahl der Gegner auf etwa zweihundertfünfzig geschätzt. Das war heldenhaft genug, wie jeder wusste, der jemals an einer echten Schlacht teilgenommen hatte. Man hätte ihre Leistung nicht schmälern müssen, indem man sie übertrieb. Als wäre es nicht gut genug gewesen, sich gegen zweihundertfünfzig Mann zu verteidigen!

Einen Ansturm von fünfhundert Mann hätten sie nicht elfmal zurückschlagen können.

Doch genau das taten sie. Immer wieder hielten sie dem Ansturm der Übermacht stand und trieben sie zurück. Beim zwölften Versuch des Gegners, dem letzten, waren sie nicht mehr da.

Feldwebel Vyacheslav Alexandrovich Alexandrov war der Nächste, der fiel. Er führte Ivans Zug und deckte beim ersten Ansturm der Mudschaheddin den Rückzug seiner Leute in besser geschützte Positionen, als eine MP-Garbe sein Leben zerriss.

Es war sofort klar, dass sie den Berg nicht lange würden halten können. Die Übermacht war erdrückend und würde sie früher oder später ersticken. Und die Mudschaheddin waren zu großen Opfern bereit. Immer wieder schickten sie mehrere Männer für kleine, aber in der Summe wichtige Geländevorteile in den sicheren Tod. Immer fester umklammerte sie ihr Griff.

Eine kurzfristige Evakuierung war nicht möglich. Es wurden später Vorwürfe erhoben, die Führung der 40. Armee habe nichts zur Rettung der Soldaten unternommen. Doch Ivan wusste, dass dies Unfug war. Die Verwundeten wurden ausgeflogen, so schnell es möglich war, und die Piloten riskierten ein ums andere Mal ihr Leben. Sie brachten Munition unter den stetigen Attacken der offenbar gut koordinierten und ausgebildeten Mudschaheddin. Dass die Munition schneller verschossen werden musste, als sie geliefert werden konnte, lag am taktischen Geschick des Gegners. Die Piloten brachten Ersatzteile, Verbandsmaterial, alles, was benötigt wurde und vorrätig war. Sie waren neununddreißig, und sie wurden immer weniger, aber sie waren nicht allein.

Und es kam Silevic. Er hatte sich freiwillig gemeldet, denn er glaubte an die Bruderschaft der russischen und serbischen Völker. Er war Teil der Sanitätstruppen geworden, weil die misstrauische russische Armee keine Ausländer an der vordersten Frontlinie stehen haben wollte.

Als kein Platz mehr im Helikopter war, um noch einen weiteren Schwerverwundeten auszufliegen, blieb er freiwillig zurück und rettete so dem ersten von ihnen das Leben.

Er nahm den Platz am Maschinengewehr des ersten Zuges ein, den Platz neben Ivan, und er erwies sich als der geborene Anführer. Er ersetzte Vyacheslav Alexandrovich.

Bis in das frühe Morgengrauen des nächsten Tages hinein wehrten sie immer neue Angriffswellen des Feindes ab, immer verzweifelter und mit immer weniger Munition und immer weniger einsatzfähigen Männern. Ivan fiel es bis heute schwer, sich an Einzelheiten zu erinnern, von denen sich so viele in sein Gedächtnis eingebrannt hatten, dass nicht nur ihre chronologische Reihenfolge unklar war, sondern sich ihm sogar die Frage stellte, ob sie nicht den zermetzelten Traumwelten entsprangen, durch die er während der oft nur sekundenlangen Schlafpausen gejagt wurde.

Es war seine erste große Schlacht gewesen, denn bislang hatten sich die Afghanen selten so offen in die Konfrontation getraut. Aber er erinnerte sich, dass, wann immer es eng wurde, Ante Silevic die richtigen Kommandos gegeben hatte, und schnell lernten die Soldaten des ersten Zuges, führerlos durch den Tod ihres Feldwebels, Silevic' Befehlen zu vertrauen.

Zweimal rettete Silevic mit seinem Einsatz Ivan das Leben. Und zweimal war es umgekehrt.

Es war ein ständiger Wechsel zwischen Angst und Schlachthaus, und im Nachhinein konnte keiner sagen, was schlimmer war: die Furcht, während sie auf den nächsten Angriff warteten, oder die Schreie der Sterbenden und Verwundeten, das Gehämmer der Maschinengewehre, die Explosionen der Handgranaten und der Gestank nach Eingeweiden und Blut. Es war der adrenalingetriebene Sturm durch das Hoheitsgebiet des Todes, jederzeit bereit und manchmal auch hoffend, von ihm erwischt zu werden. Und dann, wenn wieder Ruhe eintrat, das Wimmern der Verwundeten, letzte Rufe nach der Mutter, waren die einzigen Erinnerungen ans Menschsein die verzweifelten Kommandos von Sergey Bobko, ihrem Sanitäter, der versuchte zu retten, was noch zu retten war. Und der Hass in den Augen der verwundeten Afghanen, die sie erschossen und in eine Schlucht warfen. Sie hatten nicht genügend Verbandsmaterial, und sie konnten auch keine lebenden Feinde hinter ihren Linien brauchen.

Und für Waffenstillstände zur Versorgung der Verwundeten oder zum Austausch der Gefangenen gab es keine Grundlage. Die Afghanen hielten sich an keine Regeln. Warum auch? Sie selbst hatten sich schon längst abgewöhnt, irgendwelche Regeln einzuhalten. Gefangene wurden nicht gemacht, Verwundete der anderen Seite wurden erschossen. Auf beiden Seiten. Das waren die Regeln, wenn man so wollte.

In einer Kampfpause, als alle schon verzweifelten vor Müdigkeit, Schmerzen und Hoffnungslosigkeit, vor der Endlosigkeit der Nacht, begann Silevic plötzlich zu singen. Es war ein albernes kleines Liedchen aus seiner Kindheit mit einer fröhlichen kleinen Melodie. Es war auf Serbisch, und so musste er den Soldaten die Worte beibringen. Aber bald sangen sie alle das Lied, und die höhnischen Rufe der Afghanen waren ihnen völlig egal. Das Kinderliedchen half ihnen durch die Schwärze der Nacht.

Dann trafen mit dem ersten Licht des Tages die Helikopter ein, die sie evakuieren sollten.

Als Letzter fiel Andrey Alexandrovich Melnikov, der den elften Ansturm der Mudschaheddin beinahe allein zurückschlug, um die Evakuierung seiner Kameraden zu decken. Von einer Kugel in die Brust getroffen, hielt er dennoch die Stellung, bis die Afghanen sich zurückzogen, um sich für den finalen Angriff neu aufzustellen.

Sie holten Melnikov, der jedoch starb, bevor sie den Helikopter erreichten. Ivan stieg als Drittletzter ein, nach ihm kamen nur noch Silevic und Sergey Borisovich, der Kompaniechef. Ivan und Ante saßen nebeneinander auf dem Rückflug, beide unversehrt inmitten von Verwundeten und dem toten Melnikov. Sie hockten da und versuchten verzweifelt, den Horror in ihren Köpfen zu vertreiben. Ivan summte das Lied, das Silevic ihnen beigebracht hatte, und beide wussten, dass diese eine Nacht sie zu Freunden gemacht hatte.

Ivan schwieg eine Weile, nachdem er Fox' Übersetzung der Geschichte gefolgt war. Soweit er das beurteilen konnte, war sie ihr gut gelungen. Auch Shadow schwieg, aber nur kurz. Dann hob er den Kopf: „Würdest du ihn im Zweifelsfall töten können?"

„Darüber ich nachdenke, wenn so weit ist."

„Du verstehst, dass mich das nicht beruhigt? Alles, was ich weiß, ist, dass da ein Haufen Kommunisten gegen einen Haufen Moslems gekämpft hat – und darauf begründest du eine Freundschaft!"

„Ich nicht sentimental. Wenn du Angst, dann sag und fahr nach Hause. Wir finden Ersatz!"

Shadow erwiderte nichts mehr, und sein Blick verriet wie immer nichts. Er war kein Rassist. Zumindest hätte er sich nicht als solchen bezeichnet. Doch stellte er immer wieder fest, dass die meisten Klischees zutrafen. Russen waren Kommunisten, selbst wenn sie das nicht wussten oder abstritten. Sie täuschten sich selbst. Moslems stanken nach Knoblauch und beteten ihren blutrünstigen Gott an. Außerdem waren sie viel zu laut. Shadow hatte mehrere Moscheen besucht, während des Freitagsgebets. Er war nicht bemerkt worden, wie üblich, und hatte sich alles genau angesehen: ein furchtbares, unmelodiöses Geschrei, unverständliche Riten und ständiges Auf-dem-Boden-Rumrutschen. Schlichtweg unamerikanisch. Schwarze waren allesamt faule Säcke, die in der Öffentlichkeit Drogen nahmen und barbarische Musik hörten.

All das waren keine Vorurteile für Kyle Simmons. Es entsprang seiner persönlichen Empirie. Seinen Beobachtungen. Es gab Ausnahmen, ja, doch die bestätigten lediglich die Regel. Für Kyle Simmons existierte der Gedanke nicht, dass seine Erfahrungen ihn betrogen, weil sie das Ergebnis eines Filters waren, der ihn davor beschützte, die Welt so wahrzunehmen, wie sie tatsächlich war. Es war nicht dieser Filter, der ihn von anderen Menschen unterschied. Es war nur die Qualität des Filters. Seiner war wesentlich effektiver als der anderer Menschen. Kyle Simmons las die Welt, wie sie ihm am wenigsten Angst machte. Für ihn waren in Washington seit 1933 durchgängig kommunistische Nazis an der Macht. Das war auch der Grund, warum er die Navy Seals verlassen hatte.

Man musste halt wissen, wie man hinzuschauen hatte. Und Kyle verstand sich darauf wie kein Zweiter.

Dolvich hatte für die Kommies gekämpft, hatte Orden dafür bekommen, und wenn er davon erzählte, spürte man, dass er das noch nicht bereute. Wenn einen das nicht zum Kommie machte, was dann? Und wer unbedingt feiner unterscheiden wollte, der war ein verdammter liberaler Intellektueller. Und da waren Shadow sogar Kommies und Schwarze lieber. Und Muslime sowieso. Die glaubten wenigstens an einen Gott!

Aber Kommies waren gottlos. Man konnte ihnen nicht über den Weg trauen.

Er wandte sich an Portman: „Also, worum geht es im Einzelnen?“ Portman hatte der Erzählung Ivans ebenfalls gelauscht, und er hatte selbst lange und oft genug unter Feuer gestanden, um zu wissen, wie fest die Bande zwischen zwei Menschen waren, die gemeinsam eine beinahe aussichtslose Situation durchgestanden hatten. Dennoch hatte er keinen Grund, Ivan zu misstrauen, aber er wusste, dass ihnen Shadows Misstrauen schaden konnte.

„Wenn Sie Zweifel an Ivans Integrität haben, Shadow, dann sagen Sie es jetzt laut und deutlich – oder schweigen Sie! Wir klären das jetzt ein für alle Mal!“

Shadow schaute Dolvich an, dann Portman, und nickte schließlich. Ein Rückzug war für ihn keine Option. Er würde Dolvich im Auge behalten.

„Silevic“, hob Portman an, „hat im Norden der Donau, auf serbischem Gebiet, eine Einheit stehen. Man nimmt an, dass Miroslav sich dieser Einheit bediente, um das Massaker bei Vukovar anzurichten.“

„Das war uns bereits bekannt.“

„Geduld, Fox. Die Frage, die sich uns nun stellt, lautet: Wie schafft man es, eine ganze Einheit erfahrener Kämpfer abzuschlachten, ohne dass die einen einzigen Schuss abfeuern? Die meisten Toten befanden sich in der Kantine. Offenbar hat eine Party stattgefunden. Sie wurden aus nächster Nähe erschossen. Einige der Opfer waren bewaffnet. Warum haben sie sich nicht gewehrt? Das müssen wir herausfinden.“

„Wir jetzt Detektive?“, fragte Ivan.

„In diesem Fall: ja. Beschafft Zeugen und, besser noch, alles an Unterlagen, was ihr finden könnt. Sie müssen nicht gerichtsfest sein, aber zumindest müssen wir die Fragen, die uns aus Belgrad gestellt werden, beantworten können.“

„Wie wahrscheinlich ist es, dass Silevic so etwas organisiert und dann die Pläne unter M wie Massaker abheftet?“ Shadow schaute Portman an.

„Irgendwelche Pläne werden sie gemacht haben. Und Miroslav

macht so etwas sicher nicht ohne Anweisungen von oben. Es muss Befehle geben, irgendwelche Anordnungen. Wir haben den Telefonverkehr überprüft, aber da war nichts. Also ist das vielleicht schriftlich erfolgt. Vielleicht haben sie die Unterlagen noch. Schaut, was ihr findet! Außerdem: Wir brauchen das Motiv."

„Wenn Unterlagen noch da, dann wir bringen sie mit", knurrte Ivan. Er hasste solche Gespräche. Wenn der Einsatz einmal begonnen hatte, waren sowieso sämtliche Pläne Makulatur.

„Die Kommandozentrale der Einheit wechselt ständig ihren Ort. Momentan befindet sie sich, unseren Informationen nach, in Bač. Aber das muss nicht stimmen. Findet das heraus, bevor ihr in Bač ein Massaker anrichtet!"

Verrat 1

Telefonat, abgefangen am 2. Dezember 1995, 23:46 Uhr

„Hier ist Fjodor Michailowitsch."

„Myschkin hier!"

„Wir bekommen Besuch."

„Unangemeldet?"

„Rogoshin hat sich gemeldet: Es gab eine unvorhergesehene Einladung."

„Das kommt ungelegen. Vater wird dich sehen wollen."

„Ja."

„In zwei Tagen an der Waldhütte."

Sonnenschein

3. Dezember 1995, 9:25 Uhr, bei Pale

Ante Silevic legte den Hörer wieder auf. Die Missile bei Vukovar war entdeckt worden, der Versuch, das zu vertuschen, gescheitert. Offenbar hatte einer der Soldaten überlebt. Er schloss die Augen, um sich besser konzentrieren zu können.

Die Lage war mit einem Mal gefährlich geworden.

Das hätte nicht geschehen dürfen! Erst der Journalist, und jetzt das! Nun wusste der Westen Bescheid. Es war lediglich nicht klar, was genau sie wussten. Besser war es also, vom Schlimmsten auszugehen: Ihnen war bekannt, dass er einen taktischen Atomsprengkopf besaß und in der Lage war, ihn abzufeuern.

Vielleicht war die ganze Sache ein Fehler gewesen, die ganze Idee mit der großserbischen Machtdemonstration. Er hätte die Missiles alle in Pale stationieren sollen. Dort waren sie sicher. Doch dafür war es jetzt zu spät. Er erhob sich von seinem Schreibtischstuhl und begann, in dem kleinen abgetrennten Bereich, in dem er arbeitete, auf und ab zu gehen. Doch die Gedanken blieben in der Enge seines Büros gefangen. Also verließ er den Raum und lief durch die Höhlengänge seines Hauptquartiers, irgendwo unter den Bergen Bosniens. Er brauchte frische Luft.

Die milde Luft, die sich hier, an der Südseite des Berges von den Strahlen der tief stehenden Sonne erwärmte, umfasste ihn. Schönes, ruhiges Spätherbstwetter hatte in den letzten Tagen geherrscht. Silevic blinzelte in die Sonne, die ihm ins Gesicht schien, und genoss. Im Berg war es immer kalt.

Was war geschehen? Man musste analysieren, was geschehen war. Eine serbische Patrouille, die nicht hätte auftauchen dürfen, hatte entdeckt, wie seine Leute mit der Missile trainierten. Eine Kommunikationspanne. Der befehlende Wachhabende der Garnison, den Silevic gekauft hatte, war erkrankt, und sein Stellvertreter war nicht informiert worden.

Seine Leute hatten die Patrouille bemerkt, sie jedoch nicht ausgeschaltet. Schlecht. Sehr schlecht! Und der Garnisonschef, Stepan Jovanovic, war mit der Genfer Konvention verheiratet, der Narr! Silevic war mit ihm zur Schule gegangen und kannte ihn gut. Ein Bestechungsversuch wäre aussichtslos gewesen.

Zum Glück war Silevic selbst auf Inspektion in Bač gewesen und hatte seinem alten Schulfreund sofort einen „spontanen" Besuch abgestattet. So hatte er erfahren, dass der Bericht an das Oberkommando noch nicht abgefasst worden war. So war er auf die Idee mit der Party gekommen, an der er aber leider nicht selbst hatte teilnehmen können.

„Kein Problem", hatte Jovanovic gesagt. „Das ändert aber nichts daran, dass ich melden muss, dass du mit Cruise Missiles herumhantierst."

„Hey, Stepan, die Party ist eine andere Baustelle. Keine Sorge! Aber schlaf noch mal drüber! Lass uns morgen noch mal telefonieren. Die Sache ist wirklich harmlos. Die Dinger werden nach Pakistan geliefert. Ich muss meine Leute ja irgendwie bezahlen!"

„Gut." Das Misstrauen strahlte meterweit aus den Augen des Hauptmanns, „Aber du wirst mich nicht umstimmen können. Und das Bier zahle ich, damit da gar kein Verdacht entsteht."

„Ich versuch's trotzdem, Stepan! Bis morgen! Schlaf dich aus!"

Das Ganze war auf die Schnelle improvisiert worden, und da Stepan das Bier selbst bestellt hatte, musste Miroslav eingreifen. Der Fahrer des Bierlasters wurde getötet und das Bier ausgetauscht. Die neue Ladung hatte ebenfalls aus Karlovačko-Flaschen bestanden, doch diesmal mit Rohypnol versetzt. Es war nicht einfach gewesen, das zu organisieren, aber Silevic hatte ausgesprochen gute Verbindungen, und nicht wenige Menschen waren erpressbar oder schuldeten ihm einen oder gar mehrere Gefallen …

Man hatte schnell reagieren müssen, denn sie hatten nicht viel Zeit zum Nachdenken gehabt… Und Miroslav war für gewöhnlich ein zuverlässiger Mann. Aber auch er hatte nicht viel Zeit für die Planung gehabt, da passierten Fehler.

Er hatte einen Soldaten übersehen.

Klar war, dass jetzt die serbische Seite unter Beobachtung stand. Die NATO-Leute waren nicht dumm. Zumindest nicht so dumm, der Angelegenheit keine Beachtung zu schenken. Sicherlich vermuteten sie, dass der Angriff aus Bač kam. Und das bedeutete, dass zwei der Missiles in akuter Gefahr waren.

Nicht in Gefahr, wurde ihm klar, je länger er über die Angelegenheit nachdachte. Sie waren verloren. Die ganze Region wurde sicherlich längst rund um die Uhr fotografiert. Jede größere Truppenbewegung würde sofort auffallen. Die Missiles unbemerkt abzutransportieren war beinahe unmöglich. Sicher waren auch schon sämtliche Agenten in der Gegend aktiviert worden. Es gab immer Verräter. Wer wüsste das besser als er, Silevic! Er bezahlte schließlich eine ganze Reihe von ihnen.

Zwei Missiles weniger,: das war ein herber Schlag. Sein Plan schien so perfekt gewesen zu sein, eine Schönheit aus Wirkung und Bedeutung. Jetzt war er hinfällig.

Aber Kapitulation war für Silevic nie eine Option gewesen. Strategische Rückzüge: ja. Kapitulation: nie. Noch immer konnte er sein Ziel erreichen. Der Westen würde wie ein aufgescheuchter Haufen Hühner durcheinanderrennen, sobald er die erste Missile entdeckt hatte. Sie brauchten immer zu lange, um eine Entscheidung zu treffen – darauf konnte man sich verlassen. Er, Silevic, würde das zu nutzen wissen. Die beiden Missiles würden den Westen von seinem eigentlichen Plan ablenken.

Aber wenn sie sie gefunden hatten, dann würden sie mit ihren

Muskeln spielen, weil sie sich außer Gefahr wähnten. Das durfte nicht geschehen. Sie mussten weiterhin in Angst gehalten werden. Also musste er sie wissen lassen, dass es noch eine dritte Missile gab. Den Ort, an dem er sie versteckte, durften sie jedoch keinesfalls herausfinden. Sie mussten nach ihr suchen – bis er sie abfeuerte.

Was er brauchte, war ein groß angelegtes Ablenkungsmanöver. Übermorgen traf er Miroslav. Es gab einiges zu besprechen.

Donau

Serbisch-Kroatische Grenze, 4. Dezember 1995, nach Einbruch der Dunkelheit

Es war beinahe Vollmond, doch eine dichte Wolkendecke verbarg den Himmel. Es war fast schon Routine gewesen, sich mit einem Schlauchboot die Donau hinabtreiben zu lassen. Wenige Kilometer südöstlich von Vukovar verzweigte sich der Fluss in einige natürliche Seitenarme, die ein ausgedehntes Schwemmland bildeten, das im Frühjahr die Hochwasserfluten aufnahm. Shadow hielt das Boot in der Flussmitte, und einige Kilometer weiter tauchten zu seiner Linken zwischen den Bäumen, die das Flussufer säumten, für kurze Zeit die wenigen Lichter von Bačko Novo Selo auf. Hier war der Fluss wieder schmal und schnell. Ivan, Fox und Shadow kauerten flach auf dem Boden des Bootes, denn sie wussten, dass der Fluss beobachtet wurde. Sie waren nun weniger als einhundertfünfzig Meter vom serbischen Ufer entfernt. Das Boot sollte das wenige Licht absorbieren, und die Bordwand, die nicht höher als vierzig Zentimeter über der Wasseroberfläche aufragte, hatten sie mit einigen Zweigen getarnt, sodass sie selbst sehr guten Augen wie ein im Wasser treibender dicker Ast erscheinen müsste. Dennoch war dies der gefährlichste Teil ihrer Mission, bevor sie serbischen Boden betraten. Denn hier waren sie völlig wehrlos.

Aber kein Ruf ertönte, kein Schuss fiel, und bald richtete sich Shadow wieder auf und steuerte das Boot weiter an das rechte, kroatische Ufer. Hier trennte ein schmaler Seitenarm eine lang gezogene, bewaldete Insel von der kroatischen Seite der Donau, aber Shadow hielt das Boot dennoch lieber auf der Serbien zugewandten Seite. Der Fluss war hier wieder so breit, dass sie im Schatten des hoch bewachsenen Donauufers nahezu unsichtbar blieben. Allerdings war der Fluss hier voller Untiefen und Sandbänke, und so dicht am Ufer mussten sie sich vor den tief herabhängenden Zweigen und weit ins Wasser hineinragenden Wurzeln in Acht nehmen. Mehr als einmal blieben sie hängen, und Shadow musste das Boot wieder weiter zur Flussmitte hin ins offene Wasser bugsieren, was jedes Mal den Einsatz der Paddel und somit verdächtige Geräusche bedeutete. Glücklicherweise kam der Wind aus nördlicher Richtung, sodass es unwahrscheinlich war, dass man sie auf der anderen Seite des Ufers hören konnte.

Weitere Seitenarme drangen in die lang gezogene Insel hinein, doch Shadow bevorzugte weiterhin das offene Wasser und den freien Blick auf das serbische Ufer, das allerdings, fast einen halben Kilometer entfernt, in der Dunkelheit vollkommen verborgen blieb. Ivan überprüfte das Ufer von Zeit zu Zeit mit dem Nachtsichtgerät, aber außer einem Rudel Wildschweine und mehreren Rehen war dort nichts zu erkennen, was Wärme erzeugte.

„Es müsste bald so weit sein“, flüsterte Shadow. Sie hatten sich ungefähr fünfundvierzig Minuten lang immer im Schatten der Bäume treiben lassen und bemerkten nun, dass das gegenüberliegende Ufer plötzlich sehr dicht vor ihnen aufzutauchen schien.

„Das ist die vorgelagerte Insel, die wir auf der Karte gesehen haben. Kroatische Seite“, erklärte Shadow. „Ab hier wird's spannend!“ Sie hätten sich weitertreiben lassen können, im Schatten dieser Insel, doch wenige Hundert Meter weiter flussabwärts wurde die Donau wieder schmäler und verjüngte sich von fast einem Kilometer Breite auf knapp dreihundert Meter. Sie mussten unbedingt verhindern, dort hineinzugeraten, wollten sie nicht kilometerweit abgetrieben werden. Einen Motor hatten sie nicht, denn das Geräusch hätte die Aufmerksamkeit auf der serbischen Seite auf sie gelenkt.

„Wir passieren vor der Insel.“ Sein Flüstern verschwand fast vor dem Gurgeln des Flusses und dem Hauchen des schwachen Windes. „Wir sind dann wieder dichter am serbischen Ufer. Also haltet die Köpfe unten! Ich werde das Ruder hart links halten, sobald wir aus dem Schatten der Insel herauskommen. Das Ufer scheint nicht intensiv bewacht zu werden, aber das wissen wir erst genau, wenn es zu spät ist.“

Ihnen war bewusst, dass ihnen nicht viele Optionen blieben, falls sie entdeckt würden. Ein Feuergefecht war vollkommen aussichtslos. Sie lagen auf dem Präsentierteller, sobald Gefechtsfeldbeleuchtung abgeschossen wurde, und konnten nur hoffen, die andere Seite zu erreichen, bevor die Serben sich darüber klar geworden waren, was sie da gesehen hatten.

Doch die Serben waren nicht dumm.

Es dauerte nicht lange, bis sie das östliche Ende der vorgelagerten Insel erreicht hatten. Der Strom floss hier breit und gemächlich in ostsüdöstlicher Richtung dahin, und wenn sie sich östlich hielten, trieben sie auf einen größeren Wald zu, in den zwei Nebenarme der Donau hineinreichten. Hier würden sie versuchen, auf serbisches Gebiet vorzudringen. Kurz vor dem Ufer mussten sie die Paddel einsetzen, um nicht in die östlich gelegene Engstelle des Stromes gezogen zu werden, und so etwas machte immer Geräusche.

Ivan überprüfte noch einmal das gegenüberliegende Ufer. „Wachposten östlich, da, wo wir hinwollen. Zwei Soldaten. Rechts von Mündung.“

„Da, wo sie zu erwarten waren.“ Auch Shadow schaute nun durch das Nachtsichtgerät seines Gewehrs. Sie selbst waren hinter der Außenwand ihres Bootes wahrscheinlich nicht auszumachen. Zumindest hofften sie das. Unwahrscheinlich war ebenfalls, dass die serbische Seite ausgerechnet hier ihre wenigen Nachtsichtgeräte einsetzte, da das rechte Ufer zwar offiziell zu Kroatien gehörte, jedoch von einer serbischen Mehrheit bewohnt wurde. Er fand die Situation so vor, wie Ivan es ihnen geschildert hatte. „Funkkontakt, Fox!“, flüsterte Shadow. Normalerweise war Ivan ihr Anführer, doch wenn es um Camouflage-Operationen ging, übernahm Shadow ganz natürlich das Kommando.

Fox blickte auf die Uhr. Es war kurz vor drei. Sie hatten länger gebraucht, als sie gehofft hatten, aber bis zur Morgendämmerung dauerte es in dieser Jahreszeit noch etwas. Sie schaltete das kleine Funkgerät ein und setzte den vereinbarten Code ab. „Das schaffen wir."

„Dann mal los", flüsterte Shadow. Mit einigen Paddelschlägen verließen sie den Schutz des Ufers und steuerten das Boot ein paar Dutzend Meter in den Strom. Dann legten sie sich wieder flach auf den kalten Boden des Schlauchbootes und ließen sich treiben. Shadow hob manchmal den Kopf ein wenig, um über den Bootsrand zu spähen, doch er konnte nicht erkennen, wohin sie trieben, und ob sie nicht doch vielleicht in den Sog der Engstelle gerieten, was sie unweigerlich viele Kilometer von ihrem Kurs abbringen würde. Er hielt das Ruder hart links und horchte auf die Geräusche des Wassers unter dem Boot. Für eine ziemlich lange Zeit blieb es ruhig. Immer wieder schaute Shadow auf seine Uhr. Die Strömung betrug hier im winterlichen Niedrigwasser nicht einmal zwei Kilometer pro Stunde, und er versuchte abzuschätzen, wie weit sie schon gekommen sein mussten.

„Warum kommen die nicht?", flüsterte Fox.

„Sie werden kommen!"

„Hoffentlich!"

Eine Weile war es wieder vollkommen still im Boot, während Shadow seine Uhr kontrollierte und ab und zu über den Bootsrand schaute. Schließlich richtete er sich auf und bedeutete Fox und Ivan mit einer Geste, weiterhin unten zu bleiben. „Da sind sie!"

Und dann konnten sie sie hören. Erst ganz leise, vom Nordwind immer wieder unterbrochen, dann zusehends lauter werdend. Zwei Helikopter der NATO patrouillierten über dem kroatischen Ufer. Sie hielten ausreichend Abstand, um nicht als Provokation angesehen zu werden, waren jedoch nah genug, um beobachtet werden zu müssen. Wer immer jetzt auf der serbischen Seite Wache hielt: Seine Aufmerksamkeit war abgelenkt. Shadow und seine Begleiter erhoben sich, ergriffen die Paddel und ruderten auf das Ufer zu, das sich jetzt östlich vor ihnen erhob.

Die Landspitze, an der die beiden serbischen Soldaten Wache hielten, diente ihnen als Orientierung. Sie hielten sich möglichst weit links davon und ruderten bis dicht ans Ufer, an dem sie sich wieder entlangtreiben ließen, bis sie die Mündung des linken und größeren der beiden Donauarme erreichten, die hier eine größere Auenlandschaft bewässerten. Weit und breit war niemand zu sehen.

Der Idiot

Stuttgart, Patch Barracks, 5. Dezember 1995, 8:34 Uhr

„Sir! Guten Morgen, Sir!“

„Kommen Sie rein, Colonel Parker! Sie sagten, es sei dringend?“

John Paul Kline saß wieder an seinem Schreibtisch in den Patch Barracks in Stuttgart. In der letzten Woche hatten die Techniker ihm einen neuen Computer auf den Schreibtisch gestellt, der an das Internet angeschlossen war. Seither versuchte Kline eine sinnvolle Reihenfolge von Mausklicks auszuarbeiten, die es ihm erlaubten, dieses neue System zu nutzen, das die Techniker „Yahoo“ genannt hatten. Und so langsam bekam er den Bogen raus. Zunächst, nach der Erklärung der Techniker, hatte er nicht den geringsten Schimmer gehabt, wovon die sprachen, doch jetzt schien er begriffen zu haben. Yahoo war so etwas wie der Indexdienst in einer großen Bibliothek. Bloß dass diese Bibliothek das gesamte Internet umfasste.

Zumindest den Teil, der nicht klassifiziert war.

Momentan konnte er sich noch nicht so recht vorstellen, wozu das gut sein sollte, aber er hatte auch die Nützlichkeit der E-Mails bezweifelt, bis er einmal auf eine Anfrage in New York binnen drei Minuten eine Antwort erhalten hatte. Kline blickte von seinem Monitor auf und schaute jetzt dem Oberst in die Augen.

„Es gibt einen Maulwurf, Sir, und zwar einen, den wir noch nicht kennen.“

Das war keine gute Nachricht, aber Kline hatte gelernt, seine Gefühle bei schlechten Nachrichten zu verbergen. „Woher haben Sie diese Information?“

„Wir haben ein Telefonat abgefangen. Zuerst konnten wir die verwendeten Namen nicht zuordnen, aber einer der Privates ist offenbar ein Intellektueller."

„Haben Sie ihn verhaftet?"

„Sir?" Parkers Miene hatte die Beweglichkeit eines nicht motorisierten Schützenpanzers angenommen.

Kline schloss kurz die Augen. So etwas passierte fast immer, wenn er es einmal mit Humor versuchte. Es rechnete einfach niemand damit.

„Fassen Sie sich kurz!"

„Erst dachten wir" – der Oberst war sichtlich glücklich, das Gespräch wieder auf vertrautem Terrain zu sehen –, „es wären Russen, denn sie benutzten russische Namen. Aber dann bemerkte dieser Private, dass sie die Vornamen von so einem russischen Autor benutzten – und einen Namen aus einem seiner Romane."

„Wie heißt er?

„Der Idiot, Sir!"

Kline unterdrückte erfolgreich einen Lachanfall. Darin war er gut. „Ich meinte den Private. Nicht den Roman! Zeichnen Sie ihn aus. Den Private. Nicht den Roman. Der war schon immer ausgezeichnet. Um was ging es in dem Gespräch?"

„Wir nehmen an, dass es um die Operation bei Bač geht."

Kline schloss wieder die Augen, diesmal jedoch nicht aus Belustigung, sondern weil das nicht hätte geschehen dürfen. „Wer kommt infrage?"

„Wir haben die Liste der Verdächtigen auf sieben Leute eingegrenzt. Weitere Überprüfungen laufen noch. Aber es ist einer von uns, niemand aus dem Nachtclub. Die machen alle wie geplant Urlaub, und keiner von denen hat im fraglichen Zeitraum ein Telefon auch nur zu sehen bekommen."

„Machen Sie schnell! Und wenn Sie den Mann kennen, will ich ihn persönlich sprechen. Haben Sie Kontakt zu Dolvich?"

„Sie sind heute Nacht planmäßig übergesetzt und haben das vereinbarte Signal gegeben. Wir haben das Ablenkungsmanöver geflogen. Seither haben wir wie vorgesehen keinen Kontakt mehr. Wir können da nichts mehr machen, Sir! Wenn ich mir eine Bemerkung erlauben darf?"

„Sie dürfen, Oberst!"

„Wenn etwas schiefläuft, werden die Serben das nicht für sich behalten."

„Nein", bestätigte Kline, „den Gefallen werden sie uns wohl kaum tun!"

Vormarsch

Südlich von Bač, 5. Dezember 1995

Sie hatten das Schlauchboot, nachdem sie es entladen hatten, die Uferböschung hinaufgezogen und es in einem dichten Gebüsch unter herabgebrochenen Ästen und altem Laub verborgen. Die wenigen Stunden bis zum Tagesanbruch nutzten sie dazu, sich in dem sumpfigen Waldgelände einen einigermaßen trockenen Platz zu suchen, einen Ort, an dem sie den Tag verbringen konnten, ohne bemerkt zu werden. Aber als sie endlich eine günstige, leicht erhöhte Stelle abseits der Wirtschaftswege gefunden hatten, begann es zu regnen, und es hörte lange nicht mehr auf.

Das Thermometer stieg. In der Nacht zuvor hatte der Nordwind noch leichte Minustemperaturen gebracht. Aber der südwestliche Wind, der nun einsetzte, brachte neben leichten Plusgraden auch Regenwolken aus dem Mittelmeer, und es wurde ungemütlich.

Sie wechselten sich mit dem Wachdienst ab, und versuchten, wenn auch zumeist vergeblich, zu schlafen. Der Tag war düster, und die Feuchtigkeit kroch überallhin. Die Bewegungslosigkeit, zu der sie verdammt waren, tat ein Übriges. Als am Nachmittag die Dämmerung hereinbrach, waren sie steif gefroren und benötigten eine geraume Zeit und viel Gymnastik, bis sie ihre gewohnte Beweglichkeit wiedererlangten. Ihre Kleidung dampfte leicht von der Hitze ihrer Körper, als sie endlich abmarschbereit waren.

Um 18:00 Uhr war es vollkommen dunkel. Sie hatten ihre Zeltplanen, unter denen sie Schutz vor dem Regen gesucht hatten, wieder verstaut und, um ihre Spuren zu verwischen, den Untergrund aufgewühlt, als hätte sich hier eine Rotte Wildschweine gesuhlt. Jetzt machten sie sich auf den Weg. Es hatte aufgehört zu regnen, und der volle Mond brach durch die Lücken in der Wolkendecke. Zwar waren sie dadurch leichter zu entdecken, aber dennoch nutzten sie einen Wirtschaftsweg, der sich in nordöstlicher Richtung hinzog. Sie marschierten langsam, ohne große Eile und verteilt auf die beiden Seiten des Weges: Shadow vorne rechts, Ivan zehn Meter dahinter auf der linken Seite, Fox weitere zehn Meter dahinter auf der rechten Seite. Sie hielten ihre Gewehre bereit, doch außer den üblichen nächtlichen Geräuschen des Waldes war nichts zu hören. Das Mondlicht warf scharfe Schatten auf den Weg, was Ivan nicht recht war, da er sich sehr sichtbar vorkam. Aber sie begegneten niemandem, bis der Weg nach Norden abbog und sie etwa fünfzehn Minuten später den Waldrand erreichten.

Dort stießen sie auf eine schmale, in ost-westlicher Richtung verlaufende Straße, und auf der gegenüberliegenden Seite lag ein kleines Gehöft. Sie nahmen an, dass zu diesem Gehöft ein Hund gehörte, weshalb sie sich gut einhundert Meter vor der Straße links in den lichten Wald schlugen und das Gehöft weiträumig umgingen.

Unvermittelt blieb Shadow stehen und winkte die beiden anderen zu sich: „Etwa einen Kilometer weiter westlich verläuft nahe der Straße ein Bachlauf in nördlicher Richtung. Den müssen wir finden. Der führt uns in den Wald südlich von Bač, in dem wir die nächsten Tage verbringen werden."

Sie blieben weiter im Schatten der Bäume und bewegten sich sehr langsam, um keine unnötigen Geräusche zu verursachen. Aus diesem Grund fanden sie den Bach nicht ohne Weiteres, denn er verlief doch etwa zwanzig Meter von der Straße entfernt und war nur mit Mühe auszumachen. Endlich aber hatten sie ihn entdeckt und folgten seinem Lauf. Das Ufer war nicht mit Bäumen bestanden, und das Wasser hatte im Laufe der Jahre den Untergrund nur leicht ausgewaschen, sodass sie sich nun mehr oder weniger in offenem Gelände befanden. Sie zogen es vor, nicht durchs Wasser zu waten, da sie die dabei unweigerlich entstehenden Geräusche vermeiden wollten, zumal diese es ihnen erschwert hätten, selbst verdächtige Laute wahrzunehmen. Und es hatte den zusätzlichen Nutzen, mit trockenen Füßen durch die Nacht zu laufen.

Durch die Nachtsichtgeräte ihrer Gewehre überprüften sie das Gelände und arbeiteten sich langsam vor, indem sie immer wieder sicherten, während einer von ihnen zwanzig, vielleicht auch mal dreißig Meter vorrückte und dann wartete, bis die anderen beiden aufgeschlossen hatten. Das Gelände östlich des Baches wurde offenbar landwirtschaftlich genutzt. Felder erstreckten sich dort, so weit sie blicken konnten. Mindestens einen Kilometer östlich von ihnen konnten sie die Lichter eines Dorfes ausmachen, das ihre Karte als Mladenovo auswies, aber die Straßenlaternen waren viel zu schwach, nicht zahlreich genug und zu weit entfernt, als dass ihr Licht ihnen hätte gefährlich werden können. Doch zwischen den Feldern standen einzelne Hütten, in denen wahrscheinlich landwirtschaftliche Geräte untergebracht waren. Dort konnte sich möglicherweise ein Posten aufhalten, den sie selbst mit ihren Nachtsichtgeräten erst spät bemerken würden.

Jeder Feindkontakt zum jetzigen Zeitpunkt, so viel war ihnen klar, musste ihre Mission zum Scheitern bringen. Sie waren ausgebildet, solche Scharmützel zu überleben, und würden sich vielleicht sogar einer Gefangennahme entziehen können. Aber ihr Auftrag wäre gescheitert.

Glücklicherweise gab es keinerlei Probleme. Sie benötigten sechs Stunden für die zwei Kilometer bis zum südlichen Rand des Waldes, der für die nächsten Tage ihre Heimat sein sollte. Dieser Wald wurde intensiv bewirtschaftet, und dementsprechend war er einigermaßen trocken und leicht zugänglich. Dafür war es jedoch ungleich schwieriger, ein geeignetes Versteck zu finden, zumal in beinahe vollkommener Dunkelheit, denn der Mond war inzwischen untergegangen. Erst kurz bevor der Tag anbrach, stießen sie auf eine Stelle mit dichtem Unterholz, das aus irgendeinem Grund stehen gelassen worden war. Es war in dieser Jahreszeit nicht belaubt, aber es bot einen ausreichenden Sichtschutz. Man konnte sie erst entdecken, wenn man sehr dicht herantrat. Sie würden ein wenig Glück benötigen, aber alles andere war weitaus schlechter.

Ohne eine verräterische Zeltplane aufzuspannen, legten sie sich todmüde in ihre noch immer klammen Schlafsäcke. Ivan übernahm die erste Wache. Der Morgen des 5. Dezember begann zu dämmern.

Identitäten

Stuttgart, Patch Barracks, 5. Dezember 1995, 9:13 Uhr

Colonel Parker hasste diese Situationen. Sie ermunterten seine Paranoia. Es gab dann den einen Teil in ihm, den Philanthropen, der den anderen verdächtigte, Gespenster zu sehen, und den anderen Teil, den Misanthropen, der den ersten der Naivität bezichtigte. Und ein dritter Teil, das bisschen gesunder Menschenverstand, das ihm nach zweiundzwanzig Jahren in diesem Job noch geblieben war, sollte die richtigen Entscheidungen treffen. Man musste seinen Leuten vertrauen können. Das war das Wichtigste in diesem Geschäft. Und man durfte seinen Leuten nie trauen. Das war nicht das Zweitwichtigste, sondern das zweite Wichtigste in diesem Geschäft. Er war siebenundvierzig Jahre alt, und es war das vierte Mal in seiner Karriere, dass sein Job ihn zu einer multiplen Persönlichkeitsstörung zwang.

Es war noch nie besonders gut ausgegangen.

Jemand in seiner Einheit spielte falsch. Einer der sieben Männer, die in der Crveno Svjetlo im Einsatz gewesen waren.

Parker betrat sein Büro und hievte seinen massigen Körper hinter den Schreibtisch. Zu wenig Bewegung, seit zu vielen Jahren schon. Und die schwäbische Küche, an die er sich hier in Stuttgart gewöhnt hatte, trug das Ihre dazu bei. Und wann immer er es mal schaffte, seine einhundertzehn Kilogramm in die Muckibude zu bewegen, konnte er anschließend den Käsespätzle im gutbürgerlichen Restaurant direkt auf der anderen Straßenseite nicht widerstehen. Er liebte Deutschland, gab er gerne zum Besten, und hasste sich dafür. Verdammte Schizophrenie!

Er nahm den Hörer ab: „Ich brauche Mangold, asap“, bellte er hinein und legte, ohne eine Antwort abzuwarten, wieder auf. Beim ersten Mal, erinnerte er sich, hatte er von Anfang an einen ganz bestimmten seiner Männer verdächtigt. Das hatte dazu geführt, dass der wahre Doppelagent ein paar Stunden später entlarvt wurde, ein paar Stunden zu spät, um das Leben eines anderen zu retten. Parker war der Einzige, der davon wusste. In keiner Untersuchung war ihm je ein Vorwurf gemacht worden, doch er machte ihn sich selbst. Deshalb widerstand er jetzt der Versuchung, sich wieder einen Kandidaten auszusuchen. Alle sieben waren fähige Agenten, und ein jeder hatte seine Verdienste. Es würde hart werden.

Es klopfte an der Tür, und sofort trat Mangold ein, ohne eine diesbezügliche Aufforderung abzuwarten. Chris Mangold hatte in Hollywood angefangen, als Spezialist für Soundeffekte. Er galt damals als der kommende Mann der Branche, ein klarer Anwärter auf eine Reihe von Oscars. Seine Frau starb bei der Geburt ihres ersten Kindes, während er im Tonstudio arbeitete. Sie hatte ihn nicht einmal verständigt, als es losging. Und wenn er ehrlich zu sich war, dann musste er sich eingestehen, dass er seine Arbeit auch dann nicht im Stich gelassen hätte.

Drei Tage später starb auch das Kind.

Er begann zu trinken, verursachte einen tödlichen Autounfall, bei dem eine weitere Mutter und ihr Kind starben – und wurde zu einer langjährigen Haftstrafe verurteilt. Parker hatte ihn aus dem Gefängnis geholt.

Mangold wusste bis heute nicht, für wen genau er arbeitete. Sein Gehalt wurde von einer Firma auf den Cayman-Inseln überwiesen. Er versteuerte nicht einen Cent davon, und man hatte ihm klargemacht, dass er das besser auch gar nicht erst versuchen sollte.

Seine Aufgabe war es, Telefonate zu entschlüsseln und herauszufinden, wer sie geführt hatte.

„Gibt es was Neues?“

„Wir sind der Verzerrungskette näher gekommen. Heute Nachmittag dürften wir die Originalstimme so weit rekonstruiert haben, dass wir eine regional-linguale Analyse durchführen können."

„Klartext, Mann!"

„Wir können dann sagen, aus welcher Gegend er kommt: regionale Tonfälle, ein Dialekt und so weiter."

„Warum können wir nicht einfach den Sprecher bestimmen?"

„Die Verzerrungen waren sehr stark, und es sind verschiedene Effekte nacheinander benutzt worden. Scheint sich um ein neues Gerät zu handeln, das wir noch nicht kennen." Der Sprecher, so viel verstand Parker, hatte das Telefonat mittels eines Gerätes geführt, das seine Stimme veränderte. Es gab dafür mehrere Methoden, und um die Originalstimme wieder zu reproduzieren, musste der Weg genau zurückbeschritten werden, auf dem nicht nur die Reihenfolge der Veränderungen exakt nachvollzogen wurde – sondern auch die individuellen Einstellungen bei jedem Schritt. Bei jedem einzelnen konnten das mehrere Dutzend sein.

„Bis wir ein wirklich sauberes Stimmprofil haben, kann es noch ein paar Tage dauern", stellte Mangold bedauernd fest.

„Beeilen Sie sich! Holen Sie Personal dazu! Wenn es was bringt, lassen Sie sich noch ein paar Computer installieren! Jede Minute zählt!"

Mangold nickte und wartete, bis Parker ihm mit einer knappen Handbewegung bedeutete, dass er entlassen war. Dann verließ er den Raum.

Parker drehte seinen Schreibtischstuhl zum Fenster. Der nächste Schritt lag vor ihm, aber er zögerte noch, ihn zu gehen. Wen sollte er in die Angelegenheit noch einweihen? Sollte er überhaupt noch jemanden hinzuziehen? Wem konnte er vertrauen?

Wachvergehen

Südlich von Bač, 5. Dezember 1995, nachmittags

Ein Knall hatte ihn aufgeschreckt. Verwirrt zunächst, dann zusehends klarer werdend wachte Ivan Dolvich auf, mit dem Rücken an jenen Baum gelehnt, an dem er seine Wache begonnen hatte. Er spähte durch das Dickicht und versuchte, irgendetwas zu erkennen, doch lediglich das leise Summen eines Zweitaktmotors wehte zu ihm herüber. Womöglich eine Fehlzündung. Sicher kein Schuss. Schüsse erkannte er im Schlaf, bis hin zum Typ und dem Baujahr der Waffe. Das war eindeutig kein Schuss gewesen.

„Wir sind alle müde“, hörte er Shadows Stimme hinter sich. Ivan drehte sich um. Die blauen Augen des Amerikaners blitzten ihn an. Ivan war auf Wache eingeschlafen. Das durfte nicht geschehen. Dafür gab es keine Entschuldigung.

„Leg dich hin! Ich übernehme!“ Shadow schälte sich aus seinem Schlafsack und streckte seine Glieder.

„Wie lange du mich beobachtet?“

„Nicht lange. Zwei Minuten vielleicht. Dein Schnarchen hat mich geweckt. Ist nichts passiert. Hier findet uns keiner so leicht. Alles ruhig, niemand da. Leg dich hin! In einer Stunde ist Fox dran. Jede Minute Schlaf ist gut für uns.“ Nach dieser für seine Verhältnisse außergewöhnlich langen Rede schwieg Shadow.

„Was du willst mir sagen?“

„Nichts! Shadow sagt nichts. Shadow denkt.“

„Und was denkt Shadow?“

„Dass Ivan Dolvich vielleicht deshalb eingeschlafen ist, weil er die Pläne des Gegners kennt und wusste, dass wir in Sicherheit waren."

Ivan schwieg. Was sollte er dazu auch sagen? Das Beste schien ihm, es dabei bewenden zu lassen. Er schob sich umständlich in seinen Schlafsack und wandte Shadow den Rücken zu. Vor ihm schauten die langen, lockigen Haare von Fox aus ihrem Schlafsack heraus. Sonst war von ihr nichts zu sehen. Er drehte sich noch einmal zu Shadow um: „Weck mich, wenn du müde wirst! Lass sie schlafen!" Erneut drehte er sich weg und fiel auf der Stelle in tiefen Schlaf.

Er erwachte, als es dämmerte. Fox saß neben ihm und schaute angestrengt durch das Gewirr aus Zweigen und totem Laub, das sie verbarg, in den dunkel werdenden Wald.

„Wo ist Shadow?"

„Mit dem Spaten weg. Kommt gleich wieder."

Ivan merkte, dass er hungrig war und ebenfalls den Spaten benötigte. Bei dem Gedanken an kaltes Kommissbrot und nach Pappe schmeckender Wurst verging ihm jedoch die Lust aufs Essen. Er sehnte sich nach einem kräftigen heißen Borschtsch und konnte sich kaum erinnern, wann man ihm das letzte Mal einen wirklich guten vorgesetzt hatte.

„Ich eingeschlafen, auf erster Wache."

Fox nickte. Ivan konnte nicht erkennen, ob Shadow ihr das bereits erzählt hatte oder nicht. „Ist ja nichts passiert. War auch nach letzter Nacht nicht anders zu erwarten."

„Noch nie auf Wache eingeschlafen."

Sie schaute ihn an und lächelte verhalten. „Mach dir keinen Kopf! Ist nichts passiert. Passiert nicht wieder. Ganz einfach. Wir waren alle sehr müde."

„Shadow nicht."

„Nein", lächelte sie breit. „Manchmal frage ich mich, von welchem Planeten der heruntergefallen ist."

„Shadow", antwortete seine Stimme, „kam aus einem schwarzen Loch!" Er stand hinter ihnen, den Spaten und die Rolle mit Toilettenpapier in der Hand. Sie hatten nicht gespürt, dass er sich ihnen genähert hatte. Ein Feind hätte sie jetzt ausschalten können, bevor sie ihn überhaupt bemerkt hätten. Fox spürte, wie ihr Puls sich nur langsam von dem Schrecken erholte. Es war durchaus beruhigend zu wissen, dass Shadow zum eigenen Team gehörte, aber manchmal demonstrierte er sein einzigartiges Talent auf eine wirklich erschreckende Weise. „Beim nächsten Mal übernehme ich die erste Wache."

Ivan schwieg dazu, nahm Shadow das Toilettenpapier und den Spaten aus der Hand und verschwand.

„Du glaubst doch nicht, dass das etwas mit Silevic zu tun hat?", fragte Fox.

„Shadow glaubt nicht, Fox. Shadow sieht und sammelt, und dann weiß er irgendwann. Dolvich muss auf sich achtgeben. Er ist abgelenkt und leicht korrumpierbar." Sie kannte Shadow schon lange, aber dennoch fröstelte es sie jedes Mal, wenn er von sich in der dritten Person sprach. Warum er das tat und in welchen Zustand sein Geist dann eintrat, hatte sie nie herausfinden können. Eine bestimmte Art von Unsicherheit schien dahinterzustecken, doch welcher Art diese war, blieb ihr verborgen.

„Glaubst du, wir können einen Terpetinkocher anmachen?"

„Besser nicht. Ich habe eben Spaziergänger gesehen, wenn es denn tatsächlich Spaziergänger waren."

Fox verzog das Gesicht, denn ihr war kalt und sie befürchtete, auch in den nächsten beiden Tagen keine warme Mahlzeit zu sehen. Kochen war immer riskant, doch wenn dieses Versteck inmitten eines Nadelwaldes nicht gut genug war, welches Versteck war es dann? Sie schaute umher und versuchte, etwas hinter dem Gestrüpp zu erkennen, aber sie konnte nichts ausmachen, das nicht kahl und kalt und tot wirkte. Sie fröstelte, und dann riss sie sich zusammen.

„Dann lass uns mal den Tisch decken", drehte sie sich zu Shadow um, der sie die ganze Zeit angeschaut hatte, „bis Ivan zurückkommt. Es gibt kalte Platte!"

HEL

Pennsylvania, April 1995, noch etwas später

Die schwere Limousine kurvte bereits seit einer halben Stunde durch die hügelige, grüne Landschaft westlich von Philadelphia. Sie hatten ein Flüsschen namens Brandywine überquert, und belustigt hatte Miroslav darauf gehofft, ein paar Hobbits über die Straße laufen zu sehen. Natürlich war nichts Derartiges geschehen, und der Fahrer hatte – wie angekündigt – kein Wort gesagt. Das war Miroslav durchaus recht gewesen. Er hatte seinen Standpunkt ja auch mehr als klargemacht.

Sie hatten Oxford durchquert und in Richtung Westen wieder verlassen. Jetzt zog sich die Landstraße immer weiter in Richtung Nordwesten durch eine Landschaft, die zunächst aus Feldern, jetzt jedoch wieder hauptsächlich aus Wald bestand. Schließlich steuerte der Fahrer den Wagen nach links in eine kleinere und deutlich schlechtere Straße, die bald nicht mehr als eine Schotterpiste war. „Wir nehmen den Hintereingang“, durchbrach der Mann zum ersten Mal die Stille. Die Piste führte in einer lang gezogenen Kurve nach Süden. Ein Bürokomplex tauchte hinter einer kleinen Waldung auf der linken Seite auf, den man in dieser Größe an einem solchen Ort – meilenweit entfernt von der nächsten Ansiedlung – nicht erwartet hätte. Auf dem Dach war in Großbuchstaben „PENNSTATE DAIRY“ zu lesen. Damit sollten wohl die wenigen vorbeirauschenden Autofahrer getäuscht werden. Ein Zaun aus nahezu blickdichtem, messerscharfem Maschendraht umgab das Gebäude bis in einer Höhe von etwa vier Metern. In Abständen von etwa einhundert Metern standen Wachtürme, die offenbar bemannt waren. Dies, stellte Miroslav fest, war sicher keine Molkerei.

Wie der Fahrer gesagt hatte, näherten sie sich dem Komplex von der Rückseite, aber auch dort war ein kleines Tor, und offenkundig wurden sie bereits erwartet, denn zwei Wachmänner öffneten ein kleines Tor und ließen den Wagen ohne jegliche Rückfrage oder gar Kontrolle passieren. Hinter ihnen wurde das Tor sofort wieder geschlossen und mit einem schweren Stahlträger verriegelt. Vier Wachmänner, bewaffnet mit Maschinenpistolen, traten aus einem Gebäude und sicherten das Tor – nach innen.

Miroslav seufzte. Es gab keinen Grund, ihn gefangen zu nehmen. Nicht für diese Leute. Warum also dieses ganze Theater? Glaubten sie im Ernst, ihn mit solchen Spielchen einschüchtern zu können? Er empfand den amerikanischen Hang zur Machtdemonstration als dumm. Es war besser, Macht erst dann zu zeigen, wenn man sie wirklich brauchte. Wenn er genau überlegte: Dies war der Grund, warum er Amerikaner nicht mochte. Abgesehen davon hatte er sonst nichts gegen sie. Sie waren mal auf seiner Seite gewesen, mal auf der anderen. Meist hatten sie sich als gute Geschäftspartner erwiesen, die pünktlich zahlten. Aber dennoch mochte er sie nicht.

Der Wagen hielt jetzt. Miroslav blieb sitzen und wartete, bis der Fahrer seine Tür geöffnet hatte. Er stieg aus und sah, dass ein schwergewichtiger, rotgesichtiger Mann Ende fünfzig an einer Tür auf ihn wartete, die in das Gebäude führte. Er trug einen Anzug, der seiner aufgedunsenen Figur so auf den Leib geschneidert worden war, dass der Mann energisch und nicht einfach nur fett aussah. Das weiße, aber noch volle Haar trug er auf der rechten Seite scharf gescheitelt. Es war offenbar mit Unmengen von Haarspray in Form gebracht worden. Schwere Tränensäcke hingen unter den kleinen, wachen, intelligenten und boshaften Augen. „Mister Miroslav?“, fragte der Mann. „Wie geht es Ihnen? Sehr erfreut, Sie kennenzulernen!“ Er streckte seinem Gast die rechte Hand entgegen und bemühte sich um ein Lächeln, das ihm jedoch gründlich misslang.

Miroslav nickte lediglich, reichte dem Mann die Hand und registrierte den leichten Südstaatenakzent seines Gegenübers. Der Mann hatte seinen Namen nicht genannt, aber Miroslav wusste genau, wer da vor ihm stand. Es kamen kaum mehr als ein Dutzend Personen in Frage, die ihn ohne Passkontrolle nach Amerika einschleusen konnten. Miroslav war, wie immer, gründlich vorbereitet.

Dies war Richard Chane, geboren 1936 in Jackson, Mississippi, wo er in den frühen Sechzigern einer der Gründer der White Knights of the Ku-Klux-Klan gewesen war. Er hatte als die rechte Hand von Samuel Bowers gegolten. Zweimal war er wegen einer Beteiligung an Mordanschlägen angeklagt und zweimal freigesprochen worden, obwohl es nur wenig Zweifel an seiner Schuld gegeben hatte. Die Geschworenen waren ebensolche Rassisten gewesen wie Chane selbst. Nicht einen Schwarzen hatte es unter ihnen gegeben. Ende der Sechziger, als der Kampf um die strikte Rassentrennung aussichtslos wurde, war er bei HEL eingestiegen, damals ein mittelgroßer Mischwarenkonzern ohne eindeutige strategische Ausrichtung. Unter Chanes Führung wurde HEL zu einem der größten Rüstungs- und Logistikkonzerne der Welt umgebaut. Er war bestens verdrahtet mit allen wichtigen Entscheidungsträgern in Washington, D. C., den Verteidigungsministerien jedes einzelnen NATO-Staates, den großen Waffenschieberbanden der Welt, den süd- und mittelamerikanischen Drogenbossen und der russischen Oligarchie. Seine jüngsten Geschäftserfolge betrafen mehrere Krisenregionen in Asien und den mittleren Osten. Es war in Washington ein offenes Geheimnis: Der nächste republikanische Präsidentschaftskandidat würde Chane einen großen Krieg versprechen müssen, um auch nur die Vorwahlen zu überstehen. Mit den Demokraten gab sich Chane schon seit vielen Jahren nicht mehr ab. Sie hatten, in seinen Augen, den Süden verraten.

Miroslav genoss die Gegenwart solcher Leute, da er sich in ihrer Gegenwart als Mensch fühlen konnte. Er war ein Auftragskiller, das wollte er keineswegs abstreiten. Aber die meisten seiner Opfer hatten sich aus freien Stücken für die Gefahr entschieden, in der sie dann umkamen. Das konnte man von den zahlreichen Opfern der Geschäftsinteressen Chanes nicht gerade behaupten. Außerdem war er ein unzivilisierter, brutaler Bastard. Und auch das, hielt sich Miroslav zugute, war er selbst ganz und gar nicht.

Chane ließ sich von der wortlosen Begrüßung Miroslavs nicht beirren. Ein Lakai öffnete die Tür, und der dicke Amerikaner wies seinem Gast den Weg. Sie betraten einen schmalen, viel zu stark klimatisierten Gang, der nach wenigen Metern in ein riesiges Foyer mündete. Linker Hand wartete bereits der Aufzug auf sie. Kaum eine Minute später betrat Miroslav einen geräumigen Konferenzraum im obersten Stockwerk des Gebäudes. In der Mitte des Tisches, zwischen Orangensaft- und Colafläschchen, stand das etwa zwanzig Zentimeter hohe Modell eines Lkws. Auf seiner Ladefläche ragte, wie ein erigierter Penis, ein Marschflugkörper in die Höhe. Miroslav grinste und pfiff die ersten Takte von „Masters of War“.

Einige Entdeckungen

Südlich von Bač, 5. Dezember 1995, nach Einbruch der Dunkelheit

Sie hatten sich der markierten Stelle von Norden her genähert: langsam, jeden Schritt abwägend, und so wenig Geräusche wie möglich verursachend, was nicht einfach war, vor allem in jenen Bereichen des Waldes, die dicht von Nadelbäumen bestanden waren. Die auf dem Boden liegenden toten Zweige knackten verräterisch unter jedem Schritt, und häufig genug mussten sie, da die Bäume zu dicht standen, auf Wege ausweichen, wo die Gefahr, bemerkt zu werden, noch erheblich größer war. Immerhin kamen sie dort einigermaßen zügig voran. Einige Male hatten sie sich ins Unterholz schlagen müssen, weil sich ihnen ein Fahrzeug näherte. Sie alle hatten zwar nur die Gefechtsbeleuchtung eingeschaltet, waren jedoch so gut hörbar, dass sie keine Gefahr für die drei darstellten. Viel mehr Sorge machten sie sich um Patrouillen, die zu Fuß unterwegs waren. Aber entweder war der Gegner sorglos, oder sie hatten Glück. Nach etwas mehr als drei Stunden hatten sie ihr Ziel erreicht.

Es war dieselbe Struktur, die sie auf den Satellitenbildern gesehen hatten: eine kleine Lichtung, auf der Wälle in der Form des Buchstaben Pi aufgeschüttet worden waren. Die Struktur war vielleicht hundert Meter breit und ebenso lang. Am unteren Ende des Buchstabens befanden sich, etwas weiter auseinander liegend, zwei weitere Wälle. Die Anlage erstreckte sich über mehr oder weniger dreihundert Meter und war, so vermutete man, eine Schießanlage. Doch in Bač waren keine Truppen stationiert. Der Schluss, dass sich in diesem Wald eine Partisanentruppe aufhielt und dauerhaft eingerichtet hatte, lag also nahe und wurde durch verschiedene Agentenberichte gestützt. Shadow, Fox und Ivan hatten die Aufgabe, diesem Verdacht nachzugehen. Wenn möglich, sollten sie weitere Hinweise finden, anhand derer sie ihre Nachforschungen weiter vorantreiben konnten.

Sie hockten sich in ein Gebüsch, das am Rande der Lichtung stand, und warteten. Nichts rührte sich. Sie scannten das Gelände mit den Nachtsichtvisieren ihrer M4-Sturmgewehre. Aber auch dies ergab nichts als nächtliche Dunkelheit. Nach etwa fünfzehn ereignislosen Minuten bedeutete Shadow ihnen, sich versteckt zu halten. Er flüsterte Ivan etwas ins Ohr, und verschwand hinter dem nächsten Gebüsch. Fox und Ivan verloren ihn beinahe sofort aus den Augen und hörten keinen Laut mehr von ihm.

Ivan starrte konsterniert den Worten hinterher, die Shadow ihm ins Ohr geflüstert hatte: „Wenn Fox etwas passiert, schneide ich dir die Kehle durch."

Für Shadow war es die höchste Ebene des Daseins, anwesend zu sein, ohne dadurch die Situation zu verändern. Er konnte sich in einen Wald setzen, und Minuten später nahmen die Tiere ihn nicht mehr wahr. Rehe ästen zwei Schritte von ihm entfernt, und Vögel setzten sich auf seine Schulter. Besuchte er eine Party, konnte es geschehen, dass die anderen Gäste ihn nicht einmal bemerkten. Shadow war da, ohne dass die Anwesenden sich deshalb anders benahmen. Er war glücklich, wenn ihm das gelang. In diesen Momenten besaß er die absolute Macht über die Welt, denn er sah alles, und niemand sah ihn. Kein Mensch hätte seine nächste Handlung verhindern können, egal, was er vorhatte, da niemand Zeuge seiner Vorbereitungen geworden war.

Er hielt sich im Schatten des Waldrandes, bis er auf Höhe des oberen linken Endes des Pi angekommen war. Hier war er etwa dreißig Meter von dem Wall entfernt. Zu weit, um bei dem hellen Mondschein sicher vorrücken zu können. Zumindest würde es ziemlich lange dauern. Langsamkeit war einer der Schlüssel zur Unsichtbarkeit. Also hielt er sich weiter im Schatten des Waldes und erreichte schließlich einen Punkt, an dem die obere rechte Ecke des Wallsystems nur vier Meter von ihm entfernt aufragte. Der Mond ließ die Bäume lange Schatten bis hinauf auf die Wallkrone werfen. Shadow schaute links am Wall entlang. Dort war niemand. Er war sich beinahe sicher, dass sich überhaupt niemand in dieser Anlage aufhielt außer Fox und Ivan. Und ihm. Und er war so gut wie gar nicht da.

Geduckt schlich er sich zum Wall hinüber und legte das Ohr aufs Gras. Er hörte schwere Räder über den Boden rollen, aber die waren mindestens zwei Kilometer weiter südlich und näherten sich nur langsam. Wahrscheinlich bogen die Fahrzeuge vorher ab. Ansonsten nichts: keine Stimmen, keine Schritte, nicht einmal die Ahnung davon, dass jemand anwesend sein könnte. Allerdings übertönten die Räder jeden möglichen Hinweis auf einen atmenden Menschen innerhalb der Wallanlage. Wie um ihn zu locken, sah er jetzt am südlichen Ende der Wallanlage eine Gruppe Rehe aus dem Wald treten. Wenn sie Menschen gewittert hätten, dann hätte das Wild sich nicht hierher gewagt. Aber er war da, und die Rehe hatten ihn nicht bemerkt. Eine sich vollkommen ruhig verhaltende Wache innerhalb der Wallanlage würden sie wahrscheinlich ebenso wenig bemerken.

Er hätte über den Wall klettern können, doch sein Kopf gegen den Nachthimmel wäre, falls er sich vertat, das optische Äquivalent zu einem lauten Schrei in der Nacht. Also folgte er der Wallanlage, und an ihrem Ende lugte er vorsichtig um die Ecke. Einige Meter entfernt äste das Wild. Er schlich noch einige Schritte weiter und schaute dann, am anderen Ende des Walles angekommen, mit nur einem Auge in das Pi hinein. Er war sich sicher, dass die Fortsetzung des Walls hinter ihm seine Silhouette verbarg.

Ein schwarzes Loch gähnte ihn an. Er zog den Kopf wieder zurück. Shadow hatte nicht vor, in das Pi selbst vorzudringen. Was er benötigte, würde er hier finden, wenn dies tatsächlich eine Schießanlage war. Er legte sich flach auf den Boden und robbte weiter vorwärts. Nicht das leiseste Geräusch verursachte er, und sein Zwerchfell erledigte zuverlässig und höchst konzentriert seine Arbeit. Es war beinahe dasselbe wie professionelles Singen. Der Unterschied bestand jedoch darin, dass eben kein Laut durch die Stimmlippen dringen durfte.

Nach wenigen Metern, für die er ein paar Minuten benötigte, fand er, was er suchte. Im Gras lagen einige Patronenhülsen und, was beinahe ebenso wichtig war, eine Zigarettenkippe. Sie war nicht platt getreten, und ein Teil des weißen Papiers hing noch an ihr. In der vorletzten Nacht hatte es zum letzten Mal geregnet. Diese Kippe konnte noch nicht so lange hier liegen. Sie war nie nass geworden. Die Schießanlage wurde definitiv noch als solche genutzt.

Shadow wandte den Kopf zur Seite und schaute angestrengt in das Pi hinein. Da war jemand. Und dieser Jemand machte etwas, was ihn unter anderen Umständen das Leben gekostet hätte: Er rauchte. Zwar hielt er seinen Glimmstängel in der hohlen Hand, aber dennoch konnte Shadow selbst auf diese Entfernung deutlich erkennen, wie die Glut beim Ziehen sein Gesicht beleuchtete.

Jetzt konnte er den schweren Dieselmotor hören. Er hatte zu lange gebraucht. Der Lkw kam näher, und er, Shadow, lag hier auf dem Präsentierteller. Die Rehe machten ein paar Sätze und verschwanden im Unterholz. Shadow schätzte die Strecke zum Waldrand ab. Er hätte aufstehen und losrennen müssen, um sich vor dem Eintreffen des Lkws in Sicherheit zu bringen. Doch dann würde ihn die Wache sehen. Er konnte den Mann erschießen, hier und jetzt. Allerdings würde die Besatzung des Lkws sofort wissen, dass jemand hier gewesen war. Er brauchte Glück – und musste sich auf seine Fähigkeit verlassen, selbst dann nicht aufzufallen, wenn er anwesend war.

Also kroch er langsam wie eine Schnecke rückwärts. Der Lkw war jetzt höchstens noch zweihundertfünfzig Meter vom südlichen Ende der Lichtung entfernt, wo der Waldweg mündete. Es würde nur dann reichen, wenn sie direkt dort anhielten und ausstiegen. Das war immerhin möglich.

Noch immer fehlten gute drei Meter bis zum Wall, der ihm ausreichend Deckung bieten würde, als er das schwache Licht der verdunkelten Beleuchtung des Lkws am Ende der Lichtung erkennen konnte. Doch dann, als er schon innehalten wollte, um nicht durch eine noch so langsame Bewegung aufzufallen, da verschwand das Licht plötzlich wieder. Er hörte, wie der Lkw sich leise entfernte, und dann, noch bevor der Wagen außer Hörweite war, verstummte der Motor abrupt. Er hörte das Schlagen von Wagentüren und entfernte Stimmen.

Langsam kroch er weiter rückwärts, und bald hatte er den Schatten des Walls erreicht, hinter dem die Wache ihn nicht mehr entdecken konnte. Zehn Minuten später war er bei Fox und Ivan.

Die beiden hatten den Lkw natürlich ebenfalls bemerkt. Von ihrer Position aus hatten sie sogar sehen können, wo er eingebogen war. Zusammen verließen die drei ihr Versteck und hielten sich am Waldrand, bis sie auf den Weg am Ende der Lichtung stießen. Diesen überquerten sie und drangen dann wieder in den Wald ein. Sie hätten auch den Weg nehmen können, aber sie wussten, wie dicht der LKW stehen musste, und deshalb nahmen sie so viel Deckung mit wie irgend möglich. Auch wenn es sie einige Zeit kostete. Denn Zeit hatten sie mehr als genug.

Nachdem sie etwa fünfzig Meter weit in den Nadelwald vorgedrungen waren, wandten sie sich wieder südlich, dem mutmaßlichen Stellplatz des Lkws zu. Sie robbten die komplette Strecke; Shadow voraus, die anderen in seiner Spur, weniger aus Angst, gesehen zu werden, als aus dem einfachen Grund, dass die Äste der noch jungen Bäume erst etwa vierzig bis fünfzig Zentimeter über dem Boden begannen. Der Boden war weich von den Nadeln vieler Jahre, und heruntergefallene Zweige, deren Brechen sie hätte verraten können, ließen sich leicht aus dem Weg schieben. Nach gut zweihundertfünfzig Metern beziehungsweise über neunzig Minuten erreichten sie wieder den Saum des Waldes. Der Mond leuchtete die Lichtung sehr gut aus, sodass sie ihre Nachtsichtgeräte nicht benötigten.

Vor ihnen erstreckte sich eine weitere Lichtung, etwa einhundert Meter breit und einhundertfünfzig Meter tief. Am südlichen, entfernten Ende stand ein großes, spitzgiebeliges Haus. Es war offenkundig keine Scheune, zumindest nicht ausschließlich, denn Scheunen haben normalerweise weder Fenster noch Kamine, und dieses Haus hatte eine ganze Menge von beiden, zumindest in seinem vorderen Teil. Im hinteren, größeren Teil allerdings, befand sich ein großes Scheunentor.

Vor dem Haus stand der Lkw, ein kleiner Hanomag aus ehemaligen Bundeswehrbeständen.

Im Haus brannte nur in einem Raum im Erdgeschoss Licht. Die anderen Fenster waren dunkel. Fox betrachtete das Haus durch ihr Nachtsichtgerät. „Das Haus ist so kalt wie ein Kühlschrank. Unbeheizt, und das im Dezember. Viel mehr Leute als die Besatzung des Lkws können nicht da drin sein. Da wohnt niemand."

„Vielleicht kommen noch welche?"

„Wenn das hier ein Treffen wäre, dann wären die doch längst da."

„Macht euch bereit!", befahl Ivan.

Er trat auf die Wiese vor ihnen, ging in die Hocke und krabbelte geduckt, das Gewehr im Anschlag, zu einer Stelle, an der der Hanomag zwischen ihm und dem erleuchteten Fenster lag. Fox und Shadow folgten ihm nach einigen Sekunden. In der Deckung des Lkws machten sie eine kleine Pause. „Bis zum Wagen zusammenbleiben. Fox, du dahinter wartest auf unser Zeichen. Shadow, du rechts lang und findest raus, wie viele Männer in Haus. Ich gehe zu Tür. Shadow dann kommt zu mir."

Das Fenster lag in etwa anderthalb Meter Höhe, sodass es sehr leicht war, sich unter ihm anzuschleichen. Shadow richtete sich rechts von ihm auf. Sein geschwärztes Gesicht verbarg ihn, aber der Widerschein eines Auges reichte bereits aus, um sie zu verraten. Also setzte er sich eine Brille auf, deren Gläser er mit Ruß entspiegelt hatte. Die Entspiegelung war nicht perfekt, aber sie machte eine Entdeckung weitaus unwahrscheinlicher.

Der Raum war hell genug erleuchtet, um selbst durch die Rußschicht genügend erkennen zu können. Sie waren zu dritt, und sie saßen in einer einfachen Küche rund um einen Tisch. Vor ihnen hatten sie Gläser mit einer klaren Flüssigkeit stehen, zwischen ihnen eine grüne Flasche ohne Etikett und einen Aschenbecher. Alle drei rauchten und schienen gut gelaunt zu sein. Ihre Waffen hatten sie an die gegenüberliegende Wand gelehnt. Bei einem der Männer konnte Shadow ein Messer am Gürtel erkennen. Ansonsten schienen sie unbewaffnet und vollkommen ahnungslos. Kurz überlegte Shadow, ob er einfach eine Handgranate benutzen sollte, doch die Detonation würde kilometerweit zu hören sein. Eine Tränengasgranate würde die drei Männer tiefer ins Haus treiben. Er schaute zu Ivan hinüber und hob drei Finger. Ivan kam näher, schlich sich unter dem Fenster durch und kam zu ihm. Shadow erklärte kurz die Situation. „Durchs Fenster", entschied Ivan. „Kein Schuss, wenn nicht nötig. Ich kläre dann von innen."

Es ging schnell und ohne Blutvergießen. Shadow zertrümmerte das Fenster mit seinem Gewehrlauf, während Ivan das primitive Türschloss der altersschwachen Tür mit einem gezielten Tritt öffnete. Verdattert folgten die drei Männer Shadows Kommando, die Hände auf dem Tisch zu lassen. Schon war Ivan in der Küchentür, räumte die Gewehre der Männer ab, nahm das Messer an sich und warf dem vordersten Mann zwei Handschellen zu mit der Aufforderung, seine Kollegen zu fesseln. Dem dritten legte er selbst Handschellen an, und die Männer wurden nach draußen geschafft, wo sie an die Hinterachse des Hanomag gekettet wurden. „Ein Ton von euch, und ihr seid tot!"

Ein gesplittertes Fenster, eine berstende Holztür mitten im Wald, und in Windrichtung lagen weitere zehn Kilometer Wald. Es hatte keine Zeugen gegeben.

Im Haus regte sich nichts. Es war völlig leer. Lustlos inspizierten Shadow, Ivan und Fox die Küche. Was sollte dort schon zu finden sein? Plötzlich pfiff Ivan leise durch die Zähne, als er eine Küchenschublade untersuchte.

„Hast du was gefunden?"

„Wie heißt noch vermisster Journalist? Amerikaner?"

„Fielding?"

Ivan hielt triumphierend einen ziemlich vergammelten Fetzen Papier in die Höhe. „Rate mal, wem Presseausweis gehört!"

Shadow nahm sich das Papier. Ohne Zweifel zeigte es das Bild des vermissten Reporters. „Und hier ist auch Pass." Ivan hielt einen US-amerikanischen Reisepass in die Höhe, dessen Foto denselben Mann zeigte, allerdings ein paar Jahre älter.

„Shadow, du hältst Wache", entschied der Russe. „Fox, du durchsuchst Haus: Papiere, Unterlagen. Will wissen, was hier gespielt! Ich schau hinten. Großes Tor."

Ivan verließ das Haus und wandte sich nach links. Der Boden vor dem Scheunentor wies tiefe Reifenspuren auf. Etwas Schweres war hineingefahren worden, vor nicht allzu langer Zeit. Es stand kein Wasser in den Spuren. Aber es war zu dunkel, um erkennen zu können, ob das Gefährt auch wieder herausgefahren worden war.

Ivan trat auf das Tor zu und schaute im Mondlicht auf einen schweren Holzbalken hinab, der das Tor verschloss, sowie eine schwere Eisenkette mit massivem Vorhängeschloss, die den Balken in seiner Verriegelung hielt. Im Hauseingang hatte er einen Bolzenschneider liegen sehen. Rasch holte er ihn und öffnete das Tor.

Was er nun erblickte, nachdem er Licht gemacht hatte, war ihm nie zuvor unter die Augen gekommen. Er hatte schon CM-Systeme gesehen. Aber noch nie dieses. Nicht einmal auf Fotos. Leise pfiff er durch die Zähne und umrundete den übergroßen Lkw, der offenbar als Trägersystem diente. Nein, das hier musste irgendeine völlig neuartige Waffe sein. Das war nichts, das bereits irgendwo schon im Einsatz war. Und, dessen war er sich ganz sicher, es war keine Attrappe!

Als wenige Minuten später Fox eintrat, verstummte sie nach den ersten Worten: „Ivan, ich habe … Mann! Was zur Hölle ist das?"

„Das ich wüsste auch gerne. Schau mal oben, an Spitze."

„Scheiße …"

Ivan nickte bestätigend. „Und was hast du?"

„Ich habe Fielding gefunden. Er lebt! Mehr oder weniger!"

Familie

Cape Cod, Massachusetts, Ende April 1995

Jonah Fielding nahm den Caramel Macchiato aus dem Becherhalter der Mittelkonsole und stieg aus seinem Wagen. Der Strand war noch immer wie ausgestorben um diese Jahreszeit. Kilometerweit erstreckte er sich rechts und links von ihm bis in den Dunst des Frühlingstages, ohne dass ein weiterer Mensch zu sehen war. Auf dem Parkplatz stand kein Wagen außer dem seinen. Die Touristen kamen erst im Mai. Der kalte Wind, der von Norden her über den Atlantik strömte, hielt sie noch ein oder zwei Wochen fern.

Fielding schaute sich um. Vor ihm lag die See, ruhig, mit nur leichter Dünung. Rechts und links von ihm erhoben sich die Sanddünen, die Cape Cod gegen die Winterstürme schützten. Das zähe Gras, das auf ihnen wuchs, beugte sich in der nie nachlassenden Brise. Er spürte den Wind im gepflegten, exakt getrimmten Sechstagebart.

Er nahm seine dickrandige schwarze Brille von der Nase und putzte einen Fingerabdruck vom Glas. Das Gestell hatte er im Nachlass seines Vaters gefunden – es musste noch aus den Sechzigern stammen – und sich Gläser in seiner Stärke einpassen lassen. Er massierte leicht die Druckstellen auf dem Nasenrücken, dann setzte er sein Markenzeichen wieder auf. Die Sonne schien. Es würde ein schöner Tag werden.

Fielding klopfte auf seine Taschen, fühlte das kleine Diktiergerät über seiner linken Brust und das brandneue Mobiltelefon in seinem Lederetui am Hosengürtel. Es war alles da, was er brauchte.

Cape Cod ist eine lang gezogene Halbinsel an der amerikanischen

Ostküste. Fuhr man, wie er an diesem Morgen, von New York die Interstate 95 immer weiter östlich, bis man nach Providence in Rhode Island kam, und bog dann immer wieder nach Osten ab, so erreichte man diese Halbinsel, die wie der in Pose gebeugte, siebzig Meilen lange Arm eines Bodybuilders in den Atlantik hineinreichte.

Die Faust des geologischen Steroidmonsters war Provincetown, wo Fielding sich den Kaffee besorgt hatte, weil er etwas zu früh dran war. Mit dem Kaffee bewaffnet war er danach wieder ein paar Meilen zurückgefahren, um dann hinter Pilgrim Lake in die High Head Road einzubiegen und auf die nordöstliche Seite der Halbinsel zu gelangen. Von hier, überlegte er, hätte man über die perfekten Sandstrände hinweg einen freien Blick auf die Iberische Halbinsel, wenn die Welt eine Scheibe wäre.

Um halb vier Uhr morgens hatte er sich in seinen kleinen Toyota gesetzt und die dreihundert Meilen ohne Pause hinter sich gebracht. Jetzt war es neun Uhr, und der Anblick alleine, musste Fielding sich eingestehen, war die Fahrt wert gewesen.

Der Anrufer hatte ihm gesagt, dass er immer weiter laufen sollte. Immer nach Südosten. Es könne eine Weile dauern, bis er kontaktiert werde. Fielding schloss seine Jacke dichter, rannte die Dünen hinunter und ließ unten auslaufen. Die paar Meter ließen seine Atmung höher gehen. Zu wenig Training. Er spürte die Narben in seiner Lunge, rechts, dort, wo ihn im Golfkrieg die Kugel getroffen hatte. Fielding blieb stehen und atmete mehrmals tief durch, doch bald ging es wieder, und er begann den Strand entlangzuschlendern, wobei er den Blick über die Landschaft streichen ließ. Ein paar Möwen kreischten und segelten im Wind; der bis in weiter Ferne hinter den Dünen verschwindende Sandstrand leuchtete in einem leicht beschädigt wirkenden gelblichen Weiß, die noch niedrig stehende Sonne wärmte sein Gesicht, und endlos breitete sich auf seiner linken Seite das Meer aus. Wenn er immer weiter schwimmen würde, dachte er, gelangte er nach Portugal. Da war er noch nie. Das Land war in der jüngeren Geschichte einfach zu friedlich gewesen.

Seit zwölf Jahren war er an den Krisenherden der Welt zu Hause, war in Afghanistan gewesen, in halb Afrika, hatte 1989 den Fall der Mauer miterlebt – von Ostberlin aus, wo er sich illegal aufgehalten hatte. Er hatte Sandinisten und Contras in Nicaragua begleitet und den Umsturz auf den Philippinen. Er hatte das Foto geschossen, auf dem die Tausende Schuhe von Imelda Marcos zu sehen waren.

Und dann der Golfkrieg, ganz vorne dabei bei den kämpfenden Einheiten. Die Verwundung, die durch die Weltpresse gegangen war. Niemand hatte jemals verraten, dass es eine amerikanische Kugel gewesen war. Sie kam von hinten. Berufsrisiko. So etwas passierte.

Zwei Pulitzer! Einen, musste er zugeben, für die Verwundung am Golf. Die Story allein hätte ihn nicht gerechtfertigt.

Was wenige ahnten: Eine solche Strecke bekam man nicht zusammen, indem man nur im Ausland herumreiste. Es brauchte ein Netz aus Informanten im Inland, Mitarbeiter der verschiedenen Ministerien oder internationaler Konzerne, die politische Entwicklungen im Ausland oft als Erste mitbekamen. Er war immer gut darin gewesen, persönliche Beziehungen aufzubauen. In der Redaktion der New York Times nannten sie ihn den „Kuschler“. Fielding kannte dabei kein Gut und Böse, Sympathisch oder Unsympathisch. Seine Aufgabe war es zu berichten. Für die Wertung gab es Kommentatoren. Er kategorisierte seine Quellen nach Anzahl und Informationsgehalt der Informationen, die aus ihnen sprudelten, nicht nach ethischen Gesichtspunkten. Dafür waren andere zuständig.

Einige seiner Quellen mochte er mehr als andere. Mit ein paar Frauen war er sogar im Bett gewesen. Und einmal tatsächlich nur, um an eine bestimmte Information zu kommen.

Deshalb war er ein guter Reporter. Und kein sehr guter Mensch, wie er zugeben musste. Das Mädchen, das heute Morgen in New York alleine aufgewacht war, würde ihn wahrscheinlich nie wiedersehen. Und es würde nie erfahren, dass er gar nicht Jeremy hieß – und dass er ein Foto von ihr gemacht hatte, nackt und schlafend, das er zu Hause zu den anderen einsortieren würde. Eine ziemlich lange und ausgesprochen attraktive Fotostrecke hatte er da bereits zusammen.

In Wahrheit hatte ihn der Anrufer eigentlich nicht wirklich überzeugen können. Zu undeutlich und verworren waren seine Andeutungen gewesen. Normalerweise lehnte Fielding solche Angebote ab. Seine Zusage war deshalb unbestimmt gehalten gewesen, und eigentlich hatte er gar nicht fahren wollen. Aber dann hatte er einen Grund gebraucht, nicht bis zum Frühstück bleiben zu müssen, und momentan lag keine wichtige Story auf seinem Schreibtisch. Warum also nicht ein kleiner Ausflug nach Cape Cod? Als Kind war er ein paarmal hier gewesen. Er liebte diese Halbinsel, ihre karge Vegetation, das Meer.

Inzwischen hatte er eine gute halbe Meile zurückgelegt, und noch immer war ihm kein Mensch begegnet. Er blieb stehen, um seine Jacke ein wenig zu öffnen, denn die Sonne schien jetzt wärmer und er merkte, dass er anfing zu schwitzen. Auch die Narbe schmerzte ein wenig. Die kühle Luft erfrischte ihn sofort wieder, und er ging weiter. Dabei fiel ihm auf, dass er die letzten Hundert Meter in raschem Tempo zurückgelegt hatte, und dies erschien ihm jetzt albern. Wenn ihn jemand treffen wollte, dann würde derjenige zunächst einmal beobachten, ob jemand Fielding folgte. Und das bedeutete: Sein Kontakt war hinter ihm, nicht vor ihm. Er sollte also eher langsam machen, damit der andere ihn einholen konnte.

Weitere fünfzehn Minuten schlenderte er langsam an der Wasserlinie entlang und schaute sich immer mal wieder vorsichtig um, ob ihm jemand folgte. Doch der Strand hinter ihm blieb menschenleer.

Es drang nicht sofort an sein Ohr, dafür waren Wind, Brandung und Möwen hier zu laut. Erst nach und nach registrierte er, dass sein Telefon klingelte. Er musste die Jacke anheben, um das Gerät aus seinem Etui zu schälen, aber der Anrufer erwies sich als geduldig und legte nicht auf.

„Ja?“

„Fielding?“

„Ja."

„Wir treffen uns auf dem nächsten Parkplatz."

Der Mann legte sofort wieder auf. Fielding stapfte also weiter durch den weichen, feuchten Sand, und weitere zehn Minuten später konnte er einen asphaltierten Weg erkennen, der zwischen zwei Dünen hindurch ins Innere der Halbinsel führte.

Er erklomm den Weg, der nach fünfzig Metern scharf links abbog und gute einhundert Meter weiter in einen großen Parkplatz mündete, auf dem ein einziges Auto stand. Sein Besitzer lehnte mit verschränkten Armen an der Fahrertür, stieß sich, als er Fielding sah, ab, öffnete die Tür und setzte sich hinter das Lenkrad. Fielding ging die fünfzig Meter zur Beifahrertür und setzte sich ebenfalls in das Fahrzeug.

„Ihr Diktiergerät, bitte!" Der Mann hielt seine rechte Hand in Fieldings Richtung, die Handfläche nach oben.

Fielding zögerte kurz, nickte dann und zog sein Diktiergerät aus der Innentasche seiner Jacke. Der Mann nahm es entgegen. „Keine Sorge, sie bekommen es gleich wieder." Er überprüfte das Gerät und stellte sicher, dass es ausgeschaltet war. Nachdem er es in einem Seitenfach der Fahrertür verstaut hatte, ließ er den Motor an und verließ den Parkplatz. Hinter der nächsten Kurve hielt er an und wartete eine Weile. „Es sollte niemand hier sein, aber wenn, dann wissen wir es gleich." Fielding nutzte die Zeit, um den Mann, den er noch nie gesehen hatte, einzuschätzen. Er war nicht besonders groß, vielleicht eins fünfundsiebzig, aber durchtrainiert und schlank. Seine Nase war einmal gebrochen und höchstens notdürftig wieder gerichtet worden. Dennoch machte der Mann einen zivilisierten, intelligenten, ja sogar ein wenig intellektuellen Eindruck. Er sprach aber zunächst kein weiteres Wort. Als nach fünf Minuten noch kein anderer Wagen aufgetaucht war, ließ er seinen Wagen wieder an und fuhr weiter.

„Ich arbeite für HEL", begann er. „Der Name ist Ihnen sicher ein Begriff. Wir bekommen allerlei Besuch, auch zwielichtigen, wie Sie sich vorstellen können. Aber neulich war jemand da, der in eine ganz eigene Kategorie gehört."

„So wie Ihr Boss?“

Der Mann überhörte die Frage. Fielding hatte gelernt, dass er mehr erfuhr, wenn seine Gegenüber nicht spürten, wie dringend er die Information ersehnte. Er musste die Leute dazu bringen, ihm die Geschichte zu verkaufen. Sie fanden sowieso, dass es wichtig war. Wenn er zu schnell darauf ansprang, dann trieben sie für gewöhnlich den Preis in die Höhe. Kleine, gezielte Provokationen kurz vor der Grenze zur Beleidigung waren sehr hilfreich, sie davon zu überzeugen, den Preis übersichtlich zu halten.

Der Mann schien die Taktik zu durchschauen. „Ich will kein Geld. Die Sache ist persönlich.“

„Das macht Sie nicht vertrauenswürdiger.“

„Mir egal. Machen Sie daraus, was Sie wollen! Der Mann, der vor acht Tagen bei uns war, hat meine Großeltern auf dem Gewissen.“

„Sie wissen aber schon, dass ein gewöhnlicher Mord nicht in mein Gebiet fällt?“

„Es geht nicht um simplen Mord, es geht um Völkermord.“ Die Stimme des Mannes bebte leise, die Sache berührte ihn emotional. „Meine Mutter stammt aus Kroatien. Meine Großeltern lebten noch dort. Bei Vukovar. Bis vor vier Jahren. Der Mann, der sie ermordete, weil sie Kroaten waren – Sie haben schon von ihm gehört.“

„Und warum kommen Sie erst jetzt zu mir?“

„Bei HEL werden alle Mitarbeiter intensiv überprüft. Es ist nicht einfach, sich dem zu entziehen. Ich musste Vorbereitungen treffen. Aber ich will den Mann, der meine Großeltern umgebracht hat, tot sehen. Sie wissen, von wem ich spreche?“

„Soll ich jetzt alle aufzählen, auf die Ihre Beschreibung zutrifft?“

Der Mann schwieg. Dann schlug er mit der rechten Hand aufs Lenkrad: „Dieser Mann ist ein international gesuchter Kriegsverbrecher und Auftragsmörder. Er wird von meinem Boss nach Amerika eingeschleust. Eine der ersten Sachen, die dieser Mann hier macht, ist, einen unserer Fahrer umzubringen. Einfach nur so, weil er sich schlecht behandelt fühlt. Dennoch wird er empfangen, bewirtet – und ihm wird ein lukratives Geschäft angeboten. Sie sind dran!“

„Chane macht mit allen Geschäfte.“ Fielding schaute gelangweilt aus dem Seitenfenster. „Er fragt nicht danach, gegen wen sich die Waffen hinterher richten. Ich habe im Büro einen Ordner mit Dutzenden zweifelhafter Deals Ihres Chefs. Aber entweder reichten die Beweise nicht aus – oder es wurde alles von seinen Geschäftspartnern in den zuständigen Kongressausschüssen und Geheimdiensten vertuscht.“

„Korrekt! Doch diesmal gibt es einen entscheidenden Unterschied.“

„Jetzt bin ich aber gespannt!“

„Wir reden von einem Deal im zweistelligen Millionenbereich. Wir reden von einem hochgeheimen Waffensystem: einer neu entwickelten Cruise Missile. Und Chane hat dem Mann die Dinger geschenkt.“

Fielding schwieg geraume Zeit. Und dann schwieg er noch eine Weile, selbst als ihm aufgefallen war, dass es an ihm war, etwas zu sagen. Geschenkt? Chane war niemand, der irgendwem irgendetwas schenkte. Zumindest nicht, wenn er es nicht von anderer Stelle mit Zinsen zurückbekam. Warum sollte er den Serben ein so mächtiges Waffensystem ohne Gegenleistung überlassen? Das musste doch auffliegen, spätestens, wenn die Waffe zum Einsatz kam. Die Geschichte war interessant. Bald sah er den Parkplatz in Sichtweite kommen, auf dem sein Toyota parkte.

„Die Geschichte ergibt keinen Sinn. Wie soll Chane im Zweifelsfall erklären, wie ein CM-System von HEL in serbischen Besitz gelangt ist?“

„Es ist eine geheime Neuentwicklung. Im Pentagon weiß man nichts davon. Kein Bauteil dieses Systems ist bekannt. Es gibt keine Typenschilder, keine Stempel, nichts. Außerdem bliebe nach dem Einschlag nicht viel übrig, das man noch untersuchen könnte.“

Fieldings Kopf schoss herum.

„Korrekt", fuhr der Mann fort. „Wir reden über eine CM mit taktischen Atomsprengköpfen. Landgestützt."

Das erklärte, warum die Entwicklung völlig im Geheimen hatte vonstattengehen müssen. Landgestützte nukleare CM-Systeme waren seit dem START- 1-Abkommen illegal. Sie bedeuteten den Bruch des wichtigsten Abrüstungsvertrags seit dem Ende des Zweiten Weltkriegs. Niemand würde glauben, dass diese Systeme nicht im Auftrag des Pentagons entwickelt worden waren. Die Geschichte war nicht groß, sie war gigantisch! „Wie viele Systeme hat er bekommen?"

„Das weiß ich nicht. Mehr als eines. Sie verwendeten den Plural. Aber es war eindeutig klar, worum es ging."

„Wie haben Sie überhaupt davon erfahren?"

„Das geht Sie nichts an!"

„Wenn ich Ihre Glaubwürdigkeit einschätzen muss, dann schon!"

„Alle Konferenzen werden aufgezeichnet. Der Raum ist komplett verwanzt. Es fällt auf, wenn die Anordnung erfolgt, alle Mikrofone auszuschalten, und es gibt Leute, die die Aufnahmen abhören, überprüfen, verwalten, archivieren, analysieren."

„Sie sind eine dieser Personen, oder? Warum haben Sie dann die Mikrofone nicht abgeschaltet?"

„Ich bin keine dieser Personen. Aber einer von denen schuldete mir noch einen Gefallen. Nehmen wir mal an, ich kenne sein Geheimnis, und sein Geheimnis besteht darin, dass er Anordnungen, die Mikrofone abzuschalten, gerne mal überhört. Als Absicherung fürs Alter sozusagen."

„Das heißt, Sie haben eine Kopie der Aufzeichnungen?"

„Natürlich nicht. Viel zu gefährlich. Bei uns geht abends keiner nach Hause, ohne seine Taschen ausleeren zu müssen. Aber ich habe sie mit eigenen Ohren gehört. Es kann keinen Zweifel geben, um was es ging."

Fielding schloss die Augen. Es würde schwer werden, diese Geschichte zu verkaufen. Zu viel Hörensagen, keine hieb- und stichfesten Beweise. „Und da ist noch was", sagte der Mann.

„Ja?“

„Ich habe auch dafür keine Beweise. Aber ich glaube, dass Chane nicht alleine handelt. Er hat Partner!“

„Wen?“

„The fucking Speaker of Congress!“

Kongresssprecherin Ginger Poors? Die Chefideologin der Republikanischen Partei? Mediendarling? Eine Frau, deren Umfragewerte lässig mit denen des Präsidenten mithalten konnten? Fieldings Gedanken fielen in einen Strudel, an dessen Ende nur noch eine Frage herausfiel: „Wie heißt er, der Mörder Ihrer Großeltern?“

„Er nennt sich Miroslav.“

Fielding

Südlich von Bač, 6. Dezember 1995, vor Sonnenaufgang

Der Mann, dem Fox vorsichtig ein wenig Wasser aus ihrer Feldflasche einflößte, trug eine Brille mit einem fetten schwarzen Rand, wie sie in den Sechzigerjahren weit verbreitet gewesen waren. Sie hatten ihn auf dem Speicher des Hauses gefunden, gefesselt und geknebelt. Sein Name sei Jonah Fielding, hatte er gesagt, und er sei Reporter der New York Times, was die gefundenen Papiere in der Küchenschublade bestätigten.

Er sei im August abgetaucht, um verdeckt zu recherchieren. Vor einigen Wochen sei er dann entführt worden, als er auf ein paar zu heiße Informationen gestoßen war. Zunächst habe man ihn gut behandelt, aber vor ein paar Tagen hätten sie ihn plötzlich gefesselt, zusammengeschlagen und hierher verschleppt. Seither habe er nichts zu essen und nur ab und zu einen Schluck Wasser zu trinken bekommen. Seine Lippen waren aufgeplatzt und seine Zunge angeschwollen vom Durst. Aber nachdem er ein paar Schluck Wasser getrunken hatte, konnte er, wenn auch zunächst auf wackeligen Beinen, gehen.

Fox begleitete ihn in die Küche, wo sie die Schränke durchstöberte und einen Topf fand, den sie mit Wasser füllte und auf den Herd setzte. In einer Schublade entdeckte sie ein paar Teebeutel, von denen sie einen in eine notdürftig gespülte Tasse hängte. Schweigend wartete sie, bis das Wasser kochte, dann goss sie es in die Tasse. „Wie kommst du nach Serbien?“, durchbrach sie das Schweigen.

„Wie ich schon gesagt habe: Wegen ’ner Story.“

Fox schaute ihn an. Sein Akzent deutete auf New York hin, aber es war auch ein fremdes Element darin, das sie nicht identifizieren konnte. „So auskunftsfreudig? Wir haben dir grade das Leben gerettet."

„'ne große Story!" Fielding grinste nicht uncharmant.

„Okay, geht mich ja nichts an. Aber wir werden dich sowieso an die NATO übergeben. Die kriegen dann schon raus, was du hier verloren hattest."

„Wenn die NATO sich mit der New York Times anlegen will, bitte."

Fox zog den Teebeutel aus dem heißen Wasser und warf ihn ins Spülbecken. Dann stellte sie den Tee vor dem Mann auf den Tisch. „Du brauchst dich nicht zu bedanken." Sie setzte sich Fielding gegenüber. „Was willst du eigentlich verheimlichen? Da draußen steht irgendeine Cruise Missile herum, die offensichtlich gar nicht hier sein dürfte. Wahrscheinlich, wenn das Atomsymbol oben am Sprengkopf kein Etikettenschwindel ist, dürfte es die gar nicht geben. Direkt daneben hockt, hübsch verschnürt, ein verschwundener Reporter der verdammten New York Times. Nicht irgendeiner, sondern der berühmte Jonah Fielding. Wie wahrscheinlich ist es, dass das nur ein Zufall ist?"

Der Mann nippte an seinem Tee. Er sah furchtbar aus: Das ganze Gesicht war verschrammt und dreckig, beide Augen durch Schläge marmoriert und angeschwollen, die Kleidung verdreckt und zerrissen. Er stank zum Himmel. Nichtsdestotrotz hatte er sich vollständig im Griff. „Wenn du die Story schon kennst, warum fragst du mich dann?"

„Weil es da Dinge gibt, die du möglicherweise schon rausgefunden hast, und für die wir möglicherweise nicht mehr viel Zeit haben, um sie selbst rauszufinden. Wo haben die das Ding her? Wozu wollten sie es benutzen? Den Krieg können sie damit nicht gewinnen."

„Ich werde von meinem Verlag bezahlt, nicht von der NATO."

Fox beugte den Kopf sehr tief auf die Tischplatte, um Fieldings Blick zu erwischen, was ihr dann auch gelang. „Wenn es davon noch mehr gibt, und die werden eingesetzt, und es stellt sich raus, dass du wusstest, wo die standen, dann will ich sehen, wie sich dein Verlag entscheidet: für Jonah Fielding – oder für seine Existenz als Unternehmen."

Ivan hatte das Fahrzeug ein paarmal umrundet. Er war hinaufgeklettert und hatte die Lenkrakete untersucht. Alles deutete darauf hin, dass es sich tatsächlich um eine taktische Atomwaffe handelte. Auf einem landgestützten, mobilen Trägersystem. Wäre die Bauweise russisch gewesen, er hätte es sofort erkannt. Auf der anderen Seite schien sie für eine amerikanische Waffe zu elegant zu sein. Amerikaner liebten bullige Angeberwaffen, tödliche Riesenschwänze. Sie hatten wenig Sinn für Schönheit und viel Sinn für Machtdemonstrationen. Aber diese Rakete war schön, wenn auch nicht auf russische Weise schön. Auf der anderen Seite: Wer außer Amerikanern und Russen war in der Lage, eine solche Waffe zu bauen? Die Inder? Nein, die dachten anders. Deren Raketen sahen aus wie ein Tadsch-Mahal-Türmchen. Ebenso verhielt es sich mit den Chinesen und den Koreanern: Sie hätten das Ding völlig anders gebaut! Das war keine asiatische Waffe.

Also doch die Amerikaner. Dolvich setzte sich auf einen kleinen Schemel, der in der riesigen Garage etwas verloren in einer Ecke stand. Was sollte er jetzt tun? Was tat man, wenn man zufällig eine taktische Kernwaffe fand? Ivan musste lachen, weil die Situation so absurd war. Er hatte viel erlebt, und manchmal hatte er schon geglaubt, dass nichts Neues mehr kommen konnte, außer eines Tages die eine Kugel, die trotz all seiner Erfahrung und Vorsicht sein Leben beendete.

Und jetzt das. Er konnte die Waffe nicht zerstören. Das war viel zu gefährlich. Er konnte das Haus abfackeln und die Rakete damit unbrauchbar machen, aber mit ein wenig Pech würde zugleich die ganze Landschaft im Umkreis von mehreren Kilometern auf unabsehbare Zeit unbewohnbar. Und das, bevor Fox, Shadow und er sich in Sicherheit hatten bringen können. Ebenso wenig konnte er die Missile nach Kroatien bringen. Mit diesem gigantischen Lkw kam er kaum ungesehen nach ... Wo... wo war eigentlich die nächste Donaubrücke? Novy Sad? Bei all ihren Rückzugsszenarien hatten sie nie ernsthaft darüber nachgedacht, eine Brücke zu benutzen. Wie sollten sie da auch hinüberkommen, ohne unter schweres Feuer zu geraten?

Also musste er die Rakete irgendwie unbrauchbar machen. Ihr Fund wurde spätestens morgen früh Silevic berichtet. Danach gab es für sie keinen Rückweg mehr. Es würde nur so wimmeln von serbischen Soldaten und Partisanen. Und es würde auch keine Gefangenen geben. Wer brauchte schon Zeugen, wenn er mit Nuklearwaffen hantierte? Selbst wenn die Zeugen Freunde waren. Es gab Grenzen der Freundschaft.

Das war also das Szenario. Sie hatten noch drei bis vier Stunden, um diese Rakete unschädlich zu machen und zu verschwinden. Eines stand fest: Zu Fuß war das fast unmöglich. Und mit dem Schreiberling in seinem verheerenden Zustand im Schlepptau noch viel weniger.

Ivan erhob sich von dem Schemel und öffnete die Tür zum Führerhaus. In seinem alten Mercedes, der so gut wie ungefahren irgendwo in Nevada vergammelte, würde er das, was er jetzt suchte, im Handschuhfach aufbewahren. Und wie er rasch feststellte, gab es Konzepte, die offenbar universell galten. Er nahm das mehrere Zentimeter dicke Bordhandbuch heraus und lächelte.

Fielding hatte lange geschwiegen. „Es gibt mehrere!“, sagte er dann.

„Was weißt du noch?“

„Nicht viel. Ich weiß, wer die Dinger entwickelt hat und woher sie stammen. Aber das werde ich nicht erzählen, denn das ist meine Geschichte. Und die ist mindestens so explosiv wie die Missiles.“

„Wie viele andere? Und wo stehen die?“

„Das wollte ich gerade rausfinden, als sie mich geschnappt haben, drüben in Mladenovo.“

„Mladenovo?“

„Mladenovo. Das kleine Dorf, Richtung Donau. Da haben sie ihr Hauptquartier in dieser Gegend.“

„Nicht in Bač?“

„Das ist nur Tarnung. Da bin ich auch zuerst drauf reingefallen.“ Er schaute Fox jetzt an und lächelte. „Danke für den Tee! Tut gut.“

Er sieht gar nicht schlecht aus, wenn er lächelt, dachte Fox. Wenn man ihn jetzt noch wusch, rasierte und ihm die furchtbare Brille abnahm, konnte ein ganz attraktiver Mann dabei herauskommen. „Komm mit!“

Sie verließen das Haus und stapften zur Garage hinüber. Ivan steckte gerade bis zur Hälfte im hinteren Teil des Marschflugkörpers. „Dolvich?“

„Moment …“ Dann erklang ein Stöhnen wie von einer übergroßen Anstrengung, und Ivans Kopf entwand sich wieder den Eingeweiden der Rakete. In seiner linken Hand hielt er eine Platine, von der noch ein paar gekappte Kabel herunterbaumelten.

„Hauptprozessor und Mainboard. Mich wundert, wenn jetzt noch fliegt.“ Er grinste über das ganze Gesicht. Nun erkannte er Fielding, und sein Lächeln verschwand. „Ah, Reporter! Wieder unter Lebenden?“

Fox wartete nicht ab, bis Fielding antwortete, sondern ergriff sofort das Wort. „Es gibt noch weitere von den Systemen. Und er hier“, sie deutete auf Fielding, „hat in Mladenovo danach gesucht, als er verhaftet wurde. In Mladenovo ist das HQ.“

Ivan schaute genervt drein. Er hasste Unvorhergesehenes. Unvorhergesehenes war gefährlich. „Das heißt, wir nachsehen.“

Fox nickte.

Der Russe sprang von der Ladefläche des Tiefladers und stand nun vor ihnen. „Und wie soll gehen? In zwei oder drei Stunden hier wimmelt von Feinden. Besser Donau hinter uns!“

„Und was willst du Kline berichten? Dass wir wissen, dass hier noch ein paar Atomsprengköpfe rumstehen, dass wir aber die Chance nicht genutzt haben, rauszufinden, wo die sind?"

Ivan schwieg ein paar Sekunden. „Ich hasse Improvisation!" Er ging nach draußen und rief Shadow zu, dass er die Gefangenen herbringen solle. Es dauerte zwei Minuten, dann erschien Shadow mit den drei Männern.

Der Russe brachte sein Gewehr in Anschlag, scheuchte die Männer mit dem Lauf an die Rückwand der Garage und schoss ihnen dann in schneller Folge in den Kopf.

„War das nötig?", schimpfte Fielding, der entsetzt auf die Leichen starrte.

„Leider ja!" Ivan ging an dem Mann vorbei, ohne ihn eines Blickes zu würdigen. „Fox dir erklären! Shadow, fahr Truck raus! Schlüssel steckt. Mach Fotos! Ich mache Feuer."

Fielding schaute Fox an. „Wenn wir sie leben lassen", erklärte sie, „können sie sich befreien oder werden vielleicht gefunden, bevor wir in Sicherheit sind. Das ist zu gefährlich. Es ist halt Krieg. Und es geht um eine verdammte Atombombe."

Shadow fuhr den gigantischen Lkw auf die Wiese vor der Garage, bis etwa fünfzig Meter Abstand zwischen dem Fahrzeug und dem Haus lagen. Ivan war nicht zu sehen. Fox kletterte mit dem Reporter auf die Ladefläche des Hanomag. Shadow erschien kurze Zeit später und reichte Fox eines der drei Sturmgewehre, welche die Serben in der Küche hatten zurücklassen müssen, als sie überwältigt wurden. „Zur Tarnung. Eine amerikanische Waffe fällt auf!" Dann stieg er ins Führerhaus. Ivan brauchte noch zwei Minuten. Als er erschien, schaute er zur Ladefläche hinauf: „Wir versuchen Trick. Ich melde im HQ, dass Haus hier brennt. Hoffentlich fallen drauf rein! Bereithalten!"

Als er zu Shadow ins Führerhaus kletterte, meinte dieser: „Willst du uns denen ausliefern? Oder glaubst du wirklich, dass sie nicht merken, dass wir Amerikaner sind?"

„Du bist Amerikaner", antwortete Ivan, als er den Motor anließ.

„Und Fox. Und dieser Reporter. Ihr haltet Mund. Ich Russe. Ich Freund von Serbien. Und mein Serbisch noch besser als mein Amerikanisch! Und Uniformen in diesem Krieg mehr als Nutten in New Orleans." Er warf den Gang rein und wendete den Wagen.

„Wenn du einen Fehler machst, Dolvich, bist du tot!" Ivan schaute nach rechts. Shadow hielt sein Messer an die rechte Niere des Russen.

„Wenn ich verraten wollte euch, ich hätte getan lange. Silevic hat Atomrakete. Gute Idee wir führen privaten Krieg, dann Silevic vielleicht lachen tot, bevor Rakete abschießt!"

Shadow starrte Ivan unbewegt an. Schließlich klappte er das Messer wieder zusammen und steckte es ein. „Na, hoffentlich", murmelte er dann. „Der rechte Außenspiegel ist übrigens kaputt!"

„Scheiße!" explodierte Ivan. „Soll ich Sache abblasen? Willst du fahren in Werkstatt vorher?"

„Jungs", schrie Fox von hinten, „reißt euch zusammen! Wir schaffen das!"

Sie hörte eine ganze Reihe russischer Flüche, die sie wegen des Lärms, den der Motor machte, nicht identifizieren konnte. Ivan war nervös. Es sollte nur eine kleine Beobachtungsmission werden, ein bisschen Informationen sammeln, und es wurde ein Griff in den Hornissenschwarm. Das machte ihn aggressiv. Und das war nicht unbedingt gut. Hoffentlich bekam er sich wieder in den Griff, bevor sie Mladenovo erreichten.

Durch die offene Ladeklappe konnte Fox jetzt, als sie die Lichtung verließen, das Haus noch einmal sehen. In der Küche und zwei weiteren Zimmern im Erdgeschoss brannte es lichterloh. Es würde nicht lange dauern, bis das ganze Haus in Flammen stand.

„Fielding!", schrie Shadow im Führerhaus. „Wo ist dieses HQ?"

„Immer die Straße runter, nach Mladenovo rein und durch das Dorf durch. Es ist das letzte Haus auf der rechten Seite. Ein größeres Gehöft, ein wenig von der Straße entfernt. Vielleicht fünfzig Meter."

Fox betrachtete den Mann. Er wirkte sicher in seinen Bewegungen, beinahe schon arrogant, und er erholte sich erstaunlich schnell. Sicher ein guter Sportler, wahrscheinlich kampferfahren. „Du brauchst eine Waffe, gleich."

„Ich kämpfe nicht mit."

„Vielleicht musst du dich verteidigen. Hier, nimm mein Messer! Besser als nichts."

Der Mann bedankte sich nicht, aber er nahm das Messer entgegen und befestigte die Scheide an seinem Gürtel. „Warum machst du das?"

„Was?"

„Kämpfen. Eine Frau wie du könnte Milliardäre vögeln und Millionen dafür kassieren."

Es war zu dunkel, und sie konnte sein Gesicht kaum erkennen, deshalb wusste sie nicht, wie sie diese Frage einzuordnen hatte. Sie entschied sich, dass Fielding einfach ein Arschloch war:„Du meinst, du bist hier, weil du in Amerika nur fettärschigen weißen Müll vor dein Kleinkaliber bekommst?" Im Dunkeln konnte sie kurz seine Zähne aufblitzen sehen.

„Hey, Turteltäubchen", schrie Ivan jetzt von vorne, „es los geht. Tut so, als ob ihr gehört dazu. Ich feuere ersten Schuss, dann ihr!"

Er lenkte den Unimog auf den Hof des Gutes, und sofort standen vier Wachsoldaten um den Wagen herum. Ivan sprang aus dem Führerhaus und redete auf Serbisch und wild gestikulierend auf die Soldaten ein. Sofort entstand eine große Unruhe unter ihnen. Einer lief ins Haus, zwei rannten zur Straße und kamen kurz darauf hastig und laut rufend wieder zurück. Auch im Haus ertönten nun Rufe, und schließlich strömten mehrere Soldaten heraus. Einige kamen sogar aus einer angrenzenden Scheune angerannt.

Ein Offizier bellte seine Befehle, weitere Scheunentore wurden aufgerissen und mehrere Fahrzeuge herausgefahren, darunter zwei alte Feuerwehrwagen. Die Soldaten sprangen auf. Alles ging sehr rasch, aber konzentriert vonstatten. Niemand kümmerte sich um die Insassen des Unimog. Ivan konnte nicht anders, als die Disziplin der

Soldaten zu bewundern. Es wäre – wenn sie gegen alle hätten kämpfen müssen – ein aussichtsloser Kampf gewesen.

Er zählte mit, als die Kolonne den Hof verließ. Etwa fünfundzwanzig Soldaten waren jetzt unterwegs, unter ihnen auch der Offizier. Weitere fünf standen noch auf dem Hof, ein Feldwebel und vier Mannschaften: die vier Wachsoldaten, die sie in Empfang genommen hatten. Diese waren jeweils mit einer AK 47 bewaffnet, während der Feldwebel lediglich eine Pistole in seinem Halfter stecken hatte, wahrscheinlich eine Zastava.

Ivan schaute zum Unimog hinüber. Er war sich nicht sicher, aber er glaubte zu erkennen, dass Shadow sein Sturmgewehr so hielt, dass er Ivan schnell hätte treffen können.

Das Misstrauen des Amerikaners machte ihn nervös. Nicht auf einer persönlichen Ebene. Ivan war es gewohnt, dass man ihm misstraute. Er war der Fremde, da war das nur normal. Aber Shadow sollte die Serben im Blick behalten, nicht ihn.

Er musste noch warten, bis er die Kolonne nicht mehr hörte. Es wäre fatal, wenn die serbischen Soldaten die Schüsse hören würden. Er konnte außerdem nur hoffen, dass im Haus nicht noch weitere Soldaten warteten, aber der Wirbel, den ihre Ankunft ausgelöst hatte, war so groß gewesen, dass dies unwahrscheinlich war. Hinter den Fenstern war niemand zu sehen.

Und er hoffte, dass Shadow nicht eine seiner Bewegungen falsch deutete.

Der Feldwebel befahl seinen Soldaten jetzt, sich wieder auf ihre Posten zu begeben, und wandte sich dann Ivan zu. „Zu welcher Einheit gehört ihr?“

„Geheime Kommandosache. Wir sollten euer Baby abholen, aber da brannte schon alles.“

„Davon weiß ich nichts.“

„Wie gesagt: geheim. Mit so Sachen muss man vorsichtig sein.“

„Du bist kein Serbe, oder?“ Der Mann trat misstrauisch näher.

„Russe!“

„Ah, Russland!“ Die Miene des Mannes entspannte sich, und er streckte Ivan die Hand zum Gruß entgegen. Ivan schüttelte sie. Zwei der Wachsoldaten hatte er im Blick. Einer schaute in seine Richtung, der andere war auf dem Weg zur Straße. Fox und Shadow hatten die anderen beiden Soldaten hoffentlich im Visier. Ivan ergriff die Hand des Feldwebels jetzt freundlich mit beiden Händen. Dann zog er den Mann unvermittelt mit der Linken zu sich und hielt ihn als Schild vor sich. Mit der Rechten riss er das M4 hoch und jagte einen kurzen Feuerstoß in Richtung des Wachmannes, der in seine Richtung schaute und zu überrascht war, um noch reagieren zu können. Der schlanke Körper wurde von der Wucht der Geschosse nach hinten und zu Boden geschleudert, wo er reglos liegen blieb.

Der weiter entfernte Soldat fuhr herum und legte seine Waffe an, wurde aber im selben Moment von einer Kugel in die Brust getroffen, die nicht aus Ivans Waffe stammte. Der Mann kippte um und rührte sich nicht mehr. „Fox“, schoss es Ivan durch den Kopf. Und dann: Hat die kein anderes Ziel? Er hörte zwei kurze Feuerstöße auf seiner linken Seite und wirbelte herum. Shadow hatte aus dem Fahrerhaus des Hanomag heraus zwei weitere Soldaten ausgeschaltet. Ivan stieß den Feldwebel, der immer noch zu geschockt oder überrascht war, um Widerstand zu leisten, von sich und erschoss auch ihn. Das sollte es gewesen sein! Er sprang dennoch zur Vorsicht in die Deckung des Unimogs und schwenkte die Waffe über die Fensterfront des Hauses, aber von dort kam nichts. Nirgendwo rührte sich etwas. Sie hatten es geschafft.

Plötzlich hörte er hinter dem Wagen ein Gewehr auf den Boden fallen. Er fuhr herum, aber er konnte nichts erkennen. Dann hörte er eine männliche Stimme hinter dem Wagen auf Serbisch rufen: „Legt die Waffen nieder, oder eure Freundin ist tot!“

Scheiße! „Fox!“

„Da war noch einer. Der Scheißkerl hält mir seine Knarre an die Schläfe!“

Ivans Blick wanderte zu Shadow hinüber, der versteinert auf seinem Sitz hockte und Ivan ratlos anschaute. Zumindest dafür schien Shadow ihn nicht verantwortlich zu machen. Der Mann musste auf Shadows Seite gestanden haben. Dicht am Lkw. Der fehlende Außenspiegel …

„Wenn ich nicht bald eure Knarren auf den Boden fallen höre, hat das Mädchen eine neue Körperöffnung!"

Ivan nickte Shadow zu und ließ sein Sturmgewehr auf den Boden fallen. Shadows Waffe flog in hohem Bogen aus dem Fenster des Lkw.

„Du da auf dem Beifahrersitz: beide Hände aus dem Fenster. Wenn eine Hand verschwindet, ist deine Freundin tot!" Shadow verstand kein Serbisch, sodass Ivan rasch für ihn übersetzte. Dann sah er, wie Shadow beide Arme weit aus dem Fenster streckte.

„Und du da, hinter dem Auto. Du russischer Verräter! Du gehst jetzt zur Hauswand, und von da bewegst du dich nach links, damit ich dich sehen kann. Und wenn deine Hände nicht hinter dem Kopf sind, dann ist es vorbei für die Frau."

Ivan nahm die Hände hinter den Kopf und tat, wie ihm geheißen. Er hatte keine Idee, was er tun konnte, ohne Fox' Leben zu beenden. Sie brauchten Zeit. Aber Zeit hatten sie nicht.

Als sie auf den Hof rumpelten, hatte Fielding kurz aus der offenen Ladeluke geschaut, aber er hatte wenig erkennen können. Er war nicht der Mann, der sich einer Situation auslieferte, die er nicht kontrollieren konnte. Er war Mann genug, um die Gegenwart dieser Frau zu genießen, aber sie würde zum Ziel werden, und da wollte er lieber nicht direkt neben ihr sitzen. Wehrlos.

Der Wagen hielt, und Ivan brauchte nicht lange, um den ganzen Hof in große Aufregung zu versetzen. Fielding nutzte diesen Moment, um sich über die Ladeklappe auf den Boden hinabgleiten zu lassen und unter dem hochachsigen Wagen zu verschwinden. Es würde immer noch zwei Stunden lang dunkel sein, und hier war er nahezu unsichtbar, hatte aber einigermaßen freie Sicht nach allen Seiten.

Von Fox hörte er noch ein ersticktes „Verd…“, aber sie durfte sich nicht verraten und verstummte sofort wieder.

Fielding konnte die gesamte Situation von seiner Position aus überblicken. Er beobachtete, wie die Wagen aus den Scheunen geholt wurden, und er sah, wie sie verschwanden. Er sah fünf Serben zurückbleiben und wusste, dass sie bald sterben würden. Aber ebenso wenig wie Ivan oder Shadow, auf dessen Seite der Außenspiegel des Lkws fehlte, bemerkte er den Adjutanten des Feldwebels, der sich dicht hinter dem rechten Hinterrad aufgehalten hatte. Es war ein kleiner, aber perfekter toter Winkel.

Er sah, wie die Männer fielen, hörte das Feuer verstummen und wollte schon wieder unter dem Wagen hervorkriechen, als Fox' Gewehr auf den Boden fiel und er die Füße des Serben entdeckte, der jetzt hinter dem Rad hervorgetreten war.

Ivan kam nun aus dem Schatten des Hanomags heraus. Er hatte etwa fünf Meter Abstand zu dem Wagen. Keine Chance einzugreifen. Ein Mann stand hinter dem Wagen, eine Pistole in seiner ausgestreckten Rechten haltend, die auf Fox' Schläfe gerichtet war. „Dreh dich um! Die Hände bleiben hinter dem Kopf. Und jetzt hinknien!“

Ivan tat, wie ihm geheißen, und erwartete die Kugel. Doch er hörte nur einen Schmerzensschrei, der schnell erstickte. Als er sich umwandte, um nachzusehen, was los war, hatte sich die Situation völlig geändert. „Ich glaub, du kannst wieder aufstehen“, sagte Fox.

Fielding hatte sich zwischen dem rechten Vorder- und Hinterreifen hindurchgerollt und war schnell auf die Füße gekommen. Das Messer mit links zu ziehen, dem Mann mit der Rechten die Pistole nach oben zu entwinden und das Messer in die Niere zu rammen: es war eine fließende Bewegung gewesen.

Der Serbe sank auf die Knie und fiel wie in Zeitlupe in den Staub. Er schrie vor Schmerzen und presste seine rechte Hand auf die Wunde in dem vergeblichen Versuch, die heftige Blutung zu stoppen.

Nur Augenblicke später war Fielding über ihm und beendete seinen Schrei mit einem schnellen Schnitt durch die Kehle. Der Reporter verharrte eine Weile, und während Fox die veränderte Lage an Ivan weitergab, wischte er das blutige Messer an der Jacke des Toten ab, stand auf und reichte es Fox.

„Du lernst verdammt schnell, Fielding!"

„So habe ich meine Pulitzers gewonnen."

Sie durchkämmten das Haus systematisch und fanden nichts außer einem Haufen ungeordneter Papiere. Da sie keine Zeit hatten, diese durchzusehen, verpackten sie alles in einem Pappkarton, der in einer Ecke stand, und luden ihn auf den Wagen.

Fielding entdeckte seinen Laptop, den man ihm abgenommen hatte, und ein kurzer Test zeigte, dass er noch immer funktionierte.

Doch das war nicht alles. In einer Vorratskammer fanden sie einen ganzen Karton Rohypnol. Sie wussten sofort, was sie da gefunden hatten. Fox verstaute den Karton ebenfalls auf dem Hanomag, und dann gab Ivan den Befehl zum Abmarsch. Es war halb sechs am Morgen. In neunzig Minuten würde die Sonne aufgehen, in fünfundvierzig Minuten begann die Dämmerung. Es wurde knapp.

Die Fahrt zum Auenwald, in dem ihr Schlauchboot versteckt lag, dauerte nur wenige Minuten, aber Shadow nutzte sie, um den Fund der Atomwaffe durchzugeben. Bislang hatten sie Funkstille gehalten, um ihre Operation nicht zu verraten, aber der Standort der Lenkrakete musste sofort unter Beobachtung genommen werden, bevor der Gegner Gelegenheit hatte, das System woanders zu verstecken – und bevor sie selbst vielleicht entdeckt und ausgeschaltet würden.

Als sie den Wald erreichten, verbargen sie den Wagen hinter einem großen Gebüsch. Um Zeit zu gewinnen, trennten sie sich: Shadow sollte zu dem Punkt vordringen, an dem sie vor zwei Tagen den Wachposten geortet hatten. Er musste für ihre Flucht ausgeschaltet werden. Ivan, Fox und Fielding sollten das Boot zu Wasser lassen und Shadow bei dem Posten abholen.

Heimkehr

Serbisch-kroatische Grenze, 6. Dezember 1995, bei Tagesanbruch

Schweigend stachen sie mit den Paddeln ins Wasser der Donau, um das Boot nicht allzu weit abtreiben zu lassen, bevor es kroatisches Ufer erreichte. Zwölf Kilometer etwa noch bildete die Donau hier die Grenze zwischen Serbien und Kroatien, danach erreichten sie endgültig serbisches Territorium. Keinesfalls durften sie dorthin gelangen. Der Wasserstand der Donau war in dieser Jahreszeit recht niedrig, und die Strömung betrug nur etwa fünf Kilometer pro Stunde.

Sie hatten Shadow am vereinbarten Punkt abgeholt. Er hatte den beiden Wachposten die Kehlen durchgeschnitten und das MG in ihrer Stellung unbrauchbar gemacht. Von dort war also nichts mehr zu befürchten. Aber langsam färbte sich der Himmel im Osten grau, und sie würden sich deutlich besser fühlen, wenn sie an das andere Ufer gelangt waren.

Fox hatte, als sie die Mitte des Stromes und damit kroatisches Territorium erreicht hatten, wieder wie vereinbart ein Funksignal abgesetzt. Vom serbischen Ufer hörten sie jetzt ein paar Rufe, aber sie konnten niemanden sehen und nicht ausmachen, ob und wenn, von wo ihnen möglicherweise Gefahr drohte. Ivan und Shadow bestrichen durch ihre Visiere das Ufer, aber die Stimmen erstarben, und kein Schuss wurde abgefeuert.

Bald darauf erreichten sie das Ufer und vernahmen die Geräusche eines Helikopters, der sich ihnen aus südlicher Richtung näherte, und sie wussten, sie hatten es geschafft. Sie zogen das Schlauchboot an

Land, ließen die Luft ab und begannen sofort, ihre Sachen zusammenzupacken.

„Sorry, aber ich muss erst mal scheißen“, meldete sich Fielding zu Wort. „Ich bin da hinter dem Gebüsch, falls mich jemand sucht. Kann aber eine Weile dauern.“ Er schnappte sich das Toilettenpapier und wandte sich zum Gehen.

„Fielding!“, rief Ivan hinterher!

„Was?“

„Spaten nicht vergessen!“

Es durften keine Spuren zurückgelassen werden. Sie waren müde und erschöpft, aber sie waren mit voller Konzentration bei der Arbeit und hielten immer wieder Ausschau nach dem Helikopter, dessen Besatzung sie offenbar noch nicht ausgemacht hatte.

Es dauerte etwa fünfzehn Minuten, bis sie fertig waren, und erst jetzt merkten sie, dass Fielding noch nicht zurückgekehrt war.

„Dieser beschissene Reporter!“, entfuhr es Shadow. „Wer schaut nach ihm?“

„Fox“, schlug Ivan vor, um dann aber schnell hinterherzuschieben: „Na gut, ich mach’s ja.“

Als er den Ort erreicht hatte, den Shadow ihm bezeichnet hatte, fand er lediglich den Klappspaten und das Toilettenpapier. Von Fielding keine Spur. Ivan nahm die Rolle und entdeckte auf dem ersten Blatt eine Nachricht:

„Danke! Aber mein Job ist noch nicht beendet. Gebt der NYT Bescheid, dass ich lebe. Ihr hört von mir!“

Ivan schaute sich um. Sie waren bei einem kleinen Seitenarm der Donau gelandet, im Schutze niedriger Büsche und eines nicht sehr großen, aber dichten Waldes. Fielding konnte sich hier stundenlang verstecken, bevor man ihn entdeckte. Und wahrscheinlich war er längst in das kleine Städtchen eingesickert, das vor ihnen lag, hatte sich in einen Bus gesetzt und war auf und davon gefahren.

„Scheiß Reporter!“, fluchte Dolvich.

Dann wurden die Rotorengeräusche lauter. Man hatte sie gefunden.

Menschliches Ermessen

Stuttgart, Patch Barracks, 5. Dezember 1995, 16:57 Uhr

„Sir?" Mangold stand ein wenig unsicher auf dem Flur und winkte vorsichtig durch die geöffnete Bürotür. Der Versuch, ihm einen militärischen Gruß beizubringen, hatte sich als vollkommen sinnlos erwiesen. Der Mann ist durch und durch Zivilist, dachte Parker, und jede Uniform sieht an ihm wie eine Verkleidung aus.

„Kommen Sie rein, Mangold! Was haben Sie? Machen Sie die Tür zu!"

Der Mann kam der Aufforderung nach und stand nun verlegen vor Parkers Schreibtisch. „Wir haben ein vorläufiges Ergebnis, Sir. In dieser U-Boot-Sache."

Parker schaute mit einem Blick zu Mangold auf, der ihn eigentlich auffordern sollte weiterzusprechen, von Mangold aber offenbar eher gegenteilig aufgefasst wurde. Es entstand eine peinliche Stille, die Parker schließlich ungehalten durchbrach: „Und?"

„Äh, ja, Sir!" Mangold fuhr sich mit der Hand durch die zu langen Haare. „Wir haben die Stimme so weit rekonstruieren können, dass wir die Stimmmelodie und einzelne Besonderheiten in der Intonation und der Aussprache analysieren konnten."

Parker hatte keine Lust, sich jetzt auch noch irgendwelche Stimmprofile erklären zu lassen. „Verschonen Sie mich mit den Einzelheiten!"

Er schaute Mangold direkt an, und der Blick bedeutete: Ergebnisse! Diesmal verstand Mangold.

„Unser Mann hat einen Südstaatenakzent, Sir."

Parker runzelte die Stirn. Damit blieben drei von den sieben Männern übrig. „Können Sie das noch genauer eingrenzen?“

Mangold blinzelte in der niedrig stehenden Sonne, die jetzt durch einen Spalt in der Bewölkung schien und ihn genau ins Gesicht traf. Er hob eine Hand schützend vor die Augen: „Unsere Spezialisten sind sich einig, dass der Mann entweder aus dem nördlichen Louisiana oder dem südlichen Arkansas stammt.“

„Kein Zweifel möglich?“

„Es bleiben immer Zweifel, Sir!“

Typische Zivilistenantwort. Keine Klarheit, immer den eigenen Arsch absichern. „Nach menschlichem Ermessen, Mangold!“

„Nach menschlichem Ermessen kommt unser Mann da her. Oder er ist sehr gut darin, diesen Akzent nachzuahmen. Das ist keine Parodie, keine Übertreibung. Das ist echt. Wir können aber auch noch zwei Tage warten, dann haben wir die Originalstimme. Wir wissen ja jetzt, in welcher Richtung wir suchen müssen.“

„Danke, Mangold! Sie können gehen. Gute Arbeit. Bleiben Sie dran, und melden Sie sich, wenn Sie was Neues haben!“

„Jawohl, Sir!“ Wieder der verunglückte Versuch eines militärischen Grußes.

„Und schließen Sie bitte die Tür hinter sich!“

„Ja, Sir!“

„Und gehen sie, bitte, zum Friseur!“

Mangold zog die Tür zu und tat, als hätte er diese Aufforderung nicht mehr gehört. Parker nahm den Telefonhörer von der Gabel und wählte eine kurze Nummer: „Henry? Kommst du mal rüber? Wir haben Arbeit für euch!“

Er drückte auf die Gabel und wählte eine weitere Nummer: „John? Wir haben den Kerl. … Ja, kein Zweifel möglich. … Ja, wir arbeiten bereits daran. … Danke!“

Komplikationen

Zagreb, 6. Dezember 1995, nachmittags

John Paul Kline drückte auf die kleine rote Taste an seinem Mobiltelefon. Dann wandte er sich wieder der Gruppe Soldaten zu, zu der er gerade gesprochen hatte. Wo war er stehen geblieben? Genau:

„Wir haben die Papiere gesichtet, die Sie in Mladenovo sichergestellt haben."

Er war höchstpersönlich nach Zagreb gekommen, um die Lage zu besprechen, und hatte Leister Portman gegenüber darauf bestanden, ab sofort nur noch direkt mit den Soldaten zu sprechen, die beim Einsatz dabei gewesen waren. Es sollten so wenige Menschen wie möglich Bescheid wissen. Portman zählte nicht zu ihnen.

„Und?"

„Wir fanden ein Schreiben, in dem von insgesamt drei Systemen die Rede ist. Leider enthielt es keinerlei Ortsangaben."

Sie saßen in einem abhörsicheren Raum der amerikanischen Botschaft. So wusste zwar jeder, der es wissen wollte, wer sich da mit wem traf, aber der Inhalt des Gesprächs blieb geheim. Bei der Nachtclubgeschichte hatte das Treffen an sich geheim bleiben sollen. Und selbst das hatte nicht geklappt. Zumindest wusste Kline nun, dass er eine Zusammenkunft an einem solchen Ort nicht noch einmal genehmigen musste, was ihn sehr erleichterte.

Jetzt war es sowieso klar, dass man sich traf. Silevic sollte es ruhig wissen. Er sollte wissen, dass sich die Schlinge zuzog.

Fox nickte: „Auch Fielding sprach von mehreren Systemen."

„Auf den Herrn komme ich gleich noch." Klines Ton machte klar, dass er nicht darüber erfreut war, dass Fielding ihnen entwischen konnte. Er war schließlich der wichtigste Zeuge.

„Wir haben nach Ihrem Funkspruch sofort das gesamte Gebiet unter Beobachtung gestellt“, fuhr Kline fort. „Die Überwachung aus der Luft ist lückenlos. Das Fahrzeug war zwar nicht mehr an seiner Position, aber wir konnten es auf einem Wärmebild wiederfinden. Ihr kleines Feuer“, er schaute zu Ivan hinüber, „hatte das Ding so aufgeheizt, das leuchtete noch durch die Bäume, unter denen es versteckt worden war. Wir werden jede Bewegung des Objekts nachvollziehen können. Aber nach dem, was Sie berichten, ist es sowieso nicht mehr einsatzfähig, oder?“

Ivan nickte schweigend.

Der Engländer stand auf und ging zum Wasserspender hinüber, der in der hinteren Ecke des Raumes stand, und schenkte sich einen Becher Wasser ein. „Wir wissen jetzt sicher, wie der Überfall auf die serbische Garnison bewerkstelligt wurde.“ Er trank einen Schluck im Stehen und drehte sich dann wieder zu den Söldnern um. „Silevic’ Leute haben eine Party für die Soldaten organisiert und das Bier mit Rohypnol versetzt. Vielleicht hatten sie selbst markierte Flaschen, oder sie tranken nicht mit. Das wissen wir nicht. Aber nach einer Flasche Bier, dem Rohypnol zugesetzt wurde, ist selbst ein Bär wehrlos. Der Rest war ein Kinderspiel. Wir wissen bloß noch nicht, aus welchem Grund sie das Massaker angerichtet haben.“

„Wir können vermuten!“, meldete sich Ivan zu Wort.

„Und was vermuten Sie, Dolvich?“ Keinem der Anwesenden entging die Spannung, die zwischen Ivan und Kline herrschte.

„Soldaten aus Garnison haben gesehen Cruise Missile. Vielleicht zufällig bei Patrouille oder Geländeübung. So sie mussten sterben.“

„Möglich“, antwortete Kline. „Aber das macht die Sache nicht einfacher.“ Er leerte den Wasserbecher und warf ihn in einen bereitstehenden Mülleimer. „Wir haben eine Waffe, die gar nicht existieren dürfte.“ Er streckte den Daumen der rechten Hand, die er zu einer Faust geballt hatte, nach oben. Danach folgte jedem Punkt der Aufzählung ein weiterer Finger. „Wir haben eine Gruppe Soldaten, die von keiner staatlichen Autorität kontrolliert wird. Eine Atombombe in privater Hand. Wahrscheinlich drei davon, beziehungsweise“ – er hatte den vierten Finger bereits ausgestreckt – „eine, die Sie zumindest vorläufig entschärft haben. Also bleiben noch zwei.“ Er zog wieder einen Finger ein, bemerkte dann, dass dies keinen rechten Sinn ergab, und streckte den Ringfinger wieder nach oben.

„Die müssen wir finden.“

„Korrekt, Miss Guzzman.“ Kline setzte sich wieder an den Konferenztisch. „Aber das ist nicht alles. Wir können das, was wir gefunden haben, nicht offen kommunizieren. Wenn die Russen erfahren, dass es da eine neue taktische Atomwaffe gibt, die höchstwahrscheinlich in den USA entwickelt wurde: Für wie glaubhaft würden Sie es halten, dass in den USA niemand davon eine Ahnung hatte?“

Er schaute in die Runde und erntete Kopfschütteln.

„Clinton schwört“, fuhr er zufrieden fort, „dass es kein solches Programm gibt. Und ich glaube ihm das. Und das addiert zu den ganzen internationalen Schwierigkeiten auch noch inneramerikanische. Der Präsident der USA hat die Kontrolle über die Entwicklung von Nuklearwaffen in seinem Land verloren! Ich habe eben mit ihm telefoniert. Er ist in höchstem Maße besorgt. Wenn das öffentlich wird, na, dann gute Nacht!“

Shadow grinste schief: „Da trifft es sich doch, dass da draußen ein weltbekannter Journalist rumläuft, der von der Geschichte schon weiß.“

Kline schloss die Augen: „Das habe ich Clinton noch gar nicht erzählt. Ich hoffe, wir finden ihn vorher.“

„Wen? Clinton?“ Dolvich war nicht anzusehen, ob er die Frage ernst gemeint hatte.

„Nein! Fielding!“ Kline hatte offenbar gerade überhaupt keine Lust auf schlechte Scherze.

„Das heißt, wir sollen nach ihm suchen?“

„Nein!“, bellte Kline, was nur sehr selten geschah. „Dafür haben wir andere Leute. Oder sind Sie als Fahnder geschult?“ Sein Blick versuchte Dolvich auf seinem Stuhl festzunageln, aber der Russe blieb unbeeindruckt. „Sie haben es“, fuhr Kline fort, „ja nicht mal geschafft, ihn bis Zagreb unter Kontrolle zu halten. Nein, Dolvich, Sie brauchen nicht zu antworten!“ Dolvich hatte nichts dergleichen vorgehabt, aber Kline, der sich gewöhnlich gut im Griff hatte, zeigte jetzt Nerven. „Das war unprofessionell von Ihnen!“, rief er lauter als notwendig. „Das bin ich nicht von Ihnen gewohnt!“

Jetzt hielt er inne und merkte offenbar, dass er ein wenig vom Thema abgekommen war. „Weiter mit unseren Problemen“, forderte er dann, lehnte sich erst einmal in seinen Sessel zurück und schloss wieder die Augen. Er sah für einen Augenblick sehr müde aus.

„Wir haben“, nahm er dann ruhiger den Faden wieder auf, „über inoffizielle Kanäle bei den Serben angeklopft. Die sind aus allen Wolken gefallen. Die hatten wirklich keine Ahnung. Clinton hat ihnen ausrichten lassen, dass ab sofort mehrere strategische Köpfe auf Belgrad gerichtet sind, aber das hätte er meiner Meinung nach auch bleiben lassen können. Wenn die Serben über diese Systeme verfügen würden, hätten sie diese bei den Friedensverhandlungen längst als Faustpfand benutzt. Nein, die ganze Aktion ist einzig und allein die Angelegenheit Ihres Freundes.“ Er musterte Dolvich, der keine Reaktion zeigte.

„Kurz zusammengefasst: Wir müssen zwei Waffensysteme finden, jedes nicht viel größer als ein gewöhnlicher Sattelschlepper.“ Kline ergriff eine Fernbedienung, welche die ganze Zeit vor ihm auf dem Tisch gelegen hatte, und drückte einen Knopf. Sofort sprang ein Tageslichtprojektor an, auf den Kline zur Vorbereitung schon eine Folie gelegt hatte. Sie zeigte eine Karte des ehemaligen Jugoslawiens. Serbien, der nördliche Teil Kroatiens und Bosniens sowie das Kosovo waren rot eingefärbt. „Das Gebiet“ – Kline stand wieder auf und winkte auf der Projektion ungefähr über die rot markierten Regionen –, „in dem sie sich befinden können, ist ein weitgehend unzugängliches, karstiges Gebirgsland, in dem wir uns, im Gegensatz zu unseren Gegnern, nicht auskennen. Wir wissen nur eines: Der Untergrund ist über weite Strecken so porös wie ein Schwamm, und es gibt Hunderte, wenn nicht Tausende von Höhlensystemen. Außerdem sind die Systeme im Prinzip ebenso beweglich wie Ihre Privatwagen. Und wir haben maximal acht Tage Zeit."

„Warum das?"

„Weil, Miss Fox", Klines Gesicht wandte sich der Frau zu und wurde jetzt auf der rechten Wange von Belgrad geziert, „dann die Friedensverträge unterzeichnet werden. Wozu auch immer diese Waffen dienen sollen: Silevic wird nicht warten, bis die Verträge unterzeichnet sind, bevor er seine Trümpfe ausspielt. Entweder als theoretische Bedrohung", er machte eine Pause, um die Wichtigkeit seiner nächsten Worte zu betonen, „oder indem er sie abfeuert."

„Er kluger Mann. Er weiß, er kann nicht abfeuern, ohne Macht zu verlieren. Er wird Westen erpressen."

„Möglich, Mr Dolvich. Das wäre rational. Aber worauf wartet er dann? Abgesehen davon, dass wir auch das nicht zulassen dürfen. Aber je länger Silevic stillhält, umso sicherer können wir sein, dass er die Waffen wirklich einsetzen wird."

„Wie weit reicht der Antrieb?"

„Es ist ein Supersonicantrieb, so viel wissen wir. Mach zwei bis drei. Andere Waffen solchen Typs reichen selten weiter als ein paar Hundert Kilometer. Zagreb, Sarajewo, vielleicht Dubrovnik: Das müssten die Ziele sein. Wenn wir Pech haben, ist es Wien. Die Sprengkraft reicht wahrscheinlich für einen großen Häuserblock. Aber für eine genauere Analyse benötigen wir das System selbst."

Die drei Söldner nickten. „Und jetzt?", erkundigte sich Shadow.

„Hat Fielding irgendetwas gesagt, das darauf hindeutet, wo sich die anderen Waffen befinden könnten?"

„Nein", antwortete Fox. „Er war selbst noch auf der Suche nach ihnen."

„Hat irgendeiner der Soldaten, mit denen Sie Kontakt hatten, etwas gesagt?"

Shadow schüttelte den Kopf. „Nein. Sie wurden nicht verhört. Dazu blieb keine Zeit. Und wir konnten sie leider auch nicht mitnehmen."

„Ich habe Idee."

Kline musterte Dolvich über den Rand seiner Brille hinweg. „Ja?"

„System, das wir gefunden, war in Serbien. Östliche Seite von Donau. Soldaten müssen üben mit System. Würdet ihr", er drehte sich zu seinen Kameraden um, „System bringen auf andere Donauseite nur für Übung?"

Shadow schüttelte den Kopf: „Viel zu riskant. Das Ding würde von zu vielen Menschen gesehen."

„Ein guter Gedanke", murmelte Fox.

Ivan schaute Kline an. „Zweite System wurde gesehen von zu viele Menschen. Deshalb Massaker. Zweite System bei Vukovar."

Kline schüttelte den Kopf: „Wir wissen nichts über eine Rebellengruppierung bei Vukovar."

„Und weil Sie davon nichts wissen, gibt es die auch nicht, oder?" Shadow funkelte Kline wütend an, was seine Wirkung deshalb nicht verfehlte, weil Emotionen bei ihm beinahe nie zum Vorschein kamen. Ivan musterte Shadow überrascht. Warum verteidigte Shadow ihn jetzt? Draußen bei Bač hatte er ihn noch kritisiert. Shadow blieb ein Rätsel.

„Das würde ich so nicht sagen", antwortete Kline. „Aber dort herrscht seit Monaten Waffenruhe. Wenn es dort eine Rebellengruppe gäbe, dann wäre sie uns aufgefallen."

„Und wenn sie gar nicht auffallen wollten, weil sie eine Atombombe im Keller haben?" Wenigstens Fox schien heute ihre Nerven im Griff zu haben.

Kline schwieg, spürte die Nervosität in der Runde und wusste, dass er selbst nicht unerheblich dazu beigetragen hatte. Das half ihnen nicht weiter, also nickte er betont bedächtig. „Möglich ist es. Und wir haben keine bessere Idee. Nehmen wir also an, sie stünde irgendwo bei Vukovar. Wie finden wir sie?"

Er wühlte in einem Stapel Folien und fand, was er suchte. Kurze Zeit später warf der Tageslichtprojektor eine Luftbildaufnahme von Vukovar und Umgebung an die Wand.

„Mit gesunde Menschenverstand“, antwortete Ivan.

„Reden Sie!“

„System nicht wird stehen im Freien. Und es wird sein dicht bei Ort, wo Garnison getötet. Vielleicht fünf bis zehn Kilometer Umkreis.“

Kline zeigte auf das Luftbild. „Die Garnison war hier!“ Er deutete auf einen Wald südöstlich der Stadt. „Nehmen wir einen Umkreis von zehn Kilometern, dann werden wir lange suchen müssen.“

„Nicht“, widersprach Ivan, „wenn wir denken wie Gegner. Wie Silevic.“

„Sie kennen den Mann am besten. Legen Sie los!“

„Wir brauchen große Scheune, wo große Lkw reinpasst. Muss stehen nah bei Straße, die in Wald führt. Möglichst nah bei Wald. Darf außerdem nicht gehören Serbe. Muss sein vertriebene kroatische Bauer. Symbol ist Silevic wichtig.“

Kline nickte. Offenbar hatte er Ivan mittlerweile verziehen. „Noch weitere Einschränkungen?“

„Ja. So ein Lkw ist schwer.“ Shadow machte sich bemerkbar. „Damit er eingesetzt werden kann, braucht er eine asphaltierte Straße. Wäre doch dämlich, wenn sie ihren ganzen Plan über den Haufen schmeißen müssten, bloß weil es zwei Tage regnet, was im Dezember ja mal vorkommen kann.“

Kline nickte. „Ergibt Sinn.“

„Silevic würde suchen nach symbolische Ort für Abschuss.“

„Sie kennen ihn besser als wir. Was bedeutet das für uns?“

„Wir müssen schauen, wo bedeutungsvolle Platz für Serben oder Kroaten ist.“

„Moment …“ Kline machte sich einige Notizen und runzelte die Stirn: „Wo hat 1991 noch das Massaker stattgefunden?“

„Ovčara“, wusste Fox.

„Und das ist …“ Kline studierte die Karte. „… hier unten, ungefähr einen Kilometer von diesem Waldstück entfernt.“

„Vielleicht steht die Missile da?“

„Kaum. Der Ort wird von den Kroaten kontrolliert.“

„Wenn die Missile aus diesem Wald abgefeuert wird, ist das Symbol genug. Wir suchen eine frei stehende Scheune, gutes Schussfeld, keine Nachbarn und keine unerwünschten Besucher, die man nicht lange genug vorher sieht“, zählte Fox auf. „Nicht weit entfernt vom Wald, damit man auch mal üben kann, ohne dass einem jeder dabei zuschauen kann“, fuhr sie fort. „Das Waldgrundstück haben wir identifiziert. Ich würde sagen: weniger als ein Kilometer Umkreis, an einer asphaltierten Straße gelegen, die auf schnellstem Weg in den Wald führt.“

„Warum so wenig?“

„Das hier ist immerhin Kroatien. Und immer mehr Vertriebene kehren zurück. Jeder Dritte hier ist inzwischen möglicherweise wieder Kroate. Wenn da serbische Freischärler größere Strecken mit schwerem Gerät zurückgelegt hätten, das wüssten die Kroaten doch. Und die hätten es uns ja wohl erzählt, oder?“

„Hoffen wir es mal“, meinte Kline und blickte auf die Karte.

„Sehen Sie es auch?“, fragte Shadow.

„Unübersehbar“, nickte Kline. Es führt nur eine asphaltierte Straße durch den Wald, die infrage kommt. Und da, wo sie nördlich den Wald verlässt, liegt direkt Vukovar.“

Alle starrten auf das eine Gebäude, das fünfhundert Meter südöstlich des Waldes klar zu erkennen war.

„Bis morgen wissen wir, wem das gehört“, sagte Kline. „Ach, eines noch!“ Kline tat so, als fiele ihm das Telefonat von vorhin erst jetzt wieder ein. „Wir haben einen Maulwurf bei uns identifiziert. Euer Einsatz in Mladenovo war verraten worden. Gut, dass Ihr gesund und munter zurückgekehrt seid! Bis morgen um neun!“

Keine Beweise

New York City, 2. Mai 1995

„Jonah, das ist alles gut und schön. Und wenn es stimmt, gebe ich dir recht: Dann ist das eine wirklich große Sache. Die größte seit Langem! Größer wahrscheinlich als Watergate. Aber weißt du, was hier los ist, wenn wir das bringen? Wir haben nichts als eine einzige, anonyme Quelle! Und die hat auch noch persönliche Rachemotive!“

„Deshalb sage ich ja, ich brauche ein Budget und ein paar Monate Zeit.“ Fielding saß in einem schweren Sessel vor Charles F. Baur, dem Chefredakteur der New York Times, der sich ihm gegenüber in ein Sofa hatte fallen lassen.

„Ein paar Monate? Und Budget? An was hast du denn da so gedacht?“ Fielding war zu lange im Geschäft, um sich von dem sarkastischen Ton seines Chefs beeindrucken zu lassen.

„Ich werde reisen müssen, ein paar Gelder werden fließen“, begann er. „Die Risiken sind hoch, und ich brauche vielleicht falsche Papiere. Zweihundertfünfzig wären für den Anfang nicht schlecht!“

Baur stand auf, ging zu dem Fenster hinüber und schaute hinunter auf die 43. Straße. „Zweihundertfünfzigtausend? Wegen einer einzigen Denunziation?“

„Der Mann hat die Wahrheit gesagt! Und du weißt, dass ich einen Lügner erkenne!“

„Ja, außer beim letzten Mal, als ich dir hunderttausend bewilligt habe – und am Ende alles nur eine schmierige Eifersuchtsgeschichte war …“

„Komm, Charles! Du warst doch selbst mal Reporter! Hättest du dir so was entgehen lassen?“ Fielding unterdrückte die Erinnerung an den Flop nur mit Mühe. Er konnte jetzt keine Unsicherheit brauchen.

Baur wandte sich wieder Fielding zu. Er ist ein guter Mann, keine Frage, dachte Baur. Aber in letzter Zeit hat ihn sein Glück ein wenig verlassen. Aus diesem Grund war Baur misstrauisch. Vor zwölf Monaten hätte Fielding das Büro bereits wieder verlassen, mit einem Budget von zweihundertfünfzigtausend Dollar in der Tasche. Doch die letzten beiden Storys waren im Sand verlaufen, und Baur wollte unter keinen Umständen einen dritten Flop finanzieren. Er musste auf Nummer sicher gehen. „Nein, hätte ich nicht“, stimmte er zu. „Aber erstens bin ich jetzt nicht mehr Reporter, sondern als Chefredakteur für die Qualität dieser Zeitung verantwortlich. Und zweitens hätte ich meinem Chef damals einen etwas stärkeren Kaffee serviert, wenn ich zweihundertfünfzigtausend Dollar von ihm hätte haben wollen.“

„Charles …“

„Du verschwendest unsere Zeit, Jonah!“

Fielding schwieg. Er kannte Charles F. Baur noch aus Zeiten, in denen er noch keine Mittelinitiale in seinem Namen getragen hatte. Er wuchtete sich aus dem schweren Sessel und ging zur Tür. „Dann halt nicht!“

Er hatte die Hand schon auf der Klinke, als er Baurs Stimme hinter sich hörte: „Fielding! Wenn die Post“ – er meinte offenbar die Washington Post – „als Erste mit der Story rauskommt, nur weil du mir nicht rechtzeitig Material geliefert hast, damit ich das Budget rechtfertigen kann, dann fliegst du raus!“

Fielding drehte sich grinsend rum: „Heißt das, ich habe das Budget?“

„Unfug! Fünftausend kriegst du. Keinen verschissenen Cent mehr! Und wenn du mir dafür Beweise lieferst, die die restlichen zweihundertfünfundvierzig rechtfertigen, dann diskutieren wir das Ganze noch einmal. Du hast vier Wochen! Wenn du bis dahin nichts hast …“

Baur ließ den Satz im Raum stehen und zog seinen Zeigefinger über die Kehle.

Fielding tippte sich mit dem rechten Zeigefinger an eine imaginäre Hutkrempe und verließ das Büro. Man konnte über Baur sagen, was man wollte, aber er wusste, wie das Geschäft funktionierte.

Ein unaufgeklärter Mord

New York, 4. Mai 1995

Die Verbindung zwischen Miroslav und dem serbischen Warlord und international operierenden Waffenhändler Ante Silevic ergab sich für Fielding aus einer kurzen Recherche im Archiv der eigenen Zeitung. Es gab über Miroslav eine ganze Menge Material. Nur ein Foto gab es nicht. Und keinen richtigen Namen. Der Mann war ein Phantom. Und ein gesuchter Auftragskiller. Aber was hatte HEL mit ihm zu tun? Was wollte HEL mit einem serbischen Freischärler? Und was wollte ein Freischärler mit nuklearen Sprengköpfen? Selbst wenn es taktische waren: Was wollte er damit erreichen?

Silevic war auch Waffenhändler, aber wenn er die Sprengköpfe verschieben wollte, dann hätte HEL sie ihm nicht umsonst überlassen. Die ganze Sache ergab einfach keinen Sinn.

Fielding hatte auch die Oxford Tribune durchkämmt und nichts gefunden, was ihm wirklich weiterhalf. Sämtliche Artikel, die jemals in Amerika über HEL erschienen waren, lagen in sieben dicken Ordnern vor ihm. Nichts hatte ihn weitergebracht. Der Konzern war anrüchig, wie jeder Waffenproduzent weltweit. Aber nichts war dabei gewesen, was Fielding irgendwie als Spur erschienen war, die es wert gewesen wäre, sie zu verfolgen.

Schließlich hatte er seine Recherche auf das Umland von Oxford ausgedehnt, und eine kleine Notiz in der Chester County Press war es, die Fielding schließlich weiterbrachte. Zunächst hatte er sie übersehen, wahrscheinlich, weil Meldungen über Gewaltverbrechen in New York alltäglich waren:

Vermisster Mann von Wildschweinen ausgegraben

West Chester, PA. Der seit einer Woche vermisst gemeldete Christian A. Taylor ist offenbar tot. Wie das ChPD meldete, fanden Spaziergänger gestern in einem Wald bei Landenberg die stark verstümmelte Leiche eines Mannes, dessen Kleidung mit der des Vermissten identisch zu sein scheint. Der Leichnam des Mannes war offenbar vergraben worden, wurde jedoch von einem Rudel Wildschweine erschnüffelt und wieder ausgegraben. Eine Untersuchung der sterblichen Überreste des Mannes ergab, dass er einem Gewaltverbrechen zum Opfer gefallen ist.

Ein Gentest soll nun endgültigen Aufschluss über die Identität des Toten geben.

Fielding erinnerte sich plötzlich an eine Bemerkung, die der Mann auf Cape Cod gemacht hatte, fast im Nebensatz: „Eine der ersten Sachen, die dieser Mann hier macht, ist, einen unserer Fahrer umzubringen. Einfach nur so, weil er sich schlecht behandelt fühlte."

Er griff zum Telefon und wählte eine Nummer in Pennsylvania. Grace Warwick war eine alte Flamme von ihm – und sie war Sheriff beim Chester County Police Department. Am anderen Ende meldete sich ihre vertraute Stimme:

„Warwick!"

„Hey, Grace! Ich bin's, Jonah! Du hast dich ja ewig nicht mehr gemeldet!"

„Weil du gesagt hast, du würdest dich melden!"

„Ehrlich? Grace, du weißt doch, dass das nie so gemeint ist!"

„Jonah, du meinst das genau so. Du vergisst es dann nur wieder. Aber macht doch nichts. Willst du dich jetzt dafür entschuldigen, dass du bist, wer du bist?"

„Wie geht es der Familie, Grace?"

„Bestens, danke der Nachfrage! The kids are allright! Und womit kann ich dir helfen?"

„Ihr ermittelt in einem Mordfall?"

„Ja, kommt hier nicht so häufig vor."

„Ich brauche ein paar Einzelheiten."

„Tut mir leid, Jonah. Aber halte dich bitte an unsere offiziellen Presseverlautbarungen!"

„Okay, Grace. Ich biete dir einen Deal an. Ich kann euch sagen, wer den Mann getötet hat, wenn ihr mir die anderen Details verratet."

„Was soll das, Jonah? Willst du mich verarschen?"

Er stellte sich jetzt ihr erzürntes, herzförmiges Gesicht vor. Ein reizender Anblick. Schade, dass er nicht vor Ort war. „Grace, ich würde dich gerne noch mal vernaschen, aber sicher nicht verarschen!"

„Vergiss es, Jonah! Das ist zu lange her, und du warst zu schnell wieder weg. Und dann war eben Kevin da. Pech für dich." Die Frau schwieg. Es war an ihm, das Spiel zu eröffnen.

„Also, Grace, ich werde jetzt ein paar Vermutungen anstellen, und an denen wirst du hoffentlich sehen, dass ich über den Fall mehr weiß, als ich wissen sollte. Wenn ich komplett danebenliege, dann habe ich wirklich Pech gehabt, und die Story, an der ich arbeite, hat nichts mit deinem Fall zu tun. Wenn ich richtigliege, dann bestätigst du mir ein paar Details, und ich nenne dir im Anschluss den Mörder. Abgemacht?"

„Leg los, Schätzchen!" Sie kannte Fielding. Er war kein Windhund. Es konnte sein, dass er sich vertat. Aber wenn er sich nicht vertat, dann verfügte er über Informationen, an die kein Normalsterblicher je herankam.

„Euer Toter wurde von einem Profikiller hingerichtet. Entweder stranguliert oder mit einem sauberen, gut gezielten Schuss. Er starb am 19. April während der Arbeitszeit, er wurde nicht dort begraben, wo er getötet wurde. Und er steht in irgendeinem Zusammenhang zu HEL. Wahrscheinlich hat er für die Firma als Fahrer gearbeitet. All das stand bislang nicht in der Zeitung."

Grace schwieg. Er hörte einen Stift über Papier kratzen. „Und offenbar", frohlockte Fielding, „waren da ein paar Informationen dabei, die ihr selber noch nicht hattet."

„Ja. Das Todesdatum. Die Wildschweine haben alle dahingehenden Spuren vernichtet. Da waren nur noch ein paar Knochen übrig, mit denen sich wenig anfangen lässt. Jedenfalls war nichts mehr da, was eine Madenentwicklung hätte belegen können, wenn du verstehst, was ich meine.

„Unter den Knochen war der Schädel mit einem sauberen, aber mächtigen Einschussloch zwischen den Augen. Entfernung zwischen vier und sechs Metern, Kaliber 0500. Entsprechend sah die Rückseite des Kopfes aus."

Fielding pfiff durch die Zähne.

„Der Schütze", fuhr Warwick fort, „hatte, wenn man den Rückschlag einer solchen Knarre bedenkt, also entweder großes Glück, oder er ist ein Vollprofi. Der Tote stand bei HEL auf der Lohnliste und wurde am 21.4. von seiner Frau als vermisst gemeldet. Er war am 19. zur Arbeit gefahren und nicht wieder zurückgekommen. Seinen Arbeitsplatz hat er laut Stechuhr um 18:00 wieder verlassen. Die Karte kann aber jeder abgestempelt haben. Und richtig: Er war dort als Fahrer beschäftigt."

„Habt ihr irgendwelche Leute auftreiben können, die ihn am 19. gesehen haben?"

„Ja. Eine Ladenbesitzerin in Landenberg. Den Rest musst du selbst herausfinden. Mehr kann ich dir nicht erzählen. Und wie heißt jetzt der Mörder?"

„Ihr sucht einen internationalen Auftragskiller, der sich Miroslav nennt. Seinen wahren Namen kenne ich nicht, aber wenn ihr das FBI einschaltet, werden die den Fall sofort übernehmen. Der Mann wird in mehr als fünfzig Ländern dieser Welt steckbrieflich gesucht, meist wegen Mordes."

„Und wie kam der dann in die USA?" Fielding konnte verstehen, dass Grace ein wenig ungläubig klang.

„Das ist eine gute Frage, Grace. Und die Antwort lautet: Es gibt kein Foto von dem Mann. Und wahrscheinlich hatte er auch Hilfe von oben. Tipp von mir: Ruf das FBI an! Die Nummer ist zu groß für euch! Ihr legt euch gerade mit dem militärisch-industriellen Komplex an – und mit Washington. Mehr kann ich dir nicht verraten."

Fielding legte auf und suchte im Regal an der Rückwand seines Büros eine Karte von Pennsylvania heraus. Zehn Minuten später war er auf dem Weg in Richtung Philadelphia.

Landenberg 2

Pennsylvania, 4. Mai 1995, später Nachmittag

Fielding erreichte das Häufchen Häuser, das sich Landenberg nannte und für das selbst die Bezeichnung „Dorf“ mehr war, als es verdiente, gegen 17:00 Uhr am Nachmittag. In der Hauptsache trafen hier ein paar Landstraßen aufeinander, und an der Kreuzung hatte sich eine Mischung aus Café und Lebensmittelladen etabliert. So spät am Nachmittag war wenig los, wenn hier überhaupt jemals etwas los war.

Die birnenförmige Dame hinter dem Tresen war für ein Schwätzchen mehr als dankbar. Ja, sie würde den Laden schon ein paar Jahre betreiben. Vor allem morgens herrsche einiger Betrieb, weil viele Geschäftsleute, die in der Gegend verstreut lebten, auf dem Weg zur Arbeit bei ihr frühstückten.

„Kommen manchmal auch Touristen vorbei? Die Gegend hier ist ja sehr schön!“

„Ja, ein paar Wanderer, die den White Clay Creek entlanglaufen und dann hier landen. Aber das sind doch eher wenige, und auch nur im Sommer!“

„Ich habe in der Zeitung gelesen, dass hier sogar kürzlich ein Mord geschehen ist. So was kenne ich sonst nur aus New York!“

„Ja, furchtbar! Ich weiß nicht, wann es hier das letzte Mal so ein Verbrechen gegeben hat. Nicht zu meinen Lebzeiten, das ist mal sicher! Wir haben hier ja fast keine Kriminalität. Die meisten Leute lassen ihre Türen unverschlossen, selbst wenn sie verreisen. Ab und zu mal kommen ein paar junge Leute auf dumme Gedanken, weil sie

Langeweile haben. Vor ein paar Jahren hat einer zu viel getrunken und dann ein paar Autos demoliert. Das war fast einen Monat lang das Dorfgespräch. Aber ein Mord? Und denken Sie“ – sie beugte sich zu Fielding herüber und schirmte den Rest des Ladens mit der Hand von ihrem Mund ab, als wären noch weitere Zeugen zugegen –, „ich habe den Mörder sogar gesehen!“

„Nein!“ Fielding klopfte sich innerlich auf die Schulter, so überzeugend gespielt kam seine Antwort.

„Doch, wenn ich es Ihnen doch sage!“, rief die Frau jetzt triumphierend und so laut, dass man es auch auf der Straße hören konnte. Wenn da irgendjemand gewesen wäre. „Er hat hier bei mir einen Kaffee getrunken und einen Bagel bestellt … Moment … War es mit Schinken? Und telefoniert hat er, und dabei in einer ganz komischen Sprache gesprochen. Klang irgendwie russisch oder so.“

Bingo! „Also, ich bin ja der Meinung, dass man diese Kommunisten erst gar nicht ins Land lassen dürfte!“

„Finde ich auch, Mister. Mir wird jetzt noch ganz schwindelig, wenn ich nur daran denke, dass dieser Mörder hier direkt vor mir stand. Sein Englisch war aber perfekt. Da habe ich nicht gehört, dass der gar kein Amerikaner war. Erst als er telefoniert hat!“

„Unfassbar, dass so etwas heutzutage möglich ist!“ Fielding schüttelte entsetzt den Kopf. Dann beugte er selbst sich leicht nach vorne: „Und woher wussten Sie, dass es der Mörder war?“

„Na“, rief die Frau, als wäre diese Information sozusagen Teil der Allgemeinbildung, „weil doch der Mann, den er umgebracht hat, mit seinem Wagen direkt vor dem Laden stand. Hier kommen ja nicht so viele Autos vorbei, und der ließ minutenlang den Motor laufen, als er hier gegenüber auf dem Parkplatz wartete. Aber das will ich Ihnen sagen: Der sah auch nicht gerade aus wie ein Ehrenmann. Ungewaschen, unrasiert, richtig eklig!“

„Und dann hat der Russe den einfach umgebracht? Hier bei Ihnen vor der Tür? Weil der andere unrasiert war?“

„Nein!“ Die Frau lachte über die Dummheit ihres Kunden. „Nein, natürlich nicht hier. Dem sein Telefon hat geklingelt, der hatte so ein modernes, kleines Mobiltelefon. Wobei: Da ist es doch eigentlich seltsam, wenn er vorher von meinem Laden aus telefoniert hat. Das hätte der doch gar nicht müssen! Der hätte doch sein Mobiltelefon nehmen können? Komisch, das fällt mir jetzt erst auf…"

Die Frau wischte ein wenig unsicher den Tresen vor Fielding ab. Aber bevor dem eingefallen war, wie er die Frau wieder auf den eigentlichen Mord bringen könnte, hatte sie den Faden auch schon wiedergefunden: „Na ja, wie dem auch sei. Nachdem er dann telefoniert hatte, ist er zu dem Wagen rübergegangen, hat mit dem Mann ein paar Worte gewechselt, und dann ist er eingestiegen. Und dann sind beide fort. Ein paar Tage später sehe ich das Bild von diesem widerlichen Typen in der Zeitung. So ein Gesicht vergisst man ja nicht so leicht. Sah aus wie Charles Laughton in ‚Geheimaktion Carlotta'. Kennen Sie den? Der Film lief, als ich noch jünger und schlanker war und die Jungs sich darum gerissen haben, mich ins Kino einzuladen – können Sie sich wahrscheinlich auch nicht vorstellen." Sie kniff schelmisch ein Auge zu, und Fielding griff sich mit einer theatralischen Geste ans Herz, als wollte er mit der Frau flirten.

„Und dann habe ich das alles, was ich jetzt Ihnen erzählt habe, auch der Polizei erzählt."

„Dann haben Sie denen sicher eine Beschreibung der Person geben können?"

Die Frau wischte jetzt ein Häufchen Krümel in ihre linke Hand, entsorgte sie in einem Waschbecken und klopfte sich die Hände dann sauber. „Wissen Sie, das war seltsam. Ich habe den Mann ja doch eine ganze Weile gesehen, und eigentlich dachte ich, ich wäre eine ganz gute Beobachterin. Mir bleibt hier in dem Laden ja oft nicht viel mehr zu tun, als zu beobachten. Aber als ich versucht habe, denen den Mann zu beschreiben – die haben versucht, so eine Phantomzeichnung zu erstellen –, da kam nichts bei raus. Alles, was die zustande bekamen, sah überhaupt nicht wie dieser Mann aus. Ich kam mir vielleicht doof vor!"

„Sie haben sicher ihr Bestes getan! Wahrscheinlich war der Zeichner nicht gut."

„Oh doch, das ist nämlich eine Freundin vom Sohn von meinem Billy seiner Schwester. Die ist eine tolle Zeichnerin. Hat sogar schon mal eine Ausstellung gehabt, drüben in Oxford. Wenn die einen malt, da glaubt man glatt, man schaut in einen Spiegel. Aber ja, ich habe mein Bestes gegeben, und es ärgert mich, dass das offenbar nicht gut genug war. Wissen Sie, ich sehe hier in dem Laden ja so einiges, und manchmal mache ich da kleine Geschichtchen draus, die ich dann bei Wohltätigkeitsveranstaltungen hier in unserer kleinen Methodistenkirche vorlese. Und da kommen die Leute immer zu mir und sagen: ‚Cathy', sagen sie, ‚wie toll du das alles beobachtest!' Noch Kaffee?"

Fielding konnte nicht mehr ganz folgen, bemerkte dann aber, dass er gemeint war, da Cathy jetzt auf die Kaffeekanne deutete. Er nickte, und Cathy setzte ihre Geschichte fort, während sie die Kanne holte und nachschenkte. „Und mit wie viel Humor! Aber bei dem Mann, da hat das alles nichts genutzt. Kennen Sie das? Manche Menschen haben so Gesichter, die vergisst man nie wieder. Und manche, die haben ein Gesicht, das könnten sie täglich auf CNN zeigen, das würde man sich nicht merken."

Sie schwieg jetzt und schien über ihre Worte nachzusinnen. „Der war so einer", bestätigte sie sich dann, „so einer ohne eigenes Gesicht. Zum Beispiel im Gegensatz zu dieser Frau, die am selben Morgen hier einen Kaffee gekauft hat. Also nicht sie selbst, sondern ein Mann, der sie begleitet hat. Sie blieb im Auto sitzen, aber ich konnte sie gut sehen, weil sie direkt hier vor dem Fenster geparkt hatten. Die sah genauso aus wie diese eine Dings, na… komm ich jetzt nicht drauf, fällt mir aber bestimmt wieder ein …" Doch als dies nach einigen Sekunden immer noch nicht der Fall war, fuhr sie fort: „Aber der Mann, also der Mörder? Der sah wie überhaupt niemand aus."

Fielding merkte, dass das Gespräch sehr unergiebig wurde, wechselte noch ein paar freundliche Worte mit Cathy, trank den Kaffee aus und verabschiedete sich dann.

Nachdem er mit einiger Mühe die Straße in Richtung Philadelphia wiedergefunden hatte, ging er das Gespräch noch einmal im Kopf durch. Irgendetwas, sagte ihm sein Gespür, hatte er übersehen. Er hatte gehofft, irgendetwas darüber zu erfahren, warum Miroslav den Mann getötet hatte. Aber außer dass er offenbar mit HEL verabredet gewesen war, hatte er wenig herausgefunden. Und da dieser Chris Taylor Fahrer bei HEL gewesen war, sollte er seinen späteren Mörder wahrscheinlich hier abholen. Was die Geschichte seines namenlosen Informanten untermauerte.

Aber warum ausgerechnet in Landenberg? Warum wurde Miroslav nicht direkt am Flughafen abgeholt? Das war einfach: Falls Miroslav observiert wurde, war dies am Flughafen kaum zu überprüfen. Und Miroslavs Kontakt zu HEL wäre bekannt geworden. Also hatte man ihn in die tiefste Provinz gelockt, wo eine Observierung sofort auffallen musste.

Allerdings bestand auch die Möglichkeit, dass er hier zunächst noch jemand anders getroffen hatte. Vielleicht war das der zweite Grund für Landenberg? Aber wen? Und dann fiel ihm schlagartig ein, was er übersehen hatte. Er wendete den Wagen und trat das Gaspedal durch. Der Laden schloss um sechs, und er erreichte ihn gerade noch rechtzeitig, als die Frau ihn abschloss!

„Ah, Sie wieder! Haben Sie noch was vergessen?"

„Ja", antwortete Fielding. „Ihre Geschichte war so interessant, die will ich heute Abend meiner Frau erzählen. Aber mein Gedächtnis ist so schlecht, da vergesse ich immer ein paar Einzelheiten. Deshalb: Diese Frau, die da morgens im Auto saß, wem sah die noch ähnlich?"

„Genau das ist mir ja gerade nicht wieder eingefallen! Irgendeine Prominente!"

„Eine Sängerin? Schauspielerin?"

„Nein, dafür war sie zu alt …"

„Politikerin?“

„Genau!“ Cathy schlug Fielding erleichtert vor die Brust, sodass ihm beinahe die Luft wegblieb. „Genau! Diese Politikerin da, na … die immer im Fernsehen ist. Von den Republikanern! Tolle Frau …“

„Ginger Poors?“

„Exakt! Als wär’s die Zwillingsschwester!“

Verrat 2

Telefonat, abgefangen am 6. Dezember 1995, 11:23 Uhr

„Hier ist Sosima."

„Dimitri hier!"

„Die Ware wurde geliefert!"

„Fjodor Pawlowitsch wird das gerne hören."

„Die Presse ist involviert!"

„Das wollen wir alle doch sehr hoffen! Alles Weitere wie besprochen."

Foxy Lady

Zagreb, 6. Dezember 1995, 22:00 Uhr

Sie hatte versucht einzuschlafen, aber schon nach wenigen Minuten, in denen sie sich lediglich ruhelos im Bett hin und her geworfen hatte, wusste sie, dass es keinen Zweck hatte. Es dauerte immer einige Tage, bis sie die Bilder loswurde: die Toten, das Blut, die sich vor ihrem inneren Auge zu bizarren Mustern formenden Schreie der Sterbenden.

Sie hatte sich nie daran gewöhnen können. Nie daran gewöhnen wollen. Darum, das war der Kern, ging es ihr. Sie wollte sich beweisen, sich nicht daran gewöhnen zu können. Wenn sie ehrlich zu sich war – und manchmal war sie das –, dann stellte sie fest, dass sie im falschen Beruf gelandet war. Nur war der andere, der davor, noch falscher gewesen. Die Bilder der fallenden Soldaten, die Schreie, sie verblassten nach ein paar Tagen. Die Männer waren alt genug gewesen, um zu wissen, was sie taten. Sie selbst wusste es. Es war ein lebensgefährlicher Beruf.

Aber nie würde sie die Augen des achtjährigen Mädchens vergessen, damals im Emergency Room des Alta Vista Regional. Sie hieß Sabrina, und sie war ein kluges Kind, die Beste ihrer Klasse und ungewöhnlich reif für ihr Alter. Eine Reife, die sie ihrer Krankheit schuldete. Sie war außerdem nicht krankenversichert, weil sie einen angeborenen Herzfehler hatte, und keine Versicherung bereit war, sie aufzunehmen. Ihre Eltern waren Lehrer, und weil Sabrina noch drei ältere Geschwister hatte, bedeutete dies, dass sie nicht genug Geld hatten, die notwendige Operation zu bezahlen. Selbst wenn sie ihr Haus verkauft hätten und alles, was sie besaßen: Es hätte nicht gereicht.

Mit ein wenig Glück, hatten ihnen die Ärzte außerdem versichert, könnte Sabrina mit dem Herzfehler alt werden. Eine Operation sei vielleicht nicht unbedingt notwendig. Mit Gebeten und Gottes Hilfe würde alles gut gehen.

Gott half nicht, trotz aller Gebete. Sabrina starb, und sie wusste, warum: weil niemand bereit oder in der Lage war, für ihr Leben zu bezahlen. Sie starb in einer der am besten ausgestatteten Kliniken im reichsten Land der Welt, weil dieses Land nicht bereit war, sie leben zu lassen. Und die Frage nach dem Warum, die sie ihrer Kinderkrankenschwester Cynthia Guzzman in der Nacht vor ihrem Tod stellte, sie blieb unbeantwortet.

Fox träumte davon. Immer wieder stellte Sabrina ihr nachts die Frage, immer wieder suchte Cynthia Guzzman nach einer Antwort. Und immer wieder wachte sie schweißgebadet auf, weil ihr keine einfiel. Und wenn sie aufwachte, dann wusste sie, die Söldnerin Fox, die aus Cynthia Guzzman geworden war, die Antwort: Weil die Welt falsch ist, Sabrina. Es lag nicht an dir. Mit dir war alles in Ordnung. Und obwohl dich das nicht hätte retten können, so hätte es dir vielleicht geholfen zu wissen, dass es nicht daran lag, dass du es nicht wert gewesen wärst.

Cynthia Guzzman war es nicht wert gewesen, deinen Tod zu begleiten.

Sie hatte stattdessen Unsinn erzählt, und sie wusste kurz darauf, dass Sabrina den Unsinn durchschaut hatte. Sie hatte erzählt, dass Gott sie so sehr liebte, dass er sie ganz nah bei sich haben wollte. Es war eine gut gemeinte, verzweifelte Lüge, eine, die sie eingeübt hatte über die Jahre. Und meist funktionierte sie. So manches Kind wurde getröstet davon und starb voller Hoffnung. Sabrina aber hatte sie mit Augen angeschaut, die klar ausdrückten, was auch Cynthia Guzzman insgeheim wusste: dass es der reine Unfug war.

Sabrina hatte danach nicht mehr geredet. Sie hatte Cynthia vertraut, und diese hatte das Vertrauen mit ihrer kleinlichen Lüge betrogen. Sie hätte immer noch die Lüge gestehen und das Vertrauen wiederherstellen können. Aber sie hatte den Mut nicht gefunden in jener Nacht. Und so starb Sabrina, nicht nur um ihr Leben betrogen, sondern auch um den Trost, dass sie ein Leben verdient gehabt hätte.

Zwei Wochen nach dem Tod des Mädchens kündigte Cynthia Guzzman und bewarb sich als Sanitäterin bei A. I. M. Seither hatte sie viele Menschen in den Tod begleitet. Aber keiner von ihnen hatte sie nach dem Warum gefragt. Es war zu offensichtlich – und Teil des Berufes. Die Welt war einfacher, wenn man sich für Geld verkaufte. Ehrlicher. Was nicht dasselbe ist wie ehrlich. So wurde aus Cynthia Guzzman Fox.

Doch immer noch wünschte sich Fox, diese Frage noch einmal gestellt zu bekommen, von einem Kind, und sie dieses Mal richtig zu beantworten. Und dies war der Wunsch, der nie in Erfüllung gehen konnte. Sie hatte gekündigt, und sich damit lebenslänglich verurteilt.

Sie setzte sich in ihrem Bett auf und schaute auf die ungesund grün leuchtenden Zahlen des elektronischen Weckers auf dem Nachttisch. 22:04. Seit neunundzwanzig Stunden hatte sie nicht mehr geschlafen, und ihr Körper sehnte sich so sehr nach Ruhe, dass sie ihr Herz flattern spürte. Sie beobachtete ihre Stressatmung und zwang sie in den Bauch. Langsam wurde sie ruhiger, aber sie wusste, es würde eine verheerende Nacht werden, wenn sie nichts unternahm. Und morgen früh schon, vielleicht, ging es auf den nächsten Einsatz.

Sie wusste, was half, und traf eine Entscheidung. Fünfundzwanzig Minuten benötigte sie, um sich aufzubrezeln, und um Viertel vor elf lief sie im Z1 ein, einer Diskothek im Herzen Zagrebs, in der sich das internationale Publikum traf, um sich gegenseitig mit sehnsüchtigen Augen schweigend anzustarren, während hämmernder deutscher Techno die Ohren volldröhnte und lange Linien aus Schnee einige Drogenbosse in Mittelamerika glücklich machten.

Es war Mittwoch und der Laden nicht wirklich gut besucht, sodass sie ohne Probleme einen Platz an der Bar bekam.

„Was trinkst du?“, schrie ihr die weibliche Bedienung hinter der Theke zu, um sich gegen das beständige Umz-Umz-Umz der Musik durchzusetzen.

„Whiskey Sour!“, brüllte Fox zurück. Das Mädchen, stellte sie fest, wäre einen Versuch wert. Schlank, Beine bis zu den Ohren, hohe, nicht zu kleine Brüste. Das Gesicht ein bisschen zu grob, aber für eine Nacht war sie genau die Richtige.

Doch heute stand Fox mehr auf Männer.

„Für die Lady zahle ich“, hörte sie, wie bestellt, eine Stimme hinter sich. Sie drehte sich nicht zu schnell um. Es war Fielding: gewaschen und rasiert.

„So schnell sieht man sich wieder“, sagte er und setzte ein Grinsen auf, von dem er wusste, wie es auf Frauen wirkte.

„Hast du mich beschattet?“

Er lachte. „Nein. Es ist wirklich reiner Zufall. Wobei, gibt ja sonst nicht gerade viele Läden in Zagreb für uns Ausländer.“

„Ich habe mich bei dir noch gar nicht bedankt!“

„Wofür?“

„Für den Lebensretter, den du gestern Nacht gegeben hast.“

„Ach so!“ Er wirkte jetzt ein wenig peinlich berührt. „Das war doch nichts. Hättest du genauso gemacht.“

„Ja, aber ich bin im Töten ausgebildet, und du bist Reporter.“ Huschte da kurz so etwas wie Verunsicherung über sein Gesicht?

„Ich habe von so vielen Schlachtfeldern berichtet, da lernt man so einiges vom Zuschauen …“ Er schaute etwas betreten auf seine Füße.

„Körperlich fit bist du jedenfalls, so schnell, wie du dich von der Gefangenschaft erholt hast!“ Fox genoss seine plötzliche Schüchternheit und musterte ihn durchaus eindeutig von Kopf bis Fuß. „Auf meinen Lebensretter!“ Sie hob den Whiskey Sour und trank einen Schluck. „Du warst heute Morgen ein bisschen arg schnell weg.“

„Ich habe keine Lust, mich von irgendwelchen Geheimdienstleuten durch die Mangel drehen zu lassen. Also habe ich euch alles erzählt, was die wissen müssen, und hab die Fliege gemacht. Was ich sonst noch weiß, gehört meiner Redaktion. Aber wollen wir uns wirklich übers Geschäft unterhalten?"

Fox lächelte. „Nein, nicht wirklich. Wie geht es Miss Fielding?" Sie wollte keine unnötige Zeit mehr verschwenden. Die Nacht würde kurz genug.

„Sie wechselt zu häufig die Identität, um wirklich Miss Fielding zu werden."

Das war also geklärt. „Ich muss morgen früh raus", antwortete Fox. „Ich schlage also vor, ich kippe meinen Drink runter, du ziehst derweil ein paar Kondome, und dann gehen wir ins Hotel, oder?"

Fielding wirkte überrascht, aber durchaus nicht geschockt. Er hatte offenbar vorgehabt, Fox abzuschleppen. Aber dass es so leicht würde, das hatte er nicht vermutet.

Aber es machte natürlich einiges einfacher.

Nachdem es vorbei war, stand er auf und ging kurz duschen. Zwei Minuten später stand er wieder im Zimmer. „Du sammelst Männer?"

Sie schaute zu ihm hinüber, sah im rötlich flackernden Halbdunkel des von einer auf der anderen Straßenseite montierten, defekten Leuchtreklame beleuchteten Zimmers seinen perfekt modellierten Oberkörper, die muskulösen, aber nicht zu aufgepumpten Arme, die gepflegten, kräftigen Hände. Sie mochte die Steroidpakete nicht, die ihre Söldnerkollegen meist durch die Gegend trugen. Sie liebte einen durchtrainierten, natürlich gewachsenen Körper wie Fieldings. Sie erinnerte sich, wie er weiter südwärts aussah, dort, wo er sich jetzt ein Handtuch um den Leib geschlungen hatte. Sie erinnerte sich, spürte seinen Schwanz wieder zwischen ihren Beinen, seinen heißen Atem in ihrem Ohr. Sie war zu müde und aufgedreht gewesen, um es großartig zu finden. Dafür musste sie ausgeruhter sein, und es war sicher nicht seine Schuld gewesen. Denn er wusste, was er tat im Bett, und sie würde jetzt gut schlafen.

„Nein, für mich hatte nur meine Unschuld nie einen Sammlerwert. Ich habe, seitdem ich acht bin, regelmäßig Sex, wenn du verstehst, was ich meine. Und oft. Mein Stiefvater war unersättlich. Die ersten Jahre war es furchtbar. Aber als der Zwang endlich vorbei war, merkte ich, dass ich ihn brauchte. Den Sex. Nicht meinen Stiefvater. Das ist alles. Nahrung, Sex und Schlaf. Ich glaube, das braucht jeder. Warum man aus Sex immer so ein großes Ding macht, verstehe ich nicht."

Er nickte im Dunkeln und setzte sich zu ihr aufs Bett. „Vielleicht, weil Sex mit einer Frau wie dir wirklich so ein großes Ding ist?"

„Wenn du da ein großes Ding draus machst, dann war es das letzte Mal, dass sich dieses große Ding" – sie streichelte mit der Hand über seinen jetzt schlaffen Schwanz – „darauf freuen darf."

„Verstehe …"

„Wenn du willst" – Fox drehte sich auf den Rücken, sodass er im Gegenlicht die scharfen Konturen ihrer großen und festen Brüste bewundern konnte –, „kannst du hier übernachten. Aber ich steh nicht auf falsche Höflichkeit. Wenn du gehen willst, dann geh einfach! Ich bin dir dann nicht böse." Sie wandte ihm ihr Gesicht zu, aber Fielding blieb weiter regungslos, eher neugierig als erschüttert, soweit sie das im Halbdunkel ausmachen konnte. „Ich muss morgen früh raus, und es wird kein Frühstück geben." Sie betrachtete ihn. Er brauchte ein wenig, um ihr zu antworten.

„Verstehe!", sagte er schließlich und stand auf. „Du bist eine eigenartige Frau, Fox. Der Name jedenfalls passt. Wie heißt du eigentlich wirklich?"

Sie nannte ihm ihren Geburtsnamen.

„Eine rothaarige Latina?" Er suchte im Zimmer nach seinen Sachen, die in allen vier Ecken herumlagen.

„Der Name stammt von meinem Stiefvater. Alle anderen in der Familie sind Iren."

Fox schloss die Augen, und kurz darauf hörte sie, wie die Zimmertür leise von außen ins Schloss gezogen wurde. Und das Nächste, an das Fox sich erinnerte, war die Stimme eines kroatischen Nachrichtensprechers, als ihr Radiowecker loslegte. Es war sieben Uhr am Morgen des 7. Dezember 1995.

Sabrina hatte sie für ein paar Stunden in Ruhe gelassen.

Dolvich

Zagreb, 7. Dezember 1995, 2:18 Uhr

Ivan gab auf und drückte die Taste auf dem Wecker, welche die Ziffern aufleuchten ließ: 2:18 blinkte ihm entgegen. Wenn er überhaupt geschlafen hatte, dann nicht lange. Und es waren nicht einmal die üblichen Träume, die Bilder, die ihm nach einem Einsatz in den Schlaf folgten, um ihn zu foltern. Es war das unbestimmte Gefühl, dass irgendetwas an diesem Einsatz sich nicht richtig angefühlt hatte.

Und es war das Gefühl, dass etwas mit ihm nicht stimmte. Er hatte noch nie Schlafprobleme gehabt. Er war noch nie auf einer Wache eingeschlafen, egal, wie müde er gewesen war. Er hatte bei dem Einsatz gemerkt, dass etwas ihn zurückhielt, hemmte.

Vielleicht war es doch Silevic, der Freund. Sein Verstand sagte ihm, dass dies nicht der Grund war. Aber sein Bauch jagte ihm die Angst ein, dass er sich vielleicht selbst betrog.

Ivan drehte sich aus der unbequemen, verkrampften Seitenlage, in der er sich befand, auf den Rücken und starrte in das dunkle Grau vor seinen Augen. Durch die Vorhänge drang ein wenig Licht von der Straßenbeleuchtung, und er folgte mit den Augen dem langen Setzriss, der sich durch den Putz der Zimmerdecke zog.

Was war es gewesen? Was hatte diesen Einsatz von anderen unterschieden? Er hatte drei Gefangene getötet, aber es war nicht das erste Mal gewesen, dass dies notwendig geworden war. Es war bedauerlich, aber nicht sinnlos, und deshalb nicht zu ändern.

Und, ja, man fand nicht jeden Tag eine Kernwaffe in einer ausgebauten Scheune. Aber nichts davon war die Ursache dafür gewesen, dass sein Geist nicht zur Ruhe kam. Etwas hatte fundamental nicht gestimmt.

Es war zu leicht gewesen. Und gleichzeitig war es ihm schwerer gefallen. Körperlich. Vielleicht wurde er zu alt? Er war achtundzwanzig, da sollte der Körper eigentlich noch keinen Ärger machen. Vielleicht war er krank? Aber er hatte kein Fieber, fühlte sich im Alltag eigentlich normal. Höchstens ein bisschen müde. Und er hatte ein paar Pfund zugenommen im letzten Jahr. Nichts, was man sah, aber die Waage log nicht. Und seit wann nahm man zu, wenn man krank war? Er war nicht krank. Es war vielleicht doch Silevic.

Er kannte ihn. Er traute ihm zu, sich eine Atombombe zu besorgen, wenn er sie brauchte. Er traute ihm im Zweifelsfall sogar zu, sie einzusetzen. Silevic war sein Freund. Aber er war kein Menschenfreund. Er war ein Zyniker und glühender Patriot. Und außerhalb Serbiens und Russlands gab es für ihn wenig, auf das er Rücksicht nehmen würde. Er, Ivan, hatte vernünftig argumentiert, als er meinte, dass Silevic die Waffe nicht einsetzen würde.

Aber Klines Argument war auch stichhaltig: Wenn Silevic sie nicht einsetzen wollte, warum nutzte er sie dann nicht, um den Westen zu erpressen?

Antwort: Weil er sie einsetzen wollte. Zumindest eine von den Waffen, die er hatte. Wenn er drei gehabt hatte, dann hatte er jetzt immer noch zwei – eine, die er einsetzen würde, und eine, um den Westen zu erpressen. Die Welt zu erpressen.

Warum aber war es so leicht gewesen, das eine Waffensystem auszuschalten? Wenn Silevic es sogar gewusst hatte, dass sie kommen würden! Natürlich würde er keinen Hochsicherheitstrakt um die Waffe einrichten, solange noch niemand wusste, dass er sie besaß. Aber wenn sie in Gefahr war …

Und jetzt wusste der Westen davon, was wiederum Silevic wusste. War das seine Art, sein Geheimnis kundzutun? Ivan schüttelte den Kopf. Silevic hatte kein Problem damit, seine Männer zu opfern. Aber zumindest der Preis dafür musste stimmen. Wenn Silevic wollte, dass der Westen die Bombe bekam, dann hatte das einen anderen Grund.

Aber was hatte Silevic davon, Zagreb oder Sarajewo zu zerstören? Rache? Wofür? Und so dachte Silevic nicht. Er war ein kühler Rechner. Meistens. Außer wenn es um sein Land ging …

Also: Silevic wusste, dass sie kamen, und er ließ sie die Bombe finden. Und damit es nicht zu verdächtig aussah, opferte er ein paar seiner Männer. Dazu musste ein Feldherr bereit sein. Also wollte er von etwas anderem ablenken, das noch größer war als eine Atombombe.

Ivan nickte. So ungefähr wurde ein Plan daraus. Wenn dies der älteste Trick der Welt war, der Steinwurf, der den Gegner in eine falsche Richtung lenkte: Wovon sollte dann abgelenkt werden? Was war noch wichtiger als eine Atomwaffe?

„Ante“, seufzte Ivan, dem das Herz schwer wurde beim Gedanken an den Freund. „Ante, mach keinen Scheiß!“

Warum hatten sie die Bombe finden sollen? Und eine Notiz, die die Existenz zweier weiterer Bomben verriet? Weil es Zeugen gegeben hatte, und der Versuch, diese auszuschalten, schiefgegangen war. Der Westen suchte eine Erklärung dafür, dass Serben Serben umbrachten, und nun hatte er eine Erklärung bekommen.

Aber was sollte das? Wusste Silevic auch, dass er, Ivan Dolvich, an dem Einsatz teilnahm? Hatte er ihn nicht töten wollen? Und deshalb vorgezogen, sein Geheimnis zu offenbaren? Nein, das ergab keinen Sinn. Silevic würde seine Freundschaft mit Ivan nicht über Serbien stellen.

Genauso wie er, Ivan, seine Freundschaft mit Silevic nicht über seinen Auftrag stellen durfte.

Dolvichs Gedanken begannen sich im Kreis zu drehen. Egal, von welcher Seite er das Problem beleuchtete, er kam zu keinem zufriedenstellenden Ergebnis. „Etwas fehlt“, sagte er sich. „Irgendetwas weiß ich noch nicht. Warum dieses Manöver?“

Als er das nächste Mal auf den Wecker schaute, war es kurz nach sechs. Er musste über seinen Gedanken eingeschlafen sein, aber er konnte sich nicht erinnern, sie irgendwann nicht mehr gedacht zu haben.

Fluchend stand er auf und nahm eine Dusche. Dann zog er sich an, und als er das Zimmer verlassen wollte, sah er den Zettel, den jemand in der Nacht unter seiner Tür durchgeschoben haben musste. Er hob ihn auf. Auf Russisch stand darauf geschrieben: „Ivan, wir müssen nicht gegeneinander kämpfen. A.“ Darunter war eine Telefonnummer gekritzelt.

Ivan überlegte kurz, dann legte er den Zettel in seine Nachttischschublade und ging in den noch ziemlich leeren Frühstücksraum des Hotels. Er würde das Problem so schnell nicht lösen können, aber ein Frühstück half trotzdem. Immer.

Was, verdammt noch mal, war bedeutender als eine Atombombe?

Er würde es herausfinden. Und dann würde er zum Arzt gehen.

Maksimir-Park

Zagreb, 7. Dezember 1995, 6:30 Uhr

Der Killer wachte vor dem Morgengrauen auf, duschte, zog sich an und trat auf die Straße hinaus. Bei einer Bäckerei um die Ecke besorgte er sich ein Sandwich und spazierte, auf dem weißen Brot mit gekochtem Schinken rumkauend, ohne Ziel durch die Stadt. In Gedanken wälzte er ein kompliziertes Schachproblem. Er hatte in einer noch laufenden Partie, altmodisch per Postkarte geführt, einen Punkt erreicht, an dem er gezwungen gewesen war, die Dame zu opfern. Nach wie vor war er einen Offizier im Vorteil, und er würde das Spiel gewinnen. Aber es würde nicht die vollständige Vernichtung geben, auf die er zunächst hatte hoffen können.

Dies waren entscheidende Tage. Die Nachrichten aus Serbien waren nicht gut, die Verhandlungen schlecht gelaufen. Der Westen hatte seine Stärke ausgespielt, und Belgrad hatte mitspielen müssen, bis zum gequälten Lächeln auf dem Abschlussfoto.

Und auch er hatte einen Fehler gemacht. Einer war entkommen, im Wald bei Vukovar. Einer, der wusste, wer die Garnison ausgelöscht hatte. Es schien so einfach gewesen zu sein, kurz nachdem sie wieder abgerückt waren. Doch einer der Wachsoldaten hatte offenbar Wind davon bekommen und war getürmt. Und er, Miroslav, hatte es nicht bemerkt.

Und so waren die Amis ihnen auf die Spur gekommen.

Als hätte der Reporter im Sommer nicht schon genügend Arbeit gemacht. Miroslav fluchte. Wenn man sich auf eines verlassen konnte bei diesen Scheißkapitalisten, dann darauf, dass sich immer einer fand, der für Geld bereit war, zum Verräter zu werden. Es musste einer aus dem Umfeld Chanes sein, einer, der den Hals nicht voll genug bekam und die Presse eingeschaltet hatte. Miroslav spuckte angewidert aus. Er machte sich keine Illusionen um die ethische Wertigkeit seines Lebens. Verrat jedoch verabscheute er. Verrat entzog allem die Geschäftsgrundlage.

Er hatte den Maksimir-Park erreicht und schlenderte nun scheinbar ziellos in ihm herum, als wäre er ein müßiggehender Tourist. Die Eichenbäume hielten ihre mächtigen Kronen kahl und schwarz über die Wege, und zu seiner Linken lag ein kleiner, künstlich angelegter See, der jetzt, wahrscheinlich um das Becken zu reinigen oder zu reparieren, leer gepumpt war. Im Hintergrund ragte, wegen der laublosen Bäume sehr gut sichtbar, ein Flutlichtmast des Maksimir-Stadions in die Höhe. Miroslav wusste, wie der Park im Frühjahr aussah, und malte ihn sich jetzt in Gedanken grün an. Er liebte diesen Park, und er mochte die Stadt. Für ihn waren beide bloß an die Kroaten verschwendet.

Der Park war außerdem neutrale Zone. In ihm galt ein Kodex: keine Gewalt, keine Aufnahmegeräte, keine Beschattung, wenn man ihn verließ. Dieser Kodex war heilig, denn ihn zu missachten würde das Ende dieser neutralen Zone bedeuten. Und dies wäre für alle Seiten eine wirkliche Katastrophe. Also hielten sich alle Seiten peinlich genau daran.

Agenten beider Seiten trafen sich hier, um Informationen durchsickern zu lassen: der unblutige Austausch informeller Gefangener. Man ließ den Gegner kurz einen kleinen Teil des eigenen Blattes sehen, in der Hoffnung, dass er daraus die falschen Schlüsse zog. Und im Gegenzug bekam man selbst einen Teil des gegnerischen Blattes zu sehen – und hoffte, daraus anschließend die richtigen Schlüsse zu ziehen.

Und manchmal ging es auch einfach darum, eine Katastrophe zu verhindern. Eine Katastrophe beispielsweise in Form einer heillosen Überreaktion.

Und deshalb gab es eine weitere Regel: Es wurden keine Lügen erzählt. Man blieb bei den Tatsachen. Was natürlich nicht dasselbe war wie die vollständige Wahrheit.

Deshalb war er hier. Er umrundete das Betonbecken und erreichte eine kleine Bank, die im Schatten eines gewaltigen Busches stand. Er nahm Platz und betrachtete den See, der momentan gerade keiner war und in dessen Mitte eine moderne Skulptur aufragte, die ihn entfernt an eine Kreuzung zwischen Schwan und Stier erinnerte.

Vom Stadion her kam jetzt eine Frau herübergestakst. Sie hatte zu hohe Absätze für die Kieswege, und Miroslav genoss den etwas albernen Anblick. Er schätzte sie auf knapp über dreißig, wahrscheinlich eine Geschäftsfrau. Sie trug einen langen dunkelgrauen Wintermantel. Die Haare hatte sie hochgesteckt und im Nacken zu einem strengen Knoten gedreht. Die Augen wurden von einer mächtigen Hornbrille eingerahmt.

Er schaute wieder auf den Weg vor sich, auf dem zwei Enten nach etwas Nahrung suchten. Sie hofften auf Brotkrumen oder ähnliche Abfälle, die ihnen von Parkbesuchern gerne zugeworfen wurden. Aber Miroslav hatte sein Sandwich längst verzehrt, und er konnte Enten sowieso nicht ausstehen.

Die Frau setzte sich jetzt mit einem knappen Gruß ans andere Ende der Bank und rieb sich die Fußknöchel. Jetzt erkannte er sie: Es war Jasminka Petric, und sie arbeitete, wenn sie nicht als Edelnutte NATO-Offizielle bespaßte, für den SOA, den kroatischen Geheimdienst. Er kannte sie aus ihrem Erstberuf, aber normalerweise trug sie dann die langen schwarzen Haare offen, war geschminkt, brillenlos und wesentlich übersichtlicher gekleidet, weshalb er sie nicht gleich erkannt hatte. Huren wurden von Geheimdiensten gerne genommen, denn sie waren in der Regel verschwiegen, hatten wenige Probleme damit, auf männliche Zielpersonen angesetzt zu werden, und erfuhren aus offenkundigen Gründen sehr schnell äußerst intime Dinge. Es war erstaunlich, wie geschwätzig manche Männer wurden, sobald sie ihre Hosen auszogen.

„Riskant, dich hier blicken zu lassen, Miroslav!“

„Hübsche Verkleidung, Jasminka. Du gehst glatt als Geschäftsfrau durch.“

„Was ich ja auch bin.“

Er lachte ein wenig. Er mochte die Frau und hoffte, sie nicht eines Tages töten zu müssen. Es war wesentlich angenehmer, ihr ab und zu ein paar Hundert Dollar für eine entspannende Nacht zuzustecken.

„Ich hörte, ihr habt ein wenig Ärger, drüben bei Bač?“

Die Kommunikation zwischen NATO und SOA funktionierte jedenfalls. „Was du so alles hörst …“

„Weiß Belgrad davon? Oder ist das Antes Ding?“

Dies war eine der Fragen, für deren Beantwortung solche neutralen Zonen wie der Maksimir-Park geschaffen wurden. Denn Belgrad würde in große Schwierigkeiten geraten, wenn die serbische Regierung mit den Missiles in Verbindung gebracht werden konnte. Und dies war eine der Bedingungen dafür, dass Silevic von Belgrad gedeckt und finanziell unterstützt wurde: Ante musste für seine Aktionen auch die Verantwortung übernehmen.

„Es ist Antes Ding. Und wenn es nicht aufgeflogen wäre, wärst du nicht hier.“

Jasminka schaute zu ihm herüber. „Ist das euer Ernst, Miroslav? Kernwaffen? Wolltet ihr die wirklich einsetzen?“

„Ich denke nicht, Jasminka, dass du auf diese Frage ernsthaft eine Antwort erwartest. Belgrad hatte mit der Aktion nichts zu tun. Das ist alles, was ihr wissen müsst. Hat die NATO auch was zu sagen?“

Jasminka stand auf, schaute auf den wasserlosen See und sagte, ohne Miroslav dabei anzusehen: „Eine Sache nur. Die NATO möchte einen Deal: Du nennst ihnen die Hintermänner, und sie bieten dir zehn Millionen Dollar, Straffreiheit und eine neue Identität.“

„Richte ihnen aus, sie sollen sich selbst ficken!“

„Schade, Miroslav.“ Jasminka nahm die Hornbrille ab und schaute ihn aus ihren professionell geschminkten Augen an: „Du warst mir immer einer meiner liebsten Kunden. Ich werde dich vermissen, wenn sie dich an deinen erfreulich dicken Eiern aufhängen." Dann stakste sie, ohne sich noch einmal umzudrehen, davon.

Miroslav schaute ihr hinterher. Kurz musste er noch dem Impuls widerstehen, das letzte Wort behalten zu wollen. Aber dann schluckte er es hinunter. Verdammt, wenn sie keine Kroatin wäre, er könnte sich fast in sie verlieben. Schade! Er lächelte leise. Dann erhob er sich und setzte seinen Spaziergang fort.

Es lief nicht nach Plan, und Miroslav hasste das. Er machte selten Fehler, sehr selten. Denn in seiner Branche war jeder Fehler lebensgefährlich. Das Problem bei diesem Auftrag war, dass man ihn nicht abschotten konnte. Waffensysteme von der Größe eines Schwerlasttransporters ließen sich nur bedingt verstecken. Und die Leute, die sie bedienen sollten, mussten ausgebildet werden. Dazu wurden Fachleute benötigt, und es brauchte Ausbilder. Und die Ausbildung konnte auch nicht in einer Garage stattfinden, weil man dazu die Missiles aufrichten musste. Es brauchte Sicherheitsabstände, ein bestimmtes Gelände, all diese Dinge.

Es waren einfach zu viele Leute beteiligt.

Miroslav wusste nicht, was Silevic mit den Waffen vorhatte. Dafür wurde er nicht bezahlt. Aber ihm gefiel die Vorstellung, dass Serbien nicht mehr so einfach erpresst werden konnte. Und das Wichtigste bei einer Erpressung – entscheidend, wenn man den besten Preis erzielen wollte – war Timing.

Die Entdeckung der Missile hatte Silevic das Timing versaut. Und sie hatten nur wenig Zeit gehabt, um sich auf die Antwort des Westens einzustellen. Vielleicht war es keine gute Idee gewesen, das eine System zu opfern? Vielleicht hätte er das Einsatzkommando bei Mladenovo erledigen sollen? Was hätte der Westen dann gemacht? Schwer zu sagen. Da redeten so viele Köpfe mit, dass am Ende nie das Vernünftige geschah, sondern irgendetwas, das niemand verstehen konnte.

Gegen solche Gegner war es schwer zu gewinnen.

Darum hatten sie entschieden, wie sie entschieden hatten. Miroslav verstand bloß nicht, warum der Russe überleben sollte. Da war

Silevic sehr deutlich gewesen: Der Russe durfte nicht getötet werden. Und nach Möglichkeit auch die Leute in seinem Team nicht. Etwas Persönliches, das war Miroslav klar, aber er hatte kein gutes Gefühl dabei. Wenn Persönliches ins Spiel kam, wurde es noch schwieriger.

Jetzt hofften sie, dass der Westen in Panik geriet und Fehler machte. Und darauf konnte man sich eigentlich immer verlassen. Sie würden mit ein wenig Glück panisch herauszufinden versuchen, wo die Waffen herkamen, während gleichzeitig nach außen alles vertuscht werden musste. Da konnte es ganz nützlich sein, dass ihnen die New York Times im Nacken saß.

Möglicherweise würde sie etwas darüber veröffentlichen. Das politische Beben in den USA würde wahrscheinlich die Sicht auf die Situation in Serbien verändern. Zumindest verstellen, ablenken. Ein bisschen Unaufmerksamkeit würde schon reichen, und sie würden die Falle vielleicht nicht erkennen, die Silevic ihnen stellte.

Falls doch würde der ganze Plan scheitern – und Serbien würde in der Bedeutungslosigkeit versinken: ein weiterer Zwergstaat auf dem Balkan, von niemandem ernst genommen, für lange Zeit verachtet für die Niederlage im Krieg. Irgendwann, ihn schauderte, würde Serbien Teil der EU, Knecht der Deutschen und Franzosen.

Es war seine Aufgabe, für weitere Verwirrung zu sorgen. So lange abzulenken, bis der eigentliche Plan aufgegangen war. Und er würde es tun. Sie brauchten acht Tage Zeit. Nach all den Monaten der Vorbereitung, Planung und harten Arbeit. Nach Jahren des Krieges! Acht Tage. Wenn er das nicht schaffte, hatte er es nicht verdient zu überleben. Zum ersten Mal in seinem Leben ging es nicht nur um Geld. Zum ersten Mal in seinem Leben schuf er etwas von Wert. Von wahrhaft bleibendem Wert. Das Echo dieses Ereignisses würde durch die Jahrhunderte schallen. Und er durfte das nicht versauen. Für ihn nicht. Und für Serbien nicht.

Er würde weiterhin seine Rolle spielen. Er würde sich verkleiden, verstellen und töten. Noch acht Tage, und sein Leben hatte endlich eine Bedeutung für die Ewigkeit.

FISH

Zagreb, 7. Dezember 1995, 13:30 Uhr

John Paul Kline hatte abwägen müssen zwischen möglichst großer Sicherheit und möglichst wenig Aufsehen. Da der Einsatz auf kroatischem Territorium stattfand – auch wenn dieser Teil des jungen Landes noch nicht unter kroatischer Verwaltung stand –, hatte er sich nach Rücksprache mit Franjo Tuđman höchstpersönlich für Sicherheit entschieden.

Sie flogen mit Black Hawks ein, zwei Maschinen mit je elf voll ausgerüsteten Soldaten einer Spezialeinheit der US Marines. Sie sollten das Gelände absichern und einen eventuellen serbischen Gegenangriff zurückschlagen. In einer dritten Maschine saßen zehn Söldner der A. I. M. Je drei von ihnen würden einen Stoßtrupp bilden. Sie sollten das Gebäude stürmen und jeden Widerstand darin brechen. Anführer der ersten beiden Stoßtrupps waren Ivan und Shadow. Der dritte Trupp wurde von Ron Higgens geführt, einem ehemaligen SWAT-Kommandeur des LAPD. In seinem Team arbeitete wie immer auch seine Frau Charlene. Fox würde als Sanitäterin mit ins Haus gehen und eventuelle Verwundete versorgen.

Fox hasste Häuserkampf, FISH, wie sie es nannten, und hoffte, dass die Gegner schnell kapitulierten. Andernfalls gab es ein Gemetzel. FISH stand für Fighting In Someone elses House. Jede Tür eine Todesfalle, jeder Raum eine Schlachtbank entweder für sie oder für die darin befindlichen Gegner. Eine Handgranate, dann ein Feuerstoß quer durch den Raum, das war es für gewöhnlich. Viel Arbeit für den Sanitäter – und wenig, mit dem er wirklich helfen konnte. Den meisten würde Fox lediglich das Sterben mit Morphium erträglicher machen können.

Das Gebäude, das hatten die Luftaufnahmen gezeigt, wurde im Osten und Westen von je einem MG-Nest geschützt. Auch deshalb die Black Hawks.

Die Maschinen näherten sich von Südwesten. Gegen die mittägliche Sonne fliegend, konnten sie kaum das Mündungsfeuer aus dem südlichen MG-Nest erkennen, aber die Kugeln verfehlten die Helikopter. Dann schlug schon eine der Lenkraketen der Führungsmaschine in dem Nest ein. Das MG schwieg.

Die beiden Wingman verließen nun die Formation und umkreisten das Gebäude. Von ihrem Sitzplatz aus konnte Fox nicht sehen, was genau geschah, aber nach kurzer Zeit kam der Funkspruch, dass das Gelände jetzt klar zur Landung sei.

Sie setzten in einer kleinen, natürlichen Senke auf einem Feld im Nordwesten des Gebäudes auf, und die Soldaten sprangen ins Freie, gingen in Deckung und sicherten das Gelände nach allen Seiten. Die Black Hawks waren schon wieder in der Luft und umkreisten das Gebäude, bereit, auf jeden zu feuern, der sich an einem der Fenster sehen ließ. Es würde keiner entkommen.

Fox robbte an den Rand der Senke und konnte nun zum ersten Mal die Vorderfront des Gebäudes sehen. Das nördliche MG-Nest war nur noch ein qualmender Haufen Trümmer. Fox schaute sich um und bemerkte eine wintergrüne Hecke, die ihr für den größten Teil des Weges, den sie zurücklegen musste, Deckung bot. Also sprintete sie die fünf Meter in den Schutz der Hecke und an dieser entlang bis an das andere Ende, von dem aus sie einen Blick in den Trümmerhaufen werfen konnte. Sie erkannte sofort, dass ihre Hilfe hier nicht vonnöten war. Die Soldaten waren aus dem Nest geflohen, als das südliche MG-Nest von der Rakete zerstört worden war. Sie blickte sich um und sah, wie die zwei Männer, die das MG bedient hatten, von Marines abgeführt wurden. Die beiden immerhin waren am Leben und in Sicherheit.

An der Vorderfront des Hauses konnte Fox zwei weitere Raketeneinschläge feststellen. Offenbar war dort aus den Fenstern herausgefeuert worden. Kurz überlegte sie, wie sie das südliche MG-Nest erreichen sollte, aber das Risiko war viel zu groß, und deshalb musste sie die Männer, die dort getroffen worden waren, ihrem Schicksal überlassen. Es war auch unwahrscheinlich, dass sie noch lebten.

Die Männer der beiden amerikanischen Kampfeinheiten waren bereits dabei, Stellungen zu beziehen. In wenigen Minuten würden sie ihre Geräte aufgebaut haben und einsatzbereit sein. Fox kehrte zu den Söldnern zurück, denen Ivan gerade letzte Anweisungen erteilte.

„Wir keine Plan von Haus, also wir müssen entscheiden, wenn drin, was als Nächstes tun. Tür ist auf linke Seite, da wir gehen rein. Bei Tür wahrscheinlich auch Treppe in zweite Stock, vielleicht dritte. Meine Leute stürmen als Erste und sichern Aufgang. Shadow, ihr geht in zweite Stock. Dann Ron, überschlagend. Routine. Fox, du bleibst immer bei letztem Trupp. Verstanden?"

Die Söldner nickten.

„Wenn Verlust, letzte Team holen Fox, um Verwundeten zu versorgen und abtransportieren. Verlust wird aus Shadows Einheit ersetzt. Wenn weniger als zwei komplette Teams, dann Abbruch. Aber wenn wir sind gut, dann keine Verlust. Alles klar?"

Die Männer nickten wieder. Ein solcher Einsatz gehörte zum gefährlichsten Teil eines ohnehin riskanten Berufs. Viel hing davon ab, wie opferbereit der Gegner war.

„Gut, dann jetzt erst mal Verhandlungen. Vielleicht sie haben vernünftige Offizier." Ivan schnappte sich ein Megaphon und trat aus der Senke heraus. Sieben halb automatische Waffen zielten über deren Rand auf die Vorderfront des Hauses, bereit, sofort zu schießen, wenn sich dort etwas bewegte. Fox blieb in Deckung.

Ivan hob das Megaphon und sprach ein paar Sätze auf Serbisch hinein, die ihr niemand zu übersetzen brauchte. Es war vorher vereinbart worden, dass etwaige Gefangene für die Dauer des Einsatzes gefesselt und dann ihrem Schicksal überlassen werden sollten. Die

Serben in der Gegend würden sie schnell wieder befreien. Genau dieses Angebot unterbreitete Ivan gerade.

Dann hatte er fertig gesprochen und stapfte in die Senke zurück. „Sie jetzt haben zehn Minuten für Beratung und Rauskommen mit Hände auf Kopf. Hoffentlich kommen sie. Ich hasse FISH!“

„Und ich hoffe, du schläfst dabei nicht ein“, murmelte Shadow.

Ivan blitzte ihn an: „Du hast Problem mit meine Kommando, du sagen. Dann du gehen.“

Shadow grinste: „Ich habe nur ein Problem damit, dass ich nicht weiß, auf welcher Seite du stehst.“

„Ivan, wovon redet Shadow?“ Charlene Higgins blickte den Russen an. Er mochte Charlene. Eine starke Frau.

„Die hier“, Ivan zeigte auf das Haus, „bezahlt von Ante Silevic. Ante ist mein Freund.“ Er schaute in ihre Augen. „Aber nicht Soldaten da drin. Und nicht, wenn Atombombe im Spiel.“

Er schaute der Reihe nach in die Gesichter der anderen, und in mehr als einem fand er Zweifel. „Wenn nicht wollt, dass ich führe: Ron, mach du das.“

„Du hast mein Vertrauen, Dolvich“, antwortete Ron. „Ich kämpfe unter dir. Und Shadow wird das auch tun.“ Ron starrte Shadow an, und nach einer Weile nickte der.

Das Problem war nicht grundsätzlich gelöst, aber für die Dauer dieses Einsatzes würde es keine weiteren Diskussionen mehr geben. Sie warteten wieder.

Aber die Serben kamen nicht. Und es wurde blutig. Fünfzehn Minuten nach Ivans Ansprache gab er den Einsatzbefehl per Funk durch, und eine Black Hawk öffnete die Haustür mit einer Rakete. Als sich der Rauch verzogen hatte, klaffte ein hässliches schwarzes Loch in der Vorderfront des Hauses. Ivans Trupp stürmte zum Eingang und schickte ein paar Feuerstöße die Treppe hinauf, die direkt vor ihnen hinaufführte. Links war nur eine Tür, rechts führte nach wenigen Metern ein Gang tiefer ins Haus hinein. Sie warfen eine Handgranate in den Gang und warteten die Detonation ab. Dann stürmte Shadow mit seinem Trupp an ihnen vorbei die Treppe hinauf. Oben gingen sie in Deckung und bestrichen den Flur blind mit automatischem Feuer, um eventuelle Gegner in Deckung zu zwingen. Aber niemand stellte sich ihnen entgegen. Die Treppe endete an der Rückwand des Hauses, und der Flur machte hier eine scharfe Kehre. Nach links ging ein weiterer Gang ab, der exakt über dem im Erdgeschoss lag. Über der ersten Treppe führte eine zweite weiter nach oben. Sie versorgten den Flur wiederum blind mit einer Handgranate und einem Feuerstoß aus dem Sturmgewehr. Noch immer aber war niemand zu sehen oder zu hören. Sie funkten das Ergebnis durch, und Higgins stürmte die erste Treppe hinauf. Oben angekommen, mussten sie sich entscheiden. Am Fuß der zweiten Treppe befand sich eine Tür. Sie konnten sich zuerst ganz nach oben begeben, doch dann lag eine Tür zwischen ihnen und dem nächsten Trupp. Oder sie konnten erst diesen Raum stürmen, aber dann konnten sie in Feuer von oben geraten. Sie funkten Ivan an, und der entschied, sie sollten die Tür sichern, aber nicht in den dahinterliegenden Raum eindringen. Kurz darauf folgte er selbst mit seinem Trupp in den ersten Stock hinauf und nahm die zweite Treppe nach oben.

Der oberste Stock war ein großer Speicherraum. Der Fußboden bestand aus rohen Holzdielen, der Raum war angefüllt mit allem möglichen Gerümpel. Hier konnte sich eine halbe Kompanie verstecken, ohne dass jemand zu sehen war. Auf der anderen Seite konnten sie nicht eindringen, denn ihre Fußtritte hätten jedem im Zimmer darunter verraten, wo der Gegner sich gerade befand. Und eine Holzdecke bot fast keinen Schutz gegen Feuer von unten.

Ivan schätzte: Zur linken Wand waren es vielleicht fünf Meter, zur rechten allerdings gute vierzig. Der Raum war außerdem sicher fünfzehn Meter breit. Da das Dach sehr tief lag, war es aussichtslos, eine Granate weiter als zwanzig Meter zu schleudern. „Sechs Granaten, dann dreimal Panzerfaust 3.“ Er benutzte die deutsche Bezeichnung.

Wie sich herausstellte, hielt sich niemand auf dem Speicher versteckt. Aber die Verwüstungen durch die Granaten und, in den weiter entfernten Bereichen, die Panzerfaust waren verheerend. An mehreren Stellen durchschlugen die Explosionen den Boden. Bereits die erste Granate hatte derartig viel Staub aufgewirbelt, dass Ivan kaum noch etwas sah, als er die nächsten Granaten warf, und trotz der über den Mund gezogenen Tücher mussten sogar noch die Mitglieder von Higgins' Trupp husten, der sich am Fuße der Treppe befand.

„Dach sauber", meldete Ivan dann endlich, nachdem der Staub sich ein wenig gelegt hatte und er das Trümmerfeld überblicken konnte. Nichts stand mehr da, wo es sich vorher befunden hatte, und wer immer sich hier oben aufgehalten hätte, wäre getötet oder zumindest schwer verwundet worden. Ein Stapel alter Matratzen, hinter dem Ivan sich selbst versteckt hätte, war nur noch ein Haufen verbogenes Metall und Stofffetzen, der keiner Ratte mehr Deckung geboten hätte.

Er kam die Stiege wieder herunter, und Higgins musste grinsen: ‚Dach sauber' ist gut! Du solltest dich bei Gelegenheit mal wieder duschen, Dolvich!"

„Ihr geht da rein", meinte der, wies auf die Tür am Fuße der Treppe und zog sich zu Shadows Team zurück, um die Treppe nach unten zu sichern.

Das Gemetzel begann. Ron und Charlene postierten sich auf den ersten Treppenstufen rechts der Tür. Marc, ihr dritter Mann, stand auf der linken Seite. Ron klebte eine kleine Sprengladung auf das Schloss der Tür und ließ sie hochgehen. Sofort sprang die Tür auf, und Marc, der darauf vorbereitet war, warf die erste Granate. Sie warteten die Explosion ab, und Ron bestrich den Raum mit einem Feuerstoß aus seinem Sturmgewehr. Charlene und Marc stürmten vorwärts, während Ron ihnen Deckung gab.

Der Raum war zu groß für eine einzelne Granate. Im hinteren Teil, hinter einem umgekippten Sofa, lagen zwei Serben, die Gewehre im Anschlag. Charlene sah den Armschwung und die Handgranate flach durch den Raum fliegen. Instinktiv warf sie sich hinter einen umgestürzten Tisch. Marc fand keine Deckung, warf sich auf den Boden und rollte sich hastig von der Stelle fort, an der die Granate landete. Etwa vier Meter von ihm entfernt ging sie hoch.

Charlene schleuderte die nächste Granate, die exakt hinter dem Sofa landete. Die beiden Männer, die sich dahinter verborgen hatten, sprangen auf, und von der Tür her feuerte Ron sein zweites Magazin leer. Ob seine Kugeln die beiden Männer töteten, bevor die Handgranate sie zerfetzte, war nicht mehr interessant. Eine tödliche Stille senkte sich auf den Raum. „Marc? … Scheiße! Marc! One down!“, schrie sie. Und dann:„Fox!“

Sie war wenige Sekunden später bereits neben Marc. Aber Fox konnte nichts mehr tun. Weder für Marc noch für einen der beiden Serben. Marcs linkes Bein war von einem Granatsplitter von der Hüfte gerissen worden, sein Kopf hing nur noch an ein paar Hautfetzen.

Die beiden Serben waren nur noch Klumpen aus Fleisch, Blut und geborstenen Knochen.

Die letzte Handgranate Charlenes hatte ein Loch in den Fußboden gerissen, und nachdem Marcs Leiche auf das Sofa gebettet worden war, säuberte Charlene den darunter befindlichen Raum mit drei weiteren Handgranaten und mehreren Feuerstößen. Erst eine Stunde später, nachdem sie den zweiten Stock vollständig gesäubert hatten und den ersten Stock angegangen waren, stellte sie fest, dass sie eine serbische Frau getötet hatte. Die Leiche trug keine Uniform.

Der zweite Stock war ansonsten frei von Serben gewesen, aber es waren insgesamt beinahe zwanzig Zimmer, und da Shadow und sein verbleibender Mann – der dritte war Higgins zugeteilt worden – die Treppe nach unten sicherten, kamen sie nur langsam voran.

Es war Routine, furchtbare Routine, was dann im ersten Stock geschah. Die Räume waren zu klein, um die Detonation einer Handgranate in ihnen zu überstehen. Und die wenigen, die sie, aus Glück oder in einer provisorisch errichteten Deckung geschützt, überstanden, fielen den Feuerstößen zum Opfer, die anschließend durch das Zimmer peitschten. Keine Tischplatte hält eine Kugel auf.

Sieben gefallene Serben zählten sie am Ende, die meisten waren furchtbar entstellt. Sie selbst hatten keine weiteren Verluste zu beklagen. Ivan hatte einen Holzsplitter im Gesicht abbekommen, als ein Serbe, kurz bevor er starb, durch die geschlossene Zimmertür feuerte, aber die Wunde war nicht viel mehr als ein Kratzer.

Der letzte Raum schließlich besaß eine weitere Tür, die, wie Ivan vermutete, in die angrenzende Halle führte. Diese hatte schwere, von gewaltigen Elektromotoren angetriebene Metalltore. Die Stoßtrupps hatten vereinbart, diese möglichst unversehrt zu lassen, da sie nicht wussten, was genau sich dahinter befand. Was immer es war, ein Teil davon bestand wahrscheinlich aus Plutonium.

Sie mussten durch diese Tür. Und was dahinter kam, war ein großer Raum mit zahllosen Möglichkeiten, in Deckung zu gehen. In großen Räumen waren Handgranaten nur noch bedingt tauglich.

„Wie geht's weiter?", fragte Shadow.

„Die Tür öffnet zu uns." Ivan wies auf das Türblatt. „Also wir können wieder zumachen. Gas. Wenn wir Glück, die haben keine Masken. Dann sie kommen raus."

Shadow nickte. „Wir sichern draußen. Habt ihr ausreichend Granaten?"

„Lasst eure hier! Sicher ist sicher."

Ivans Idee rettete einige Leben. Sei es, weil sie durch den Kampflärm demoralisiert waren und weil sie sich das Schicksal ihrer Kameraden ausmalen konnten, sei es, weil sie dem CS-Gas nichts entgegenzusetzen hatten: Wenige Minuten später begann der Motor eines der Tore zu summen, und das Tor hob sich. Heraus stolperten, hustend und die Hände hinter dem Kopf verschränkt, vier Männer, die von Shadow gefangen genommen und an die Amerikaner übergeben wurden.

In der Halle stand, neben einigen ausgedienten Artilleriewaffen und Armeelastern, die Cruise Missile. Fox, die nach Beendigung der Kämpfe die unerfreuliche Aufgabe hatte, die Namen der Gefallenen herauszufinden, bekam zunächst wenig davon mit. Sie war gerade dabei, die Erkennungsmarken zweier Männer zu studieren, die in einem Raum bis zur Unkenntlichkeit zerrissen worden waren, als sie ein dumpfes Dröhnen vernahm. Sie schaute aus dem Fenster und sah einen gigantischen Helikopter heranschweben. Auf dem Hof stand inzwischen der Transporter mit der Lenkrakete. Die Soldaten hatten die Waffe mit Planen abgedeckt und diese sorgfältig festgezurrt. Niemand sollte vom Boden aus erkennen können, was der Helikopter durch die Luft transportierte.

Fox, die dringend frische Luft brauchte, trat ins Freie und sah den Arbeiten zu. Schließlich hob der Helikopter die elf Tonnen schwere Last tatsächlich an, gewann an Höhe und drehte ab. Sie schaute dem kleiner und kleiner werdenden schwarzen Punkt hinterher, der von einem US-Flugzeugträger in der Adria erwartet wurde.

Bedenken

Zagreb, 8. Dezember 1995, 9:00 Uhr

„Es war zu einfach."

„Warum, Mr Dolvich?"

„Alles zu einfach. Wir finden zwei Atomraketen, fast nicht bewacht. Eine Zufall, andere dort, wo vermutet. Gegner gewusst, wir kommen. Gegner nicht verteidigen. Nur Bauernopfer. Das zu einfach."

John Paul Kline gefiel nicht, was der Russe zu sagen hatte, aber es ließ sich auch nicht einfach ignorieren. Denn er hatte recht.

„Jetzt mal abgesehen davon, dass wir gestern Verluste hatten, Mr Dolvich. Und wenn es Verluste gibt, dann war es nicht einfach. Was sollen wir Ihrer Meinung nach tun?"

„Weiß nicht. Vorsichtig sein. Das Ganze ist Falle. Ja, Marc gefallen. Traurig, aber passiert bei FISH. Trotzdem: Das Ganze ist Falle."

Kline nickte, die anderen schwiegen. Ja, das hatte er auch schon vermutet.

„Ivan", meldete sich nun Shadow zu Wort. „Ich dachte, du kennst Silevic. Dann müsstest du doch auch wissen, was für Fallen er stellt!" Shadow grinste den Russen an. „Oder bist du zu müde zum Nachdenken?"

„Lass Ivan in Ruhe, Shadow!" Fox funkelte den Amerikaner an. Dann wandte sie sich an Kline: „Was wissen wir eigentlich?" Fox gähnte. Offenbar hatte sie nicht allzu viel geschlafen.

John Paul Kline erhob sich von seinem Stuhl und versuchte, seinen Nasenrücken zwischen Daumen und Zeigefinger der rechten Hand zu zerreiben. Als das nicht klappte, zog er es vor zu antworten: „Wir haben zwei Atomraketen, die es nicht geben dürfte. Taktische Sprengköpfe, echte Blockbuster, aber zu schwach für einen wirklichen nuklearen Holocaust. Sie fliegen geschätzte zwei bis drei Mach. Solche Raketen haben eine geringe Reichweite. Finale Analysen des Triebwerks stehen aber noch aus. Wir haben Hinweise auf eine dritte Missile, von der wir nicht wissen, wo sie ist. Diese Hinweise stammen aus Papieren, die Sie sichergestellt haben. Und wir haben seit gestern eine unabhängige Bestätigung."

„Woher?"

„Nicht alle Mitglieder von Silevic' Organisation sind ernsthaften Bestechungsversuchen gegenüber taub!"

„Also drei Raketen. Und wir haben keine Ahnung, wo die dritte steht."

„Nein. Nicht die geringste. Unsere Vermutung ist Pale, aber wir haben dafür keinen Beleg, und wir können uns auf einen bloßen Verdacht hin keine offene Operation in Pale erlauben."

„Also eine verdeckte?", schlussfolgerte Shadow.

Kline schüttelte den Kopf. „Kaum. Wir haben momentan keine Ahnung, wo genau sich Silevic da aufhält. Wir sitzen dran, aber das kann noch dauern. Und dann gibt es noch Karadžić und ein halbes Dutzend minderer Warlords. Die ganze Landschaft ist ein Labyrinth aus Bergen, Höhlen, versteckten Pfaden. Ein Albtraum für jede Kommandoeinheit. Sie hätten keine Chance."

In die Stille, die jetzt eintrat, klingelte Klines Mobiltelefon. Er drückte ungeübt einen Knopf auf der Tastatur und hielt sich das Gerät ans Ohr: „Ja?" Er lauschte einer gequetschten Stimme, die sie leise hören, deren Worte sie aber nicht verstehen konnten. Dann bedankte sich Kline und beendete das Gespräch.

„Es gibt einen neuen Hoffnungsschimmer. Fielding hat sich gemeldet. Er ist bereit, seine Informationen zu teilen, wenn wir die Fahndung nach ihm abblasen."

„Und was soll helfen das? Er vor drei Tagen nicht wusste, wo dritte Bombe ist. Woher jetzt wissen?“

„Dann haben Sie sicher einen besseren Vorschlag, Mr Dolvich?“

„Nein. Ich nur warnen vor falsche Hoffnung. Ich gern weiß, wo Falle steht.“

„Ich“, unterbrach ihn Shadow, „wüsste gerne, wo du stehst!“

Zufall

Leshak, 2. Dezember 1995, gegen Mittag

Fisnik war verschwunden. Das war oft so, wenn sie Verstecken spielten. Fisnik kannte die besten Verstecke, und manchmal mussten sie ihn dann abends rufen, damit er wieder auftauchte, was er dann auch tat, mit seinem siegessicheren Grinsen und stolzgeschwellter Brust.

Fisnik war erst acht, aber er war ihr Anführer. Keiner spielte besser Fußball. Er erzählte immer, dass er später nach Belgrad gehe, um Profi zu werden. Und dann zu Real Madrid. Und dann käme er nach Hause und würde sie alle zu Millionären machen.

Deshalb liebten sie alle Fisnik. Er war etwas Besonderes – und weil er sie alle daran teilhaben ließ, waren sie alle etwas Besonderes.

Sie, das waren Alban, Valmir, Saranda, Mehmut, Branimir, Valdete und eben Fisnik. Sie spielten immer zusammen. Fisniks Vater hatte ihm gesagt, er solle nicht mit Branimir und Mehmut spielen. Zumindest nicht mit Branimir, der kein Muslim war, sondern serbisch-orthodox. Aber das interessierte Fisnik nicht. Sie waren Freunde. Branimir erklärte ihm immer Mathematik in der Schule. Branimir war so vernünftig und intelligent. Und er half gerne. Fisnik vertraute immer auf seinen Rat, wenn es schwierig wurde. Und Mehmut spielte fast so gut Fußball wie er, Fisnik, selbst. Zusammen waren sie unschlagbar, egal wer auf der anderen Seite spielte. Selbst wenn sie drei oder vier Jahre älter waren.

Besser als im Fußball war Fisnik eigentlich nur noch beim Zeichnen. Wenn er etwas zeichnete, dann nicht nur die Umrisse, so wie alle anderen. Er malte, was wirklich da war. Seine Mama meinte, er zeichne das Licht. Einfach so, aus dem Gedächtnis. Als hätte er das Foto im Kopf.

Aber jetzt war Fisnik weg. Sie suchten ihn schon seit einer geschlagenen Stunde. Es war kalt und trocken, und Fisnik fror nicht leicht, deshalb mussten sie damit rechnen, dass sie ihn mal wieder am Abend rufen mussten, bis er grinsend und siegesbewusst aus seinem Versteck hervorkam. Einem Versteck, an das mal wieder nur er gedacht hatte, obwohl es doch so naheliegend gewesen war. Auch das war Fisnik. Ihm fielen die einfachen Dinge ein, die sonst keinem einfielen.

Ihre Suche hatte sie weit in den Wald hineingeführt, den sie kannten wie ihre Westentasche. Es war ihr Wald. Erwachsene hatten darin nichts verloren. Ab und zu sahen sie mal einen Waldarbeiter, aber nicht viel häufiger als Wildschweine und Rehe. Einmal hatten sie sogar einen Braunbär gesehen, und Fisnik hatte ihnen dann haarsträubende Geschichten erzählt, dass Braunbären nur Kinder bekämen, wenn sie vorher ein Menschenbaby gefressen hätten. Und Valdete hatte vor Angst angefangen zu weinen, obwohl sie schon zehn war und gar kein Baby mehr.

Fisnik erzählte gerne solche Horrorgeschichten. Auch dafür liebten sie ihn.

Aber Branimir machte sich dennoch Sorgen. Er wusste, dass in den letzten Wochen Soldaten im Wald gewesen waren. Sein Vater hatte es ihm erzählt. Branimir war der einzige Serbe in der Gruppe, und sein Vater hatte ihm gesagt, dass der Krieg auch ins Kosovo kommen würde. Früher oder später. In ein paar Jahren, wenn die Serben sonst alles verloren hätten und die Albaner selbstständig werden wollten, weil Serbien schwach war und am Boden lag. Und dann hatte sein Vater geweint um seinen Großvater, der im Kampf gegen die Deutschen gefallen war, als der Vater selbst noch ein kleines Baby gewesen war. Jetzt war sein Vater schon alt, über fünfzig, und Branimir fragte sich oft, wie lange er noch leben würde. Er wollte nicht, dass sein Vater starb, bevor er, Branimir, alt genug war, auf die Mutter aufzupassen.

Und jetzt hatte er Angst um Fisnik. Wenn er bloß nicht den Soldaten in die Arme lief, die Serben waren. Fisnik war oft so leichtsinnig. Er schien gar keine Angst zu kennen.

Sie waren beim Bärenplatz gewesen, wo sie einst den Braunbären beobachtet hatten, bei den Walderdbeeren, die es jetzt natürlich nicht gab. Dann waren sie beim Geisterpfad gewesen, der sich, selbst jetzt im Dezember von unzähligen Spinnweben verklebt, durch ein großes Gebiet voller Unterholz und Gebüsch wand. Sie hatten den hohlen Baum durchsucht, obwohl sie ihn da noch nie gefunden hatten, und waren in den Kamin gestiegen, die schmale Felsspalte, über die man in die Löwenkopfhöhle kam, die so hieß, weil sie wie das aufgerissene Maul eines Löwen aussah.

Aber Fisnik war nirgends gewesen.

„Vielleicht ist er beim Hexenhaus", schlug Saranda jetzt vor. Saranda war so schön, fand Barimir. Schade, dass sie Muslimin war, er würde sie also später nicht heiraten können. Aber leider war Saranda nicht besonders hell und deshalb beim Spielen nicht immer gut zu gebrauchen. Man schaute sie gerne an, aber man hörte nicht unbedingt auf ihren Rat.

„Da war er doch das letzte Mal schon", erwiderte Alban, und Branimir hatte dasselbe auch schon gedacht.

„Ja, aber wir haben überall sonst nachgesehen", kam Valmir Saranda zu Hilfe, „und vielleicht hat er sich genau deshalb dort verborgen, weil wir nicht denken, dass er sich zweimal am gleichen Platz versteckt." Valmir war in Saranda verliebt, den Verdacht hatte Branimir schon lange. Aber Valmir war ein Guter. Niemand verstand Fisnik so genau wie Valmir.

Und weil niemand einen besseren Vorschlag hatte, brachen sie zum Hexenhaus auf. Es war natürlich kein Hexenhaus. Es war eine alte, verfallene Baracke, aber eines Tages hatte Fisnik von seinem Onkel aus Mitrovice eine große Schachtel Malkreiden mitgebracht bekommen. Und sie hatten einen ganzen Sonntag damit zugebracht, die alte Baracke von außen mit Keksen, Schokolade, Lebkuchenherzen und anderen Süßigkeiten vollzumalen. Lauter Dinge, die sie meist nur aus dem Fernsehen oder Bilderbüchern kannten. So hatte die Baracke ihren Namen bekommen und auch behalten, als der Regen die Farbe längst wieder abgewaschen hatte.

Also liefen sie los, denn das Hexenhaus lag etwa einen Kilometer entfernt, und sie wollten es schnell hinter sich bringen. Valmir lief die ganze Zeit neben Saranda und quatschte sie voll, und Branimir lief hinterher und war eifersüchtig. Er wusste, dass er eifersüchtig war, und es gefiel ihm nicht. Er gefiel sich nicht! Das war kein gutes Gefühl. Und es war nicht vernünftig. Er mochte Valmir, und er mochte auch Saranda. Eigentlich mochte er beide, aber er mochte es nicht, wenn Valmir mit Saranda redete. Und dafür mochte er sich dann nicht. So bekam er schlechte Laune.

Die anderen quatschten ebenfalls lauthals, und so bemerkten sie es zu spät, dass das Hexenhaus nicht mehr leer stand. Sie traten auf die Lichtung hinaus und standen einem riesenhaften serbischen Soldaten gegenüber, der seine Maschinenpistole auf sie gerichtet hielt.

Mit vielem hatte Vukan Vukovic gerechnet, als er zur serbischen Armee eingezogen wurde. Und das meiste davon hätte ihm wenig ausgemacht. Er war bereit, für sein Vaterland zu sterben. Er war bereit, Befehlen zu gehorchen, denn sie gaben seinem Leben eine Ordnung. Er wusste, dass seine Intelligenz für nicht viel mehr reichte im Leben, und Befehle waren gut, weil sie die Frage beantworteten, was als Nächstes zu tun war.

Man hatte ihn zuerst nicht gewollt. Aber dann war er an einen anderen Mann empfohlen worden, der nicht ganz zur serbischen Armee gehörte, so richtig hatte Vukan das nicht verstanden. Und der hatte Vukan dann ein Papier unterschreiben lassen. Dann war er in ein paar Ausbildungslagern gewesen, und dann hatte man ihn hierher, in den Norden des Kosovo, verfrachtet.

Und man hatte ihm den Befehl gegeben, jeden zu erschießen, der unbefugt auf diese Lichtung trat. Denn was er bewachte, war in höchstem Maße geheim. Vukan Vukovic wusste nicht, was er bewachte. Er wusste nicht, warum es geheim war. Aber solche Details wollte er auch gar nicht wissen. Der Befehl war klar: Wenn einer ohne serbische Uniform auf die Lichtung trat, dann war der zuerst zu erschießen, und dann musste er in sein Funkgerät sprechen und einen Vorgesetzten herholen.

Und dann kamen die Kinder, vier Jungen und zwei Mädchen, und keines älter als zehn Jahre. Und wenn Vukan eines wusste, dann, dass es nicht richtig war, Kinder zu erschießen. Der eine Junge war sogar Serbe, das war klar zu sehen.

Kurz überlegte Vukan, ob es richtig wäre, die anderen Kinder zu erschießen, und den Serben leben zu lassen, aber auch das war nicht richtig, da war er sich ziemlich sicher. Kinder waren Kinder. Erst Erwachsene wurden zu Leuten, die man erschießen durfte. Wenn man den Befehl dazu hatte.

Zum ersten Mal in seinem Erwachsenenleben tat Vukan Vukovic deshalb etwas, das er gerne für die Dauer seines gesamten Erwachsenenlebens vermieden hätte: Er traf eine eigenständige Entscheidung.

„Verschwindet! Ganz schnell! Bevor euch jemand sieht!“, zischte er den Kindern zu. Und die ließen sich das nicht zweimal sagen. Sie drehten sich um und rannten, so schnell sie konnten, wieder in den Wald, wo sie bald das Unterholz barg.

Vukan schaute ihnen hinterher und fühlte, dass er die richtige Entscheidung getroffen hatte. Und darauf war er, auch Jahre später, nachdem er all die Berichte in der Zeitung gelesen hatte und die ganze Tragweite seiner Entscheidung sich langsam in seine in 2,04 Meter Höhe liegende Großhirnrinde hinaufgearbeitet hatte, nicht wenig stolz. Aber obwohl er dumm war, wusste er immerhin, dass er dumm war. Und deshalb war er doch klug genug, lange darüber nachzudenken, und dann zu dem Entschluss zu kommen, besser zu niemandem jemals ein Wort darüber zu verlieren.

Und wenn sich Vukan einmal entschlossen hatte, dann war es ihm viel zu anstrengend, den Entschluss noch einmal zu revidieren. Und deshalb hielt er sich dran.

„Mann, das war knapp!“ Valmir war noch ganz außer Puste.

Alban hatte Valdete in den Arm genommen, die weinte.

„Du bist weiß wie eine Wand“, meinte Valmir zu Branimir, und der gab das Kompliment zurück.

„Glaubt ihr, der hat Fisnik gefangen genommen?“, fragte jetzt Saranda.

Sie schaute in entsetzte Gesichter, denn noch keiner von den anderen war auf diese Idee gekommen. „Scheiße!“, ließ sich Alban vernehmen, und Valdete weinte noch ein wenig heftiger als zuvor.

Branimir wusste, was zu tun war: „Ich gehe und frage nach.“ Er war selbst erstaunt über seinen Mut. „Das sind wir ihm schuldig!“

„Bitte nicht, Branimir. Sie werden dich auch gefangen nehmen. Oder noch Schlimmeres!“

Das tat gut, weil es von Saranda kam. Aber es machte einen Rückzieher beinahe unmöglich. „Nein, ich werde gehen. Ich bin Serbe. Sie werden mir nichts tun.“

„Doch, das werden sie.“

Die Stimme war aus dem Gebüsch gekommen.

„Fisnik!“

Der kleine Junge trat aus dem Gebüsch. Es war mal wieder ein perfekter Auftritt.

„Ich beobachte die jetzt schon zwei Stunden.“

„Die?“

„Ja, das sind mehrere. Der Rest ist in der Baracke, zusammen mit der Rakete.“

„Rakete?“

„Ja. Sie haben einen großen Lastwagen, und auf dem hintendrauf ist eine Rakete. Sie haben den vor einer Stunde rausgeholt, die Rakete aufgestellt, wieder eingefahren – und haben ihn dann wieder untergestellt. Klasse Vorstellung!“

Die anderen warfen Fisnik die üblichen bewundernden Blicke zu. Irgendwie schaffte er es immer, die interessantesten Dinge zu erleben.

„Das ist sicher streng geheim! Wir sollten von hier verschwinden", sagte ihr Anführer jetzt. Und die anderen fanden, dass das eine gute Idee war.

Abends erzählte Fisnik seinem Vater von der Rakete und malte das Foto in seinem Kopf auf ein Stück Packpapier, mit allen Details. Sein Vater wollte die Geschichte anfänglich nicht glauben, denn er kannte die blühende Fantasie seines Sohnes. Aber dann fand er ein paar Details in der Zeichnung, die sich Fisnik nicht ausgedacht haben konnte. Und wegen dieser Details griff er zum Telefon.

Cargo

New York, 22. Mai 1995

Seine Recherchen hatten Fielding immer tiefer in das Konstrukt HEL hineingezogen. Der Konzern präsentierte sich dem Reporter wie eine gigantische Zwiebel. Hinter jeder Fassade, die der Konzern hochgezogen hatte, um seine engmaschig verflochtenen Mutter- und Tochtergesellschaften, Beteiligungen, Abhängigkeiten und Briefkastenadressen zu tarnen, fand er eine neue Fassade. Irgendwo in diesem Konstrukt wurde tatsächlich etwas hergestellt, das war Fielding klar. Einige der Firmen, die unter dem HEL-Logo zusammengefasst waren, waren international renommierte Produzenten von Waffen, Haushaltswaren, Elektronik- und Fahrzeugteilen und Tausenden anderen Dingen.

Aber wer da wem rechenschaftspflichtig war, wo die Geldströme entlangflossen: All dies wurde in diesem Labyrinth aus Besitzverhältnissen und Geschäftsbeziehungen unsichtbar. HEL hatte 1993 einen Gewinn von 11,3 Milliarden Dollar gemeldet – und netto nicht einen Cent an Steuern bezahlt. Im Gegenteil: Wenn die Unterlagen korrekt waren, stammten 1,7 der 11,3 Milliarden Dollar direkt vom amerikanischen Steuerzahler. Und die Europäer hatten ihrerseits auch noch ein paar Hundert Millionen draufgelegt.

Aber all diese Erkenntnisse waren nur ein Nebenprodukt seiner Arbeit. Am Ende würde er das Konvolut den Herren von der Wirtschaftsredaktion überreichen, die damit dann machen sollten, was sie wollten. Er war sich sicher, dass HEL strukturell eine kriminelle Organisation war. Aber das war nicht das, wonach er gesucht hatte.

Was ihn viel mehr interessierte: Wie hatte HEL die Missiles nach Europa geschafft? Der Luftweg fiel aus. Dafür waren die Teile zu groß und zu auffällig, und die internationale Luftfahrt wurde zu engmaschig kontrolliert.

Echte Piraterie dagegen herrschte, wie ihm ein Freund aus dem Verkehrsressort erklärt hatte, nach wie vor auf den Weltmeeren. Nichts einfacher, als auf hoher See die Identität eines Schiffes zu ändern. Es kam gar nicht so selten vor, dass Schiffe für Monate verschwanden, bis sie dann in irgendeinem Hafen irgendwo am anderen Ende der Welt wieder auftauchten – und zwischendurch hatten sie zweimal den Besitzer, den Namen, die Besatzung und, was das Entscheidende war, die Ladung gewechselt, ohne dass davon irgendjemand etwas mitbekommen hatte, der es nicht mitbekommen sollte.

Eine der Zentralen des internationalen Schmuggels – und für Fieldings Recherchen die wichtigste überhaupt – war dabei ein Seehafen in Süditalien, Gioia Tauro. Das Städtchen selbst hatte nicht mal zwanzigtausend Einwohner, aber sein Seehafen war einer der größten Europas, fest in der Hand der 'Ndrangheta und international einer der bedeutendsten Umschlagplätze für kolumbianisches Kokain und Waffen aus aller Welt. Es lag außerdem nur wenige Hundert Meilen von der Küste Montenegros entfernt, Serbiens Vasallenstaat mit Meeranbindung. Genau, was er benötigte.

Fielding hatte zunächst herauszufinden versucht, ob HEL auch über Beteiligungen an Schifffahrtsgesellschaften verfügte – und musste irgendwann zwischendurch feststellen, dass es unter ihnen kaum eine gab, an der HEL nicht irgendwie beteiligt schien.

Dann hatte er mit den Kollegen des Verkehrsressorts gesprochen, die ihm den Tipp gegeben hatten, nach Meldungen über jüngst verschwundene Schiffe zu suchen. Aber da gab es nichts. Und dann hatte sich Fielding gefragt, ob HEL ein solches Vorgehen überhaupt nötig hätte oder ob nicht ein paar falsch deklarierte Container im Bauch eines ihrer Superfrachter es auch taten: ein Bündel Grüne für einen Herrn bei der US-Zollbehörde, und die Waffensysteme waren in internationalen Gewässern. Ein kleiner Deal mit den Jungs von der 'Ndrangheta, schon landeten die Container auf einem kleinen Schmugglerschiff, das bei Nacht und Nebel irgendwo an der Adria anlandete. Oder sie setzten die Container einfach auf ein paar Sattelzüge und fuhren die Strecke, was allerdings riskanter war, weil sie dann notgedrungen durch Feindesland mussten. Doch Fielding hatte zu viele Dinge erlebt, um nicht zu wissen: Für Geld konnte man alles kaufen. Es sollte für Ante Silevic ja kein großes Problem sein, ein paar Zöllner zu bestechen.

Wo die Systeme in Amerika verschifft worden waren, das war für ihn beinahe unmöglich herauszufinden. Da gab es Hunderte Möglichkeiten. Aber die Wahrscheinlichkeit lag nahe einhundert Prozent, dass der Flaschenhals Süditalien war. Was Fielding brauchte, war eine Verbindung zwischen der inoffiziellen Seite von Gioia Tauro und HEL. Er durchforschte seine Adresskartei, drei große Holzkästen voller Karteikarten. Mauro war seine beste Chance. Er sprach, wie die meisten Italiener, ein entsetzliches Englisch, aber er musste jetzt helfen. Fielding wählte die Nummer in Italien:

„Tomasi, Guardia di Finanza, buena sera?"

„Mauro, hier ist Jonah, Jonah Fielding! Hey, wie geht es?"

„Jonah! Was mache Kinder, eh?"

„Die wachsen und gedeihen!" Mauro konnte sich, wie die meisten Italiener seiner Generation, nicht vorstellen, dass jemand keine Kinder hatte. Er wusste, dass das bei Fielding der Fall war, konnte es sich jedoch nicht verkneifen, ihn mit diesem offensichtlichen Charakterfehler aufzuziehen.

„Du biste in Italia?"

„Nein, in New York! Ich habe eine Frage!"

„Prego!"

„Gioia Tauro!"

Am anderen Ende herrschte Schweigen. Dann nach einer Weile: „Wo bleiben Frage, eh?"

„Wer regiert da?"

„Non uffiziale?“

„Ja.“

„’Ndrangheta, aber das du kannst nachlesen in deine Zeitung!“

„Habt ihr Namen?“

„Nein, grüß deine Frau, und, eh, nicht vergessen Giannas Geburtstag!“

Tomasi legte auf. Und Fielding wusste, was dieser seltsame Abschied bedeutete: „Ja, aber mein Telefon ist nicht sicher. Ich rufe dich später an.“

Eine Stunde später hatte Tomasi Feierabend und meldete sich von einem Telefonladen aus: „Guiseppe Piromalli gehöre ganze verdammte Stadt!“, war das Erste, was er sagte.

„Mauro! Tu mir noch einen Gefallen. Kannst du überprüfen, ob in den letzten Wochen ein Richard Chane nach Italien eingereist ist?“

„Buchstabiere Namen!“

Fielding tat es.

„Domani. Morgen. Abend.“

Piromalli

New York, 23. Mai 1995

Es war leicht herauszufinden, dass eine der zum HEL-Konglomerat gehörenden Reedereien in Gioia Tauro einen Umschlagplatz unterhielt. Es war ebenfalls ein offenes Geheimnis, dass 1,50 Dollar für jeden Container an Schutzgeld zu zahlen waren. Dieser niedrige Preis verwunderte Fielding, bis er herausfand, dass die anderthalb Dollar etwa die Hälfte des Nettogewinns ausmachten, den die Hafenbetreiber pro Zwanzig-Fuß-Container erwirtschafteten. Und dass jedes Jahr über drei Millionen dieser Container in Gioia Tauro umgeschlagen wurden. Viereinhalb Millionen Dollar jährlich für das Versprechen, nichts zu tun.

„Jonah, du hast irgendwann mal eine falsche Karriereentscheidung getroffen …“, murmelte Fielding und blätterte weiter durch die Unterlagen.

Guiseppe Piromalli selbst wurde seit 1993 mit internationalem Haftbefehl gesucht. Natürlich wusste in Gioia Tauro jeder, wo er wohnte. Die Polizei hätte ihn einfach abholen können. Aber natürlich tat sie das nicht, weil dies einer Kriegserklärung an die Mächtigen der Region gleichgekommen wäre. Italien, Süditalien zumindest, war eigentlich nicht Teil eines Staates. Es war unterteilt in Familienclaims. Die Zentralgewalt ging nicht vom Staat aus, sondern von den großen Clans. Es war, im tiefsten Kern, eine vormoderne, archaische Gesellschaft, in der das Recht des Stärkeren galt.

Und der Staat rang verzweifelt darum, ernst genommen zu werden.

Das bedeutete aber auch, dass jede Geschäftsreise für Piromalli schwierig und riskant war. Es war nicht weit von Gioia Tauro bis ins Feindgebiet. Er konnte sicher nicht einfach so nach Amerika fliegen. Im Gegensatz zu Miroslav gab es von Piromalli gestochen scharfe Fahndungsfotos, auch wenn die meisten schon ein paar Jahre alt waren – und das wäre selbst einem Richard Chane zu heiß.

Wenn also jemand etwas von Piromalli wollte, dann musste er sich schon selbst in die Stiefelspitze begeben. Und einen Deal, der Kernwaffen umfasste, würde ein Pate wohl kaum mit irgendwelchen subalternen Abgesandten verhandeln. Abgesehen davon, dass Chane wohl selbst nicht allzu viele Leute in sein Geheimnis einweihen wollte. Sogar innerhalb von HEL dürften nicht mehr als eine Handvoll Personen Bescheid wissen. Wenn es nicht sogar ein Alleingang Chanes war.

Und das hieß, dass Chane entweder kürzlich in Europa gewesen war – oder sehr bald dorthin fliegen würde. Die Antwort auf diese Frage kam um halb eins mittags, als Mauro anrief und bestätigte: Richard Chane war am 4. Mai mit einer Privatmaschine in Düsseldorf gelandet.

„Düsseldorf? Warum Düsseldorf? Das liegt in, wo noch mal, Belgien?"

„Germania!"

„Dann halt Deutschland! Ich muss wissen, wann der nach Italien eingereist ist!"

„Das ich kann nicht feststellen!"

„Mauro, selbst in Italien hat man doch Grenzkontrollen, oder?"

„Ihr verfickte Amerikaner! Nichts mitkriegen, eh?" Mauro war stinksauer. „Düsseldorf für euch in Belgien, und Schengen nie gehört! Seit 1990 in Europa: Du reisen nach Deutschland. Und dann, wohin du wolle in Europäische Union: Frankreich, Italia, egal: keine Grenze mehr. Einfach durchfahren. Wie in USA. Oder ihr kontrolliert, wenn jemand reist von schwule New York nach Ziegen fickende Texas?"

Fielding verstand den Zorn des Italieners nicht, aber er wäre als

Journalist nicht so verdammt erfolgreich gewesen, wenn er solche Ausbrüche nicht einfach unter kulturellen Unterschieden hätte abhaken und umschiffen können. „Hey! Tut mir leid. Ich wollte dich nicht beleidigen." Er klang wirklich zerknirscht. Darum ging's: Informationen zu bekommen. Vielleicht hatte Mauro Ärger mit Gianna. Kein Grund für Fielding, jetzt selbst die beleidigte Leberwurst zu spielen.

Außerdem gefiel ihm die Charakterisierung von Texas.

„Du kommen nach Italien. Für Recherche?" Mauro klang schon wieder versöhnlicher.

„Möglich!"

„Bring Blumen für Gianna. Dann ich verzeihen!"

„Abgemacht. Und danke, Mauro!"

Ein Flug nach Italien. Wenn Chane tatsächlich in Gioia Tauro gewesen war, dann würde er das rausfinden müssen. Das war einer der Steine im Puzzle, die ihm fehlten, um Baur zu überzeugen. Chane bei der 'Ndrangheta zu Besuch: Das wäre beinahe schon ein Scoop für sich. Selbst ohne eine Atombombe im Gepäck.

’Ndrangheta

Gioia Tauro, 25. Mai 1995

Er hatte einen Flug nach Rom genommen und den Abend bei Gianna und Mauro verbracht. Einen gigantischen Blumenstrauß hatte er am Flughafen erstanden, und Gianna hatte erst gestrahlt, dann den beklagenswerten körperlichen Zustand Fieldings konstatiert, um anschließend, wie immer, wunderbare Dinge auf den Tisch zu zaubern. Nach dem Essen hatte Mauro ihm ein paar Dinge zur ’Ndrangheta und Piromalli im Speziellen gesagt – und vor allem hatte er ihn umfangreich gewarnt. „Sie lächeln, immer lächeln, immer freundlich. Nette Kerle, wenn wollen. Niemals werden laut. Aber du im Weg? Dann sie töten dich. Und immer noch lächeln. Du niemand trauen. Land ihr Land. Berlusconi ihr Presidente. Alle gekauft. Auch polizia!“

Am nächsten Nachmittag hatte Fielding einen weiteren Flieger in die Stiefelspitze genommen, nach Reggio di Calabria, dort einen nach Zigaretten und vergammelten Bananenschalen stinkenden Fiat mit äußerst ungesundem Motorengeräusch gemietet und war dann auf der A3 in nordöstlicher Richtung nach Gioia Tauro gefahren. Spät abends kam er an und stieg in einem kleinen Hotel in Bahnhofsnähe ab, das diese Bezeichnung kaum verdiente. Am nächsten Morgen machte er sich auf den Weg. Er hatte eine Liste sämtlicher Hotels, die es in der Stadt und der näheren Umgebung gab, nach Sternen geordnet, und die Liste war nicht allzu lang. Er hoffte, bis zum Abend alle abgeklappert zu haben, schon, um nicht noch eine zweite Nacht in einem Bett zubringen zu müssen, das durchhing wie eine Hängematte und roch, als hätte sein Vorgänger im Zimmer sich die letzten zwei Jahre zwar nicht gewaschen, dafür aber ständig masturbiert.

Die unteren zwei Drittel der Liste konnte er als Möglichkeit beinahe ausschließen. Das waren Zimmer für amerikanische Journalisten ohne Budget, die nicht bemerkt werden wollten. Richard Chane war ein weißer, fetter, reicher Angeber-Amerikaner wie aus einer Karikatur. So jemand stieg nicht in billigen Hotels ab. Wenn es im besten Hotel am Platze kein Zimmer mehr gab, dann kaufte er das Hotel und schmiss den aktuellen Bewohner der Fürstensuite raus. Das, so glaubte er, war sein angeborenes Recht als Millionär und Amerikaner.

Abgesehen davon, das hatte er gestern schon bei der Ankunft in seiner Absteige gemerkt, war es nur sehr schwer möglich, sich in Hotels mittlerer und unterer Qualität auf Englisch zu verständigen – und Italienisch konnte er nicht. Es würde also schwierig werden, wenn Chane inkognito und unterhalb seines gewohnten Standards gereist war.

Aber man konnte sich auf die Arroganz dieser Sorte Mensch verlassen: Direkt die erste Adresse auf der Liste lieferte das gewünschte Ergebnis. Fielding betrat das weiträumige Foyer des Grand Plaza Hotel und näherte sich der Rezeption, hinter der eine aufregend modellierte Süditalienerin ihn anlächelte. Er konnte sie, dank eines metallenen Namensschilds neben ihrem wundervollen Dekolleté als C. Angelosanto identifizieren.

„Einen wunderschönen guten Morgen, Miss Angelosanto! Ich komme im Auftrag meines Chefs, Mr Richard Chane. Er war um den vierten Mai hier und hat ein paar Schuhe bei seiner Abreise vergessen. Mir wurde gesagt, ich könne sie hier abholen."

„Einen Moment bitte", lächelte die Signora und stöckelte in einen Raum, der hinten an die Rezeption angrenzte. Fielding bewunderte ihr Hinterteil im halblangen, engen dunkelgrauen Rock. Zu seiner Freude blieb sie am Türrahmen stehen, hielt sich an diesem fest und lehnte sich ein wenig in das Zimmer hinein, wobei sie ein Bein leicht anhob. Sie sprach auf Italienisch mit einem Mann, den Fielding nicht sehen konnte, allerdings ziemlich beneidete, obwohl der Anblick, den sie ihm, Jonah Fielding, gerade bot, auch nicht zu verachten war. Dann kam sie zurück und lächelte nicht mehr ganz so gelassen.

„Wann, sagten Sie, war Mr Chane bei uns zu Gast?"

„Mir wurde gesagt, dass er am vierten Mai angereist ist. Sein Abreisedatum kenne ich leider nicht, aber er wird nicht lange hier gewesen sein."

„Moment, da schaue ich mal nach, Mister …" Ihr Englisch war ebenso makellos wie ihr südländisches Gesicht, die schlanke Gestalt und die langen blauschwarzen Haare.

„Reardon", nutzte Fielding einen Namen, der ihm schon häufig geholfen hatte, seine Identität zu verschleiern.

„Mr Reardon." Sie setzte sich an eine Tastatur und klickte sich durch einige Menüs, die auf einem massiven Computermonitor erschienen. Der Monitor war so aufgestellt, dass Fielding ihn von der Seite her eigentlich nicht einsehen konnte, aber ein blank polierter Spiegel an der Rückwand der Rezeption half. „Ja, Mr Chane war hier, für eine Nacht. Aber wir wissen nichts von einem Paar Schuhe." Die Frau zog ein bedauerndes, aber sehr hübsches Gesicht.

„Das ist seltsam. Seine Sekretärin sagte mir, sie hätte das mit Ihrem Haus geklärt. Leider weiß ich nicht, mit wem sie da gesprochen hat."

„Hm …", zog die junge Dame eine Schnute, die Fielding am liebsten sofort geküsst hätte. „Wenn Sie mir den Namen nennen könnten, dann könnte ich da nachfragen. Glauben Sie, Sie können den noch rausfinden?"

„Ja, sicher. Allerdings ist in Amerika jetzt mitten in der Nacht. Dürfte ich heute Nachmittag wiederkommen?"

„Natürlich!" Miss Angelosanto lächelte ihn an, als würde sie sich darauf sogar freuen. Sehr professionell. Fielding verabschiedete sich und bedauerte sehr, heute Nachmittag schon wieder im Flugzeug nach Rom zu sitzen. Denn für den Moment hatte er genug herausgefunden.

Notizen

Washington, 26. Mai 1995

Joe's Bar & Grill sah immer noch genauso aus, wie Fielding das Restaurant in Erinnerung hatte. Dunkles, altes Holz, zwei enge, lang gezogene Stockwerke und gesalzene Preise.

Er hatte den Flieger nach San Francisco nehmen müssen, weil Joy gerade dort war, um an einer Schulung über Computernetzwerke teilzunehmen. Joy Mahler wäre vor etwa zehn Jahren beinahe einmal seine Schwiegermutter geworden, aber ihre Tochter Sarah löste die Verlobung kurz vor der geplanten Hochzeit zur beiderseitigen Erleichterung. Mit Sarah hatte Fielding seither kaum mehr gesprochen, mit Joy verstand er sich nach wie vor prächtig. Er hatte Sarah in Washington kennengelernt, auf einem Press Dinner. Sie absolvierte damals gerade ein Praktikum in der Kongressbibliothek, das ihre Mutter ihr vermittelt hatte. Mittlerweile war Joy für die Verwaltung der Büroräume und die dazugehörige Infrastruktur im Kongress zuständig.

Als er sie an einem der Tische entdeckte, fiel ihm ein, dass er keine Ahnung hatte, was Sarah heute machte.

„Jonah!", rief Joy, als sie Fielding entdeckte. „Mein Lieblingsschnüffler!"

Fielding hätte es lieber gehabt, wenn die Begrüßung ein wenig dezenter verlaufen wäre, aber so war Joy nun einmal, und die meisten Gäste in dem Restaurant hoben nicht einmal den Kopf.

„Joy, für dich fliege ich auch einmal quer über den Kontinent."

„Das ist ja wohl das Mindeste!" Sie lachte offen. Jonah musterte sie: Schlanker war sie geworden. Vor etwa einem Jahr hatte er sie das letzte Mal getroffen. Damals hatte sie sicher noch zehn Kilo mehr auf die Waage gebracht. „Du siehst gut aus! Treibst du jetzt Sport?"

Sie lachte höhnisch. „Ha! Schön wär's. Aber du triffst mich nur in einem günstigen Moment. Vor neun Monaten hatte ich einen Herzinfarkt. Drei Bypässe! Dann habe ich mir das Rauchen abgewöhnt, abgenommen und mit Sport angefangen. Mit dem Herzen ist jetzt alles prima. Aber jetzt haben sie vor vier Wochen Krebs diagnostiziert. In sechs Monaten bin ich tot. Nenn es Ironie, wenn du willst!"

Fielding war geschockt, aber der Reporter in ihm beobachtete Joy genau und stellte fest: Sie benötigte jetzt kein Bedauern. Sie hatte es akzeptiert. So war sie. Sie hatte in ihrem Leben mehr weggesteckt, als sie erinnern konnte: uneheliche Tochter mit siebzehn, dennoch College-Abschluss, mehrere nationale Nachwuchspreise als Violinistin – und dann ein Informatikstudium. Schlaganfall mit siebenundzwanzig, danach ein halbes Jahr Rehabilitationsprogramme und nahezu vollständige Wiederherstellung ihrer Motorik. „Nur die späten Beethovensonaten kriege ich nicht mehr hin", liebte sie zu scherzen. Drei gescheiterte Ehen, davon zwei mit echten Psychopathen. „Selbst ausgesucht, da mache ich keine Kompromisse", hatte sie Jonah einmal gesagt.

Dann der Herzinfarkt und jetzt Krebs. Sie musste Anfang fünfzig sein, dachte Fielding. Und sie war noch immer eine ausgesprochen attraktive Frau.

„Jetzt schau nicht so traurig drein! Es gibt Schlimmeres!"

„Zum Beispiel?"

„Ein verschwendetes Abendessen, bei dem du keinen Ton herauskriegst. Erde an Fielding: Wir können auch Spaß haben! So viel Zeit habe ich noch!"

Fielding nickte, grinste, winkte den Kellner heran, und sie bestellten. „Erledigen wir das Geschäftliche gleich?", erkundigte sich Joy. „Oder erst, wenn du mich ins Bett bringst?"

Er lachte: „Lass es uns gleich erledigen. Und dann verspreche ich dir einen Abend, an den du dich auch noch auf der anderen Seite erinnern wirst!"

„Deal!" Sie zwinkerte. „Also: Ich habe mal alles durchgesehen. Ist ja einfach, ich sitze ja an der Quelle. Laut Unterlagen der Kongressverwaltung saß Ginger Poors am neunzehnten April den ganzen Morgen in einer Sitzung mit Mitarbeitern ihres Büros."

Fielding blickte eine Weile bewegungslos auf sein Wasserglas. „Irrtum ausgeschlossen?", fragte er dann.

„Baby, da kannst du einen drauf lassen. Aber ich wusste, dass du nicht ohne Grund nachfragst. Und deshalb habe ich mir das Sitzungsprotokoll mal genauer angesehen, das bei uns im System archiviert wird. Eine Sicherheitskopie bleibt immer im Netzwerk. Zugriff haben natürlich nur die jeweiligen Kongressabgeordneten, aber irgendjemand muss ja die Passwörter verwalten. Du verstehst?"

Fielding versuchte ihr zu folgen, aber obwohl er ein kleines Notebook besaß, das er auf Reisen immer mitnahm, war diese Maschine für ihn wenig mehr als eine Schreibmaschine mit zwei stupiden Spielen. Was in der Welt der Informatik gerade vor sich ging, überforderte ihn ein wenig. Die NYT hatte ihm kürzlich eine E-Mail-Adresse zugeteilt, und irgendjemand hatte ihm auch erklärt, wozu es E-Mails gibt und wie das funktionierte, aber er hatte das Programm noch nie benutzt und war sich sicher, dass dies auch noch eine Weile so bleiben würde. „Mach weiter!"

„Das Protokoll las sich komisch. Es ging eigentlich um nichts Bestimmtes, und ein paar Passagen schienen völlig aus dem Zusammenhang zu fallen. Es wurde nie klar, warum sich diese Leute da eigentlich getroffen hatten. Und es war ihr engster Vertrautenkreis, der Inner Circle."

„Hm!" Fielding wusste nicht recht, was er dazu sagen sollte oder was das mit seiner Recherche zu tun hatte. Wenn Ginger Poors an diesem Morgen in Washington gewesen war, dann konnte sie nicht gleichzeitig in Landenberg gewesen sein. Vielleicht war es wirklich nur eine Doppelgängerin gewesen, die die Ladenbesitzerin gesehen hatte.

„Hör weiter zu, Jonah. Ich bin noch nicht fertig."

„Entschuldige!" Seine Gedanken waren abgeschweift, und Joy hatte das natürlich sofort bemerkt!

„Ich habe dann ein paar Textpassagen aus dem Protokoll mal in unsere Suchmaske eingegeben, und siehe da: Bingo! Fast das ganze Protokoll war aus anderen Protokollen zusammenkopiert worden. Da ist jemand einfach zu faul gewesen, sich selbst etwas aus den Fingern zu saugen."

„Du meinst …"

„Genau. Das Meeting hat nie stattgefunden. Das Protokoll dient nur dazu, ihr ein Alibi zu verschaffen."

Fielding hob sein Glas: „Das hier ist auf den Rest eines denkwürdigen Abends!" Er hatte, was er brauchte. Es war Freitag. Morgen flog er zurück nach New York, und am Montag würde er aus Baur eine Viertelmillion rausquatschen.

250 000

New York City, 29. Mai 1995

Charles F. Baur hatte schlechte Laune. Fielding wusste es, sobald er das Büro seines Chefs betreten hatte. Denn Baur saß nicht an seinem Schreibtisch, wie gewohnt die Füße auf der Tischplatte, die italienischen Ledersohlen auf seinen Besuch zeigend.

Charles F. Baur saß stattdessen an seinem Schreibtisch, die Beine darunter, und starrte auf den Monitor vor ihm.

„Morgen, Charles! Gibt's Ärger?"

„Morgen, Jonah! Haufenweise. Kannst dich schon mal darauf einstellen, demnächst umsonst zu arbeiten!"

„Wie das?"

„Unsere Damen und Herren Vorstände wollen die Zeitung ins Internet stellen. Damit sie jeder lesen kann. Umsonst! Kannst du mir mal erzählen, wer das Blatt dann noch kaufen soll? Wo soll das Geld herkommen?"

„Anzeigen?"

„Im Netz? Wie soll das denn gehen? Ich sag's dir: Die ruinieren uns noch alle mit ihrem Internet. Und jetzt soll ich denen noch eine Onlineredaktion organisieren. Hab ja sonst nix zu tun! Was gibt's bei dir?" Baur schaute von seinem Monitor hoch und zeigte Jonah sehr deutlich, dass er störte.

„Passt es dir ein andermal besser? Sollte aber heute noch sein."

„Schieß los! Schlimmer als das hier kann's ja nicht mehr kommen."

„Du schuldest mir zweihundertfünfzigtausend."

Baur kniff die Augen zusammen und fixierte sein Gegenüber. „Hohoho! Jetzt mal langsam! Du hast also was gefunden?“

„Yep. Darf ich mich setzen?“

„Klar.“ Baur stand auf und setzte sich in seine Couchgarnitur, Fielding nahm ihm gegenüber Platz.

„Also: Ich habe die Aussage eines Mitarbeiters von HEL, dass am neunzehnten April ein gewisser Miroslav dort zu Besuch war, um mit Richard Chane höchstpersönlich über die Lieferung einer gewissen Anzahl von Mittelstrecken-Marschflugkörpern zu verhandeln. Miroslav ist ein international gesuchter Auftragskiller. Laut dieser Quelle schenkt Chane Miroslav diese Dinger. Was er sich davon verspricht, bleibt erst mal offen. Außer, dass Ginger Poors da mit drinsteckt.“

„Das hattest du mir bereits alles erzählt.“

„Richtig, es ging mir auch nur darum, noch mal die Ausgangslage darzustellen. Ich habe dann nach Zeugen gesucht, die diesen Miroslav an besagtem Tag vielleicht in der Gegend gesehen haben. Das Problem ist: Keiner weiß, wie der aussieht. Es existiert kein Foto von ihm, zumindest keines, das irgendwie öffentlich zugänglich wäre. Es gibt noch nicht mal einen bürgerlichen Namen. Und da er zu den Top Ten der meistgesuchten Verbrecher dieser Welt zählt, denke ich, dass Name und Foto veröffentlicht worden wären, wenn es sie gäbe.“

„Möglich, aber nicht zwingend. Und wieso schulde ich dir für diese bahnbrechende Spekulation Geld?“ Baurs Gesicht demonstrierte Ungeduld. Fielding wusste, dass er es nicht übertreiben durfte. Er hätte es gerne noch ein wenig spannender gemacht, aber er musste seinen Boss jetzt füttern.

„An besagtem Tag wurde in der Gegend ein Mann erschossen und im Wald verbuddelt, wo er ein paar Tage später von einer Rotte Wildschweine für Trüffel gehalten wurde. Der Mann war Fahrer bei HEL.“

„Kann Zufall sein.“ Baur tat skeptisch, war aber sofort interessiert.

„Ja. Aber der Fahrer wurde an diesem Morgen zuletzt lebend in einem Kaff namens Landenberg gesehen, wo er einen osteuropäisch sprechenden Mann abholte. Eine Beschreibung dieses Mannes war unergiebig. Aber Miroslav ist Serbe. Wie viele Osteuropäer wurden an dem Tag von HEL-Mitarbeitern abgeholt? Sehr viel Zufall."

„Und wie kam der Mann in dieses Kaff? Das ist doch alles hanebüchen!"

„Die Dame, die den Fahrer von HEL gesehen hat, hat an dem Tag noch jemanden beobachtet. Sie hatte einen Kunden, der ihr bekannt vorkam, genauer gesagt, eine Kundin. Sie hätte schwören können, dass die Frau aussah wie die Zwillingsschwester von Ginger Poors."

Baur schwieg, und Fielding sah das als gutes Zeichen.

„Wir haben also zwei Zeugen, die Miroslav, HEL und Ginger Poors an ein und demselben Tag miteinander in Verbindung bringen."

„Kann Zufall sein und muss ja nicht stimmen." Baur wusste, dass das kein Zufall war. Es würde vielleicht eine Geschworenenbank nicht überzeugen. Aber dort sollte im Zweifel für den Angeklagten entschieden werden. Das politische Washington tickte anders. Das hier war eine große Story, und die Frage war nur noch, ob Fielding genügend Ansatzpunkte für weitere Ermittlungen hatte. Es gab Storys, die konnte man knacken, und es gab Storys, die waren unangreifbar. Von letzteren sollte man die Finger lassen.

„Korrekt. Muss nicht stimmen. Komme ich gleich noch zu." Fielding wusste, dass Baur Blut geleckt hatte, und nahm sich Zeit, seinen Plot noch ein wenig einzudicken. „Zunächst einmal bin ich auch einer anderen Frage nachgegangen. Da gibt es nämlich das Problem, dass wir hier über eine Waffe reden, die es gar nicht geben dürfte. Jetzt zweifle ich nicht, dass HEL auf seinem Testgelände in Nevada die erforderlichen Tests durchführen kann, ohne dass die überlasteten Stellen im Pentagon da allzu viel mitbekommen. Zumal es ja nicht unüblich ist, den Herren fürs Nichthinsehen einen gut dotierten und gemütlichen Posten für den Lebensabend in Aussicht zu stellen. Aber wie kriegt man Atomraketen ins Ausland?"

„Das wäre meine nächste Frage gewesen."

„HEL ist ein Monster. Ich möchte nicht wissen, wie viel schwarzes Geld in diesem Albtraum aus Firmen gewaschen wird, ohne dass irgendjemand da jemals dahinterkommen kann. Unter anderem gehören der Firma zwei Werften und mehrere Reedereien. Die meisten operieren im NAFTA-Raum, aber eine Reederei, an der HEL eine Mehrheitsbeteiligung hält, ist weltweit tätig. Trans-Oceanic Trade, kurz TOT. Kannst du Deutsch?"

Baur schüttelte den Kopf: „Deutsche Vorfahren im achtzehnten Jahrhundert …"

„Schlag das Wort mal nach. Lustiger Zufall, wenn du auf schwarzen Humor stehst. Und die TOT wiederum hält eine Beteiligung an der Firma, die den Hafen in Gioia Tauro betreibt. Das liegt in Süditalien, und wenig überraschend …"

„Mafia!" stellte Baur fest.

„'Ndrangheta, um genau zu sein." Fielding nickte und grinste. Er hatte Baur am Haken und einige der besten Informationen noch in der Hinterhand. Jetzt konnte er für die Galerie spielen. „Ich habe sichere Informationen, dass die Hälfte des Bruttogewinns, der mit jedem Container erzielt wird, an eine Familie namens Piromalli geht."

„Wie viele Storys stecken in deiner Geschichte noch drin? Willst du jetzt über das organisierte Verbrechen berichten? Oder über HEL? Oder über beide? Oder ist das sogar ein und dasselbe?"

„Wart's ab! Anfang Mai ist Richard Chane nach Düsseldorf geflogen."

„Liegt das neuerdings in Italien?"

„Nein, aber seit den Schengen-Verträgen gibt es innerhalb der Europäischen Gemeinschaft keine Grenzkontrollen mehr. Tatsache ist: Noch am selben Abend hat Chane in einem Hotel in Gioia Tauro eingecheckt. Warum fliegt er vorher nach Düsseldorf? Warum ein Umweg von knapp zweitausend Kilometern? Weil er Spuren verwischen wollte? Und was tut er in Süditalien, das so wichtig ist, dass er persönlich da hinmuss?"

„Kann völlig harmlos sein." Baur glaubte längst nicht mehr an seine Einwände. Er hatte bloß keine Lust, Fielding seinen uneingeschränkten Triumph kampflos zu gönnen. Wenn das alles stimmte und belegbar war, dann hatte Fielding den dritten Pulitzer sowieso in der Tasche. Da musste man ihm jetzt nicht noch Honig ums Maul schmieren.

„Ja. Kann es. Aber die äußeren Umstände machen das Ganze zumindest verdächtig!"

„Hast du noch mehr? Was ist mit dieser Poors-Sache?"

„Ich habe im Kongress nachgefragt." Fielding lächelte. Einer seiner Trümpfe. „Ginger Poors war laut Sitzungsprotokollen den gesamten Vormittag, an dem sie in Pennsylvania gesehen wurde, in einem Meeting. Um vierzehn Uhr hatte sie eine Pressekonferenz."

Baur schnaubte: „Das erzählst du mir jetzt aber nicht, um Poors zu entlasten, oder?"

„Nein." Fielding lehnte sich zurück und genoss diesen Augenblick. „Das entscheidende Sitzungsprotokoll ist gefälscht. Das habe ich aus sicherer Quelle. Das Meeting hat nie stattgefunden. Landenberg liegt 100 Meilen von D. C. Mit dem Auto ist das in gemütlichen zweieinhalb Stunden machbar. Wenn Poors morgens um acht im Auto saß und um elf ein kurzes Treffen mit Miroslav hatte, konnte sie leicht um vierzehn Uhr auf der Pressekonferenz auftreten, bei der sie unzweifelhaft anwesend war. Für die kritischen sechs Stunden verbürgt sich ihr Inner Circle, der angeblich komplett bei diesem Meeting anwesend war. In D. C. hat man schon schlimmere Meineide geleistet."

„Hast du das Protokoll?"

„Nein, aber ich kann es kriegen. Kostet dann ein bisschen was." Das war eine glatte Lüge, aber Fielding hatte vor, Joy noch eine Weltreise zu ihrem Lebensende zu finanzieren.

Baur schwieg eine Weile, dann wuchtete er sich aus dem Sofa. „Ich brauche jetzt einen." Er drückte einen Knopf auf seinem Schreibtisch. „Madeleine, einen Kaffee, stark, bitte!" Dann wandte er sich wieder Fielding zu. „Du willst dich also mit der ältesten

Partei Amerikas, einem der größten Konzerne der Erde, der italienischen Mafia und einem der meistgesuchten Auftragskiller der Welt anlegen?“

Fielding nickte. „Im Großen und Ganzen ist das richtig. Auch, wenn's nicht die Mafia ist. Aber das ist noch nicht alles.“

„Was noch? Bevor ich mich mit Kaffee bekleckere …“

„Du hast mich noch nicht gefragt, was Miroslav mit den Raketen vorhat!“

„Und, was hat er damit vor?“

„Das weiß ich noch nicht genau. Ich weiß aber, dass er in letzter Zeit eng mit einem der größten Buhmänner unserer Zeit zusammenarbeitet.“

„Saddam Hussein?“

„Nicht ganz. Ante Silevic!“

Baur sah kurz aus wie ein Karpfen auf dem Trockenen, dann brachte Madeleine den Kaffee, und Baur gewann langsam seine Fassung zurück.

„Krieg ich jetzt das Budget?“

Baur nickte. „Natürlich. Wo geht's als Erstes hin?“

„Nach Italien. Ich will sehen, ob ich rauskriege, wen genau Chane da getroffen hat.“

„Jonah, pass bloß auf dich auf!“

Gioia Tauro

Gioia Tauro, Anfang Juni 1995

Fünfzehntausend Dollar hatte er Joy überlassen. Dafür hatte er das Sitzungsprotokoll bekommen – und diejenigen Protokolle, aus denen es zusammenkopiert worden war. Der Beweis war eindeutig zu führen und gerichtsfest: Dieses Protokoll war gefälscht.

Mit dem Rest der Viertelmillion im Rücken stieg er diesmal selbst im Grand Plaza ab. Zu seiner Enttäuschung stand bei seiner Ankunft nur ein untersetzter Mann von etwa vierzig Jahren an der Rezeption, der zwar genauso professionell lächelte wie die schwarzhaarige Schönheit vor ein paar Wochen, damit jedoch nicht annähernd das gleiche Resultat erzielte.

Fielding musste beim Einchecken seinen Ausweis vorzeigen, weshalb er seinen richtigen Namen angab. In der Nacht schlug dann der Jetlag zu, und so fühlte er sich ziemlich zerschlagen, als er am Morgen zum Frühstück erschien, das in Italien wie immer äußerst dürftig war und seinen amerikanischen Magen ziemlich sehnsüchtig zurückließ.

Dafür war Miss Angelosanto wieder am Empfang. Sie grüßte ihn freundlich, als er an der Rezeption vorbeikam, und Fielding nahm sich vor, die Tage dazu zu nutzen, ihr ein wenig auf den Zahn zu fühlen. Sie sah einfach zu hinreißend aus, um es nicht wenigstens zu versuchen.

Sein erstes Telefonat galt Mauro, der sein Büro in Rom für ein paar Tage hinter sich gelassen hatte, um im Süden auf Inspektionsreise zu gehen. Sie verabredeten sich für den Nachmittag in Reggio di Calabria, sodass Fielding ein wenig Zeit hatte, sich um seine Süditalienerin zu kümmern. Denn ohne genauere Informationen von Mauro wollte er sich nicht in die Höhle des Löwen vorwagen.

Als er in die Eingangshalle kam, lächelte sie ihm entgegen. Er drückte den Rücken durch und wollte gerade zum Angriff übergehen, doch sie kam ihm zuvor: „Ich habe noch mal nachgesehen: Hier sind keine Schuhe liegen geblieben!"

Fielding lachte verblüfft: „Daran erinnern Sie sich noch? Ich bekam einen Anruf, dass die Schuhe sich gefunden haben. Tut mir leid, ich hätte Ihnen Bescheid geben sollen."

„Kein Problem."

„Erinnern Sie sich an jeden, dem Sie hier mal begegnen?"

„Manchmal. Kommt drauf an!"

„Worauf?"

„Man erinnert sich an die sehr unfreundlichen und an die sehr freundlichen Menschen!"

„Ich hoffe nicht, dass ich in die erste Kategorie gehört habe!"

Sie lachte: „Die meisten Amerikaner sind sehr freundlich und benehmen sich trotzdem unabsichtlich daneben, weil sie oberflächlich sind und sich nicht für fremde Kulturen interessieren."

„So wie ich, als ich nicht mehr anrief?"

Sie nickte unmerklich, sagte aber: „So wie diejenigen Ihrer Landsleute, die in kurzen Hosen eine Kirche besichtigen wollen – oder zum Abendessen erscheinen."

„Das würde ich nie tun!" Fielding setzte sein schönstes Lächeln auf. „Und wie wäre es, wenn ich Ihnen das heute Abend beweise? Und mich für meine Unhöflichkeit entschuldige? Welches Restaurant hier in der Gegend hat die beste Küche?"

„Und schon wieder zeigt sich der Amerikaner in Ihnen. Tut mir leid, Mister Reardon!"

„Fielding!"

„Stimmt!" Sie lächelte. „Fielding!"

„Ich habe also gerade wieder die Etikette verletzt?"

Signorina Angelosanto schaute ihn an, lächelte professionell und sagte dann nur: „Ich muss jetzt arbeiten, Mr Fielding. Ich wünsche Ihnen einen erfolgreichen Tag!"

Mauro hatte ein paar Adressen, die ihm zumindest für den Anfang weiterhelfen konnten: Agenten der Guardia di Finanza, die teilweise tief in das Geflecht aus regulärem Handel und kriminellen Aktivitäten in Gioia Tauro verstrickt waren.

„Die meiste Doppelagenten! Sei vorsichtig! Sie geduldet von Piromalli, damit er weiß, was wir tun."

„Ja, damit muss man rechnen."

„Piromalli wird erfahren von amerikanische Reporter."

„Werde ich kaum verhindern können. Mauro, ich mach das schon eine Weile!"

„Piromalli nicht wollen Presse. Er dich töten ohne Zögern."

„Wenn er kein Interesse daran hat, groß in der Zeitung zu stehen, dann wird er einen amerikanischen Journalisten in Ruhe lassen, der zwei Pulitzers hat und dessen Ermordung eine Menge diplomatischen Druck nach sich zöge." Zumindest hoffte Fielding das, aber er war sich über die Reichweite diplomatischen Drucks in Süditalien nicht so sicher.

Aber er hatte nicht vor, nach einer Atombombe zu fragen. Er wollte nicht Piromalli selbst. Er wollte die Köpfe von Poors und Chane über seinem Kamin hängen haben. Seine Strategie war nicht, Machenschaften der Mafia aufzudecken, über die sowieso jeder Bescheid wusste.

Er würde Piromalli nicht mehr wehtun als unbedingt notwendig. Er würde nicht genügend Gründe liefern, ihn umbringen zu lassen. Aber er würde ihm reichlich Gründe liefern, ihn am Leben zu lassen.

„Ach ja", fiel ihm noch ein, als er sich von Mauro verabschiedete. „Was erwartet eine italienische Frau, wenn man sie verführen möchte."

„Hier im meridione… Italia Süd?"

„Ja."

„Lass Finger weg! Alle katholisch! Nie vor Ehe – oder sie schon verheiratet!"

„Kein Ring. Komm, sag's mir! Du bist ein Mann!"

„Noch nicht genug Schwierigkeiten?"

„Das ist meine Sache, oder? Du hast sie nicht gesehen!"

„Hübsch, eh?" Ein verstehendes Lächeln stahl sich auf das Gesicht des ansonsten überkorrekten Beamten.

„Eine Schönheit! Sie wird mich abweisen, aber ich will es wenigstens versucht haben! Männerehre!"

Mauro runzelte die Stirn. Aber für ihn als italienischen Chauvinisten stellte Männerehre noch einen Wert an sich dar. „Also gut, ich dir sagen, was bei Gianna geholfen. Aber ich dir geben keine Garantie, eh!"

„Und was war es?"

„Blumen. Ich ein Vermögen bezahlt für Blumen. Ohne Blumen nix chiavare. Und gute Anzug. Und teure Schuhe. Nicht wie Amerika: Sackhose, T-Shirt von Metal-Band, nicht gut. Kein Respekt. Guter Anzug, weil Respekt zeigt! Ich gut aussehen für dich! Und dann sie zum Essen eingeladen. Sie angenommen, aber erst vierte Versuch! Ich bankrott, aber glücklich."

Fielding dachte an die optisch eher reizlose Gianna und fragte sich, was an ihr die Beamtenseele Mauros derart in Wallung hatte versetzen können. Nun gut, am Geld mangelte es gerade nicht. Und nach Italien reiste er sowieso nur mit seinen besten Anzügen. „Blumen also?"

„Blumen. Finde heraus Lieblingsblume. Aber vielleicht mag keine Blumen, eh? Wer weiß! Finde heraus!"

„Das werde ich!"

Als Fielding abends ins Hotel zurückkehrte, war seine Herzdame nicht mehr an der Rezeption. Dafür stand dort wieder der etwas dickliche Herr von gestern Abend.

„Guten Abend, Sir!“, sprach er ihn an.

„Sie wünschen?“

„Mir ist heute Morgen etwas sehr Peinliches passiert, und ich werde mich bei Ihrer Kollegin Angelosanto entschuldigen müssen. Deshalb wollte ich Sie fragen, welche Blumen ihr besonders gefallen.“

Der Mann setzte ein wissendes Lächeln auf: „Wenn Sie wüssten, wie oft mir diese Geschichte erzählt wird …“

Fielding war kein so guter Reporter, weil ihm viele Dinge peinlich waren. Die Geschichte war wirklich ein wenig armselig gewesen. „Und was antworten Sie denen?“

„Dass ich das nicht weiß.“

Jetzt war es an Fielding zu lächeln: „Und wenn Sie wüssten, wie oft ich diese Antwort schon gehört habe. Lassen Sie mich deshalb die Frage anders stellen: Was würden Sie schätzen, welche Blumen Miss Angelosanto gefallen würden, wenn mir die Information fünfhunderttausend Lira wert wäre?“

Umgerechnet dreihundertfünfzig Dollar für diese Information waren ein nettes Zubrot, besonders hier in Süditalien. „Ich denke, mir fielen rote Rosen ein. Und eine weitere wichtige Information, sobald ich das Geld in der Hand hielte.“

Fünf Hunderttausend-Lire-Scheine wechselten den Besitzer.

„Und die wichtige Information lautet?“

Der Mann lächelte: „Klingt nicht gerade überraschend, aber Signorina Angelosanto hat einen sehr teuren Geschmack In allem. Versuchen Sie es gar nicht erst mit zweiter Qualität!“

„Käme mir nie in den Sinn!“, antwortete Fielding und zog sich auf sein Zimmer zurück.

Ein unheiliger Engel

Gioia Tauro, Anfang Juni 1995

Den Vormittag des nächsten Tages verbrachte Fielding damit, einen Blumenladen zu suchen, der seinen Ansprüchen genügte. Beziehungsweise ihren. Es dauerte eine Weile, aber dann wurde er fündig und gab seine Bestellung auf. Die ältere und ziemlich aus dem Leim gegangene Dame lächelte, als er in seinem brüchigen Italienisch erklärte, wozu das Ganze diene. Als wäre eine solche Bestellung nicht ohnehin eindeutig. Er würde heute Abend sehen, ob es geholfen hatte.

Die nächsten Stunden des Tages verliefen ganz in seinem Sinne. Er traf die erste der Personen, die Mauro ihm genannt hatte, am Hafen. Er saß im Führerhaus einer der großen Krananlagen, die im Hafen Container verluden und löschten. Als Fielding das Führerhaus, das eher dem Kommandostand eines Supertankers glich, betrat, verzog sich ein zweiter Mann betont auffällig.

„Wir haben fünfzehn Minuten", begrüßte ihn der Mann, ohne Fielding anzusehen. Sein Englisch war ungewöhnlich gut. Er schob konzentriert einige Hebel vor und zurück. Dann hielt er die rechte Hand auf, und Fielding legte einen Umschlag hinein. Der Mann steckte ihn ein, ohne nachzuzählen. „Legen Sie los!"

„Warum lassen sich internationale Konzerne auf die 'Ndrangheta ein? Das hier ist EU-Land. Warum kann sich Rom hier nicht durchsetzen?"

„Sehen Sie, das System beruht auf gegenseitigem Nehmen und Geben. Jeder profitiert. Die famiglia übernimmt Verantwortung. Niemand wird hier bestohlen."

„Sie meinen, das Ganze sei eine Steuer dafür, nicht erschossen zu werden? Woanders klappt das ohne famiglia. So ein System nennt sich ‚Rechtsstaat'."

„Sie verstehen nicht, woher das kommt. Was die, wie sagt man, tradizione dahinter ist."

„Dann erklären Sie es mir!"

Der Mann spähte aus dem Fenster, um etwas zu kontrollieren, justierte ein wenig mit Hilfe seiner Hebel, und dann lehnte er sich zufrieden zurück.

„Rom ist weit weg. Hier im Süden ist die famiglia wichtig. Sie schützt einen, immer. Wenn die famiglia stark ist, ist man selbst stark. Die Piromalli waren immer stark. Sehr stark. Also haben sie den Schutz für schwächere Familien mit übernommen. Natürlich kostet das ein wenig. Nicht mehr, als jeder bezahlen kann. Die Armen weniger, die nicht so Armen mehr. Das ist schon seit Jahrhunderten so. Das antike Rom hat so ähnlich funktioniert: Reiche Familien haben ärmere beschützt."

„Und wenn die ärmere Familie nicht beschützt werden wollte?"

„Dann kamen Räuber und haben die Familie ausgeraubt und getötet. Da war keine Polizei, keine Gerichte, sondern nur Räuber. Auch die Polizisten waren Räuber. Auch Polizisten gehörten zuerst zur famiglia und arbeiteten für sie."

„Und bevor eine andere famiglia zuschlägt, macht man das dann lieber selbst."

„Ja, sonst wurde die eigene famiglia schwächer und eine andere stärker."

Fielding nickte. Er verstand die Logik, und es war nicht an ihm, sie moralisch zu bewerten.

„Auch heute noch ist Rom schwach, aber die famiglia weiß auch, dass Rom sein Gesicht wahren muss. Denn ohne Rom gibt es kein Europa und keine Geschäfte. Deshalb gibt es Grenzen, und deshalb gibt es Leute wie mich, die für beide Seiten wertvoll sind."

„Sozusagen als Diplomaten?" Fielding gefiel das Gespräch. Das

Englisch des Mannes war ausgezeichnet, wenn auch nicht perfekt. Sein Akzent verwandelte eine lustige Abfolge italienisch ausgesprochener Silben in englische Wörter, aber er war intelligent und wusste, wie er die besondere Situation in Gioia Tauro zu erklären hatte.

„Sozusagen."

„Wie funktioniert das Zusammenspiel dann in Gioia Tauro? Was hat eine Firma wie TOT davon, die Hälfte ihres Gewinnes an die Piromallis abzutreten?"

„Zunächst einmal: Sie können hier im Hafen ihre Bürogebäude unverschlossen lassen – da wird niemand etwas stehlen. Ihre internationalen Mitarbeiter sind sicher, den Kindern passiert nichts, die Frauen können nachts unbesorgt auf die Straße. Gilt das auch in New York?"

„Punkt für Sie!" Fielding grinste, der Mann lächelte ebenfalls. Sie verstanden sich.

„Dann, und das ist beinahe wichtiger: Eine Firma wie TOT – oder internationale Logistikkonzerne überhaupt – stehen zuweilen vor dem Problem, sehr lukrative Aufträge eigentlich nicht abwickeln zu dürfen, weil sie mit den Gesetzen eines Landes nicht hundertprozentig vereinbar sind. Hier helfen die Piromallis weiter."

Der Mann wusste wirklich, worauf es Fielding ankam. „Das heißt, in einem solchen Fall rufe ich Guiseppe Piromalli an und überlasse ihm die Formalitäten."

„Nur im Ausnahmefall. Normalerweise gibt es dafür einen Mitarbeiter in der Hafenverwaltung, der die Tarife festlegt. Es gibt da eine mehr oder weniger offizielle Preisliste, sortiert nach Menge und Ware. Man bucht, und die Piromallis sorgen dafür, dass bestimmte Container von der Guardia nicht so genau kontrolliert werden. Nur bei sehr speziellen Waren muss die Genehmigung ganz oben eingeholt werden."

„Wie häufig kommt das vor?"

„Nicht sehr oft. Ein- oder zweimal im Jahr. Das kann ich aber nicht genau sagen, da ich an der Stelle keinen guten Einblick habe. Aber häufiger wäre zu riskant. Der Name Gioia Tauro soll aus der Presse herausgehalten werden."

„Sie reden mit mir!"

„Weil Sie nicht über Gioai Tauro berichten werden. So viel wissen wir schon."

Fielding wurde es schlagartig heiß. „Woher?"

„Sie haben Pulitzers gewonnen. Ich habe mich erkundigt. Organisiertes Verbrechen in Süditalien? Warum sollte das eine Geschichte für Sie sein? Langweilig."

Der Amerikaner beruhigte sich ein wenig und überlegte, ob er konkret nach illegalen Waffensystemen fragen sollte, entschied sich aber dagegen. Er wollte nicht allzu viel Staub aufwirbeln.

„Was sind denn die normalen Fälle? Die, die per Katalog abgehandelt werden."

Der Mann zuckte mit den Schultern. „Zu achtzig Prozent Rauschgift. Vor allem Kokain. Piromalli nimmt zwanzig Prozent des Marktwertes im Straßenverkauf. Dafür gibt er eine Garantie auf verlorene Ware, falls doch einmal ein Neuling bei der Guardia di Finanza zu ehrgeizig sein sollte."

„Eine Art Transportversicherung?"

„Ich sagte ja: Es ist zum gegenseitigen Vorteil. Die Piromallis bieten was fürs Geld. Und Sie brauchen keinen schriftlichen Vertrag. Eine Abmachung ist eine Abmachung."

Fielding fand nie heraus, wie viel Ironie oder Sarkasmus in den Worten des Mannes steckte. Die Zeit lief ab, der Kollege klopfte wieder an die Tür bevor er sie öffnete, und trat erst ein, als der Kranführer ihm zugenickt hatte. Übergangslos erzählte der jetzt plötzlich von den Problemen eines lokalen Fußballvereins beim Kampf gegen den Abstieg, und zwei Minuten später hatte Fielding sich verabschiedet.

Die nächste Adresse, die Mauro ihm gegeben hatte, war ein Kellner in Guiseppe Piromallis Lieblingsrestaurant, einer kleinen Trattoria im Zentrum des Städtchens.

Fielding nahm dort einen Salat zu sich und verabredete sich mit dem Mann für vier Uhr nachmittags. Sie trafen sich im Schatten einer kleinen, alten und verfallenden Kirche, und Fielding hatte eigentlich nur eine kurze Frage:

„Hat Piromalli Anfang Mai mit einem dicken Amerikaner zu Mittag gegessen?“ Er holte ein Foto Chanes aus der Innentasche seines Jacketts und reichte es dem Mann.

„Si, Signor!“

„Wissen Sie etwas darüber, was dort gesprochen wurde?“ Er musste den Satz in seinem schlechten Italienisch wiederholen, damit der Mann ihn verstand.“

„Poco“, sagte der Mann – wenig. Dann fuhr er fort: „Business a porto. Business speziale. Pericoloso … dangerous! Un termine frequente. One word“ – der Mann streckte den rechten Daumen nach oben, um die Zahl eins anzudeuten – „often! Molto!“ Ein Wort, reimte sich Fielding zusammen, das Chane immer wieder benutzte?

„Welches Wort?“

Der Mann schaute sich nervös um, dann flüsterte er: „Nucleare!“

Fielding nickte und steckte dem Mann den vereinbarten Lohn zu, worauf dieser hastig verschwand. Fielding checkte das Diktiergerät: Es war alles zu verstehen. Die Spur wurde heiß.

Ausgesprochen zufrieden betrat er um kurz nach halb fünf das Hotel, wo Signorina Angelosanto ihn mit einem Blick musterte, der vieles bedeuten konnte. Er straffte die Schultern und trat auf sie zu.

„Buena sera, Miss Angelosanto! Haben Sie meine kleine Entschuldigung erhalten? Bitte sagen Sie mir, dass Sie sie angenommen haben!“

Sie musterte ihn streng, und Fielding stellte fest, dass dies eine erhebliche Abweichung von ihrem bisherigen, rein professionellen Verhalten war. „Als die ersten drei Rosen kamen, da war ich bereit, Ihnen zu verzeihen. Aber dann kamen alle zehn Minuten weitere drei. Seit elf Uhr heute Vormittag. Jetzt ist es gleich zwanzig vor fünf, und der Bote wird gleich wieder erscheinen. Wir nähern uns also der zweihundertsten Rose. Bis ich Feierabend habe, werden es über zweihundertfünfzig sein."

„Sie scheinen erbost zu sein. Das tut mir leid. Sind die Blumen nicht nach Ihrem Geschmack?"

Sie versuchte es zu verhindern, doch sie musste leicht lächeln: „Sie sind wunderschön, aber" – jetzt gelang ihr wieder ihr böses Gesicht – „können Sie mir sagen, wie ich so meine Arbeit erledigen soll? Oder wie ich die nach Hause bringen soll? Und können Sie sich die Bemerkungen der Kollegen vorstellen?"

Fielding setzte ein zutiefst bestürztes Gesicht auf. „Oh, das tut mir leid! Was den Transport angeht: Ich bin gerne bereit, Ihnen dabei zu helfen. Und als Entschuldigung für das andere Ungemach: Erlauben Sie mir, Sie heute Abend zum Essen einzuladen."

„Sie glauben, da reichen ein paar Hundert Rosen?" Sie behielt mit einiger Mühe ihr erbostes Gesicht unter Kontrolle. Er ahnte, dass sie spielte, da sie ganz kurz ihre Deckung vernachlässigt hatte, als sie lächelte, aber er war sich noch nicht ganz sicher.

„Nein, Signorina. Ich glaube, sie wollen nicht morgen noch einmal ein paar Hundert Rosen erhalten. Und übermorgen. Und jeden folgenden Tag, den Sie meine Einladung ausschlagen."

Er sah, wie sie schmunzelte und bereit war zu kapitulieren.

„Geben Sie mir eine Chance, Miss!"

„Signorina. Noch so etwas, das ihr Amerikaner lernen solltet. Es heißt: Signorina!"

„Signorina Angelosanto", verbeugte sich Fielding. „Heute Abend. Bitte! Und ab morgen bekommen Sie von mir keine einzige Blume mehr, die Sie nicht wollen."

Sehr zufrieden mit seinem kleinen Coup, mit dem Tag überhaupt, schwebte er auf sein Zimmer, aktualisierte die Notizen auf seinem kleinen Notebook, schlief noch ein wenig und machte sich dann für den Abend bereit.

Sie trafen sich um 20 Uhr in derselben kleinen Trattoria, in der er bereits zu Mittag gegessen hatte. Sein Informant bediente sie, ließ jedoch mit keiner Geste oder Bemerkung erkennen, dass er Fielding kannte.

Das „C“ auf ihrem Namensschild stand für Claudia, und sie erschien, wie es sich für eine solche Frau gehörte, zwanzig Minuten zu spät. Aber für ihren Auftritt hätte Fielding auch drei Stunden ausgeharrt. Sie trug ein sanft ihren Körper umschmeichelndes mitternachtsblaues Kleid, das zwei Handbreit über dem Knie endete und von zwei fadendünnen Trägern daran gehindert wurde, zu Boden zu gleiten. Der Rücken war bis unter die Gürtellinie ausgeschnitten, und da sie keinen BH trug, wölbten ihre festen Brustwarzen den hauchdünnen Stoff ein wenig. Ihre Beine präsentierte sie in hauchdünnen Seidenstrümpfen, und als Fielding ihr den Stuhl zurechtrückte und sie Platz nahm, konnte er kurz den Ansatz ihrer Strumpfbänder erkennen, wobei sein Blick von hinten über ihre Schulter sich nicht so recht zwischen diesen und dem wunderbaren bronzefarbenen Dekolleté entscheiden konnte, das sich ihm, besonders aus dieser Perspektive, darbot.

Ihm gefielen der Anblick und die in ihm verborgene Botschaft so gut, dass er ein wenig Mühe hatte, seine Erektion zu verbergen, als er zu seinem Stuhl zurückging.

Sie sprachen über dieses und jenes, Fielding konnte sich hinterher nicht mehr daran erinnern, zu überwältigend waren ihr Anblick, ihre Gestik, ihre Augen, die ein beständiges Versprechen dessen waren, was später kommen würde.

Das Essen war, soweit er sich später erinnern konnte, exzellent, die zwei Flaschen Barolo hervorragend, rot und tief, und als sie schon ziemlich angeschickert durch den Lieferanteneingang ins Hotel vordrangen, kam er sich wie der siebzehnjährige Jonah Fielding vor, der über die Veranda ins Zimmer seiner ersten Freundin eingestiegen war, um seine Jungfräulichkeit zu verlieren.

Er fiel über sie her, sobald die Zimmertür hinter ihnen ins Schloss gefallen war, und als es vorbei war und er wieder aus dem Bad kam, hatte sie die Minibar um zwei mittelschwere Gläser Whiskey erleichtert. Sie stand vor ihm, eine süditalienische Venus, hielt ihm ein Glas hin und küsste ihn auf den Mund. „Ich verzeihe dir", hauchte sie in sein Ohr. Sie stießen an:

„Signorina Angelosanto, ich würde mich gerne noch weiter an Ihnen versündigen."

„Auf die Sünde, Mister Fielding!"

Sie tranken einander zu, und dann zog sie ihn wieder aufs Bett.

Er fühlte sich ein wenig müde. Es war ein langer Tag gewesen, und so genoss er ihre Zärtlichkeiten auf dem Rücken liegend, und irgendwann musste er dabei eingeschlafen sein. Das Nächste, was er wusste, war, dass die Sonne in sein Gesicht schien und das Bett neben ihm leer war. Sein Kopf schmerzte, und er gab dem Whiskey die Schuld, der sich wohl mit dem Rotwein nicht vertrug. Es war 8:30 Uhr, und er ging duschen.

Zum etwa selben Zeitpunkt schob, ein paar Stockwerke tiefer, Signorina Angelosanto einem Herrn im hellen Sommeranzug einen Briefumschlag über den Tresen der Rezeption und erhielt dafür ihrerseits ein Kuvert, das zwanzig Hunderttausend-Lire-Scheine enthielt. Das war ihr Preis für eine Nacht. Doch davon bekam Fielding nichts mit.

Es sollte noch eine ganze Weile vergehen, bis Fielding begriff, dass der Whiskey dazu gedient hatte, ihn auszuknocken. Und dass „J0FinyT3" zwar ein ganz gutes Passwort war, um sein Notebook vor unbefugtem Zugriff zu schützen. Aber nicht, wenn man es auch noch auf einem Zettel notiert hatte, den man in seiner Brieftasche mit sich herumtrug.

Es war der Morgen des achten Juni 1995. Und alles, was er bislang herausgefunden hatte, befand sich auf einer Diskette, die gerade das Grand Plaza verließ. Wenn er es gewusst hätte, es hätte Fielding wenig beruhigt, dass er seine Informanten nie mit Klarnamen oder ihrem Beruf erfasste. Aber es rettete ihnen das Leben.

Eine Kinderzeichnung

Manchmal geschehen die richtigen Dinge. Manchmal treffen Menschen die richtigen Entscheidungen, obwohl sie die Tragweite dieser Entscheidung gar nicht erfassen können.

Eine Kinderzeichnung ist eine Kinderzeichnung, und obwohl das Kind, das diese Zeichnung angefertigt hatte, ungewöhnlich talentiert war und sehr viele Details sehr naturgetreu nachgezeichnet hatte, bleibt sie genau das: eine Kinderzeichnung. Als solche stand sie unter dem Anfangsverdacht, der wahrscheinlich überbordenden Fantasie eines Menschen entsprungen zu sein, der noch zu jung war, um sich durch Logik oder Glaubwürdigkeit einschränken zu lassen.

Jeder der beteiligten Menschen hatte einen anspruchsvollen Job, in dem er eine weitere Baustelle nicht wirklich brauchen konnte. Eine Kinderzeichnung war unter diesen Umständen eine stark gefährdete Spezies, der nächste Papierkorb eine nicht nur theoretische Bedrohung, sondern der nächste wahrscheinliche Schritt.

Fisnik Thaqis Vater hatte einen gefährlichen Nebenjob. Er unterstützte den albanischen Untergrund im Kosovo mit Informationen, und weil er ein wenig Englisch konnte, war er gleichzeitig der Verbindungsmann zur CIA. Als er zum Telefonhörer griff, rief er einen Tankwart in der Gegend an, der dreimal wöchentlich Besuch von einem Agenten bekam, dem er dann mit den Zigaretten und zwischen ein paar Zeitschriften geklemmt ein Dossier zusteckte. Am 4. Dezember 1995 enthielt es eine Kinderzeichnung und einen Bericht, wie diese Zeichnung zustande gekommen war.

Der Agent reichte das komplette Dossier an seinen Verbindungsmann in Priština weiter, und am 5. landete es in Belgrad, genauer, in der amerikanischen Botschaft auf dem sowieso schon überladenen Schreibtisch von Louis J. Walker. Überladen war der Schreibtisch, weil die serbische Regierung gerade sechs Mitarbeiter der Botschaft wegen Spionage des Landes verwiesen hatte und ihr Ersatz noch nicht eingetroffen war.

Walker stieß nicht sehr häufig auf Kinderzeichnungen in seinen Neueingängen, und deshalb bemerkte er das Blatt sofort, als er sie durchsiebte, um die Höhe des Stapels unter Kontrolle zu halten. Die Zeichnung erinnerte ihn, obwohl sie viel besser war als alles, was diese jemals produziert hatte, an seine Tochter. Er nickte anerkennend, fand aber zunächst den dazugehörigen Bericht nicht und wollte sie schon wegwerfen, als sein Blick auf das Nuklearsymbol fiel, das die Spitze der Missile zierte. Woher sollte ein achtjähriger Kosovo-Albaner wissen, wie dieses Symbol aussah? Er betrachtete die Zeichnung genauer, und nun fiel ihm auf, dass die Konstruktion der Abschussvorrichtung realistisch war. Sie könnte funktionieren.

Walker durchwühlte noch einmal den Aktenstapel und fand den schmalen, handschriftlichen Bericht zwischen zwei Fotos von Militärfahrzeugen, die irgendwo im Nordkosovo herumgefahren waren. Und dann beschloss er, ihn sofort zu überprüfen, auch auf die Gefahr hin, sich lächerlich zu machen. Eine Luftaufnahme des angegebenen Gebietes zeigte eine Halle und einige Fahrzeuge, wenn auch nicht das System, das auf der Kinderzeichnung abgebildet war. Doch das konnte in der Halle stehen.

Die Zeichnung selbst erschien ihm fast zu gut für eine Kinderzeichnung, und so erging eine Rückfrage. Und zwei Tage später hielt Walker einige Faxe in der Hand, die alle diverse Kinderzeichnungen zeigten, alle von derselben Hand, alle von derselben Qualität: die Eltern vor dem Haus, eine Figur aus einer Kinder-Fernsehserie, ein paar Dinosaurier.

So wanderte der Bericht am 8. Dezember per Kurierflugzeug an seine Vorgesetzte, Charlene Krieger, die selbst keine Kinder hatte und Walkers Argumenten zunächst nicht folgen wollte. Sie versprach aber, sich noch eine zweite Meinung einzuholen. Dies hätte nun normalerweise ein paar Tage gedauert, aber der Zufall wollte es, dass der Psychologe Jonathan Podlasek seinen Kopf kurze Zeit später in ihr Zimmer steckte, um sie zum Mittagessen abzuholen, sodass sie ihm die Zeichnung kurzerhand zeigte.

„Ja", sagte er sofort. „Das hat ein Kind gezeichnet."

„Woran erkennen Sie das?"

„An den Proportionen. Hier auf diesem Dinosaurierbild, da stimmen die Proportionen. Die Vorlagen hat es aus einem Buch oder vielleicht aus einem Film. Aber seine Eltern, die haben zu große Körper und zu kleine Köpfe. Gehen Sie mal auf die Knie und schauen mich an, dann wissen Sie, woher das kommt."

Krieger nickte. „Und Sie denken auch, dass das Kind, das seine Eltern gemalt hat, auch die Cruise Missile …"

Podlasek nickte: „Da besteht kein Zweifel. Und das Kind hat das Gerät gesehen. Hier, die Abschussvorrichtung: Die ist realistisch. Da kommt kein Kind von alleine drauf. Das Kind muss ein eidetisches Gedächtnis haben."

„Eidetisches Gedächtnis?"

„Fotografisches – umgangssprachlich."

Noch am selben Tag schickte Charlene Krieger ein Fax mit der Zeichnung nach Stuttgart; dieses landete dort aber zunächst auf dem falschen Schreibtisch und wäre dort wahrscheinlich auch erst einmal untergegangen, wenn Miss Krieger nicht in einer Anwandlung schon übertriebenen Verantwortungsbewusstseins zusätzlich eine E-Mail an Kline geschrieben hätte, in der sie das Fax ankündigte.

Am frühen Morgen des 9. Dezember, einem Samstag, machte sich Kline, nachdem er seine E-Mails gelesen hatte, deshalb auf den Weg durch die verwaisten Büros und fand das Fax oben auf dem Eingangsstapel eines seiner Kollegen, wo dieser es am Freitagabend achtlos abgelegt hatte, als es – wegen des Zeitunterschieds – um kurz vor acht und nach drei ermüdenden Überstunden bei ihm eingetroffen war.

Eigentlich hatte Kline vorgehabt, sich mit den Unterlagen zu beschäftigen, die Fielding ihm zugeschickt hatte. Er hoffte, dort ein paar Hinweise zu finden, wo sich die dritte Missile befand. Als er das Fax mit der Kinderzeichnung in der Hand hielt, wusste er allerdings sofort, dass er sich das sparen konnte. Zwar war das Fax nur schwarz-weiß und die Farbigkeit des Originalbildes verloren gegangen, aber was ihr ganzer Apparat in vielen Tagen nicht geschafft hatte, war einem achtjährigen Kosovo-Albaner gelungen: Er hatte Nummer drei gefunden.

Shadow

Zagreb, 8. Dezember 1995, 17:00 Uhr

Shadow hatte den Tag damit verbracht, durch Zagreb zu spazieren. Zum einen tat er dies, weil fremde Städte ihn interessierten. Weniger die Museen, die Attraktionen, Sehenswürdigkeiten und Touristenviertel. Das offizielle, geschminkte Gesicht einer Stadt interessierte ihn nicht. Er wusste, was gutes Make-up aus einer völlig durchschnittlich aussehenden Frau machen konnte. Und die von cleveren Marketingleuten entworfene Version einer Stadt war keinen Deut authentischer als eine aufgetakelte Frau, auch wenn Zagreb momentan sicher ganz andere Probleme hatte als eine schlechte Presse.

Aber was ihn interessierte, war, wie die Leute lebten. Deshalb spazierte er meist weit um die Stadtzentren herum, in die Nebenzentren einer Stadt: die kleinen Einkaufsstraßen, die einem Viertel das Gesicht gaben, nicht der ganzen Stadt. Er verschwand und beobachtete, genau wie er es liebte, ohne als Beobachter die Szene zu verändern. Und hier konnte er es tun, ohne anschließend kämpfen zu müssen. Hier musste er nicht nach Schwachstellen suchen. Hier brauchte er nicht zu analysieren. Hier konnte er sich ganz den Gerüchen, den Geräuschen, den Gefühlen hingeben. Es waren immer noch Gerüche, Geräusche und Gefühle anderer Menschen, aber es war auch das unmittelbare Leben ohne Hintergedanken. Leben, das keine Ware war.

Es war Frieden.

Er saß jetzt auf einem kleinen Platz, dessen Namen er gar nicht wissen wollte, irgendwo im Südwesten der Stadt. Ein paar kleine Geschäfte hatten sich hier angesiedelt, und jetzt, am Freitagnachmittag, waren ziemlich viele Menschen damit beschäftigt, ihre Einkäufe fürs Wochenende zu tätigen. Ein paar Details verrieten hin und wieder, dass sich Kroatien eigentlich noch im Krieg befand. Aber nächste Woche wurde der Friedensvertrag unterzeichnet. Nächste Woche wurde die Selbstständigkeit Kroatiens unumkehrbar.

Manchmal bildeten sich kleine Grüppchen von Menschen, die eine Weile gestenreich und aufgeregt diskutierten und sich dann wieder verstreuten. Manchmal sah er einen jungen Mann, oft eine oder mehrere Gliedmaßen amputiert, in dessen Augen noch der Horror des Krieges stand. Zuweilen sah er eine junge Mutter im Schwarz der Witwe. Aber all dies war nicht vorherrschend. All dies wurde überlagert von nervöser Geschäftigkeit. Es war Freitag, und am Mittwoch würde Frieden sein. Zumindest für einige Zeit, denn Serbien lag am Boden und hatte seinen Anspruch auf die Herrschaft über ein Gesamtjugoslawien aufgegeben.

Shadow spürte die Vorfreude der Menschen und, schwächer, die Angst vor diesem Schritt in die Unabhängigkeit. Kroatien war ein kleines Land mit sehr viel Grenze und unfreundlichen Nachbarn, mit Minderheiten, die Unruhe stiften konnten, mit einer zerstörten Wirtschaft und Infrastruktur. Und im Zweifelsfall trauten die Kroaten den Bosniern, Slowenen und Montenegrinern auch nicht weiter als den Serben, ein Misstrauen, das nur zu begründet war und auf Gegenseitigkeit beruhte.

Es würde eine fragile Unabhängigkeit sein, und genau dieses Gefühl verströmten die Menschen mit ihrer nervösen Vorfreude. Sie konnten noch nicht wirklich daran glauben.

Und auch Shadow hatte Zweifel. Es gab immer noch eine Atombombe, und wenn die fiel, so viel stand fest, würde die Zeremonie am Mittwoch ausfallen. Das Schlachten würde wieder beginnen und am Ende wären noch ein paar Zehntausend Menschen mehr tot. Und ein Verbrechen würde zwischen den Völkern stehen, das kommende Generationen nicht vergessen oder auch nur verzeihen könnten. Nicht hier.

Shadow war nicht der Mensch, der an Frieden glaubte. Zumindest glaubte er nicht, dass die Menschen auf Dauer Frieden halten konnten. Genauso wie jede Gesellschaft Räuber und Mörder hervorbrachte, die innerhalb der Gesellschaft wüteten, brachte sie Räuber und Mörder hervor, die sich andere Gesellschaften zum Ziel nahmen. Es war der natürliche Lauf der Dinge. Völkern ging es entweder zu gut oder zu schlecht, und nur selten ging es ihnen gerade so, dass sie andere in Frieden ließen. Entweder war es den Völkern langweilig, oder die inneren Probleme waren zu groß. In beiden Fällen hörten die Menschen gerne auf diejenigen, die ihnen einen Grund zum Hassen lieferten.

So war die Menschheit. So war sie schon immer gewesen, und so würde sie immer sein. Deshalb wollte er kein Teil von ihr sein, auch wenn er zumindest noch für ein paar Jahre gezwungen war, das Spiel mitzuspielen. Er hätte als Investmentbanker arbeiten können oder als Ingenieur. Er war gut mit Zahlen. Rechnen hatte ihm nie Probleme bereitet. Es geschah einfach, ohne dass er groß darüber nachdenken musste.

Aber er war noch besser darin, nicht anwesend zu sein. Und ethisch war der Job als Söldner für ihn vertretbarer als der in einer Bank. Als Söldner traf er auf bewaffnete Gegner. Auch wenn sie ihn beinahe immer viel zu spät bemerkten: Sie hatten ihre Chance.

Welche Chance hatte ein afrikanischer Bauer, der um seine Jahreseinnahmen gebracht wurde, weil ein Banker in New York auf sinkende Weizenpreise wettete? Welche Chance hatte ein amerikanischer Arbeiter, dessen Arbeitsplatz nach China verlegt wurde, weil die neuen Maschinen auch von ungelernten Wanderarbeitern bedient werden konnten?

Er verdiente Geld mit dem Tod? Wer nicht? Wer in der Maschine saß, der hatte keine Macht über die Entscheidung, ob er irgendwo am anderen Ende der Welt Menschen tötete. Er wusste es meist nicht einmal. Er wollte es nicht wissen.

Shadow hingegen wusste. Shadow tat es selbst. Es gefiel ihm nicht, aber es war wenigstens ehrlich. Und in vier Jahren, vielleicht fünf, würde er aus der Maschine aussteigen und für sie unsichtbar werden. Er würde sie weiter beobachten, ihrem Räderwerk bei der Arbeit zusehen, aber sie würde ihn nicht mehr bemerken, nichts mehr von ihm wissen, ihn langsam vergessen und ihm nichts mehr anhaben können.

Er würde nicht mehr schuldig werden müssen.

Dieser Gedanke beherrschte ihn, seit er als Zwölfjähriger beschlossen hatte zu verschwinden. Und bis vor zwei Jahren hatte der Gedanke in ihm nichts als Vorfreude ausgelöst.

Fox. Er würde sie vermissen. Sie würde nicht mitkommen, das wusste er. Sie gehörte nicht in seine Welt, seine Version von Frieden. Sie war kein Mensch, der Frieden wollte. Dafür hasste sie sich zu sehr. Sie war ein Sandkorn in der Maschine. Sie gehörte zu ihr.

Aber er liebte sie. Er wollte, dass sie ihren Frieden fand, irgendwann einmal. Und zu gerne hätte er ihr seine Version des Friedens als Hafen angeboten. Doch es war nicht ihr Hafen. Nicht für Fox. Und so würde er, wenn er verschwand, auf etwas verzichten, und damit hatte er vorher nicht rechnen können. Fox würde ihm fehlen. Er sah sie nicht oft, nur bei gelegentlichen gemeinsamen Einsätzen. Aber das reichte. Sie würde ihm fehlen, und er konnte sie nicht retten. Er durfte es nicht einmal versuchen.

Und jetzt lief sie mit diesem Reporter rum. Ja, er hatte die Blicke bemerkt, die Fielding Fox zugeworfen hatte. Er hatte gesehen, wie sie zurückgeschaut hatte. Es war zu offensichtlich.

Und dann war da Ivan, dem er nicht trauen durfte. Der etwas vorhatte. Ein Russe. Es war ein Fehler von A. I. M., auch Ausländer zu beschäftigen. Man wusste nie, was diese antrieb. Ein Russe. Kommunist. Shadow verstand Menschen, wenn er sie beobachtete. Ivan war anders. Ivan gefiel das Töten. Auch wenn er das nicht zugab. Auch, wenn er es vielleicht selbst nicht wusste. Ivan tötete gerne. Und Ivan war nicht auf ihrer Seite. Shadow wusste bloß noch nicht, ob Ivan auf Silevic' Seite war.

Aber er würde es herausfinden.

Eine kroatische Romanze

Zagreb, 8. Dezember 1995, 21:00 Uhr

Zu ihrer eigenen Überraschung freute sich Fox, als sie nachmittags ins Hotel kam und der Rezeptionist ihr eine Notiz von Fielding überreichte. „Z1, 22:00 Uhr“ stand auf dem Zettel, mehr nicht. Offenbar hatte er die Regeln begriffen: Er würde da sein, und ob sie kam, lag ganz bei ihr. Aber sie wusste sofort, dass sie da sein würde. Sie musste die Bilder verdrängen. Sie musste tanzen, lachen, vögeln. Und Fielding war ein angenehmer Mensch, der verstand und keine dummen Fragen stellte. Fragen wie: Wollen wir uns wiedersehen?

Natürlich brauchte sie ein wenig länger. Ein ausgedehntes Bad gegen das Gefühl, dass immer noch Blut an ihr klebte, und fünfzehn Minuten nackt in der Stille des Zimmers unter der frischen Bettdecke, damit ihr Körper wieder merkte, dass es mehr gab als Schweiß, Tränen, Schreie und Gestank.

Dann Ankleiden. Je weniger man anzog, desto sorgfältiger musste gewählt werden. Sie hatte immer ein paar Kleider dabei für den Fall, dass sie jemanden brauchte, Mann oder Frau, um schalem Tod überschäumendes Leben vors Gesicht zu halten. Heute Nacht würde sie leben. She would be dressed to live.

Es war bereits halb zwölf, als sie sich von einem Taxi vor der Diskothek absetzen ließ. Sie hatte nie Schwierigkeiten gehabt, irgendwo hineingelassen zu werden, egal, wie voll der Laden war. Und Freitagnachts um halb zwölf war das Z1 zum Bersten gefüllt mit den Reichen und Schönen Zagrebs, mit ausländischen VIPs und einigen wenigen, die zu keiner dieser Kategorien gehörten. Fox war schön, aber sie gehörte nicht nach Zagreb. Doch sie war so schön, dass jeder Türsteher, der sie abgewiesen hätte, sofort rausgeschmissen worden wäre. Sie stolzierte, wie sie es gewohnt war, einfach vorbei, ignorierte die Kasse, gab an der Garderobe ihren Mantel ab und fragte sich, wie sie in dieser Menge jemals Fielding finden sollte. Beziehungsweise, wie er sie finden wollte. Denn das war sein Job. Die Regeln sahen nicht vor, dass sie suchte. Sie wurde gefunden.

Fox erspähte einen freien Hocker an einer der drei Bars, bestellte sich einen Whiskey Sour und beobachtete dann die wie eine läufige Riesenamöbe pulsierende Masse auf der Tanzfläche. Der Whiskey Sour kam, ein junger Mann neben ihr übernahm ungefragt die Rechnung, und sie trank ihm zu. Er begann ein Gespräch, zunächst auf Kroatisch, dann, als Fox ihn aufklärte, in sehr brüchigem Englisch. Wie sich herausstellte, war er ein Idiot, der glaubte, Fox für einen Whiskey Sour kaufen zu können. Das Gespräch versiegte schnell, und dann kam Fielding. Zur Begrüßung küsste er sie auf den Mund, machte eine launige Bemerkung über ihre Verspätung, und sie wunderte sich ein wenig über sich selbst, dass sie dies nicht im Geringsten unangemessen fand.

Sie tanzten viel, tranken noch mehr, und Fielding verstand sich hervorragend auf jene kleinteilige Kunstform der Konversation, die durch einhundertzehn Dezibel notwendig wurde. Es war genau der Abend, den sie sich gewünscht, genau der Abend, den sie gebraucht hatte. Und obwohl das Gespräch bald auf ihr großes gemeinsames Thema kam, gelang es ihnen, die Details der Kampfeinsätze zu umschiffen und ruhen zu lassen.

Es war beinahe zwei, als sie den Club verließen und in einem Taxi in ihr Hotel fuhren.

„Ich hoffe, ihr findet Nummer drei bald", meinte Fielding jetzt, nachdem er sich im Taxi neben sie gesetzt und ihr den Arm um die Schultern gelegt hatte. „Ich möchte endlich die Story fertig haben und nach New York faxen. Und dann zurück."

„Da wäre ich an deiner Stelle ein wenig vorsichtig mit", antwortete sie, spürte, dass sie angetrunken war, und kuschelte sich in ihn hinein. Er roch wild, nach einer Mischung aus einem ihr unbekannten Parfüm und seinem männlichen Schweiß.

„Warum?"

„Ivan meint, das sei nicht alles. Er vermutet eine Falle. Und ich glaube ihm."

„Was für eine Falle?" Fielding runzelte die Stirn.

„Keine Ahnung. Auch Ivan weiß nichts. Aber bislang, meint er, ist alles zu glatt gelaufen. Zu wenig Widerstand. Zu viele Fehler auf der anderen Seite. Er kennt Silevic und weiß, dass der nicht so dumm ist."

„Hm! Da bin ich mal gespannt. Hat dein Freund häufiger solche Ahnungen?"

„Er ist nicht mein Freund. Aber er ist ein verdammt guter Kämpfer. Und sein Misstrauen hat ihn noch selten betrogen."

„Du meinst also, ich sollte, falls ihr Nummer drei findet, erst abwarten, wie's ausgeht?"

„Ich kann dir da nicht raten. Aber wäre doch blöd, du schickst deine Story nach New York, die drucken das – und im gleichen Moment platzt die eigentliche Bombe."

Fielding schwieg. Dann lachte er: „Ja, das wäre ziemlich blöd. Aber erst mal müsst ihr ja Nummer drei finden. Habt ihr schon eine Idee?"

Fox schüttelte den Kopf: „Nicht die geringste. Aber ehe ich dir jetzt alle unsere Geheimnisse verrate, sollten wir lieber andere Dinge machen, oder? Sind wir nicht bald im Hotel?"

Nicht einmal eine Minute nach ihnen verließ ein Mann das Z1, von dem sich die Türsteher fragten, wie er es überhaupt hineingeschafft hatte. Er war sicherlich nicht reich, schön schon gar nicht, und wenn er auch offensichtlich kein Kroate war, so war er doch auch kein VIP. Er war genau der Typ, der normalerweise selbst an Wochentagen, wenn der Laden halb leer blieb, die Tür nur von außen sah.

Shadow schaute dem Taxi hinterher. Er würde Fox beschützen.

Leck

Telefonat, abgefangen am 8. Dezember 1995, 17:00 Uhr

„Mr Chane?“

„Miss Poors? Sie sollten hier nicht anrufen!“

„Und Sie sollten aufhören, gegen die Interessen Ihres Landes zu handeln!“

„Nun …“

„Bringen Sie die Sache in Ordnung! Sie hatten keinerlei Autorisierung des Kongresses!“

„Nun, Miss Poors …“

„Guten Tag, Mister Chane!“

Richard Chane drückte den kleinen roten Knopf auf seinem Mobiltelefon. Sie wollte also ihren Hals retten. Klar, das Telefonat war aufgezeichnet worden. Ihr ging es nur darum, sauber aus der Sache herauszukommen. Dieses Telefonat war auf Band. Bei der CIA. Es gab andere Gespräche, die auch aufgenommen worden waren. Aber diese Bänder lagen nicht bei der CIA.

Egal, welches Schicksal ihn erwartete, Ginger Poors würde es nicht besser ergehen.

Nummer 3

Zagreb, 9. Dezember 1995, morgens

Um 9:30 klingelte das Telefon auf ihrem Nachttisch. Fox blinzelte eine Weile in die Morgensonne, die durch einen Spalt im Vorhang in ihr Zimmer fiel, und hob nach dem vierten oder fünften Klingeln ab.

„Ja?“ Ihre Stimme klang sehr ausgefranst, und sie räusperte sich erst einmal. „Entschuldigung.“

„Fox?“ Es war Kline. „Guten Morgen! Wir haben Nummer drei. In einer Stunde Meeting.“

Fox legte wieder auf und drehte sich auf den Rücken. Die Betthälfte neben ihr war leer. Fielding war irgendwann gegen fünf nach ein paar ziemlich wilden Stunden gegangen, nachdem er, wie schon beim ersten Mal, zunächst geduscht hatte. Was, wenn sie genau darüber nachdachte, nicht besonders höflich war. Aber er war ein Mann, der wusste, wie es ging. Vielleicht sollte sie ihn, wenn das alles vorbei war, in New York mal besuchen.

Sie schloss noch einmal die Augen. Viereinhalb Stunden Schlaf, zu viel Restalkohol und ein Kopf, in dem bei jeder Bewegung Sterne zersplitterten. Sie rollte sich aus dem Bett, den Kopf noch schwer von zu vielen Whiskey Sour, die Glieder zerschlagen, entweder auch vom Alkohol oder vom stundenlangen Sex. Dann schlappte sie ins Bad. Ein Blick in den Spiegel sagte ihr, dass sie eine Menge Arbeit vor sich hatte, bis sie wieder wie Fox aussah. Aber das war es wert gewesen.

Als sie siebzig Minuten und ein lebensrettendes Frühstück später den Konferenzraum betrat, fielen ihr zwei Dinge auf: ein merkwürdiger Blick von Shadow und dass Kline geradezu aufgekratzt schien. Er stand vorne, die Hände hinter dem Rücken und nervös auf seinen Fußballen wippend. „Ah, Fox, da sind Sie ja endlich. Gut. Wir können anfangen. Schauen Sie sich mal das an!“ Er betätigte einen Schalter am Tageslichtprojektor, und auf der Wand hinter ihm erschien die Faxkopie einer Kinderzeichnung. Sie erkannten sofort, was sie darstellte.

„Diese Zeichnung wurde mir heute Morgen zugespielt. Ich hoffe, es ist allen klar, was sie darstellt.“ Kline schaute in die Runde und erhielt zur Belohnung das gewünschte Nicken der drei anderen Anwesenden.

„Falls sich der Junge, der dies gezeichnet hat, also nicht zufällig genau die Konstruktion unserer Missile zusammenfantasiert hat, muss er sie gesehen haben.“

„Wo?“

„Im nördlichen Kosovo. Bci Leshak.“

„Das so gut wie Serbien“, grummelte Ivan.“

„Genau. Und deshalb gibt’s diesmal auch keine Begleitung durch die US Army.“

Sie schwiegen zunächst einmal. Seit einer Woche beschäftigten sie sich mit der Geografie in dieser Weltgegend, und deshalb wussten sie, dass sie diesmal tief auf Feindgebiet operieren mussten. Rund um das nördliche Kosovo lagen Serbien und Montenegro, und höchstens Albanien hatte ein Interesse, ihnen zu helfen. Aber die Berisha-Regierung war instabil und schwach, und die NATO konnte ihr nicht trauen.

„Ziemlich gute Zeichnung für Kind“, ließ sich Ivan jetzt vernehmen.

„Wie meinen Sie das?“

„Vielleicht Fälschung. Wie alt war Kind?“

„Acht.“

Ivan runzelte die Stirn: „Dann sehr, sehr gute Zeichner für acht Jahre."

„Mr Dolvich, wir haben das überprüft. Die Quelle ist absolut zuverlässig. Ich weiß, dass Sie irgendwo eine Falle vermuten. Sie haben das sehr klargemacht. Aber dies hier ist keine. Sie können uns da vertrauen."

Ivan schwieg.

„Wenn Serbien damit nichts zu tun hat, warum gehen wir dann nicht einfach mit großem Aufgebot rein, holen das Ding raus und überlassen es Serbien, die Peinlichkeit zu vertuschen?" Shadows Einwand war vernünftig, und deshalb wurde Kline jetzt ein wenig ausführlicher.

„In vier Tagen soll der Friedensvertrag unterzeichnet werden. Wenn wir jetzt einen Großeinsatz im Kosovo fahren, dann kriegt die Presse das mit, und dann ist Mr Fielding gezwungen, seine Ergebnisse sofort zu veröffentlichen."

„Und was", erkundigte sich Fox, „wäre daran so schlimm?"

„Als Erstes würde wahrscheinlich die Unterzeichnung des Vertrages ausgesetzt, bis die Rolle Serbiens vollständig geklärt ist. Das allein wäre aber noch kein Grund. Wir haben Anweisung aus dem Oval Office, die Sache so lange als streng geheim zu behandeln, bis der Präsident grünes Licht gibt."

„Warum das denn? Da draußen gibt's eine illegale Atombombe, und der Präsident tut so, als wäre es nur ein Fleck auf seinem Hobbykeller?"

„Weil, Miss Guzzman, der Präsident nicht möchte, dass Moskau unnötig Wind von der Sache bekommt. Sie können sich vorstellen, wie der Kreml reagiert, wenn er erfährt, dass es da ein illegales Waffensystem gibt."

„Der das längst weiß oder nicht verdient zu wissen."

Kline beachtete Ivans Einwand nicht. „Außerdem möchte der Präsident einige …" Er zögerte kurz. „… innenpolitische Dinge vorbereiten. Da kann er eine Veröffentlichung noch nicht brauchen."

„Er weiß also, wer das verbockt hat und will die Leute erpressen“, folgerte Shadow.

Ivan und Fox nickten. Was sonst! Es waren immer die Fehler, die Politiker gemacht hatten, wegen derer sie gerufen wurden. Dort, wo alle offiziellen Kanäle versagten, dort war ihr Arbeitsplatz. Sie waren die neunte Reihe auf dem Schachbrett, die dann zum Zuge kam, wenn es auf den offiziellen acht ungemütlich wurde.

„Gut, es ist also wie immer. Und ich will nach Hause. Lasst es hinter uns bringen. Wie gehen wir vor?“ Fox schaute Kline an.

Die neunte Reihe

Sie flogen mit zwei Helikoptern ein, von denen einer nur als Back-up und für die Luftsicherung vorgesehen war. Diesmal wollten sie die Rakete nur zerstören und nicht direkt abtransportieren. Es gab keinen Grund dazu, nachdem man ein vollständiges Exemplar ja bereits in die Hände bekommen hatte. Und deshalb mussten sie diesmal auch kein ganzes Gebäude säubern.

Es war ein Schuppen, wenn auch ein großer. Die Aufklärung hatte keine MG-Nester erkennen können. Wozu sollten sie auch da sein. Im Kosovo herrschte Frieden. Noch. MG-Nester hätten lediglich Aufsehen erregt. Das konnte Silevic momentan nicht brauchen.

Vermutlich bewachten zehn bis fünfzehn gegnerische Soldaten das Waffensystem, aber die würden sicher versuchen, einen aussichtslosen Kampf zu vermeiden. Mit ein wenig Glück, dachte Ivan, würden sie wieder verschwunden sein, bevor es zu einem größeren Kampf käme.

Die Untersuchung der erbeuteten Systeme hatte gezeigt, wie die Rakete am einfachsten funktionsunfähig zu machen war. „Die Sprengladung ist sicher gekapselt, da wird wenig passieren, wenn ihr einfach den Truck sprengt. Die Rakete wird damit unbrauchbar, da die Steuerungseinheit für den Start mit dem Truck zerstört wird", hatte Kline ihnen erklärt. „Die beiden gehören zusammen, damit die Rakete während der Startphase überwacht und nicht von außen gestört werden kann. Sämtliche Steuerungsimpulse werden durch einen 128-Bit-Schlüssel kodiert, den nur die beiden Systeme im Truck und in der Rakete kennen. Signale, die nicht mit diesem Schlüssel kodiert sind, werden nicht verarbeitet."

Als Kline in die fragenden Gesichter seiner Zuhörer schaute, vereinfachte er das Gesagte noch mal: „Truck und Rakete gehören zusammen. Man kann die Rakete nicht einfach auf einen anderen Truck laden. Dann funktioniert sie nicht mehr. Zerstört ihr den Truck, zerstört ihr das System. Falls Ihr genug Zeit habt, die Hauptplatine in der Rakete zu entfernen, dann tut das. Notwendig ist das aber nicht."

Der Plan war denkbar einfach. Sie würden vor dem Schuppen landen, die Tür aufsprengen und eine Panzermine auf den Truck abfeuern, bevor die Serben reagieren konnten. Falls sie doch auf Gegenwehr stießen, konnte das Feuer aus den beiden Helikoptern die Serben in Deckung halten, bis alles vorbei war.

Ivan mochte den Plan. Er war einfach und tat nicht so, als könnte er nicht schiefgehen. Jeder Plan konnte schiefgehen. Aber einfache Pläne gingen seltener schief, weil sie von weniger Voraussetzungen abhingen. Man musste nicht so häufig Glück haben.

Doch manchmal hatte man wenig Glück.

Sie flogen für viele Meilen unterhalb des Radars, wie sie das schon oft getan hatten. Fox versuchte noch ein wenig zu schlafen, aber die Gefahr machte die Männer aggressiv, und einer von Ivans Männern, ein junger Söldner namens Brenner, musste unbedingt reden. „Kann mir mal einer erklären, warum wir nicht einfach alle diese Scheiß-Kommunisten umnieten?"

„Weil das nicht Ziel, Brenner!", antwortete Ivan gereizt.

„Mal ehrlich: Wenn wir schon hier sind, dann können wir doch auch möglichst viele von den roten Ratten in die Kommihölle schicken, oder?"

„Maul halten, Brenner! Du machst, was ich befehle!"

„Ah, der große Dolvich! Du bist doch auch so ein Scheißkommunist, oder?"

Dolvich schwieg und schaute zur Seite. Er kannte das. Es geschah häufig, dass einer der Männer vor einem Einsatz durchdrehte, vor allem, wenn er noch jung und unerfahren war."

„Halt die Klappe, Brenner! Dolvich leitet den Einsatz. Fertig!“ Brenner gehörte zu Shadows Team, aber die Zurechtweisung war von Higgins gekommen. Shadow saß Ivan schweigend gegenüber und musterte den Russen.

„Woher weiß ich denn, dass der uns nicht längst verraten hat, hä?“, fuhr Brenner jetzt fort. „Oder die Tussi da, die den Journalisten fickt, was man so hört! Wahrscheinlich steht heute schon alles in der verfickten New York Times!“

„Welchen Journalisten fickt die?“

„Echt? Isser gut, Fox?“

„Darf ich auch mal? Wenn der Hänfling darf …“

Die Situation drohte außer Kontrolle zu geraten. „Ruhe!“, schrie Dolvich deshalb. Die Stimmen erstarben. „Nächste, der Fox beleidigt, steigt aus! Aber wir nicht vorher landen!“

Eine Pause entstand: „Und du, Brenner, meldest nach Einsatz bei mir! Klar?“

„Ja, Sir!“

„Für bessere Kontrolle du in mein Team. Adoube, Sie in Shadows Team!“ Ein riesiger schwarzer Söldner nickte schweigend. „Mueller, du auf Brenner aufpasst! Wenn er schießt auf Wehrlose, dann du schießt auf ihn!“

Mueller nickte, und Ivan starrte Brenner nieder, bis der seine Augen senkte. Die Stimmung war eisig, und niemand sprach für eine Weile. Ivan beobachtete Shadow, doch der tat so, als interessierte ihn das alles nicht.

„Ich habe den Reporter gekannt“, fing auf einmal der Pilot an. „Fielding, nicht wahr? Im ersten Irakkrieg. Ich brachte ein paar Verwundete von der Front ins Lazarett. Er war dabei. Glatter Lungendurchschuss. War ganz schöne Aufregung damals. War ja ein Prominenter. Hatte sich zu dicht ans Feuer gewagt. Man munkelte von friendly fire.“ Man hörte an der Stimme, dass der Mann grinste.

„Typisch. Ich hab einen gekannt“, ließ sich jetzt ein anderer vernehmen, „der wie in Hollywood-Filmen von Deckung zu Deckung gerannt ist, um seine Fotos zu machen. War'n Neuling. Ich hab ihm noch gesagt: Das Geheimnis des Überlebens ist es, sich möglichst wenig zu bewegen. Wer sich bewegt, wird gesehen! Hat ihn nicht interessiert. Keine zehn Tage später hat's ihn sein rechtes Bein gekostet."

Das Gespräch wandte sich dem Einsatz von Kriegsreportern zu, die, so der allgemeine Tenor, ziemlich einen an der Waffel hatten. Dann versandete das Gespräch langsam, als sie sich dem Schuppen näherten.

Shadows Trupp sprang als Erster raus und sicherte unter dem Helikopter nach allen Seiten. Dann folgte Ivan mit Mueller und Brenner. Sie liefen zum Tor der Wellblechscheune und sprengten es mit einer vorbereiteten Sprengladung auf. Bis genau hierhin hatte ihr Glück gehalten.

Doch der Schuppen war leer.

„Scheiße!", schrie Ivan. „Wo ist Missile?"

In diesem Moment fielen die ersten Schüsse. Eine Salve schlug in der Wand des Schuppens direkt über Ivans Kopf ein. Sofort war er unten. „Wo kamen her?"

„Können wir nicht sehen!", kam Shadows Antwort.

„Shadow, ihr da ohne Deckung. Steigt ein! Versucht, aufzuklären und auszuschalten!"

„Klar, Ivan!"

Sekunden später zog der Helikopter wieder hoch, um nicht ins Kreuzfeuer zu geraten.

„Wo sind die verdammten Bastarde?", hörten sie den Bordschützen über Funk. Fox und Shadow schwenkten die Läufe ihrer M4 über den nachtschwarzen Wald, in der Hoffnung, irgendwo Mündungsfeuer zu sehen, aber der Bewuchs mit Nadelhölzern war dicht, sodass sie kaum etwas erkennen konnten. Sie jagten ein paar Salven in den Wald und hofften, die Angreifer damit zumindest unten zu halten.

Ivan lag auf dem Boden und hörte, wie die nächste feindliche

Salve etwa einen halben Meter über seinem Kopf mit einem Peitschen in die Schuppenwand einschlug.

„Status, Jungs!“, rief er in das kleine Funkgerät an seinem Koppel.

„Okay hier“, hörte er Mueller. Ivan schaute in die Richtung, in der Mueller ihn zuletzt gesichert hatte, und er konnte die Umrisse des schmalen, ewig gut gelaunten Mannes links von ihm auf dem Boden erkennen.

„Brenner, was ist bei dir?“ Ivan wartete auf eine Antwort von John Brenner, aber das Funkgerät blieb still. Er wandte seinen Kopf nach rechts und konnte in der Dunkelheit nichts erkennen. „Scheiße! John antwortet nicht“, hörte er Mueller.

„Alles okay bei euch da unten?“, meldete sich der Pilot des Helikopters.

„Brenner antwortet nicht mehr. One man down!“, rief Ivan in das Mikrofon und duckte sich tiefer, als eine weitere Salve über ihm einschlug. Sie lagen in einer kleinen Senke, die sich an der Einfahrt des Schuppens gebildet hatte. Sie rettete ihm und Mueller momentan das Leben, aber sie ließ ihn auch nicht erkennen, wo das Feuer herkam.

„Ihr sehen, von wo Feuer kommt?“, fragte Ivan.

„Nein. Alles Fichten hier. Blickdicht. Moment mal …“

„Habt ihr sie?“

„Da ist eine Lichtung. Und da steht der Truck. Sean, siehst du ihn?“ Sean war der Bordschütze.

„Yep. Ausschalten?“

„Dafür sind wir hergekommen.“

Die lasergestützte Zielerfassung war das Letzte, was an diesem Tag einwandfrei funktionierte. Die Hellfire schlug im Ziel ein und zerstörte den Truck in einem gewaltigen Feuerball.

Ivan und Grumpy Mueller lagen flach auf dem Boden und versuchten immer noch, einen Kontakt mit Brenner herzustellen. Er hatte, als der Beschuss begann, einige Meter rechts von Ivan gestanden, oben auf der kleinen Bodenwelle, die die Einfahrt zum Schuppen begrenzte.

Die Salve, erinnerte sich Ivan jetzt, kam von links. Wahrscheinlich hatte sie Brenner voll erwischt. Aber er brauchte Gewissheit.

„Mueller?“

„Ja?“

„Ich nach Brenner sehen. Du gibst Deckung!“

„Okay.“

Ivan sah, wie sich Mueller links von ihm ein wenig aus der Senke robbte und seine M4 in Anschlag brachte. Er hatte befürchtet, dass sofort das Feuer eröffnet würde, aber nichts geschah. Mueller würde jetzt auch sehen, woher es kam. Es war also riskant, das Feuer zu eröffnen. Für beide Seiten, und auf der Gegenseite waren keine Anfänger. Sie warteten auf den sicheren Schuss. „Wie bisher eigentlich immer“, dachte Ivan und nahm sich vor, den Gedanken nicht zu vergessen.

Der Russe presste sich flach auf den Boden und arbeitete sich in die Richtung vor, in der er Brenner vermutete. Er benötigte nur wenige Meter, bis er den Körper des Mannes am Boden liegen sah. „Brenner?“, flüsterte er. Es gab keine Reaktion. Ivan kroch näher heran, bis er das Blut roch und Schlimmeres und den Mann berühren konnte. Er wusste sofort, dass John Brenner tot war. Er konnte es nicht sehen, aber er wusste, wie sich aufgerissenes, totes Fleisch anfühlte. „Scheiße!“, flüsterte er. „Brenner tot!“, gab er Mueller dann durch. Er untersuchte die Leiche noch, soweit ihm das möglich war, und wollte sich gerade auf den Rückweg machen, als die Feinde das Feuer wieder eröffneten. Diesmal aus einer anderen Richtung. Blitzschnell rollte Ivan sich hinter Brenners Leiche. „Hast du was gesehen?“, fragte er Mueller.

Muellers Feuerstoß links neben ihm gab die Antwort. Die Gegenseite antwortete mit weiterem Feuer aus einer dritten Richtung. Diesmal schlug es nicht in Ivans Nähe ein. „Fuck!“, hörte er über Funk.

Dann brach das Chaos im Funkgerät aus, denn der Hubschrauber ging runter.

Der Truck war gerade zerrissen worden, seine Teile noch nicht wieder alle zu Boden gefallen, als sie den Feuerschweif erkannten, der von links in einem weiten Bogen aus wenigen Hundert Metern auf den Helikopter zuschoss. Ein gewaltiger Schlag hinter ihnen ließ die Maschine erzittern. „Eine Stinger. Fuck! Die Scheißkerle haben eine Stinger! Das Heck!“, schrie der Pilot. Im selben Augenblick begann die Nighthawk zu trudeln. „Wir müssen runter. Mayday! Wir gehen runter!“

Das Drehmoment der Hauptrotoren ließ die sterbende Maschine immer schneller kreiseln, aber zum Glück war es nicht weit bis unten. Es war allerdings nicht einmal daran zu denken, noch eine Lichtung zu finden. Die Nighthawk setzte auf dem Wipfel einer großen alten Fichte auf, die sich unter dem Gewicht zur Seite neigte. Der Helikopter drehte sein von der Stinger zerfetztes Heck weiter, bis es in einer anderen, mächtigen Fichte einschlug und dort hängen blieb. Sie spürten den Schlag, dann kippte die Maschine, langsam zunächst, dann immer schneller nach links, wurde von einem weiteren Baumstamm abgefangen, an dem die Hauptrotoren abrissen und kam schließlich kopfüber zwischen zwei Bäumen eingeklemmt zum Liegen.

„Raus hier!“, schrie der Pilot.

Das war einfacher gesagt als getan, und sie konnten von Glück sagen, dass sie nicht noch gleichzeitig unter Feuer standen. Sean hatte es schwer erwischt. Ein abgebrochener Ast, so dick wie ein Kinderarm, hatte sich in seinen rechten Oberschenkel gebohrt. Er steckte in der Maschine fest. Der Rest schien bis auf ein paar Schrammen oder kleinere Schnittverletzungen unverletzt. Gurtschlösser klackten, und sieben Soldaten robbten aus einem Trümmerhaufen aus verbogenem Stahl.

Fox zog ihren Sanitätskoffer aus der zerstörten Maschine, während die anderen sechs versuchten, das Gelände rund um den Helikopter zu sichern. In etwa sechshundert Metern Entfernung hörten sie die Schüsse, mit denen Ivan in Deckung gehalten wurde.

Ziemlich weit unten in ihrem Koffer fand Fox, was sie suchte. Sie kehrte zurück zur Maschine. Der Gestank machte ihr klar, dass Treibstoff auslief.

Sean schrie, als Fox wieder in die Maschine kroch und der Trümmerhaufen unter ihr ein paar Zentimeter nachgab. Der Bordschütze steckte auf dem Ast fest, der ihn aus seinem Sitz gehoben hatte, sodass es aussah, als würde er schweben.

„Ich bin da“, versuchte Fox ihn zu beruhigen. Sie zwängte sich durch verbogenes Metall, herausgerissene Sitze und robbte durch Pfützen aus Treibstoff, eine Stabtaschenlampe in der rechten Hand. Es dauerte wahrscheinlich nicht viel länger als eine Minute, bis sie den Mann erreicht hatte, aber ihr kam es später wie Stunden vor. Dann steckte sie die Taschenlampe zwischen die Zähne, holte die Knochensäge hervor, die sie aus ihrem Koffer genommen hatte, und begann, den Ast dicht am Oberschenkel abzusägen. Die Wunde sah schlimm aus im Licht der Lampe, aufgerissen vom Eigengewicht des Mannes, aber es war wenig Blut zu sehen. Sie würde Sean dennoch eine Binde anlegen müssen, denn wenn die Oberschenkelarterie verletzt war, dann konnte er auch ohne größere äußere Blutung sterben. Ein Oberschenkel fasste sehr viel Blut.

Nach weiteren vier Minuten, in denen sie in unbequemer Pose an dem Ast herumsägte, hatte sie es geschafft: Er brach, und Sean fiel stöhnend auf seinen Sitz zurück. Er war noch immer bei Bewusstsein.

„Sean, wir müssen hier raus. Hier ist alles voller Treibstoff. Ein Funke, und das Teil geht hoch. Kannst du mir helfen?“

„Ich versuch’s!“ Die Stimme hatte kaum noch Kraft. Der Mann war nah an einer Ohnmacht.

Plötzlich schlugen Schüsse in das Gehölz über ihnen ein. Sie wurden erwidert und verstummten schnell. Die Frage war, wie lange. „Beeilung!“ Sie nahm Sean in den Rautek und legte ihn so erst mal flach auf den Boden. Dann setzte sie sich hinter ihn, hob Seans Oberkörper leicht an, und fasste mit ihrer Rechten unter seiner Achsel hindurch seinen rechten Unterarm.

Dann begann sie ihn zu ziehen. Mit ihrer Linken zog sie sich und den Soldaten vorwärts und spürte, wie Sean versuchte, mit seinem unverletzten linken Bein zu helfen. „Scheiße, Fox", stöhnte er. „Das hatte ich mir romantischer vorgestellt: Wir zwei, allein im Gebüsch!"

„Spar dir die Kraft, Sean. Wir sind nicht allein." Das passierte häufig: Wenn es wirklich eng wurde, dann machten die Jungs noch einen anzüglichen Witz. Gespensterjagd ….

Sie spürte, wie die Kraft mit jedem Hindernis, das sie überwanden, aus ihm wich. Und ihre reichte kaum aus, um den schweren, durchtrainierten Körper des Mannes zu ziehen.

Sie hatten es beinahe geschafft, als er „Fox" sagte und unvermittelt erschlaffte. „Hilfe! Ich brauche hier Hilfe!", schrie sie nach draußen. Eine Salve schlug wieder über dem Wrack ein. Diesmal wesentlich näher. Sie betete zu dem Gott, an den sie nicht glaubte, dass kein glühendes Stückchen Holz nach unten fiel. Und dann war der Pilot bei ihr. Gemeinsam zogen sie den Ohnmächtigen aus dem Wrack. „Er ist voller Kerosin. Er muss weg hier!" Gemeinsam begannen sie, durch das Unterholz, Sean vom Wrack fortzuziehen.

Ivan hatte dem Chaos, das dem Absturz des Helikopters folgte, über Funk gelauscht, auf den Boden gepresst und Brenners Leiche als Deckung nutzend. Dann hörte er Grumpys Stimme wieder.

„Dolvich?"

„Was gibt's?"

„Mich hat's erwischt, Mann."

„Schwer?"

„Weiß nicht. Rechte Schulter. Der Arm tut's nicht mehr. Ich kann nicht mehr schießen."

„Да нас сейчас завалят, ебанарот!"* Ivan fluchte laut in die Nacht. Spätestens jetzt würde die Gegenseite wissen, dass hier ein Russe saß. Wozu immer das gut sein konnte …

* *„Sie werden uns alle töten, verdammt!"*

„Was?"

„Nichts. Russischer Fluch!"

„Versuch zurückzukommen! Ich kann dir nicht mehr helfen und gehe wieder in Deckung."

„Okay."

Ivan hatte so etwas schon früher gemacht. Es kostete Kraft, aber es war nur für ein paar Meter. Und Brenner war sowieso schon tot. Er rollte den Leichnam auf die Seite, sodass er mit dem Rücken zu Dolvich lag. Dann griff Ivan mit der Linken ins Koppel des Toten und begann ihn rückwärtszuziehen. Die Bewegung würden sie wahrscheinlich sehen können, aber die Leiche bot zumindest ein bisschen Deckung.

Eine Salve strich vielleicht dreißig Zentimeter über ihn hinweg, dann hatte er die Senke wieder erreicht. Mueller war schon da.

„Wie geht es dir?"

„Keine Ahnung. Wird schon wieder werden. Muss ich 'ne Weile mit links wichsen." Sein Atem ging schwer, und Ivan hörte ein hässliches Rasseln. Aber es war zu dunkel, um irgendetwas erkennen zu können.

„Du brauchst Sani!"

„Ja, aber Fox ist nicht hier!"

„Der Heli ist unten."

„Hab ich mitgekriegt."

Ivan griff zum Funkgerät. Fox musste irgendwie zu ihnen kommen. Es war 2:17 in der Nacht, als es hell wurde.

Sie hatten etwa fünfundzwanzig Meter zwischen sich und den Hubschrauber gebracht, als eine Kugel in das Wrack einschlug und es in einem gigantischen Feuerball explodieren ließ. Die Hitze entflammte gleich noch zwei weitere Bäume, und brennende Äste fielen auf sie herab. „Weiter!", schrie Fox. „Schnell!" Das Unterholz schien hier weniger dicht, also stand sie auf, nahm den Verwundeten wieder in den Rautek und zog ihn, so schnell sie konnte und ohne auf den Beschuss zu achten, von der Absturzstelle fort. Sie hatten Glück: Kein Funke entzündete Seans oder Fox' kerosingetränkte Bekleidung.

„Sie werden uns sehen, im Feuerschein!", rief einer über Funk. „Mal sehen, wie lange noch", flüsterte eine Stimme zurück. „Bleibt so lange unten oder zieht euch ein wenig zurück!" Es war Shadow. Er hatte die Aufregung genutzt und war schon auf dem Weg in die gegnerische Stellung.

„Wie ist Lage?", kam jetzt Ivan über Funk. „Ich brauche Fox hier!"

„Sean ist schwer verletzt", funkte Fox zurück, „und braucht dringend einen Arzt. Der Rest ist okay. Wir stehen unter Feuer. Der Heli ist hinüber, und zwischen uns liegt eine knappe halbe Meile Feindgebiet. Ich kann nicht zu euch rüberkommen."

Ivan brauchte ein paar Sekunden, um die Situation komplett durchzudenken. Er und Mueller waren abgeschnitten, Mueller verletzt, Brenner tot. Der Rest saß mitten in einem Wald, in dem sich niemand von ihnen auskannte. Und auf der anderen Seite befanden sich keine Dummköpfe, sondern offenbar gut geschulte, erfahrene Kämpfer, die hier zu Hause waren.

Allerdings hatten sie die Rakete zerstört. Sie würden also vielleicht posthum noch geehrt werden.

Sie hatten noch einen Nighthawk als Back-up. „Mueller", murmelte Ivan jetzt, „wie schlimm? Du durchhältst?"

Er bekam keine Antwort. Mueller rührte sich nicht mehr. Ivan kroch zu ihm hinüber und drehte ihn auf die Seite. Im schwachen Mondlicht konnte er die gebrochenen Augen des Soldaten deutlich erkennen.

Damit war es entschieden.

Shadow kam zurück und schüttelte den Kopf. „Zu viele. Zu gefährlich. Drei Gruppen, mindestens, mit je sechs bis acht Soldaten. Sturmgewehre, drei MGs, ein Stinger-Startsystem. Keine Ahnung, ob die noch Raketen haben. Sie sichern in alle Richtungen. Wir sitzen fest."

Fox kontrollierte den Puls des Ohnmächtigen. Er flog nur so dahin. Sie musste das Bein abbinden. „Gib Ivan Bescheid, er muss eine Entscheidung treffen! Der Mann hier braucht einen Arzt, sonst ist er der nächste Tote!"

Doch Ivan meldete sich von selbst: „Nighthawk 2, hol Leute raus! Bei Feuer. Und kein Risiko! Hört ihr: Das ist Befehl! Shadow, du holst Nighthawk 2 zu euch." Seine Stimme ließ keinen Zweifel daran, dass er es ernst meinte. „Kein Risiko! Mueller und Brenner tot, ich bleibe zurück. Das ist Befehl. Shadow jetzt Kommandeur!"

„Ivan, du bist wahnsinnig!"

„Nein. Ihr mich hier nicht rauskriegt. Zweiter Heli dann auch verloren. Freies Schussfeld auf euch, wenn versucht. Lasst mich hier! Ich mich mit Silevic treffen, wenn geht gut."

„Wir holen dich raus!"

„Negativ. Hier Beschuss von drei Seiten. Ich mich ergebe, wenn ihr raus. Ich kann Serbisch!"

Der Pilot legte Fox eine Hand auf den Unterarm: „Er hat recht. Silevic wird ein schönes Lösegeld für ihn kriegen. Er kennt das Geschäft. Wir haben drei Leute verloren. Aber noch sind acht gesund, und der Neunte kann überleben."

Fox schüttelte den Kopf: „Wir lassen Ivan nicht hier!"

„Wir sind nicht die verdammten Navy-Seals, Fox", knurrte Shadow. „Wir lassen auch mal jemanden zurück, wenn alles andere sinnlos ist."

Er hasste den Gedanken, dass ausgerechnet Ivan der Mann war, den er zurückließ. Wenn es einen gab, dem er nichts schuldig bleiben wollte, dann war es Ivan.

Dann hörten sie die Rotoren des Back-ups. Er flog dicht über den Baumwipfeln, um weiteren Attacken zu entgehen, und es war nicht schwierig, die Soldaten zu finden. Eine riesige Fackel wies den Weg.

Ab jetzt klappte wieder alles so, wie Ivan es geplant hatte.

Verrat 3

Telefonat, 11. Dezember 1995, 8:14 Uhr

„Hier ist Puschkin."

„Nabokov hier!" Colonel Parker fand das Namensspiel albern, aber die Gegenseite hatte damit begonnen. Puschkin, das war der junge Mann aus Alabama, der seine Spielsucht mit serbischen Geldern behandelt hatte und vor wenigen Tagen aufgeflogen war.

„Ihr habt einen faulen Apfel im Keller."

„Welche Sorte?"

„Miroslav!" Na bitte! Der Mann war gut.

„In welcher Kiste?"

„Das müsst ihr selbst herausfinden."

Parker legte auf. Miroslav war Teil ihrer Organisation. Kline würde begeistert sein. Er stützte kurz die Stirn in die Hände, schloss die Augen und griff dann wieder zum Hörer.

Ein Amerikaner in Belgrad

Belgrad, Anfang August 1995

Fielding hatte, das musste er sich eingestehen, eine Menge Zeit verschwendet, in der Hoffnung, nicht selbst nach Serbien zu müssen. Ihm ging es um Chane, nicht um die Erledigung irgendwelcher durchgeknallter Warlords auf dem Balkan. Er hatte versucht, die Beweiskette in den USA zu schließen.

Es war nicht so, dass er keine Fortschritte gemacht hätte. Er hatte das Protokoll des angeblichen Meetings von Ginger Poors, und jeder, der ein bisschen von Politik verstand, konnte sehen, dass dieses Protokoll eine Fälschung war.

Er hatte HEL von einer Detektei beobachten lassen, hatte einen Hacker beauftragt, ihre Konten auszuspähen, hatte versucht, U-Boote in ihrer Entwicklungsabteilung aufzutun. Aber letzten Endes fand er überall nur geschickt verwischte Spuren. Seltsame Transaktionen endeten im Nirgendwo, verdächtige Besuche ließen sich plausibel anders erklären, und die Ingenieure verfügten über einen nicht unerheblichen Korpsgeist.

Es gab kein Eindringen in diese Welt. Und für ihn war schon jeder Versuch gefährlich.

Er versuchte sogar noch einmal, den Mann ausfindig zu machen, von dem er die erste Information bekommen hatte, aber selbst an dieser Front kam er nicht weiter. Der Mann schien wie vom Erdboden verschluckt.

Am 29. Juli starb Joy Mahler, und eine weitere potenzielle Quelle verstummte.

Was er hatte, war dürftig: ein gefälschtes Protokoll, eine Zeugenaussage, dass Ginger Poors möglicherweise an einem bestimmten Tag in Pennsylvania gewesen war, eine Zeugenaussage, dass möglicherweise auch ein gefährlicher Killer am selben Tag dort gewesen war, ein Mord, der möglicherweise in der Nähe und an diesem besagten Tag geschehen war, eine Verbindung von diesem Mord zu Richard Chane und eine Verbindung von diesem zur 'Ndrangheta, die nicht ungewöhnlich war, da jeder, der in Gioia Tauro Waren umschlagen ließ, mit ihr in Verbindung stehen musste.

Und die Aussage eines ihm namentlich Unbekannten, der angeblich bei HEL arbeitete und von einem Deal zwischen Chane und besagtem Killer erzählt hatte, bei dem es um Atomwaffen ging, deren bloße Existenz HEL sofort dementieren würde.

Wenn er das veröffentlichte, dann würde man ihn auslachen. Für das gefälschte Protokoll würde Poors ein Dutzend gute Erklärungen aus dem Ärmel schütteln können, ohne auch nur darüber nachdenken zu müssen. Sie war auch nie in Landenberg gewesen, und die ältere Dame musste sich einfach geirrt haben – durch zwei Glasscheiben hindurch, da kann es leicht zu Spiegelungen und Verzerrungen kommen. Miroslav? Ein Phantom, das – wie das FBI zuweilen vermutete – gar nicht existierte, sondern nur benutzt wurde, um Operationen des organisierten Verbrechens zu tarnen. Der Mord? Einer von Hunderten, die jedes Jahr geschehen und unaufgeklärt bleiben.

Und die Legalität oder Illegalität des wirtschaftlichen Konstruktes HEL mussten kompetentere Leute beurteilen. Das war nicht sein Thema.

Aber dann war da noch der Besuch von Richard Chane in Gioia Tauro und sein Treffen mit Piromalli. Warum sollte Chane ein solches Risiko eingehen, einen mit internationalem Haftbefehl gesuchten Capo persönlich zu treffen?

Und Fielding wusste, dass sein Informant nicht gelogen hatte. Dafür passten einfach zu viele andere Beobachtungen aus der Zeit. Er wusste, dass die Frau in Landenberg wirklich Ginger Poors gesehen hatte. Er wusste, dass da irgendwo eine gigantische Schweinerei lief. Er wusste, dass es bald – buchstäblich – einen gigantischen Knall geben konnte. Und er hatte die Geschichte, aber sie zerrann ihm zwischen den Fingern.

Fielding starrte auf den Monitor. „Es hilft nichts, Jonah", murmelte er seinem schemenhaften Spiegelbild zu, „Du musst auf diesen beschissenen Balkan."

Also reiste Fielding am 3. August mal wieder nach Europa, und diesmal nicht ins friedlich-kriminelle Italien, sondern ins manisch-depressive, völlig dem Wahnsinn verfallene, suizidale ehemalige Jugoslawien.

Seine umfangreichen Kontakte reichten bis zu einem ehemaligen Armeeoberst im Geheimdienst der längst aufgelösten jugoslawischen Streitkräfte. Aber Stanko Zlatkovic war seit drei Jahren pensioniert, und Fielding hatte nicht die geringste Ahnung, wo sich Zlatkovic aufhielt – oder ob er überhaupt noch lebte. Unter der alten Telefonnummer hatte sich nur eine ältere Frau gemeldet, die mit dem Namen nichts anfangen konnte, wenn er ihr radebrechendes Englisch richtig verstanden hatte.

Aber Zlatkovic hatte Belgrad immer geliebt, und er wäre, wenn er noch lebte, nicht fortgezogen.

Fielding war ungeduldig geworden in den letzten Wochen, als nichts so recht vorwärts ging. Sein Plan war es nun, sich nicht zu verstecken. Die offiziellen Stellen sollten ruhig wissen, dass sich ein Reporter der New York Times in der Stadt aufhielt und unangenehme Fragen stellte. Er quartierte sich im Hyatt Regency ein und begann am nächsten Morgen unmittelbar nach einem amerikanischen Frühstück mit der Recherche. An der Rezeption suchte ein freundlicher junger Mann für ihn sämtliche existierenden Stanko Zlatkovics aus dem Telefonbuch heraus. Es waren elf, aber eine Stunde und elf Telefonate später wusste Fielding, dass keiner von ihnen sein Bekannter war. Einer allerdings hatte noch einen Onkel gleichen Namens, der Armeeoberst gewesen war und der jetzt in einer kleinen Wohnung ohne Telefon lebte. Er wollte versuchen, ihn zu erreichen. Fielding hinterließ seine Adresse im Regency und machte sich auf den Weg.

Es konnte auf Zlatkovic warten, aber die Hoffnungen, die er in den alten Kontakt setzte, waren ohnehin nicht besonders groß. Der Mann war aus dem Geschäft, seine alten Kontakte ebenfalls alt – und mit dem jetzigen Bürgerkrieg hatte Zlatkovic nichts am Hut. Er war ein großer Verehrer Titos gewesen und ein wahrer Gläubiger der Verschmelzung der serbokroatischen Völker. Für ihn brach mit diesem Krieg seine Welt zusammen. Wahrscheinlich war das der Grund, warum er sich zurückgezogen hatte und nicht einmal Telefon besaß.

Es gab nicht allzu viele Möglichkeiten, in Kontakt mit den serbischen Partisanenorganisationen zu treten. Sie wurden natürlich in Belgrad von der Armeeführung koordiniert, aber jede dieser Gruppierungen war nur in begrenztem Maße steuerbar. Sie waren eher im Volk verankert als im Apparat. Und Ante Silevic war beides: Volksheld und der unabhängigste aller Warlords.

Aber von Zlatkovic wusste Fielding noch, wo sich Agenten in dieser Stadt trafen, wie sie sich untereinander zu erkennen gaben, und er hoffte, dass sich das nicht geändert hatte. Der Treffpunkt war, wie in so vielen Städten, in einem Park. Der Kalemegdan lag an der Mündung der Dave in die Donau und befand sich auf dem Glacis, dem Schussfeld der ehemaligen Festung Beograd. Fielding näherte sich von Südosten, schlenderte am Denkmal zum Dank an Frankreich vorbei und hielt auf den Sieger zu, einen Brunnen, in dessen Mitte sich eine hohe Säule erhob, die von einem nackten Mann gekrönt wurde: in seiner Rechten ein Schwert, in der ausgestreckten Linken eine Taube.

Ganz offensichtlich überforderte diese Metapher die kognitiven Fähigkeiten führender Politiker der Balkanvölker.

Fielding suchte sich eine Bank, von der aus er den Platz einigermaßen komplett beobachten konnte, und setzte sich. Normalerweise dauerte es nicht lange, bis man geeignete Kandidaten fand, Männer oder Frauen, die bestimmte Dinge taten, die für sich betrachtet alle unverdächtig waren, die aber in ihrer Gesamtheit ein Bild ergaben. Jeder setzte sich einmal auf eine Bank, selbst wenn diese bereits besetzt war. Jeder wechselte auch mal ein paar Worte mit seinem Banknachbarn. Aber Fielding wusste auch, wie selten das vorkam, wenn es sich nicht gerade um ältere Damen handelte. Die Wahrscheinlichkeit, eine einzelne solche Szene zu beobachten, mag noch akzeptabel groß sein, ohne dass sofort irgendwelche Agentenfilme im Kopf losgingen. Aber wenn man innerhalb einer Stunde zwei solcher Szenen sah, dann konnte man sehr, bei dreien absolut sicher sein.

Fielding hatte vor sieben Jahren mit Zlatkovic hier gesessen und vier beobachtet – in fünfundvierzig Minuten. Der Ostblock wackelte damals, Gorbatschow versuchte, die UdSSR auf eine postdiktatorische Phase vorzubereiten, und Belgrad war zum Dreh- und Angelpunkt inoffizieller Diplomatie zwischen Warschauer Pakt und NATO geworden.

Also saß er jetzt dort und tat so, als genieße er den Sommertag, der dafür viel zu heiß war. Und nach etwa einer Stunde wurde ihm klar, dass er vergeblich hierhergekommen war. Nichts geschah. Nicht eine verdächtige Kombination. Niemand, der sich mit seinem Banknachbarn unterhielt, ohne den er hier angekommen war. Fast ausschließlich ältere Leute im Rentenalter, ein paar junge Mütter mit Kinderwagen, ein paar ältere Kinder und ein Liebespaar. Das war alles.

Die Agenten hatten sich offenbar einen anderen Platz gesucht. Das war ein schwerer Schlag für Fielding. Wenn Zlatkovic jetzt nicht wenigstens wusste, wo sie sich momentan trafen, dann hatte Fielding kaum noch eine Möglichkeit, ohne großes Aufsehen zu erregen in Kontakt mit Silevic zu kommen. Denn darum ging es ihm. Er wollte direkt in die Höhle des Löwen.

Zlatkovic wartete schon auf ihn in der Lobby des Hotels. Der Oberst war alt geworden: Sein Gesicht war grau, seine Haare schlohweiß, und er saß leicht vornübergebeugt vor Fielding, der ihn schnell begrüßte, bevor der alte Mann mühsam versuchen würde, sich aus

Höflichkeit zu erheben. „Jonah! Wenigstens einer, der sich noch an mich erinnert!“ Der alte Mann schüttelte Fieldings Hand.

„Herr Oberst! Vielleicht erinnern sich mehr an sie. Aber so, wie Sie sich verstecken …“

„Ach …“ Zlatkovic winkte müde ab. „Was soll ich dazu sagen? Mit mir will keiner mehr etwas zu tun haben. Ich bin ihnen nicht patriotisch genug. Du siehst ja selbst, was mit meinem Land geschehen ist!“

„Es tut mir leid!“

„Ja“, sagte der alte Mann sarkastisch, „das tut es uns allen. Zumindest behaupten das alle. Und am lautesten diejenigen, die es gerade zerstören.“

„Darf ich Ihnen einen Kaffee bestellen, Herr Oberst?“

Ein schwaches Lächeln überflog das Gesicht des alten Mannes. „Ja, gerne. Aber du musst zahlen. Ich selbst kann mir keinen mehr leisten, seit sie den Dinar zerstört haben.“

„Mit Geschmack?“

„Du meinst, ein kleiner Šljivovica dazu? Gerne!“ Ein lustiges Funkeln in den Augen des alten Mannes erinnerte Fielding an den wuchtigen, aufrecht dastehenden Oberst, als den er Zlatkovic einst erlebt hatte. Das war gerade fünf Jahre her.

Fielding bestellte die Getränke, und nachdem sie gebracht worden waren, ließ er den alten Mann erst einmal trinken.

„Warum bist du hier, Jonah?“, fragte Zlatkovic, nachdem er am Schnaps genippt und die Tasse Kaffee wieder zitternd auf der Untertasse abgestellt hatte.

„Ich brauche Informationen über einen Mann. Vor allem Informationen, wie ich ihn treffen kann.“

„Ich bin aus dem Geschäft, mein Junge.“

„Ich weiß, aber vielleicht gibt es noch ein paar alte Kontakte. Ich war heute beim Sieger …“

Zlatkovic winkte ab. „Die sind heute alle beim Dank an die Franzosen.“

Fielding lachte. „Daran bin ich vorbeigelaufen. Wenn ich das gewusst hätte …“

„Wen willst du sprechen? Vielleicht kann ich dir ja doch helfen.“

„Silevic.“

Zlatkovic musterte den Amerikaner lange, ohne eine Miene zu verziehen. „Lass die Finger davon!“, sagte er dann.

„Nehmen wir mal an, das ginge nicht. Nehmen wir mal an, fürs Die-Finger-davon-Lassen hätte ich den falschen Beruf.“

„Dann würde ich dir immer noch raten, die Finger davon zu lassen. Silevic ist eine Nummer zu groß für dich. Für jeden!“

„Sie kennen ihn also!“

„Es war mein Beruf, ihn zu kennen. Und ich sage dir, so gefährlich der Mann ist, so groß ist er auch. Verblendet vielleicht. Aber groß. Er kennt keine Skrupel, keine Angst und, was vielleicht am wichtigsten ist: keine Eitelkeit. Er spricht sicher nicht mit amerikanischen Journalisten.“

„Das möchte ich von ihm selbst hören. Herr Oberst, Sie haben mir mal versprochen, dass ich einen Wunsch bei ihnen freihätte. Wegen Irina.“

Irina war eine Tochter Zlatkowics, die als Touristin in die USA gereist und in Washington wegen angeblicher Spionage verhaftet worden war. Die ganze Aktion hatte dazu dienen sollen, über ein zusätzliches Faustpfand bei einem Agentenaustausch zwischen Jugoslawien und den USA zu verfügen. Irina war keine Agentin, aber die CIA meinte, es wäre ein langer Hebel, eine Tochter des jugoslawischen Verhandlungsführers in der Hand zu haben. Fielding hatte gedroht, die Geschichte an die Öffentlichkeit zu bringen, und Irina war schnell wieder freigelassen worden.

Der alte Mann rührte nachdenklich in seiner Kaffeetasse und schwieg eine Weile. „Hör zu“, sagte er dann, „gib mir ein paar Dollar, sodass ich telefonieren kann. Ich kann dir nichts versprechen, aber immerhin kann ich herausfinden, ob es überhaupt einen Zweck hat. Mehr kann ich für dich nicht tun.“

„Ich bin sicher, dass Sie Ihr Bestes geben werden!“

„Die Frage ist nur, mein Junge, ob das noch gut genug ist. Es wird ein paar Tage dauern. Kann sein eine Woche. Wo wirst du dann sein?“

„Hier. Ich gehe nicht weg!“

Ein Geschäftsessen

Belgrad, 10. August 1995

Das Mädchen, das er sich über den exklusiven Escort-Service hatte kommen lassen, den man dem Concierge für einen Hunderter entlocken konnte, schlief noch, als das Telefon an seinem Bett klingelte. Er blickte müde auf den Wecker: Viertel vor sieben. Seit sechs Tagen wohnte er jetzt in diesem Luxushotel und war zum Nichtstun verdammt. Seit drei Nächten bestellte er sich die Mädchen. Wozu hatte er ein üppiges Budget?

Er nahm den Hörer ab: „Fielding."

„Jonah, hier Zlatkovic. Ich habe einen Kontaktmann aufgetan, der dich sehen will. Aber er will erst mal wissen, um was es geht!"

„Um ein Interview der New York Times mit einem der wichtigsten Männer, die es derzeit auf dem Balkan gibt."

„Und was willst du ihn fragen?"

„Ich will wissen, wie er sich einen zukünftigen friedlichen Balkan vorstellt. Wir wollen wissen, ob aus dem Kriegsherrn ein Politiker werden kann." Fielding war auf diese Spielchen vorbereitet.

„Mein Kontaktmann fragt, warum ihr das nicht einfach telefonisch macht."

„Sagen Sie ihm, für die New York Times gehört ein Besuch vor Ort dazu, damit die Antworten des Gegenübers wirklich verstanden werden können. Außerdem muss die Identität des Interviewten zweifelsfrei geklärt sein. Antworten eines Strohmannes interessieren uns nicht!"

„Gut. Ich melde mich wieder."

„Sie sind eine große Hilfe, Herr Oberst!“ Aber der hatte schon aufgelegt.

Das Mädchen links neben ihm regte sich, gähnte und lächelte ihn an. Er schaute auf sie hinunter. „Ich habe bis zum Frühstück bezahlt, oder?“

„Dann komm“, sagte sie und streckte ihm ihre Arme entgegen.

Der nächste Anruf kam um elf.

„Sie wollen dich sehen. Testen. Überprüfen.“

„Können sie haben. Wo und wann?“

„Sie holen dich ab. Warte auf deinem Zimmer!“

„Ich mache seit Tagen nichts anderes!“ Irrte er sich, oder klang Zlatkovic nervös? War er es selbst? Endlich kam er weiter! Er schaltete den Fernseher ein und schaute serbisches Staatfernsehen. Irgendeine Dokumentation über die Fauna irgendeines Gebirges in Südosteuropa. Ungeduldig zappte er durch die etwa zwanzig Programme und blieb bei der Aufzeichnung eines Fußballspiels hängen. Seitdem er mal eine Reportage über einen Slum-Club in Buenos Aires gemacht hatte, liebte er diesen Sport und bedauerte, so wenig davon im amerikanischen Fernsehen sehen zu können.

Er hatte keine Ahnung, wer die Mannschaften waren, aber das technische Niveau war sehr ansehnlich, und ein paar Tausend Zuschauer saßen im Stadion. Am Ende ging die Partie 1:1 aus, und er hatte immer noch keine Ahnung, um was es dabei gegangen war.

Er schaltete den Fernseher aus und starrte auf den dunklen Bildschirm. So langsam verspürte er Hunger, und er hatte sich gerade entschieden, sich etwas zu essen aufs Zimmer bringen zu lassen, als das Telefon wieder schellte. Es war der Empfang: „Mr Fielding, Sie werden hier unten erwartet von einem Mr Zlatkovic.“

Der Oberst trug denselben, früher einmal guten, inzwischen jedoch arg abgewetzten grauen Anzug wie letzte Woche. Wahrscheinlich war es sein einziger. Er nickte Fielding nur kurz zu, und gemeinsam verließen sie das Foyer. Draußen erkundigte sich der alte Mann: „Jonah, hast du dir das gut überlegt?“

„Ich kenne das Risiko, Herr Oberst!“

„Na gut! Ich werde dich zu einem Restaurant bringen. Dort wartet ein Mann, Mitte dreißig, eher unauffällige Erscheinung. Du erkennst ihn an einem weinroten Jackett. Ich bin damit raus. Aber ich bete für dich.“

Es war nicht weit. Sie bogen in eine kleine Nebenstraße ein, die in eine weitere Hauptstraße führte, und wenige Hundert Meter weiter erreichten sie ein Restaurant, dessen Namen Fielding wegen der serbokroatischen Schriftzeichen nicht entziffern konnte.

Er fand alles so, wie Zlatkovic es ihm beschrieben hatte. Als Fielding auf den kleinen Tisch an der Rückwand des Restaurants zusteuerte, an dem ein einzelner Herr mit weinrotem Jackett saß, erhob sich dieser und begrüßte Fielding in akzentfreiem Englisch, aber ohne ihm die Hand zum Gruß anzubieten: „Mr Fielding? Sehr erfreut, Sie kennenzulernen. Bitte nehmen Sie doch Platz!“

Fielding setzte sich. Ein Kellner kam herbei, und der Mann gab die Bestellung auf. „Ich habe für Sie mitbestellt, wenn Sie nichts dagegen haben“, erläuterte er, nachdem der Kellner sich wieder entfernt hatte, ohne sich überhaupt an Fielding zu wenden.

„Zum Geschäft: Wer sind Sie?“

„Jonah Fielding, Reporter bei der New York Times.“

Der Mann nickte, sagte aber nichts, sondern schaute Fielding eine Weile schweigend an. Schließlich sagte er:

„Der Mann, den Sie sprechen wollen und dessen Namen wir hier und jetzt nicht erwähnen werden, hat wenig Interesse an einem Gespräch mit Ihnen. Ich bin gerne bereit, ihn zu überzeugen, dass er Ihnen ein Interview gewährt. Aber Sie müssen mir da schon ein paar Argumente anbieten.“

Fielding nickte. Er hatte mit so etwas gerechnet und war vorbereitet. „Der Krieg wird bald vorbei sein. Kroatien wird unabhängig werden. Ganz Kroatien! Serbien wird auch Bosnien verlieren und vielleicht sogar in ein paar Jahren das Kosovo. Mit Soldaten kann Serbien Schlachten gewinnen. Aber um den Krieg zu gewinnen, braucht Serbien gute Politiker. Milosevic? Ein Populist auf dem absteigenden Ast, der seinem Land nur Unglück gebracht hat und keine nachhaltigen Erfolge vorweisen kann.“

Fielding nahm einen Schluck Wasser und versuchte dabei zu erkennen, was der Mann gegenüber von seinem Vortrag hielt. Aber dessen Miene blieb unbewegt, und wenn er dazu eine Meinung hatte, dann verriet er sie nicht. „Der Westen“, fuhr Fielding jetzt fort, „wird bald nach einem neuen starken Mann in Serbien Ausschau halten. Einem, mit dem er verhandeln kann und der dann auch die Macht hat, die Ergebnisse in Serbien durchzusetzen. Milosevic wird das nicht sein. Der darf vielleicht noch den Friedensschluss unterzeichnen. Aber er wird beim Aufbau Serbiens keine Rolle spielen.“

„Und Sie glauben, unser Mann könnte das?“

„Ja. Er ist populär. Er ist ein großer militärischer Führer. Er hat ein paar Kriegsverbrechen zu verantworten, aber wer hat das nicht, und ein Srebrenica war nicht darunter. Er ist ein international vernetzter Waffenhändler. Der Westen kann ihn zu seinem Todfeind erklären – oder versuchen, mit ihm zu kooperieren.“

Fielding machte eine Pause und wartete, ob der Mann gegenüber etwas dazu sagen würde. Als dies nicht der Fall zu sein schien, fuhr er fort: „Ich tippe auf Letzteres. Und ich will der Mann sein, der das von Anfang an geahnt hat und das erste große Interview geführt hat, das unser Mann je der westlichen Presse gegeben hat.“

Das Essen wurde serviert: eine große Platte mit balkanischen Fleischgerichten, zusammen mit Reis und Salat. Der Kellner richtete seinen Gästen die Teller an und entfernte sich wieder.

„Nun gut, das sind Ihre Gründe. Aber welche Gründe sollte unser Mann haben, dabei mitzuspielen?“

Fielding zog die Augenbrauen hoch. „Ich dachte, das wäre klar.“

„Durchaus nicht.“

„Gut.“ Fielding nickte. Es war ein Test. Er würde ihn bestehen.

„Unser Mann braucht Optionen für die Zukunft. Dieser Krieg, der ihn gut ernährt hat, wird bald enden. Er ist außerdem serbischer Patriot, also möchte er, dass der Krieg für Serbien möglichst gut endet. Mit Milosevic wird das nicht passieren. Aber ich kann mir vorstellen, dass unser Mann Vorstellungen und auch Möglichkeiten hat, den Westen zu überzeugen, dass mit ihm verhandelt werden sollte. Dass er eine Option für die Zukunft ist."

Sein Gegenüber nickte langsam. „Ich denke allerdings, dass unser Mann loyal zur demokratisch gewählten Führung Serbiens steht."

„Ja. Aber nur, solange diese Führung Serbien guttut. Und das tut sie nicht mehr – wenn sie es je getan hat. Ich kann mir vorstellen, dass er zuweilen durchaus andere Vorstellungen hegt. Milosevic wird kapitulieren. Früher oder später und beinahe bedingungslos. Mladic ist einfach nur ein Soziopath und seit Srebrenica nicht mehr verhandlungsfähig. Gleiches gilt für Karadžić. Ich kann mir vorstellen, dass unser Mann da intelligenter vorgeht und mehr für Serbien erreichen möchte als nur die ehrenvolle Niederlage. Ich habe sogar Grund zu der Annahme, dass er in dieser Richtung bereits tätig geworden ist."

Weiter durfte Fielding sich nicht vorwagen, das wusste er. „Und ich möchte ihm die Gelegenheit geben, sich der Welt, unseren Politikern und der Öffentlichkeit als Verhandlungspartner zu präsentieren, der zum Frieden fähig ist, ohne dafür Serbiens Untergang in Kauf zu nehmen."

Der Mann nickte. „Ich denke, ich habe verstanden. Ich werde mit unserem Mann darüber beraten. Sie werden morgen Bescheid bekommen."

Silevic

Belgrad, Mitte August 1995

Der Anruf kam am Abend des folgenden Tages: Fielding solle sich bereit halten, er werde am nächsten Morgen um 9 Uhr abgeholt. Silevic schwebe ein umfangreiches Porträt vor, und dafür solle Fielding ihn ein paar Tage begleiten. Er solle am besten seinen Koffer packen und am Morgen aus dem Hotel auschecken.

Er rief Baur an, um ihn über die Fortschritte zu informieren, und legte sich früh ins Bett. Aber er konnte vor Nervosität keine Ruhe finden, sodass er den Concierge noch einmal um seine Dienste bat. Das Mädchen, das gegen halb elf bei ihm anklopfte, war entzückend, und eine Stunde später fand er seinen Schlaf.

7:30 Uhr stand er auf, schickte das Mädchen nach Hause, duschte und frühstückte. Anschließend packte er seine Sachen und checkte kurz vor neun aus dem Hotel aus. Er musste nicht lange warten. Pünktlich auf die Minute betrat der Mann, mit dem er zwei Tage zuvor zu Mittag gegessen hatte, die Hotelhalle.

„Mr Fielding, ein Wagen wartet vor der Tür."

Es war eine vielleicht zwei Jahre alte Mercedes-Limousine. Der Fahrer, so viel konnte Fielding erkennen, war ein bulliger Riese, dessen absurd große Hände das Lenkrad zu zerquetschen schienen. Wahrscheinlich, schoss es dem Amerikaner durch den Kopf, war er auch bewaffnet.

Der Mann, der ihn abgeholt hatte, lud Fieldings Koffer in den Kofferraum. Dann bedeutete er dem Amerikaner, auf der Rückbank Platz zu nehmen, und setzte sich neben ihn.

„Wir werden eine Weile benötigen, um aus der Stadt rauszukommen. Dann werden wir Ihnen die Augen verbinden. Ich hoffe, Sie verstehen, dass dies Ihrer eigenen Sicherheit dient. Wir werden eine Weile mit dem Hubschrauber fliegen, und Sie werden die ganze Zeit die Augen verbunden haben."

„Verstehe."

Dann schwiegen sie. Fielding blickte aus dem Auto auf die Straßen Belgrads, und schlagartig wurde ihm klar, dass er seinen Gastgebern vollständig ausgeliefert war. Niemand wusste, wo genau er war. Niemand war Zeuge. Sein Boss wusste nur, dass er zu Silevic gebracht werden sollte, aber der Mann war sein eigener Souverän, und keiner würde ihm dort helfen können.

Niemand sprach mit ihm mehr für den Rest der Reise. Er schaute aus seinem Fenster, und irgendwann senkte sich von hinten ein schwarzer Sack über seinen Kopf. Zunächst befiel ihn schockartig Panik, aber dann beruhigte er sich. Es lief alles so wie besprochen, und Fielding begann sich auf die Informationen zu konzentrieren, die seine Ohren ihm lieferten. Die Geräusche der Stadt wurden leiser, und irgendwann bogen sie von der Autobahn ab, auf der sie offenbar eine Weile unterwegs gewesen waren. Die Geräusche anderer Wagen wurden immer seltener. Der Hall wurde dumpf und wärmer, und Fielding nahm an, dass sie durch einen Wald fuhren. Dann bog der Wagen von der asphaltierten Straße auf einen Feldweg ab und kam nach ein paar Hundert Metern zum Stehen. Die Tür neben ihm wurde geöffnet, und er konnte das Kreisen der Rotoren eines Helikopters hören. Nachdem er ausgestiegen war, spürte er, wie er zunächst nach Waffen abgeklopft wurde. Dann, nachdem nichts gefunden worden war, spürte er eine Hand an seinem rechten Ellenbogen, die ihn zum Helikopter führte. Man half ihm beim Einsteigen, er hörte ein Kommando, und dann hob der Hubschrauber ab.

Der Flug dauerte nicht sehr lange, vielleicht eine Stunde, dann merkte er in seinen Ohren, dass der Helikopter an Höhe verlor und bald landete. Man nahm ihm den Sack vom Kopf, und er erkannte, nachdem seine Augen sich an die Helligkeit gewöhnt hatten, dass sie sich in einem Gebirge befanden. Der Helikopter stand auf einer Wiese, die normalerweise wahrscheinlich Kühen als Nahrungsquelle diente.

„Wir sind da“, sagte der Mann, der ihn abgeholt hatte. Sie kletterten aus dem Helikopter, der sich hinter ihnen sofort wieder in die Luft erhob. Die Wiese stieg leicht an, und an ihrem oberen Ende mündete sie in ein Waldstück. „Bitte bleiben Sie auf dem Weg! Hier liegen überall Minen“, informierte ihn der Mann, und sie traten in den kühlen Schatten der Nadelbäume. Mehrmals bogen sie auf andere Wege ab, und mindestens einmal hatte Fielding das starke Gefühl, an dieser Stelle schon einmal gewesen zu sein. In jedem Fall hatte er nach recht kurzer Zeit jede Orientierung verloren. Der Mann sprach dabei kein weiteres Wort.

Sie waren etwa dreißig Minuten durch den Wald gelaufen, als sie recht unmittelbar vor einem Höhleneingang standen. Zwei mit Kalaschnikows bewaffnete Wachsoldaten standen rechts und links des Eingangs, grüßten militärisch und ließen den Mann mit seinem Besuch ohne weitere Kontrolle passieren.

„Sie werden uns hier niemals bekommen“, durchbrach der Mann das Schweigen plötzlich. „Dieses Höhlensystem durchzieht das gesamte Gebirge. Nicht mit tausend Mann kann man das durchkämmen, wenn man es nicht wie seine Westentasche kennt.“

„Fehlt nur die hochmoderne Kommandozentrale, und ich käme mir vor wie in einem James-Bond-Film.“

„Wir sind nicht arm, aber wir sind auch nicht wahnsinnig. Unsere Infrastruktur hier ist ausreichend, nicht mehr. Wir wollen hier sicher sein, nicht von hier aus die Welt beherrschen. Sie werden es sehen. Bitte hier entlang!“

In die Höhle war quer eine Bunkerwand gegossen worden, in die man eine massive Metalltür eingesetzt hatte. „Man braucht ein paar Männer, bis man hier mit Gewalt reinkommt.“

Fielding machte sich innerlich Notizen. Als er durch die Tür trat, konnte er sehen, dass die Betonwand mehrere Meter dick war. Er hatte keine Ahnung, wie diese Wand durchbrochen werden konnte, ohne die Höhle zum Einsturz zu bringen.

Der Höhlengang dahinter ging noch weiter, doch ab hier verzweigten sich die Gänge. Fielding konnte einige Nebenhöhlen entdecken, in denen Soldaten irgendwelchen Tätigkeiten nachgingen. „Der Boden hier ist sehr rissig. Es gibt einige natürliche Lüftungsschächte, die wir nutzen, um hier unten frischen Sauerstoff einzuleiten. Außerdem erlauben sie uns mehrere Antennensysteme, sodass wir mit der Außenwelt kommunizieren können."

„Dürfen Sie mir das alles erzählen?", fragte Fielding.

„Ich würde es sonst nicht tun!" erwiderte der Mann.

Sie bogen nach weiteren Hundert Metern rechts in einen anderen Gang ein, der sich labyrinthartig verzweigte. Fielding, der ein wenig von militärischen Operationen verstand, malte sich den Albtraum aus, dieses System gegen einen Feind attackieren zu müssen, der sich darin wirklich auskannte. Der Gang öffnete sich zu einem größeren Raum, in dem eine Maschine stand, die mehr oder weniger aus einem Schaltschrank und einem angeschlossenen Block aus Aluminiumblech bestand. Massive Rohre führten in Decke und Wände. „Dies ist eine unserer Lüftungsanlagen", erläuterte der Mann. „Wir haben einige von denen, die genaue Anzahl werde ich Ihnen nicht verraten. Die Luft wird gefiltert, für den Fall, dass jemand auf die Idee kommt, hier Giftgas einzuleiten." Sie gingen weiter, bogen noch um zahlreiche Ecken und erreichten schließlich über eine schmale, extrem steile Treppe einen weiteren Raum, in dem ein einziger Mann saß. Fielding kannte ihn von den Fotos, die immer wieder durch die Presse gingen. Es war Ante Silevic, der sich nun erhob, um seinen Gast zu begrüßen.

„Willkommen in meiner Festung, Mr Fielding", sagte er und ging, die rechte Hand zum Willkommensgruß ausgestreckt, auf den Amerikaner zu.

Silevic war nicht sehr groß, vielleicht eins fünfundsiebzig. Er war zweiundvierzig Jahre alt, wirkte aber jünger. Seine Statur war athletisch, sein Gesicht intelligent und angenehm. Er besaß ein gewinnendes Lächeln, und Fielding versuchte, ihn nicht sympathisch zu finden, aber es fiel ihm schwer. Sofort wurde ihm klar, warum seine Leute für ihn durchs Feuer gingen. Hier stand ein geborener Anführer.

Silevic nickte dem Mann zu, und dieser verschwand. „Ich glaube", begann Silevic, „dass es das Klischee verlangt, dass ich Ihnen jetzt einen Drink anbiete. Aber ich kann Ihnen leider nur unser gefiltertes Wasser servieren. Einer der Nachteile dieser Festung ist es, dass es sehr schwer ist, in größeren Mengen Nachschub heranzuschaffen. Es gibt keine Straßen, die hierherführen. Und wir wollen nicht mit größeren Konvois auffallen, die ansonsten unauffällige Waldwege durchpflügen. Zu viele Spuren, Sie verstehen sicher. Wir haben hier also nur das Notwendige, um ein paar Wochen durchhalten zu können. Und keinen Luxus."

„Keine Ursache. Ich habe keinen Luxus erwartet."

„Das war eine Lüge: Ich könnte Ihnen einen Drink anbieten. Aber ich kann Sie nicht leiden!"

Ein Test. Das konnte Silevic haben. Fielding hatte schon mit unfreundlicheren Gesprächspartnern zu tun gehabt. „Ich muss sagen" – er schaute sich demonstrativ um –, „ich bin beeindruckt. Ich beginne zu verstehen, warum die UNO so hilflos ist."

„Die UNO …" Silevic hätte durch Ausspucken nicht mehr Verachtung kommunizieren können, als er es durch den Tonfall tat, mit dem er diese beiden Worte sprach. „Die UNO versteht nicht, was sie hier tut. Die UNO versteht Serben nicht. Und Kroaten nicht. Und Bosnier nicht. Die UNO hat vor fünfzig Jahren ein paar Regeln aufgestellt, und mit denen will sie uns jetzt davon abhalten, Fakten zu schaffen. Und alles, was sie erreicht, ist, dass wir die Fakten schneller und rücksichtsloser schaffen müssen, als wir das eigentlich vorhatten."

„Sie meinen, Sie wollten nur vertreiben und keinen Völkermord?"

„Völkermord? Wo gibt es hier Völkermord?"

„Srebrenica?"

Silevics Gesicht verzerrte sich schmerzhaft: „Das war kein Völkermord. Das war die Barbarei eines undisziplinierten Haufens Krimineller. Und die UNO hat die noch dazu eingeladen und zugeschaut! Völlig unnötig und vor allem unklug. Wem hat es genützt? Den Bosniern!"

„Gibt es denn auch Massaker, die nicht unnötig sind?"

Silevic lachte. „Kurze Antwort: Aber sicher! Lange Antwort: Ihr im Westen seid so verweichlicht! Ihr wisst gar nicht mehr, was das bedeutet: zu kämpfen. Serbien musste immer kämpfen. Gegen die Türken, gegen Österreich-Ungarn, gegen die Deutschen. Und wenn die uns mal in Ruhe gelassen haben, gegen Kroaten, Bosnier und andere sogenannte Brüder. Wir haben niemanden überfallen. Wir wurden überfallen. Und ja, da gab es Massaker. Und die waren notwendig, damit die Überfälle aufhörten. Es hat leider nichts geholfen zu bitten, uns doch einfach in Ruhe zu lassen!"

Fielding ließ sein Gegenüber reden. Silevic sprach ruhig, sachlich, selbst wenn der Inhalt des Gesagten polemisch zugespitzt wurde. Er versuchte, seinen Gesprächspartner zu überzeugen, nicht sich selbst.

„Was werden Sie tun, wenn auch dieser Krieg am Ende verloren ist? Und Sie wissen, dass er verloren werden wird, in der Politik."

„Ja. Weil sie in Belgrad nicht verstehen, Stärke in Siege zu verwandeln. Das habt ihr Amerikaner uns voraus. Ihr verwandelt Stärke in Siege. Nur die Deutschen sind da noch besser. Die verwandeln sogar Niederlagen in Siege. Die haben euch zweimal den Arsch bis zu den Ohren aufgerissen. Zweimal habt ihr alles geben müssen, um sie niederzuwerfen. Und was habt Ihr dann getan? Ihr habt sie zu euren besten Freunden gemacht. Die Deutschen haben den Krieg verloren und damit alles gewonnen. Und jetzt sind sie sogar wiedervereint. Wir Serben gewinnen unsere Kriege – und verlieren dann im Frieden."

„Wollen Sie deshalb keinen Frieden?"

Silevic lachte ein wenig bitter. „Ich will Frieden. Ich habe immer gekämpft in meinem Leben. Ich will Frieden! Zu Hause wartet der Bauernhof meiner Eltern auf mich, die langsam zu alt sind, die Arbeit alleine zu machen. In diesem ganzen Berg finden Sie niemanden, der sich so nach Frieden sehnt wie ich. Allerdings ..."

„Ja?"

„Was wäre der Frieden wert, ohne ein Vaterland, das sicher ist? Ohne ein Vaterland, das lebensfähig ist?"

„Und wer genau bedroht Serbien?"

„Das Serbien, von dem der Westen meint, dass es Serbien wäre: das bedroht niemand. Aber das ist nicht das Serbien, das in unseren Herzen existiert. Was ist mit der Krajina? Was ist mit Srpska? Und wann wollt ihr uns das Kosovo wegnehmen?"

„Also werden Sie immer weiterkämpfen? Ich bin mir sicher: Von hier aus können Sie noch jahrelang weitermachen."

„Ja", Silevic nickte, „aber es wäre sinnlos. Wir wären der entzündete Pickel am Arsch eines Balkans, der in Washington organisiert würde. Und wir würden genauso behandelt. Irgendwann wäre die Führung in Belgrad so korrumpiert, dass sie uns ans Messer liefern würde. Wie viel wären wir wert? Eine Zollunion mit der EU? Wahrscheinlich würde man uns für viel weniger verscherbeln. Wie lange würde das dauern? Fünf, vielleicht sieben Jahre? Wenn mir meine Jungs nicht vorher von der Fahne gehen. Auch die haben Eltern mit Bauernhöfen, die auf sie warten."

Fielding nickte. Er war erstaunt, wie weit sich dieser Mann ihm ganz vorbehaltlos geöffnet hatte. Als hätte er nur auf die Gelegenheit gewartet.

„Was ist Ihr Ausweg aus diesem Dilemma?"

Silevic musterte sein Gegenüber. „Wenn ich Ihnen erzählen würde, dass ich keinen habe, würden Sie mir glauben?"

Fielding schüttelte langsam den Kopf: „Nein. Sie waren ein international tätiger Waffenhändler, bevor Sie Warlord in diesem Krieg wurden. Sie sind intelligent. Man nannte Sie damals den Aal: So oft man gegen Sie ermittelte, sie waren nicht zu packen. Für Sie gab es immer einen Ausweg, immer eine Fluchtmöglichkeit."

Silevic lächelte ein wenig böse: „Ja, ich war der Aal. Aber was wenige wissen: Der Aal ist ein ausgewiesener Raubfisch. Er mag geschickt darin sein zu entwischen. Aber sein tägliches Brot ist das Töten. Kommen Sie mit!" Er stand auf. „Ich will Ihnen etwas zeigen."

Es wurde eine weitere Odyssee durch den Berg. Fielding war sich irgendwann sicher, dass er von alleine nie wieder aus diesem Höhlenlabyrinth herausfände.

„Wissen Sie, es ist für mich keine Frage des Überlebens. Ich bin keiner von denen, die unbedingt überleben müssen, damit sie an eine Sache glauben können. Ich kann auch an eine Sache glauben, die mein Leben fordern wird. Was nicht heißt, dass ich selbstmörderisch wäre."

„Sie waren in Afghanistan. Warum?"

„Ganz ehrlich? Ich war jung und brauchte das Geld."

„Das nehme ich Ihnen nicht ab."

„Ich mir auch nicht. Obwohl es ein Grund war. Ich habe mich als Freiwilliger bei unseren russischen Freunden gemeldet. Und das mit den Freunden meine ich wörtlich."

„Sie waren bereit, für die russische Hegemonie über Afghanistan zu sterben?

„Ja, das war ich. Wissen Sie, was Hügel 3234 bedeutet?"

„Nein."

„Standen Sie schon mal unter Beschuss?"

Fielding nickte. „Ja. Ich habe einen Lungendurchschuss aus dem Golfkrieg."

Silevic blieb stehen. „Sie waren Soldat?"

„Nein, eingebetteter Reporter."

„Hatten Sie Angst?"

„Jede Menge."

„Dann sind auch Sie bereit, für eine Sache zu sterben."

„So habe ich das noch nicht betrachtet, aber Sie haben wohl recht.“

Silevic nickte. „Gut! Weiter!“ Er setzte seinen Weg fort, und bald kamen sie zu einem Raum, in dem mehrere Männer an PCs saßen. Im Hintergrund war eine Tür, die von vier Soldaten bewacht wurde. Sie salutierten, als Silevic sich näherte. Einer öffnete die Tür.

Etwas überraschend standen sie jetzt unter freiem Himmel, in einer etwa zwanzig Meter tiefen, sich nach Westen erstreckenden Schlucht, die nach ungefähr hundert Metern Richtung Norden abbog. Sie war kaum breiter als der in ihr abgestellte Lkw.

Die Ladefläche des Lkws trug einen Marschflugkörper.

„Dies ist es doch, weswegen Sie hergekommen sind, Mr Fielding. Oder?“

Fielding lief es eiskalt den Rücken hinunter. Sie hatten mit ihm gespielt. Sie hatten von Anfang an gewusst, weswegen er hierhergekommen war. Seine Recherchen waren entdeckt worden, und er hatte es nicht bemerkt.

Er nickte. Lügen war sinnlos: „Ja.“

„Was halten Sie davon?“

„Ich denke, dass dies genügend Abschreckung ist, um Serbien eine sehr starke Verhandlungsposition zu geben.“

„Denken Sie?“ Silevic ging zurück zur Tür und winkte seine Soldaten herbei. „Begleitet unseren Gast in den Keller!“

Der Plan

Pale, 18. August 1995

Sie brachten ihn in eine kleine Höhle tief unten im Berg, über schmale, in den Felsen gehauene Treppen und Stiege. Dort setzten sie ihn auf einen Stuhl und postierten sich am Ausgang der Höhle. Fielding konnte erkennen, dass dieser Ausgang über eine Tür verfügte, aber momentan blieb diese Tür noch offen.

Er saß in der Scheiße, das war ihm klar. Er wusste nicht, was Silevic vorhatte. Momentan war das beste Szenario, von dem er ausgehen konnte, eines, in dem er, Fielding, dazu ausersehen war, die Welt darüber in Kenntnis zu setzen, dass Silevic über Kernwaffen verfügte. In jedem schlechteren Szenario war er ein toter Mann.

Alles hing auch davon ab, wie viel Einfluss Chane auf Silevic hatte. Chane musste diesen Moment fürchten. Denn niemand durfte je erfahren, woher Silevic diese Waffen hatte. Aber dass sie ihm nur von Nutzen waren, solange er sie auch wirklich hatte, das stand fest. Er würde sie also nicht abfeuern. Zumindest nicht, bevor er die Welt nicht gewarnt hatte.

Sie ließen Fielding eine Weile schmoren, dann erschien Silevic wieder. Er schloss die Tür hinter sich, allerdings blieben zwei Wachen auf ihrer Seite der Tür.

„Mr Fielding, ich hoffe, Sie verstehen, dass ich Sie jetzt nicht so einfach wieder freilassen kann."

Der Amerikaner nickte stumm.

„Es wäre fatal, wenn die Welt zu früh erführe, dass wir im Besitz dieser … schlagkräftigen Argumente sind. Mr Chane wollte schon einen bezahlten Killer auf Sie ansetzen, aber dann erfuhren wir von Ihren Reiseplänen und dachten, dass wir uns diese Kosten vielleicht sparen könnten."

„Ich denke, ich kann mir unter gewissen Umständen eine Kooperation vorstellen."

Silevic musterte ihn amüsiert. „Sie denken also daran, für mich in dieser Sache sozusagen die PR zu übernehmen?"

„Irgendjemand wird die Welt über Ihre Argumente informieren müssen."

„Ja." Silevic schnappte sich einen Stuhl und setzte sich direkt vor Fielding hin. „Das ist wohl richtig. Allerdings müssten wir Sie für eine bestimmte Zeit hier festhalten, bis unsere Pläne – nun ja – ausgereift sind. Ich kann mir vorstellen, dass dies ein paar Leute in New York nervös machen könnte. Und da stellt sich für mich die Frage: Wer weiß von Ihren Recherchen – und wie viel?"

„Wenn ich Ihnen das verrate, welche Garantien bekomme ich dann?"

„Keine. Ich habe Sie in der Hand. Ihr Leben endet in den nächsten zehn Sekunden, wenn ich das so entscheide."

Fielding schwieg. Es war so. Und sein Tod wäre vollkommen sinnlos. Nie im Leben reichte für eine Veröffentlichung aus, was er jetzt schon wusste. Wenn er spurlos verschwand, war nichts beweisbar.

„Bei uns gibt es immer Kollegen, die unsere Arbeit spiegeln – und die den Stand der Recherche kennen."

„Und was wäre der Stand der Recherche?"

„Wir haben interne Protokolle von HEL, wir haben geheime Notizen von Ginger Poors, wir haben den Weg über Gioia Tauro solide nachrecherchiert. Es ging nur noch darum herauszufinden, an wen die Lieferung wirklich gegangen ist. New York weiß, dass ich mich mit Ihnen treffen wollte. Wenn ich verschwinde, spurlos, dann wird der Artikel spätestens nächste Woche erscheinen."

Silevic nickte stumm. Dann stand er auf: „Wie viele Systeme habe ich?"

Verdammt! „Mehr als eins. In keinem Fall zehn." Das war geraten. „Die genaue Anzahl konnten wir nicht recherchieren."

„Wer hat den Deal eingefädelt? Auf meiner Seite, meine ich."

„Miroslav."

„Das ist sein, wie sagt man: Künstlername. Und wie heißt er wirklich?"

„Das weiß ich nicht."

„Wo stehen die Missiles?"

„Eine steht hier. Und wo hier ist, weiß ich nicht. Und ich habe keinen blassen Schimmer, wo sich die anderen Missiles befinden. Darum ging es mir auch nie, verdammt noch mal!"

„Nicht?" Silevic grinste. „Ihnen ging es um den innenpolitischen Skandal, korrekt?"

„Korrekt!"

„Nun, der kann mir nur helfen. Und Sie wissen nichts über Dinge, die mich gefährden könnten."

„Das ist richtig. Sie können mich freilassen, wann immer Sie wollen. Es wird einen Skandal in Amerika geben, der die politische Landschaft komplett über den Haufen wirft. Es wird bekannt werden, dass Sie Nuklearwaffen haben, und man wird nicht anders können, als mit Ihnen zu verhandeln und Serbien zu geben, was Serbien verlangt."

„Ja, das könnte ich machen." Silevic erhob sich von seinem Stuhl und umrundete dann Fielding, während er weitersprach. „Ich werde Ihnen sagen, was ich zu tun gedenke. Sie haben alles völlig richtig beschrieben. Die Westmächte werden Serbien bald in die Knie gezwungen haben, und es wird zu Friedensverhandlungen kommen. Sie werden Serbien demütigen und weite Gebiete, in denen überwiegend Serben leben, werden zu anderen Ländern gehören. Sie werden die große Heuchelshow abliefern, und an einem denkwürdigen Tag, nicht allzuweit in der Zukunft, werden sie sich in einer europäischen Hauptstadt treffen, um in irgendeinem repräsentativen Gebäude den Friedensvertrag zu unterzeichnen."

„Ja, so wird es kommen, wenn ich nicht vorher meinen Bericht veröffentliche."

Silevic lachte und setzte sich wieder rittlings auf den Stuhl: „Welches moralische Recht haben diese Menschen darauf, noch zu leben? Keines. Und deshalb werde ich diese Zeremonie verhindern." Er stand auf. „Und was Sie angeht: Sie behaupten, Sie könnten mir helfen. Aber Sie wollen nur Ihren eigenen Arsch retten und Ihre Story. Vielleicht in anderer Reihenfolge, so viel Ehre gestehe ich Ihnen zu. Und ich kann das verstehen, aber ich darf Ihnen diesen Gefallen nicht tun, so leid mir das tut. Clinton ist gefährlich intelligent, und ich habe ein persönliches Interesse an einem beschränkteren Präsidenten. Oder einer Präsidentin." Silevic ging zur Tür: „Ich übergebe Sie jetzt einem meiner wichtigsten Mitarbeiter. Der übernimmt die Formalitäten." Er öffnete die Tür und rief hinaus: „Miroslav, kommen Sie bitte herein!"

Silevic trat zurück, und hinein kam der Mann, mit dem Fielding vor zwei Tagen noch zu Mittag gegessen und der ihn den ganzen Weg von Belgrad hierher begleitet hatte.

„Ich darf mich empfehlen, Mr Fielding", sagte Silevic jetzt und wandte sich ein letztes Mal dem Amerikaner zu. „Wir werden uns nicht wiedersehen. Ich schätze allerdings Ihre Bereitschaft, Ihr Leben für eine Sache zu opfern."

„Was habt ihr vor, verdammt noch mal!" Fielding wusste, dass er sterben würde, aber er wollte wenigstens wissen, weshalb.

Silevic schüttelte den Kopf. „Mit diesem Wissen würden Sie als Amerikaner noch verzweifelter sterben. Und das will ich nicht. Adieu!" Dann drehte er sich zur Tür und verließ den Raum. Nachdem die Tür sich hinter ihm geschlossen hatte, zog Miroslav eine Pistole und richtete sie auf Fielding: „Das Problem mit euch Amerikanern ist", sagte er, „dass ihr nur beim Marketing wirklich gut seid. Aber wenn ihr wirklich was produzieren wollt, dann macht ihr Fehler. Deiner war dein unkontrollierter Schwanz und eine italienische Hotelangestellte."

„Warum erzählst du mir das?“ Fielding versuchte, sich unauffällig umzusehen, einen möglichen Fluchtweg zu erkennen, irgendetwas, das ihn retten könnte.

„Weil ich dich nicht hasse. Und deshalb sollst du es wissen, bevor du stirbst.“

„Wenn du mich umbringst, dann wird die ganze Welt wissen, was ihr vorhabt.“ Über ihm in drei Metern Höhe war ein Lüftungsschacht. Wenn er das Gitter abmontierte und einen Tisch drunterschob … Aber es gab keinen Tisch in diesem Raum.

„Nein, das wird sie nicht. Denn für die Welt wirst du weiterleben.“

Fielding schwieg geschockt. Was er eben gehört hatte, war nicht die Stimme Miroslavs. Es war seine eigene, täuschend echt imitiert aus dem Mund eines anderen Menschen.

„Ich werde“, ergänzte Miroslav mit Fieldings Stimme, „weiter brav per Telefon nach New York berichten, welche Fortschritte ich mache. Wir haben deine Telefonate mitgeschnitten, seit du in Zagreb eingetroffen bist. Wir haben dich beobachtet, abgehört und gefilmt. Wir kennen das Passwort deines Computers. Ich kann sprechen wie du. Ich kann gehen wie du. Ich bewege mich wie du. Und mit deiner Brille, ein wenig Bart und einem Friseur werde ich, wenn nötig, aussehen wie du. Niemand, der dich nicht besser kennt als deine Mutter, wird den Unterschied bemerken.“

Dann drückte er ab. Er traf, wie gewohnt, exakt.

Nacht

Zagreb, 11. Dezember 1995, 22:30

Sie saßen schweigend zusammen. Kline hatte ihnen kurz gedankt und gesagt, dass sie alles tun würden, um Ivan zu finden und zu retten. Der Auftrag war erfüllt, die Bedrohung abgewendet, aber er hatte Takt bewiesen: Den Verlusten galten seine ersten und auch die zweiten Worte. Und dann, als er merkte, dass seine Worte sie dennoch nicht erreichten, hatte er sich verabschiedet.

Und sie waren dankbar und schwiegen weiter. Abends gingen sie eine Kleinigkeit essen, ohne viel dabei zu reden, und irgendwann am frühen Abend kehrten sie ins Hotel zurück, und jeder ging auf sein Zimmer.

Das Schlimmste war die Hilflosigkeit.

Es war schiefgelaufen. Nie hatte er ernsthaft die Möglichkeit erwogen, dass ausgerechnet das Versteck im Kosovo auffliegen würde. Pale? Ja, Pale war naheliegend. Naheliegend – und nur mit großem Aufwand zu nehmen. Pale würde ernsthaft verteidigt werden. Über Pale würden sie zuerst reden wollen, würden Angebote machen. Da würde er frühzeitig Bescheid bekommen, wenn sie es wussten. Aber im Kosovo? Und er hatte nach wie vor keine Ahnung, wie das passieren konnte.

Blieb also nur noch die eine Rakete in Pale. Sie würde reichen. Aber nur, wenn der Westen weiter an ihre Geschichte glaubte, dass es nur drei von den Raketen gab.

Verdammt!

Er hatte Silevic davor gewarnt, so hoch zu reizen. Silevic glaubte, drei Raketen würden sie lange genug beschäftigen, um blind für die vierte zu bleiben. Er glaubte, drei Raketen erschienen glaubwürdiger als nur zwei, zumal diese beiden so dicht beieinanderstanden, und dazu in strategisch wenig sinnvollem Gebiet. Sie verstanden Silevic nicht. Sie konnten seine Idee nicht begreifen. Und deshalb hätten sie, befürchtete Silevic, aus den falschen Gründen das Richtige geschlossen: dass es noch mehr Raketen gab. Deshalb hatte er ihnen noch die Existenz einer dritten verraten. Und jetzt wartete er täglich darauf, dass sie ihn zu Verhandlungen aufrufen würden. Dann wäre es einfach gewesen, sie lange genug hinzuhalten. Jetzt waren es noch drei Tage, und es gab keine Ablenkung mehr.

Alles, was sie jetzt noch hatten, war das vierte System und die Blindheit der NATO. Und er konnte nur hoffen, dass diese anhielt.

Und dann hatten sie im Kosovo auch noch den Russen gefangen genommen. Als hätte Silevic nicht schon genug Probleme. Es half nichts: Miroslav musste für weitere Ablenkung sorgen. Der Westen musste sich mit sich selbst beschäftigen.

Ihr Zimmertelefon klingelte um halb zwölf.

„Ja?"

„Hey!" Es war Fielding. „Wie war's? Ich bin froh, dass Du zurück bist!"

„Frag besser nicht!"

„Ich sitze drei Stockwerke unter dir, in der Hotelbar. Soll ich einen Whiskey Sour bestellen?"

„Nein, Jonah. Ich bin müde."

„Schade."

Warum nicht, dachte sie sich dann. „Komm einfach hoch! Lass uns ficken."

Zwei Minuten später stand er vor der Tür, in der linken Hand eine Flasche Champagner, in der rechten zwei Gläser: „Auf das Leben, das Überleben – und guten Sex!"

„Komm rein!“

Fox nahm ihm Flasche und Gläser ab und stellte sie auf den Schreibtisch. Fielding trat ein, zog sein Jackett aus und hängte es über einen Stuhl. „Schenkst du ein?“ Sie griff ihm zwischen die Beine, und das Jackett blieb das letzte Kleidungsstück, das nicht ungezielt in irgendeine Ecke flog.

Shadow saß auf seinem Bett, das Zimmer in völliges Dunkel gehüllt, und blickte ins Schwarze.

Ein Hinterhalt. Wenigstens ein Hinterhalt. Aber wären die Seiten vertauscht gewesen, von den Gegnern hätte keiner überlebt. Warum so halbherzig? War das überhaupt ein ernsthafter Versuch?

Sie wurden benutzt, da hatte der Russe recht. Irgendjemand wusste, was sie taten, schon während sie es taten. Klines Nachricht war nicht überraschend. Es gab einen Schattenmann. Und der war ziemlich gut, denn wenn sich Shadow mit etwas auskannte, dann mit Tarnungen.

Und vielleicht spielte ja auch der Russe falsch. Man durfte ihm nicht trauen. Er war mit dem Feind befreundet und schlief auf Wache ein. Er übersah Gegner hinter einem Unimog und stellte kurz vor dem Einsatz noch die aufeinander eingespielten Squads um. Und seine beiden Wingmen starben beim letzten Einsatz. Er blieb unverletzt. Da stimmte etwas nicht. Ivan war nicht auf ihrer Seite.

Aber er war kein Spion. Und er war weg. Er war jetzt nicht ihr Hauptproblem.

Wenn er, Shadow, den Auftrag hätte, in einem System wie dem ihrigen zu spionieren, wie würde er sich tarnen? Irgendwo in Klines Apparat saß Miroslav und gab sich für jemanden aus, der er nicht war und der alle Sicherheitschecks durchlaufen hatte.

Miroslav war Verkleidungskünstler und Stimmenimitator, das war bekannt. Offenbar war er sehr gut. Er hatte also einen Mitarbeiter Klines aus dem Weg geräumt und seine Position eingenommen. Sehr clever.

Das schloss Leute aus, die Familie hatten, denn eine Ehefrau konnte man nicht täuschen. Schon Arbeitskollegen mussten bestimmte Dinge bemerken: Erinnerungslücken, Widersprüche, geändertes Verhalten. Die Leute unterhielten sich immer über Privates, auch wenn Shadow nicht verstand, warum.

Und damit wurde Shadow klar, dass Miroslav niemanden in Klines Apparat ersetzt haben konnte. Das war viel zu gefährlich und konnte nicht lange gut gehen.

Es war also keiner von Klines Mitarbeitern.

Fox, schoss es ihm durch den Kopf. Sie war in Gefahr.

Miroslav stand unter der Dusche. Es würde eng werden. Sie vermuteten etwas, aber sie wussten noch nichts Genaues. Momentan suchten sie nur Dolvich. Vielleicht konnte Silevic ihn benutzen, um den Westen in der Deckung zu halten.

Aber Ivan war nur ein Bauer auf dem Schachbrett. Wenn nötig, würde er geopfert werden.

Miroslav wusste, was zu tun war. Es war bedauerlich, aber notwendig.

Er ließ das heiße Wasser über sein Gesicht laufen und konzentrierte sich, wog das Für und Wider ab. Dann fasste er einen Entschluss.

Das Beste würde sein, er erledigte es sofort. Es sollte nach Rache aussehen. Rache für den durchkreuzten Plan.

Shadow schaute auf die Uhr: Es war beinahe eins. Vielleicht saß Fox noch in der Bar.

Er erhob sich von seinem Bett und verließ das Hotelzimmer. Auf dem Weg zum Aufzug kam er an Fox' Zimmer vorbei. Kurz überlegte er, ob er bei ihr anklopfen solle, aber dann entschied er, sie schlafen zu lassen, falls sie schon schlief. Er würde sie in der Bar treffen oder in Ruhe lassen.

Nach einem schnellen, ungewöhnlich fahrigen Fick war Fielding wie üblich duschen gegangen. Jetzt kam er wieder aus dem Bad. „Du bist noch wach?“ Er rubbelte seine feuchten Haare mit einem Frotteehandtuch ab.

„Ich habe nachgedacht.“

„Worüber?“

„Darüber, was Ivan gesagt hat.“

„Das alles nur eine Falle ist?“

„Ja.“

„Und? Ihr habt alle drei Systeme ausgeschaltet. Was soll jetzt noch kommen?“

„Wir müssen Ivan da rausholen. Und Kline hat uns heute gesagt, dass Miroslav in die Organisation eingedrungen ist.“

Fielding stutzte: „Im Ernst? Warum hat Miroslav dann nicht verhindert, dass die drei Missiles ausgeschaltet werden?“

„Genau das habe ich mich auch gefragt. Was meinst du?“

Fielding lachte: „Im Ernst, keine Ahnung! Vielleicht hat er es versucht und einfach versagt?“ Er legte das Handtuch über eine Stuhllehne.

Fox schüttelte den Kopf. „Das glaube ich nicht. Ich glaube vielmehr, dass er genau das getan hat, was er tun sollte. Vielleicht war es nicht Silevics ursprünglicher Plan. Aber nachdem das erste System aus Zufall entdeckt worden war, glaube ich, lief alles genau nach seinem Plan. Wir haben ihn nur vollstreckt.“

„Du meinst, dass Kline für Silevic arbeitet? Immerhin hat er die Einsatzpläne ausgearbeitet.“

„Nein.“ Fox schüttelte den Kopf. „Ich meine, dass Silevic gezielt eine falsche Information gestreut hat, über mehrere Quellen. Es gab einen Agenten von ihm bei uns, nicht Miroslav, sondern einfach nur einen Doppelagenten. Der hat uns einige Informationen zugespielt, die wir glauben sollten. Und andere nicht gegeben.“

„Was meinst du? Welche Informationen habt ihr nicht gekriegt? Moment, ich muss mir Notizen machen. Irgendwo hier habe ich meinen Notizblock …“ Er nestelte in der Innentasche seines Jacketts.

„Ich meine die Information, dass es mehr Systeme gibt als die drei, die man uns hat finden lassen.“

„Clever!“, sagte Fielding und zog mit der rechten Hand eine Glock aus dem Jackett. In der linken hielt er bereits einen Schalldämpfer, den er jetzt, während Fox ihn geschockt ansah, auf den Lauf schraubte. „Es gibt tatsächlich ein viertes System. Eigentlich solltet ihr nur zwei finden. Dass ihr auch auf das dritte gestoßen seid, war nur ein dummer Zufall. Ärgerlich. Schade drum! Aber das wird nie jemand erfahren.“ Er richtete die Waffe auf Fox.

„Wer bist du?“

„Du weißt es doch. Zumindest seit ungefähr dreißig Sekunden. Ich bin Fielding. In einer Interpretation von Miroslav. Der selbst nur die Interpretation dessen ist, was man gemeinhin einen ‚Killer‘ nennt. Aber ich darf dir versichern, dass es mir selten so leidtat, jemanden zu töten. So eine schöne Frau! Fielding zu töten ist mir wesentlich leichter gefallen. Er war ein arrogantes Arschloch.“ Er hob die Waffe.

„Was habt ihr mit dem vierten System vor?“

„Willst du Zeit schinden? Hier hilft dir keiner. Alle schlafen. Sobald jemand die Zimmertür berührt, bist du tot.“ Er zögerte. „Also gut, weil ich mich beinahe ein bisschen in dich verliebt hätte. Aber du nimmst die Hände hinter den Kopf. Sobald du sie senkst, werde ich schießen.“

Fox hob die Arme. Miroslav trat an ihr Bett heran und zog das Bettlaken von ihrem Körper, sodass sie vollständig nackt vor ihm saß. „So schön“, murmelte er und ließ, ohne die Waffe zu senken, seinen Blick über ihren Körper streichen.

Dann setzte er sich auf einen Stuhl ans andere Ende des Zimmers. „Sicherheitsabstand“, sagte er. „Du bist Söldnerin. Auch du wirst ein paar Tricks kennen.“

„Also, was habt ihr vor?“

„Es gibt eine vierte Missile. Sie steht in Pale, gut versteckt. Wir werden sie abschießen, und sie wird treffen. Ins Mark."

„Der Westen hat viel mehr von den Dingern. Wie wollt ihr einen Atomkrieg gewinnen?"

„Indem wir den Westen enthaupten. Und nicht nur den Westen. Stell dir einmal die Vertragsunterzeichnung in Paris vor, in drei Tagen. Alle sind sie da: Clinton, Kohl, Major, Chirac, der Verräter Tschernomyrdin, Izetbegović, Tuđman, der Verräter Milosevic, ihre engsten Vertrauten, NATO-Generäle ..." Er grinste Fox an.

„Ihr seid wahnsinnig!", entfuhr es Fox, als sie begriff. Die politische und militärische Führungsebene der NATO würde vernichtet, die wichtigsten Staaten der Welt für einige Wochen führungslos und in Schockstarre. Es würde zu Überreaktionen kommen. Vielleicht Amerika, wahrscheinlicher aber Frankreich würde mit Atomschlägen gegen Belgrad reagieren. Deutschland musste sich davon distanzieren – und somit war der Keil ins westliche Bündnis getrieben, der die alte Weltordnung vernichten würde. Die zerstrittene EU würde die aufsteigenden nationalistischen Kräfte in ihrem Innern nicht bändigen können. Und Russland, das sowieso schon seit Jahren am Abgrund entlangtaumelte, würde auseinandergerissen. Es musste nicht geschehen. Aber es konnte. „Ihr seid vollkommen wahnsinnig!" wiederholte sie noch einmal.

„Was ist daran Wahnsinn?"

„Ihr treibt die Welt in einen großen Krieg!"

Miroslav lachte. „Und? Was ist schon so großartig an der Welt? Die Welt wird wieder neu geordnet. Und wieder ist Serbien der Ausgangspunkt, genau wie 1914. Weißt du: Silevic würde das nicht machen, wenn der Sprengkopf ein großer wäre. Zu viele zivile Opfer. Das würde die Öffentlichkeit zu sehr erzürnen. Die ganze Welt würde sich gegen ihn stellen. Aber diese wunderbaren Missiles, sie machen ein großes Gebäude platt. Ein wirklich großes. Vielleicht sogar zwei. Aber die Zivilbevölkerung bleibt weitgehend verschont. Sieh es als positiven Nebeneffekt! Genau so, wie er euch überleben ließ, weil er Ivan schonen wollte. Er hat zuweilen ein großes Herz."

„Deshalb hat er Ivan gefangen genommen und seine Leute getötet?"

„Du hättest mir vom Einsatz im Kosovo erzählen können, dann wären sie alle jetzt noch am Leben, und Ivan wäre frei. Aber wir hatten keine Ahnung, dass ihr uns dort auf die Schliche gekommen seid."

Fox schüttelte ungläubig den Kopf. „Und eure Soldaten?"

„Der Krieg fordert Opfer. Sie werden zu serbischen Helden aufsteigen. Ihre Namen wird jedes Schulkind auswendig wissen."

„Es wird Krieg geben in Europa. Einen langen, blutigen Krieg. Mit Millionen von Toten. Der ganze Wohlstand, der seit dem Zweiten Weltkrieg entstanden ist …"

„Hast du dich mal in Belgrad umgeschaut?" Miroslav verzog hasserfüllt seinen Mund. „Wo ist da der Wohlstand? Haben nicht auch wir gekämpft gegen die Nazis? Haben wir nicht gekämpft für unser Land? Und habt ihr es dann nicht zerrissen?"

Er streichelte jetzt mit der Linken über den Lauf seiner Waffe und schaute sie dabei beinahe verliebt an. „Die Welt wird lernen, dass man Serbien fair behandelt. Ganz Serbien. So wie sie gelernt hat, die Deutschen fair zu behandeln, damit sie nicht zu Bestien werden. Die westliche Führung wird atomisiert. Bis auf den letzten Mann. Und dann, dann können wir immer noch bluffen, dass wir noch ein paar weitere taktische Atomsprengköpfe besitzen, die jede Großstadt Europas treffen können. Und erst dann wird verhandelt!"

Fox war fassungslos. „Mit wem wollt ihr dann noch verhandeln, wenn es keinen mehr gibt, der dazu befugt ist? Das dürft ihr nicht tun!"

Miroslav schaute sie verächtlich an: „Und warum nicht? Es ist das, was der Westen schon immer gemacht hat: seine Gegner gespalten und, wo das nicht ging, getötet. Persien, Chile, die arabischen Staaten, Nicaragua – und jetzt der Balkan. Nur diesmal werden sie das Echo nicht vergessen."

Er hob die Waffe. „Das ist nicht persönlich gemeint, Fox. Ich werde dich nicht vergessen. Und das könnten nur wenige meiner Opfer von sich behaupten, wenn sie noch lebten.“

Dann drückte er ab.

Shadow war unten in der Bar gewesen, aber Fox hatte er nicht gefunden. Er hatte sich vom Barkeeper ein Bier geben lassen und es hastig hinuntergekippt, weil er sich in der Bar wie auf dem Präsentierteller fühlte. Dann unterschrieb er die Rechnung und hoffte, einschlafen zu können.

Er nahm den Aufzug, und als sich ein paar Stockwerke höher die Tür wieder öffnete, zerriss eine Explosion die Nacht. Ohne Zweifel war sie aus einem der Zimmer gekommen. Dann hörte er die Schreie.

John Paul Kline hatte das Dossier Fieldings mehrere Male von vorn bis hinten durchgearbeitet und wenig gefunden. Um 22 Uhr hatte er entnervt Feierabend gemacht und war in seinem Hotelzimmer verschwunden, hatte den Fernseher eingeschaltet und eine kroatisch untertitelte Fassung von „Jurassic Park“ angeschaut. Nach etwa einer halben Stunde stellte er fest, dass er der Handlung gar nicht folgte, weil Fieldings Unterlagen in seinem Kopf weiterarbeiteten.

In der Hauptsache bestand das Material aus einem Konglomerat von Informationen, die teilweise schon bestätigt, teilweise offenkundig veraltet und teilweise erwiesenermaßen falsch waren. Dem Ganzen fehlte dabei eine erkennbare Ordnung, und wie Fielding jemals aus diesem Wust einen kohärenten Artikel hätte verfassen können, davon wollte sich Kline lieber keine Vorstellung machen. Seinem sehr geordneten Arbeitsstil entsprach dieses Chaos jedenfalls nicht.

Wenn sie die dritte Rakete nicht durch Zufall entdeckt hätten: In diesem Konvolut hätten sie die Lösung sicher nicht gefunden.

Zum Glück kam es nicht mehr darauf an, denn wenn sie die Rakete noch suchen würden, dann wäre die Beschäftigung mit diesem Haufen Müll die reine Zeitverschwendung gewesen.

Und gleichzeitig hockte irgendwo in seinem Team Miroslav und rieb sich die Hände.

Über diesen Gedanken musste er eingeschlafen sein, denn plötzlich fuhr er hoch, weil es im Traum geklickt hatte: Er kannte die Akte jedes seiner Mitarbeiter auswendig. Die einzige Person, die er nicht wirklich kannte, war Fielding. Und Fielding, so viel hatte er mitgekriegt, hatte sich an Fox rangemacht.

Fielding war Miroslav!

Hoffentlich war Fox Profi genug, nicht zu viel zu erzählen. Kline sprang vom Bett, griff sich sein Mobiltelefon und rief Shadows Zimmer an. Niemand nahm ab. Sollte er bei Fox anrufen? Schnell verwarf er diesen Gedanken. Möglicherweise war Fielding/Miroslav bei ihr, und der durfte den Braten auf keinen Fall riechen.

Also musste er, Kline, selbst ran. Er zog sich die Schuhe an und telefonierte noch Verstärkung herbei. Dann brach er auf. Sein Hotel war keine zweihundertfünfzig Meter von dem der Söldner entfernt, und so brauchte er nur wenige Minuten.

Als er um 1:18 Uhr vom Rennen außer Atem das Foyer des Hotels betrat, hörte er dumpf und ein paar Stockwerke über sich eine Explosion. „Scheiße!“, entfuhr es ihm. „Zu spät!“ Er drückte den Knopf, um den Aufzug zu holen. Als er an der Anzeige erkannte, dass dieser im vierten Stock steckte, lief er die Treppen hinauf.

Shadow rannte zu Fox’ Zimmer, vorbei an anderen sich öffnenden Türen. „Fox!“, schrie er, dann sprengte er das Schloss mit einem wuchtigen Tritt aus dem Türblatt.

Er erkannte Fielding auf einem Stuhl mit dem Rücken zu ihm und auf dem Bett eine nackte Fox, die aus mehreren Wunden blutete und hysterisch lachte. Irgendeine schäumende Flüssigkeit lief über den Schreibtisch durch einen Haufen Glasscherben. Die Wände waren fast überall von schwarzen Löchern und Blutspritzern übersät.

Mit zwei Sätzen war Shadow bei Fielding und wollte ihm gerade das Genick brechen, als er den zerfetzten Armstumpf des Killers bemerkte. Fielding selbst beziehungsweise Miroslav, korrigierte Shadow seine Gedanken, wackelte mit seinem Kopf wie ein zu lange eingesperrtes Tier. Rechts unter ihm hing, was die explodierende Waffe von seiner rechten Hand übrig gelassen hatte. Aus seinem Mund entwichen erbärmliche, gurgelnde Schreie. Aber all das interessierte Shadow überhaupt nicht.

„Fox."

Sie lachte weiter und beachtete Shadow gar nicht. Er lief zu ihr hin, nahm sie bei den Schultern und schüttelte sie. Eine klaffende Fleischwunde verlief genau über ihrem Haaransatz, sodass ihr Gesicht kaum zu erkennen war.

„Fox!"

Sie hörte auf zu lachen. „Ja, Shadow." Sie kehrte zurück. „Ich bin hier. Mir geht's gut!" Sie fokussierte ihren Blick.

„Du stehst unter Schock. Wir brauchen einen Arzt!"

Sie schüttelte den Kopf. „Nicht so dringend wie der da." Sie nickte zu Miroslav hinüber, der immer noch verzweifelt den Kopf nach rechts und links warf in der vergeblichen Hoffnung, irgendwo etwas sehen zu können. Von vorne konnte Shadow jetzt erkennen, dass das Gesicht des Mannes völlig zerstört war. Er blutete aus vielen Wunden, seine rechte Augenhöhle war völlig zertrümmert, und auch seine linke war nur noch ein schwarzes Loch. Sein Wimmern, das einem zerfetzten Mund entwich, in dem nur noch wenige Zähne in unnatürlichen Positionen zu erkennen waren, wurde beim Einatmen von einem unguten Pfeifgeräusch begleitet.

„Sind nur Fleischwunden bei mir. Hol ein paar Handtücher aus dem Bad. Miroslav stirbt uns sonst."

„Verdient hätte er es."

„Ja, aber er ist Zeuge. Und ich bin Sanitäterin. Ich bin verpflichtet, ihm zu helfen. Und das werde ich jetzt zumindest versuchen!"

In dem Augenblick hörten sie draußen, wo sich um die Tür schon eine beachtliche Menge aufgeschreckter Hotelgäste versammelt hatte, eine Stimme. „Lassen Sie mich durch! Ich bin Arzt!"

Es war Kline. Als er die Szene sah – die blutüberströmte, vollkommen nackte, aber ansonsten offenbar nicht tödlich verwundete Fox, den apathisch auf einem Stuhl sitzenden Miroslav mit seinem zerfetzten, aber kaum noch blutenden Armstumpf und Shadow, der gerade mit einem Stapel Handtücher aus dem Bad kam –, wurde ihm kurz schwarz vor Augen. Im Nachhinein war es ihm nicht klar, ob es der grausige Anblick der Szene war – oder die umwerfende, wenn auch blutverschmierte Blöße von Fox. Er hoffte auf Ersteres.

„Kline, gut, dass Sie da sind. Wir brauchen einen Notarzt. Aber vorher müssen wir den Mann hier flach hinlegen. Packen Sie doch mal an!“ Sie hievten Miroslav vom Stuhl, legten ihn auf den Boden und brachten ihn in eine stabile Seitenlage.

Fox reinigte ihr Gesicht grob vom Blut, damit sie besser sah, während Kline im Flur nach einem Hotelangestellten suchte, damit der einen Arzt bestellte. Bald fand er den Concierge, der sofort die Treppe nach unten nahm.

„Shadow, du presst ein Handtuch auf meine Stirn, damit meine Sicht frei bleibt!“ Ihre Griffe waren sicher und kontrolliert. Was immer sie hatte hysterisch lachen lassen – und Gründe gab es genug –: Es war vorbei. Sie untersuchte Miroslav und fand rechts am Oberkörper dicht beieinander zwei Wunden, wo Splitter in die Lunge eingedrungen waren.

„Kline, in meinem Koffer im Schrank finden Sie Klebestreifen und Folie. Ich muss das abdichten.“ Kline brachte das Gewünschte. Sie schnitt Miroslav das Hemd von der Brust, breitete ein Stück Plastikfolie über die beiden Wunden und verklebte die Ränder luftdicht. „Jetzt kann die kollabierte Lunge sich wieder entfalten.“ Dann betrachtete sie den Armstumpf. Der Schock hatte die Blutung zum Stillstand gebracht, aber dennoch zerriss Fox ein Handtuch längs und brachte damit vorsichtshalber eine lose Binde am Unterarm an. Sie bildete eine Schlaufe in ihr und meinte: „Kline, gehen Sie mal ins Bad und reißen eine Handtuchstange von der Wand.“

Als Kline, der zu befangen war, um einer nackten Frau Fragen zu stellen, mit dem Gewünschten zurückkam, steckte Fox die Handtuchstange durch die Schlaufe und meinte dann zu Kline: „So. Halten Sie mal! Wenn der Arm anfängt zu bluten, dann zweimal den Stock drehen. Das drückt den Arm dann ab."

„Und wie lange soll ich das halten?"

„Sie können wählen. Entweder bis ich mich sauber gemacht habe. Oder bis der Notarzt kommt. Und jetzt, Shadow, machst du mir hier oben bitte ein kräftiges Pflaster drauf."

Im Bad begutachtete Fox, um den Kopf einen mächtigen Turban, ihre sonstigen Wunden. Drei von ihnen waren tiefer und würden Narben hinterlassen: Die überm Haaransatz würde niemand sehen, die beiden auf dem Bauch, jeweils drei Finger breit rechts und links vom Bauchnabel, waren kleiner, würden aber Narben zurücklassen. Zum Glück hatten die Splitter die Bauchdecke nicht durchschlagen. Sie fand die kleinen Metallteile nicht allzu tief in der durchtrainierten Bauchmuskulatur. Sie war jetzt die Frau mit den drei Bauchnabeln, musste sie grinsen. Der Rest waren Schrammen, die bereits aufgehört hatten zu bluten, und es würde nichts Sichtbares zurückbleiben. Sie reinigte und versorgte die Wunden so, dass sie den Bademantel nicht vollblutete, den sie jetzt anzog.

Als sie aus dem Bad trat, lag Miroslav schon auf der Trage des Notarztes. Außerdem war es Kline gelungen, einen Hauptmann der kroatischen Militärpolizei aufzutreiben. Einer seiner Soldaten hatte sich bereits mit Handschellen an Miroslavs linken Arm gekettet. Fox war sich aber sicher, dass Miroslav ohnehin nicht würde fliehen können. Sie erkannte eine weitere Kompresse am rechten Bein, das wohl auch schwer in Mitleidenschaft gezogen worden war. Und ein genauer Blick in sein Gesicht zeigte, dass Miroslav nie wieder würde sehen oder sprechen können. Er würde höchstwahrscheinlich überleben, aber er würde garantiert niemandem mehr gefährlich werden. Fox war sehr zufrieden.

Als der Killer abtransportiert worden war, ließ sie sich erschöpft in einen Sessel sinken. Ihre Hände fingen an zu zittern, und sie brauchte eine Weile, bis sie sie wieder unter Kontrolle hatte. Kline stand verlegen in einer Ecke des Zimmers und schaute woandershin, denn ihr verrutschte der Bademantel, unter dem sie nach wie vor nackt war. Shadow sah ihr direkt in die Augen: „Bevor die Polizei dich mitnimmt: Was ist passiert?"

Fox grinste wild und musste wieder die euphorische Hysterie unterdrücken, die sie bereits unter Kontrolle geglaubt hatte. „Ich habe ihn ausgetrickst."

Shadow sah sich um: „Ziemlich aufwendiger Trick!"

Fox zuckte mit den Schultern. „Ein wenig Schwarzpulver aus zwei Patronen und ein bisschen schnell härtende Zweikomponenten-Knete zum Verschließen des Pistolenlaufs."

„Aber woher wussten Sie, dass er Miroslav war?", wunderte sich Kline.

„Weil er nicht Fielding sein konnte."

„Und woher wusstest du das?"

Fox grinste wieder ins Zimmer: „Erinnerst du dich an den Piloten, der Fielding aus Kuwait kannte? Der erzählte, wie Fielding dort einen Lungendurchschuss abbekam?"

„Ja." Shadow nickte.

„Das" – Fox wandte sich an Mr Kline – „sind die Vorteile eines ausschweifenden Sexuallebens. Man sieht die Leute nackt. Und ein Lungendurchschuss, der keine Narbe hinterlässt, den habe ich noch nicht gesehen. Und da Fielding keine Narbe hatte, konnte er nicht Fielding sein. Als Sie uns heute Abend darüber informierten, dass Miroslav unter uns weile, wusste ich sofort, wer es war."

„Und warum haben Sie mir das nicht sofort mitgeteilt?"

„Weil" – Fox setzte sich wieder auf – „ich erst noch herausfinden wollte, was die genau vorhaben. Und Ivan hatte recht. Es ist eine Falle."

Kline nickte nur, wartete aber ansonsten darauf, dass Fox weitersprach, als sein Mobiltelefon klingelte. Er starrte es an. Warum wurde er mitten in der Nacht angerufen?

„Kline!“ Er schwieg eine Weile, bedankte sich dann und legte auf.

„Sie haben eine vierte Bombe“, fuhr Fox fort, als Kline sie wieder anstarrte. „Silevic träumt von einem Großserbien. Und die vierte steht in Pale. Sie wollen in drei Tagen den Elysée-Palast treffen.“

„Scheiße!“ Das war kein Ausdruck, den sie von Kline gewohnt waren. „Das hier war gerade Amerika. Die Jungs haben ein perfektes Timing. Sie haben den Antrieb analysiert. Es ist ein Supersonic-Antrieb mit einer ungewöhnlich großen Reichweite: zweitausendfünfhundert Kilometer.“

„Paris …“

„… ist sicher erreichbar“, vollendete Kline Shadows Satz. Er griff sofort wieder zum Telefon: „Bradley! Organisieren Sie sofort eine lückenlose Luftraumüberwachung rund um Pale. Ich will, dass jede Mücke da überwacht wird: Abflugzeit, Abflugort, wohin sie fliegt, wann sie wo ankommt. Alles! Wenn es geht die Haarfarbe des Piloten!“ Dann legte er wieder auf.

Sie schauten sich gerade ratlos an, als ein Schatten an die Tür trat und in gutem, wenn auch nicht akzentfreiem Englisch fragte: „Ist irgendjemand von Ihnen Cynthia Guzzman?“

„Ja, ich.“

Der Mann trat näher und hielt einen Ausweis hoch. „Inspektor Goranovic, kroatische Polizei. Ich muss Sie bitten mitzukommen!“

„Und ich muss Sie bitten, davon erst einmal Abstand zu nehmen, Mister Goranovic.“

„Tut mir leid, Madam …“

„Es tut mir leid. Aber ich benötige zunächst etwas zum Anziehen, und dann einen Arzt, der meine Wunden versorgt.“ Sie zeigte auf ihren Turban. „Und dann können Sie mir Fragen stellen.“

„Natürlich, Madam. Bitte gehen Sie dann in Ihr Zimmer, um sich anzukleiden. Wir werden Sie zum Arzt begleiten, damit Ihnen auf dem Weg nichts zustößt.“

„Mr Goranovic“, meldete sich jetzt Kline zu Wort, „darf ich einen kurzen Moment mit Ihnen unter vier Augen sprechen?“

„Wer sind Sie?“

„John Paul Kline, Geheimdienstkoordinator des Kommandeurs der amerikanischen Streitkräfte in Europa.“

Goranovic war offenbar nicht dumm. Er schaute Kline kurz an. „Ich will Ihnen nicht auf die Füße treten, Sir. Aber Sie müssen mir schon sagen, um was es hier geht.“

„Dann geben Sie mir noch eine halbe Stunde mit Miss Guzzman, bitte! Danach bekommen Sie umfassend Bescheid.“

Der Polizist überlegte eine Weile, bis er nickte. „Dreißig Minuten“, sagte er und zog sich zurück.

„Fox“, sagte Kline jetzt. „Hat dir Miroslav noch irgendetwas über ihre Pläne verraten?“

„Alles“, nickte Fox. Und dann berichtete sie im Detail, was Miroslav ihr erzählt hatte. Kline wurde bleich.

Der Russe

Pale, 11. Dezember 1995, später Vormittag

Als Ivan aus dem Helikopter sprang, stand der Freund nur fünfzehn Meter entfernt, breitete die Arme aus und umarmte den Russen, als dieser nahe genug heran war.

„Endlich!“, sagte Silevic. Sein Russisch war perfekt. Er schaute Dolvich ernst an. „Warum kämpfst du gegen mich?“

Ivan schaute Silevic in die Augen: „Weil du nicht gewinnen kannst, Ante. Lass uns verhandeln, nicht kämpfen.“

Das Lächeln aus Silevics Gesicht wich nicht. „Komm erst mal rein! Wir haben uns lange nicht gesehen.“

Er umarmte Dolvich noch einmal und führte ihn dann durch einen schmalen, unscheinbaren Höhleneingang, der in einer meterdicken Betonmauer endete, in der sich eine Tür befand. Unmittelbar dahinter erweiterte sich die Höhle zu einem großen Hauptraum.

„Ich hatte befohlen, dir nicht die Augen zu verbinden. Ich hoffe, du wurdest gut behandelt!“

„Deine Leute waren sehr professionell und höflich.“ Ivan hatte sich seine Gedanken gemacht. „Ich nehme an, ihr wart auf unseren Angriff nicht vorbereitet? Deshalb waren da Elitetruppen?“

„Ihr habt Pech gehabt und seid in eine Nachtübung geplatzt. Sie konnten in aller Ruhe in Stellung gehen.“ Silevic nickte, ohne auf die zweite Frage einzugehen. „Sehr gut! Professionell ist gut, Ivan. Wir sind beide Profis. Dass ihr die dritte Missile findet, hätte ich nicht gedacht. Aber du wirst sehen, dass ihr mich nicht schlagen könnt. Und ich möchte, dass du auf meiner Seite kämpfst.“

„Was ist mit den Toten?“

„Wir sind keine Barbaren. Sie wurden geborgen und werden heute noch übergeben.“

„Auch wenn ich ausschlage? Was ist dann?“

„Die beiden Toten werden ehrenvoll behandelt. Und wenn du ausschlägst, dann bringen wir dich zurück. Wenn alles vorbei ist. Dir wird hier nichts geschehen.“

Ivan registrierte die leichte Betonung, die Silevic auf das Wörtchen „hier“ legte, kommentierte diese aber nicht.

„Ich vertraue darauf, dass du keinen Verrat begehst“, fuhr Silevic fort.

„Ich bin mir sicher“, antwortete der Russe jetzt, um irgendetwas zu sagen, „dass du mir sowieso nicht alles zeigst. Würde ich an deiner Stelle auch nicht tun.“

Silevic lächelte. Sie hatten den großen Raum verlassen und waren über ein paar enge und steile Pfade tiefer in den Berg hinabgestiegen. „Du wirst für zwei Tage mein Gast sein. Früher lasse ich dich nicht gehen. Wir sehen uns so selten, mein Freund.“ Sie betraten jetzt eine weitere große, aber nicht allzu hohe Höhle, in die ein paar schlichte Wände eingezogen worden waren. „Hier wohne ich, und noch einige andere. Viele fahren abends nach Hause, wir haben hier nicht für alle Platz. Ist ein bisschen eng, aber dafür ungemütlich.“ Silevic lachte.

„Warum machst du das, Ante?“

„Was meinst du?“

„Warum sitzt du nicht in deiner Villa in Monte Carlo und lässt dir von ein paar Edelnutten Drinks mixen und die Eier lutschen? Du warst ein ehrlicher Waffenhändler. Illegal, aber nicht zu fassen. Ein guter Kaufmann. Ich muss meinen Körper verkaufen. Du warst cleverer. Warum spielst du plötzlich Politik?“

„Sollten wir es uns nicht erst gemütlich machen, bevor wir die ernsten Dinge besprechen?“

Er öffnete eine Tür, und sie betraten einen Raum, in dem eine Sofagarnitur auf einem dicken Teppich stand. Die gemauerten Wände waren mit ein paar Drucken von Picasso und Miró geschmückt, und in die Höhlenwand, die den Raum nach hinten abschloss, war ein Kamin gemeißelt worden. Eine weitere Nische in der Wand war durch eine kleine Holztür verschlossen. Eine Milchglastür schien in ein Badezimmer zu führen. Der Raum war tatsächlich gemütlich.

„Du solltest hier ein Hotel einrichten, wenn Frieden ist."

„Das Äußere täuscht. Es ist unglaublich aufwendig, diese Räume zu beheizen. Für uns Soldaten ist das okay. Für Touristen …" Silevic beendete den Satz nicht. Aber Ivan stellte fest, dass immer noch eine Menge Kaufmann in Silevic steckte.

„Du wirst hier wohnen. Das Sofa lässt sich ausklappen. Ergibt dann das bequemste Bett im ganzen Komplex. Hier" – er trat an die kleine Holzklappe in der Felswand heran und öffnete sie – „findest du sogar eine Minibar. Ist tatsächlich ein bisschen wie im Hotel. Nur Frauen gibt es hier nicht. Und du brauchst keine Kreditkarte." Er lächelte und wies auf das Sofa: „Nimm Platz! Zigarre?" Der Serbe wies auf eine flache hölzerne Kiste, die auf dem kleinen Tisch stand. „Bedien dich! Keine kubanischen, aber auch nicht ganz schlecht."

Ivan schüttelte den Kopf, setzte sich in einen der beiden Sessel und stellte fest, dass er ziemlich bequem war.

„Was zu trinken?"

„Hast du Kaffee? Ich habe letzte Nacht nicht geschlafen."

Silevic zögerte kurz. „Ein Vorschlag", sagte er dann. „Ich habe noch etwas zu erledigen. Also kriegst du keinen Kaffee, sondern legst dich hier zwei Stunden hin. Dann gibt's Kaffee, ein vernünftiges Mittagessen, und wir reden."

„Ich würde lieber sofort reden. Ich glaube nicht, dass wir viel Zeit haben, Ante."

„Zwei Stunden haben wir, keine Sorge. Du wirst zwei Tage hierbleiben. Ich glaube nicht, dass es sinnvoll ist, Entscheidungen zu treffen, wenn man nicht wenigstens ein wenig geschlafen hat."

Silevic ließ ein paar Kissen und Decken bringen und wandte sich wieder an Ivan: „In zwei Stunden lasse ich dich wecken."

Ivan schaute dem Serben hinterher, der sich noch einmal umdrehte: „Es ist gut, dass du lebst, Ivan!“ Dann fiel die Tür hinter ihm ins Schloss.

Ivan war müde, das war richtig. Aber er war sich sehr sicher, dass Silevic ihn hier nicht aus Rücksichtnahme schmoren ließ. Er stand auf und öffnete die Zimmertür. Davor stand eine bewaffnete Wache.

„Bin ich ein Gefangener?“

„Nein“, antwortete der Mann. „Ich bin zu Ihrem Schutz hier.“

„Aber ich darf das Zimmer nicht verlassen?“

„Doch, aber ich soll Sie begleiten und davor bewahren, die falschen Türen zu öffnen.“

„Mit Waffengewalt?“

„Nur wenn es nicht anders geht.“

Ivan nickte und schloss die Tür wieder. Solange er noch nicht mit Ante geredet hatte, wollte er keinen Ärger machen. Er konnte die Wache überwältigen, da war er sich sicher, aber er kannte den Weg hinaus nicht. Und es würde bestimmt das Ende der Gespräche mit Ante bedeuten. Und sie mussten sprechen. „Dann kann ich genauso gut schlafen“, sagte er zu sich selbst und legte sich auf das Sofa. Keine Minute später war er eingeschlafen.

Als er wieder erwachte, war er sich sicher, länger als zwei Stunden geschlafen zu haben. Ein Blick auf die Uhr gab ihm recht. Es war bereits kurz vor vier Uhr am Nachmittag. Silevic hatte es nicht gerade eilig, mit ihm zu reden. Ivan stand auf, legte die Decken ordentlich zusammen und öffnete dann die Tür. Jetzt stand ein anderer Posten davor. „Zimmerservice? Du kannst Ante Bescheid geben, dass ich jetzt wach bin! Und den Kaffee bringen.“

Der Posten nickte wortlos und zückte sein Funkgerät. Er würde also nicht fortgehen. Ivan schloss die Tür wieder und wartete.

Vielleicht zehn Minuten später wurde ihm der versprochene Kaffee gebracht, zusammen mit ein paar Rühreiern mit Speck. Und dann kam auch Silevic. „Ich hoffe, du bist mir nicht böse, dass ich dich habe ausschlafen lassen. Ich habe nach zwei Stunden hier reingeschaut, aber du warst nicht wach zu kriegen."

Ivan wusste nicht, ob das stimmte, aber er nahm sich vor, demnächst mal einen Arzt aufzusuchen. Ein solches Schlafbedürfnis kannte er an sich gar nicht. Er nickte und begann, die Rühreier mit Heißhunger zu verspeisen.

„Viel mehr geht leider nicht. Wir richten uns hier gerade auf eine längere Belagerung ein."

„Du willst die Rakete also wirklich starten?"

Silevic schaute Dolvich eine Weile beim Essen zu. Dann nickte er:„Ja. Du weißt also schon, dass es eine vierte gibt?"

Dolvich nickte: „Ja, das ist mir in deinem Helikopter klar geworden." Es ergab keinen Sinn, dass Silevic eine Bombe in Serbien, im Kosovo und im serbisch bewohnten Teil Kroatiens stehen hatte – und keine in Pale. Die Missiles – das Muster war ihm schlagartig klar geworden – markierten den serbischen Anspruch auf ein Großserbien. Eher hätte Silevic auf die Rakete in Serbien verzichtet als auf die im serbisch bewohnten Teil Bosniens. Also musste es eine vierte geben. Das war die Lösung des ganzen Rätsels. Alles andere ergab plötzlich Sinn. Dass er einen Marschflugkörper hatte, war aufgeflogen. Niemand hätte geglaubt, dass der bei Vukovar der einzige war. Also hatte er auch den serbischen geopfert. Und die NATO wurde auf die Suche nach einem dritten geschickt, damit sie keine Zeit zum Nachdenken hatte. Der Fund im Kosovo war nicht eingeplant gewesen. Das musste Silevic getroffen haben. Aber er hätte die Suche nach der dritten nicht initiiert, ohne das vierte Ass im Ärmel. Und das war direkt hier. In Pale.

„Kline weiß also nichts von der vierten Rakete?"

Ivan zuckte mit den Schultern. „Zumindest von mir hat er es nicht. Vielleicht ist er selbst schon draufgekommen. Er ist nicht dumm." Der Russe pausierte kurz, um einen Bissen zu nehmen. Dann fuhr er fort: „Das ist Wahnsinn, Ante. Du kannst damit wenig erreichen und sehr viel zerstören."

„Ich sage dir, was ich erreichen kann. Und wenn du mir dann mehr bietest, dann werde ich die Rakete am Boden lassen. Einverstanden?"

Ivan nickte. Und dann erfuhr er, was Silevic vorhatte. Eine Weile saß der Russe dann schweigend da und wog die Antwort, aber die einzige, die ihm einfiel, war: „Und du glaubst, bei diesem Wahnsinn würde ich auf deiner Seite stehen können?"

„Es trifft Schuldige."

„Es trifft die ganze Welt."

„Es geht darum, Gerechtigkeit walten zu lassen."

„Gerechtigkeit? Für wen? Du destabilisierst einen ganzen Kontinent, löst vielleicht den nächsten großen Krieg aus – und redest von Gerechtigkeit? Wir beide waren im Krieg, Ante. Trifft der nur Schuldige? Hast du da Gerechtigkeit gefunden? Wir haben in Afghanistan gelernt, dass Gerechtigkeit nur ein hohles Wort ist! Hast du das vergessen?"

„Der Krieg in Afghanistan war ein Geschäft. Es ging um Rohstoffe und Zugriff auf den Mittleren Osten, Pakistan und Indien, das weißt du auch!"

„Ja, das weiß ich. Und dort haben wir beide gelernt, dass jeder Krieg nur ein Geschäft ist. Nicht für die Naiven, die für seine Prämisse kämpfen: Demokratie, Freiheit, Unabhängigkeit oder andere Etiketten, mit denen man das Gift verkauft. Aber für die, die an ihm verdienen. Das wollten wir auch. Deshalb bin ich Söldner geworden. Deshalb wurdest du Waffenhändler. Solange Politiker unfähig sind, Frieden zu halten, so lange wollten wir nicht mehr am falschen Ende der Nahrungskette stehen. Aber niemand hat je davon geredet, dass wir Kriege anfangen! Wozu auch? Gibt ja genug davon!"

Silevic nickte. „Das ist richtig, das war unsere Idee. Aber Dinge ändern sich, mein Freund."

„Was hat sich geändert? Euer unfähiger Milosevic hat euch in ein paar Kriege geschubst, und dann habt ihr an ein paar Fronten zu viel gekämpft, statt Frieden zu schließen, als Eure Position stark war. Und ihr habt versäumt, euch rechtzeitig um die richtigen Freunde zu kümmern. Was habt ihr geglaubt: dass die EU vor ihrer Haustür ethnische Säuberungen hinnehmen kann?“

„Sie tut es in Afrika, in Asien, überall.“

„Vukovar ist aber nicht mal einen gemütlichen Tagesausflug von Wien entfernt. In der ganzen EU sitzen kroatische, bosnische und serbische Gastarbeiter. Der Balkan ist eine wichtige Reiseroute nach Griechenland, ist Touristenziel und was weiß ich noch alles. Und Milosevic tut, als lebte er irgendwo im verdammten Sudan!“

„Wir reden hier nicht über Milosevic. Wir reden über Serbien, das um seinen militärischen Sieg betrogen wird. Wie immer!“

Ivan schaute Ante an, um Anzeichen von Ironie zu entdecken, aber sein Freund meinte es offenbar ernst. „Ante, hat Russland in Afghanistan militärisch gewonnen? Wurde es dort um seinen Sieg betrogen? Oder hat es sich selbst darum gebracht? Ich bin Russe. Ich bin Patriot wie du. In Afghanistan haben wir vielleicht ein paar Jahre die Regierung bestimmt, aber militärisch war da nichts zu gewinnen. Ihr habt vielleicht vor ein paar Jahren Vukovar erobert, aber militärisch konntet ihr diesen Krieg nicht gewinnen. Ihr hättet ihn beenden müssen, bevor das auch die andere Seite gemerkt hat. Das hätte Russland tun sollen, das hättet ihr tun sollen. Wenn die NATO will, dann seid ihr in vierzehn Tagen ein besetztes Land. So sieht ein militärischer Sieg aus!“ Ivan zögerte, um seinem Gedanken eine neue Richtung zu geben: „Und dann müsste sich die NATO so schnell wie möglich wieder zurückziehen. Denn der serbische Untergrund würde einen Zermürbungskampf beginnen, der früher oder später die NATO sowieso zum Abzug zwänge. Auch das wäre ein militärischer Sieg. Aber gewonnen hat man damit noch lange nicht. Ante, wir leben vom Krieg. Wir ziehen von Krieg zu Krieg. Wenn einer vorbei ist, dann suchen und finden wir den nächsten. Aber die allermeisten Menschen, die kämpfen, die kämpfen für den Frieden. Das ist ihr Ziel. Sie wollen, dass ihre Kinder in Frieden aufwachsen. Mehr nicht. Sie wollen ihre Sprache sprechen dürfen, sie wollen ihr Leben leben dürfen. Willst du ihnen jetzt mit Großserbien kommen? Schon wieder? Wo wir doch gerade sehen können, wohin das führt!"

„Schöne Rede, Ivan. Aber es geht nicht um Großserbien. Noch nicht. Das wird erst am Ende entstehen. Es geht darum, das System zu vernichten, das Serbien klein hält."

Ivan schüttelte den Kopf. „Nehmen wir mal an, Ante, dass es klappt. Du enthauptest den Westen, die Großmächte, die gesamte internationale Machtstruktur. Ich glaube nicht, dass dies geschieht, selbst wenn dein Anschlag gelingt, aber nehmen wir es mal an: Der Westen zerbricht, die UNO zerbricht, die NATO, die EU, all diese Strukturen. Und dann säubert ihr großserbische Gebiete von Bosniern und Kroaten und Albanern und allen anderen. Und jetzt nehmen wir sogar an, dass diese Menschen das so einfach mit sich machen lassen. Obwohl wir beide wissen, dass sie das nicht tun werden. Aber was dann? Euer großes Land liegt am Boden, ihr habt nicht genug zu essen, ihr produziert kaum etwas. Wovon wollt ihr leben? Stolz macht glücklich, aber nicht satt. Und Stolz wird ganz schnell nebensächlich, wenn die Kinder vor Hunger schreien."

Ante schwieg.

„Warum, Ante, sollte ich dafür kämpfen? Warum kämpfst du auf einmal dafür?"

„Weil es mein Volk ist."

„Hast du dein Volk gefragt, ob es das überhaupt will?"

„Es will sicher nicht die Demütigung, die es übermorgen in Paris erfährt!", schrie Silevic jetzt.

Ivan schwieg eine Weile. „Was ist Demütigung? Wir haben Deutschland besiegt, geteilt, ihr Land genommen, die Industrieanlagen abmontiert, die Frauen vergewaltigt, die Männer getötet. War das Demütigung genug? Nach dem, was die Deutschen uns angetan hatten?"

„Was hat das mit Serbien zu tun, Ivan?"

„Viel!" Ivan fragte sich, wie viel Sinn es ergab, Ante überzeugen zu wollen, wo der gar nicht bereit oder fähig war, sich überzeugen zu lassen. Aber er wollte, stellte er fest, den Freund retten. Und er war hier gefangen. Da blieb ihm sowieso nichts anderes zu tun: „Nach dem Ersten Weltkrieg hat sich Deutschland leidgetan. Die Deutschen waren gedemütigt, und dann haben sie die Demütigung zu tilgen versucht und damit erst vervollständigt, indem sie Hitler wählten. Aus Selbstmitleid. Das arme, geprügelte Deutschland. Seit Jahrhunderten geknechtet. Hitler war nichts anderes als eine monströse Form des Selbstmitleids."

Ante schwieg und gab nicht zu erkennen, ob er dem zustimmte oder nicht. Also fuhr Dolvich fort: „Nach dem Zweiten Weltkrieg haben sie diesen Fehler nicht wiederholt. Sie wurden Geschäftsleute. Kaufmänner, wie du einer bist. Sie haben die Verluste abgeschrieben, mehr als die Hälfte ihres Landes und den Rest aus der Konkursmasse gezogen. Sie wurden Ingenieure. Die besten der Welt. Schau sie dir heute an. Einen großen Teil des Landes haben sie wiederbekommen. Sie sind reich, angesehen, nicht geliebt, aber respektiert. Sind sie gedemütigt? Wenn ja, dann wünsche ich, dass Russland genauso gedemütigt wird. Und Serbien auch!"

„Geld ist nicht alles."

„Das sagst du? Ausgerechnet du? Du hast so viel Geld verdient, dass du dir eine ganze Privatarmee leisten kannst!"

„Was weißt du von Miroslav?", wechselte der Serbe jetzt plötzlich das Thema. Aber Dolvich ließ sich nicht überrumpeln: „Miroslav? Nicht viel. Soweit ich weiß, bin ich ihm nie begegnet." Ich rede hier gegen eine Wand, dachte er dann. Er hat nicht eine Sekunde zugehört.

Silevic nickte, als wollte er diese Schlussfolgerung unfreiwillig bestätigen: „Du bleibst hier. Bis übermorgen. Dann bringen wir dich zurück. Es sei denn, wir werden angegriffen." Er wartete, um zu sehen, dass die neue Bedingung angekommen war. Dann ergänzte er noch: „Sag Bescheid, wenn du es dir anders überlegst!"

Ohne weiteren Gruß stand er auf und verließ den Raum. Ivan, der ihm nicht hinterherschaute, hörte die Tür ins Schloss fallen. Dann wurde ein Schlüssel herumgedreht. Er war gefangen.

Der letzte Einsatz

Zagreb, 12. Dezember 1995, 14:00 Uhr

Goranovic hatte Fox etwa dreißig Minuten lang verhört, bis er einen Anruf bekam, der ihn von der Aufgabe entband. Denn Kline war nicht untätig gewesen. Er hatte seinen Vorgesetzten informiert, den amerikanischen Verteidigungsminister James Perry, dieser telefonierte mit Außenminister Warren Christopher, und der mit Franjo Tuđman. Der Hinweis auf mögliche oder eben nicht mögliche zukünftige Zusammenarbeit auf vielen Ebenen wirkte Wunder. Miroslav wurde ins amerikanische Militärkrankenhaus nach Ramstein in Deutschland ausgeflogen, Goranovic bekam einen Anruf, und Fox war entlassen.

Sie fuhren sie in ein Krankenhaus, wo ihr der vordere Haaransatz abrasiert wurde, um die Fleischwunde nähen zu können, die ein Splitter der explodierenden Waffe dort hinterlassen hatte. Wie sich herausstellte, hatte der Splitter sie nur gestreift und den Schädel nur angekratzt. Die Wunde war sauber, die Wundränder gerade. Die Haare würden nachwachsen, und die Narbe, wenn eine blieb, würde kaum sichtbar sein.

Auch die beiden kleinen, aber hässlich ausgefransten Wunden neben ihrem Bauchnabel wurden genäht. Sie würden sichtbar bleiben. Die restlichen Wunden stellten sich, wie Fox sie schon selbst eingeschätzt hatte, als nur oberflächlich heraus. Sie wurden mit Salbe und Pflastern versorgt. Es war kurz nach vier, als Fox wieder im Hotel war, wo man ihr inzwischen ein anderes Zimmer zugewiesen hatte. Auf ihrem Schreibtisch stand ein Blumenstrauß von der Hotelleitung und ein weiterer von Kline. Wo sie die Blumen um diese Zeit aufgetrieben hatten, wollte Fox gar nicht wissen. Kline hatte einen kurzen Brief an den Strauß gehängt.

„Schlafen Sie sich aus. Morgen um 14:00 Uhr brauchen wir Sie."

Fox fiel ins Bett. Der Schädel schmerzte, und immer wenn sie die Augen schloss, kehrte das Bild der explodierenden Waffe in Miroslavs Hand zurück. Es dämmerte schon, als es ihr endlich gelang einzuschlafen. Und dann kam Sabrina.

Um kurz nach zwölf wachte sie völlig zerschlagen wieder auf.

„Sehr geschickt!", lobte sie Kline, als sie den Konferenzraum um Punkt 14:00 Uhr betrat. Fox hatte sich einen bunten Seidenschal um die Stirn gebunden, den sie sich mal vor vielen Jahren in San Francisco gekauft hatte. Niemand, der nicht von den Ereignissen der letzten Nacht wusste, hätte geahnt, was er verbarg.

„Ja, bis die Haare wieder nachgewachsen sind, spiele ich jetzt Hippiemädchen." Sie machte das Peace-Zeichen und grinste. Shadow, neben den sie sich setzte, verzog keine Miene.

„Wird noch ein bisschen dauern, bis der Frieden eine Chance bekommt", ging Kline zum Thema über. „Wir waren in der Zwischenzeit fleißig. Aber erst einmal zur letzten Nacht. Kaffee?"

Er schenkte sich ein und reichte die Thermoskanne dann an Shadow weiter. Fox winkte ab.

„Wir müssen davon ausgehen, dass Fielding schon geraume Zeit tot ist, mindestens aber, seit Sie Miroslav aufgegabelt haben. Wir gehen aber davon aus, dass der womöglich schon seit dem Sommer diese Rolle übernommen hat. Das wird sich aufklären. Tatsache ist: Niemand hat es gemerkt, auch seine Kollegen in der Redaktion der New York Times nicht. Wir müssen uns deshalb also keine Vorwürfe machen. Sie" – er schaute Fox an – „waren aufmerksamer als die meisten von uns. Und Sie sind ein erhebliches Risiko eingegangen. Sie hätten uns einweihen müssen."

„Dann hätten wir kaum erfahren, was Miroslav mir nur deshalb erzählte, weil er mich wenige Momente später töten wollte."

Kline schwieg kurz. „Möglich. Wissen wir nicht. Und der Konjunktiv hilft uns jetzt nicht weiter. Also, die Situation ist folgende: Miroslav ist wohl außer Lebensgefahr. Er hat die rechte Hand verloren, beide Augen und einen Teil seiner Zunge. Der Kiefer ist vollständig zertrümmert, und es wird eine Menge plastische Chirurgie brauchen, bis er wieder feste Nahrung zu sich nehmen kann. Wahrscheinlich wird er auch das rechte Bein nie wieder richtig gebrauchen können: Das Knie ist komplett zerstört. Vernehmen können wir ihn noch nicht, zumal unwahrscheinlich ist, dass er jemals wieder verständlich sprechen kann."

„Das nenne ich mal außer Gefecht gesetzt." Shadow nickte anerkennend. „Der hat seinen letzten Auftragsmord begangen."

„Also haben wir die Informationen, die er Fox gegeben hat. Die vierte Rakete ist in Pale – und dort vermuten wir auch Ivan."

„Wenn er noch lebt", warf Fox ein."

„Das", nickte Kline, „müssen wir hoffen. Vor allem aber müssen wir die vierte Bombe ausschalten. Und dabei hat Ivan uns schon geholfen." Kline stand auf und warf den Tageslichtprojektor an: „Wir wissen genau, wo der Helikopter gelandet ist, der gestern, eine knappe halbe Stunde nach dem Kampf, im Norden des Kosovo gestartet und nach Pale geflogen ist. Vermutlich war Ivan unter den Passagieren. Oder es ist alles nur ein blöder Zufall. Wie auch immer." Kline ergriff einen Stock und wies auf ein paar Dinge hin, die auf dem Foto zu erkennen waren. „Die Gegend wurde intensiv fotografiert, und es wurden Strukturen erkannt, die auf einen unterirdischen militärischen Komplex hindeuten: mehrere MG-Nester, ein paar Wege, die scheinbar im Nichts enden beziehungsweise anfangen und die in keinem offiziellen Wegeplan verzeichnet sind. Außerdem sind Lüftungsschächte erkennbar: hier und hier und hier."

„Wir wissen also jetzt, wo Silevic steckt!"

„Ja."

„Wie viele Leute braucht man, um den Komplex einzunehmen?"

„Wir arbeiten gerade an den Plänen, aber wir sind uns sicher, dass dies kein Job ist, den ihr alleine durchziehen könnt. Selbst wenn Ivan noch bei uns wäre. Momentan laufen die Telefone heiß zwischen Sarajewo, Belgrad und uns."

„Was heißt das?"

„Wir arbeiten an zwei Fronten. An der einen verhandeln wir mit denen über eine Freilassung Ivans. Auf der anderen bereiten wir im Geheimen unseren Einsatz vor."

„Was ist, wenn Ivan bis dahin nicht freikommt?"

„Miss Guzzman, ich verstehe, dass Sie sich Sorgen um Ihren Kameraden machen. Aber Sie verstehen sicher auch, dass sein Leben nachrangige Bedeutung hat im Vergleich zum Angriff mit einer Atomwaffe."

Fox nickte. „Was heißt das konkret?"

„Bis morgen Abend um acht meldet sich Ivan. Oder wir gehen rein. Morgen ist der dreizehnte. Am vierzehnten wird in Paris unterschrieben. Und der Termin, das hat Mr Clinton unmissverständlich klargemacht, wird nicht verschoben. Wir müssen also vorher Erfolg haben."

Shadow schwieg, und Fox benötigte eine Weile, bis sie ihre Sprache wiederfand: „Moment mal! Heißt das, dass Clinton sich und all die anderen Präsidenten, Kanzler und Premierminister der Gefahr aussetzt …"

„In Amerika geht der Wahlkampf los, Miss Guzzman. Wenn mit dem Friedensschluss auf dem Balkan irgendetwas schiefgeht, werden die Republikaner das ausschlachten. Clinton baut auf uns, und wir werden ihn nicht enttäuschen. Falls wir versagen: Die Missile braucht etwa zweiundfünfzig Minuten nach Paris. Das reicht für eine Evakuierung, und vielleicht können wir sie ja auch dann noch abfangen."

„Bei zwei bis drei Mach?", zweifelte Fox.

„Ich sagte: Vielleicht!"

„Also haben wir keine Eile?"

„Mister Simmons", Kline benutzte Shadows wirklichen Namen so selten, dass es sich jedes Mal seltsam anhörte, „nur dann, wenn man den Elysée-Palast opfern, einen radioaktiven Krater in Paris hinnehmen und diesem großserbischen Spinner einen PR-Auftritt gönnen möchte, der den Balkankrieg wahrscheinlich wieder lostreten wird. Bloß diesmal nicht von mehr oder weniger regulären Streitkräften geführt, sondern von völlig unkontrollierbaren Partisanen."

Kline schaltete den Projektor aus. „Wir reden hier von Hunderttausenden Toten. Miroslavs Redseligkeit hat womöglich einen großen europäischen Krieg verhindert. Aber die Lunte glüht noch. Und wenn die Bombe einschlägt, dann explodiert auch der Balkan wieder, selbst wenn die politischen Führungen das überleben werden. Doch Chirac kann einen atomaren Angriff auf den Elysée-Palast ohne entsprechende Reaktion nicht hinnehmen. Das würde er politisch nicht überleben. Belgrad würde getroffen. Und das wären keine taktischen Köpfe, sondern strategische."

„Er wird sie nicht abfeuern."

„Wird er nicht? Le Pen sitzt ihm im Nacken, seitdem Chirac die Mitschuld Frankreichs am Holocaust eingestanden hat. Er braucht bald ein starkes politisches Signal, um Le Pen auf Abstand zu halten. Da kommt ein außenpolitischer Konflikt gerade recht. Ein Atomangriff mitten in Paris und keine Reaktion von Chirac? Le Pen würde sich die Hände reiben."

„Verdammte Politik!"

„Clinton würde es nutzen, um die Opposition vor sich herzutreiben, weil Ginger Poors ihre Hände bei der Lieferung der Raketen im Spiel hatte. Genauso ihr Parteifreund Richard Chane. Der ist Vorsitzender von HEL, und die haben die Waffe produziert. Steht alles in Fieldings Unterlagen. Mitsamt Belegen. Clinton würde die nächste Wahl wahrscheinlich sowieso gewinnen, aber wenn der Elysée-Palast explodiert, dann trifft das a) die Franzosen, die ja eh kein Amerikaner so richtig leiden kann, und b) kann er anschließend Poors und Chane wegen Hochverrats verhaften lassen. Wen wollen die Republikaner dann als Präsidentschaftskandidaten aufstellen? Bob Dole? Da können sie die Wahl auch direkt abblasen."

„Okay, wir haben verstanden."

„Es wird eine große Operation werden. Die Planungen sind noch nicht komplett, aber viel wird darauf ankommen, eines der MG-Nester auszuheben, von denen aus die Zugänge zu der Festung geschützt werden. Und dies möglichst, ohne dass das in der Festung jemand merkt. Die Rakete braucht geschätzte zwölf bis fünfzehn Minuten für die Vorbereitung und die Aufwärmphase, bevor sie starten kann. Sobald der echte Angriff beginnt, haben wir also maximal eine Viertelstunde Zeit, um die Rakete zu finden."

Fox nickte. „Die Rakete wird in keinem Silo stehen. Dafür fehlte ihnen die Zeit. Man würde das Silo oder die Reste der Baustelle auch irgendwo auf den Luftbildern sehen können. Sie muss also nach draußen geschafft werden. Das ist unsere Chance, sie aus der Luft zu zerstören."

Kline nickte. „Silevic wird sie nicht in den äußeren Bereichen der Festung stehen haben, wo sie bei einem Angriff sofort gefährdet wäre."

„Ja, irgendwo in der Mitte des Komplexes, in einer Höhle mit einem Vorplatz, der groß genug ist, sie abzufeuern. Eine enge Schlucht beispielsweise. So etwas."

Kline nickte Shadow zu und machte sich eine Notiz: „Wir werden das Gelände analysieren."

„Wichtig wäre auch zu wissen", stellte Fox jetzt fest, „ob Silevic weiß, dass wir Miroslav ausgeschaltet haben."

„Wahrscheinlich nicht. Kaum jemand weiß, wer der verwundete Mann ist. Es gibt keine Fotos von ihm, und er kann nicht sprechen. Aber wir wissen nicht, wie oft Miroslav Kontakt mit Silevic hatte und ob Silevic jetzt merken wird, dass Miroslav sich nicht mehr meldet. Er wird also seine Vermutungen anstellen. Ivan jedenfalls hat davon nichts mitbekommen. Der kann ihm nichts verraten."

„Unsicherheit ist gut. Vielleicht macht Silevic einen Fehler, weil er falsche Schlüsse zieht …"

„Vielleicht verleitet es ihn auch dazu, etwas wirklich Irrationales zu tun. Und der Gedanke gefällt mir nicht. Mir ist Berechenbarkeit lieber."

„Gut. Wie geht es weiter?"

In dem Moment wurden sie gestört. Ein Mann in Uniform betrat, ohne anzuklopfen, das Zimmer und flüsterte Kline etwas ins Ohr. Der nickte, und der Mann verschwand wieder.

„Wir haben Bestätigung: Ivan ist gefangen und unverletzt. Brenner und Mueller sind tot, die Leichen wurden uns eben übergeben." Er schaute kurz ein wenig orientierungslos im Raum umher. Dann fuhr er fort: „Bereitet euch vor! Morgen wird es losgehen. Überlegt euch schon mal, wie ihr ein MG-Nest knackt, ohne dass ein Schuss fällt."

Nachdem sie den Raum verlassen hatten, ging Kline noch einige Momente in sich. Er hatte recht gehabt, entschied er sich, nicht die ganze Botschaft zu verbreiten: Wenn sie angriffen, hatte Silevic ihm mitteilen lassen, würde Ivan Dolvich sterben.

Kamin

Bei Pale, 13. Dezember 1995

Sie hatten ihm zu essen gebracht und kein Wort gesagt. Sie hatten ihm bis auf seine Kleidung alles abgenommen, sogar die Stiefel und die Uhr. Sie hatten ihm Bettwäsche gebracht und kein Wort gesagt. Sie hatten ihm ein paar Papiere dagelassen, und mit einem Blick sah Ivan, dass diese Papiere viele Details über die ganze Geschichte verrieten: Hintermänner, Handelswege, alles. Sie hatten ihn zum Mitwisser gemacht, um ihm klarzumachen, dass er hier nicht mehr herauskam. Zumindest nicht, wenn er sich ihnen nicht anschloss. Sie wollten ihn zermürben.

Er konnte die Seite wechseln und sich damit ein paar Tage kaufen. Danach, wenn die NATO zurückgeschlagen hatte, würde er für den Rest seines Lebens in irgendeiner Zelle verrotten.

Das war keine Alternative. Er hatte auf einer Seite angefangen, er würde den Job auf derselben Seite zu Ende bringen. Und die Zeit wurde knapp. Irgendwie musste er Kline warnen. Irgendwie musste er verraten, wo er war. Wo das System stand.

Er konnte, wenn er in den Kamin hinaufspähte, etwa fünfundzwanzig Meter über sich den Himmel sehen. Es schien Nacht zu sein, er konnte Sterne erkennen. Da er aber wusste, dass es so spät noch nicht war, erinnerte er sich an die Geschichte, die ihm sein Vater einmal erzählt hatte: dass es am Grunde eines Brunnenschachtes immer so aussieht, als wäre es Nacht, weil kein Tageslicht bis auf den Grund des Brunnenschachtes dringt.

Ein Metallgitter konnte er erahnen. Es sollte wohl verhindern, dass jemand aus Versehen in den Schacht fiel. Vielleicht war es weniger geeignet zu verhindern, dass jemand hinauskletterte. Er zog sich aus, um keine Spuren an seiner Kleidung zu hinterlassen, und stemmte sich in den Kamin hinauf. Es ging leicht, aber es war schmerzhaft, weil er Rücken und Füße gegen den eiskalten Stein pressen musste. Weiter oben erkannte er, dass es draußen dämmerte. Es musste der Abend des 12. Dezember sein. Er dampfte von der Anstrengung, und er sah seinen Atem, sah, wie er am Eisengitter gefror. Diese Nacht würde es schweren Frost geben.

Er rüttelte am Gitter. Es war ein wenig lose und wackelte in der Verankerung, aber er bezweifelte, dass er es würde mit der Hand herausreißen können. Und solange er sich nur mit nackter Haut in den Kamin klemmte sowieso nicht. Dann machte er sich an den Abstieg. Auf dem Weg nach unten hatte er eine Idee.

Im Bad ließ er eines der Frotteehandtücher sich mit Wasser vollsaugen, nahm es zwischen die Zähne und kletterte ein weiteres Mal den Kamin hinauf. Als er oben ankam, war es bereits dunkel, und er musste ein wenig spekulieren. Er wickelte das Handtuch um die Stellen des Gitters, an denen es in der Felswand verankert war. Er hatte beim ersten Aufstieg feine Risse im Beton bemerkt, Risse, welche Zeit und Witterung im Material hinterlassen hatten. Dann presste er das Handtuch gegen die Verankerung, und jetzt blieb ihm nur noch der Kapillareffekt und die Hoffnung, dass das eingesickerte Wasser gefrieren und den Beton weiter aufsprengen würde. Nachdem er dies an allen Stellen gemacht hatte, an denen das Gitter im Beton verankert war, machte er sich wieder an den Abstieg. Er wollte gar nicht wissen, wie sein Rücken aussah: voller Schürfwunden, Blut und Ruß.

Unten angekommen nahm er eine lange Dusche, die höllisch schmerzte, ihn aber aufwärmte und den Dreck aus den Wunden spülte. Dann zog er sich an und reinigte die verräterischen Rußspuren auf dem Boden und um den Kamin.

Die Minibar war geräumig und gut gefüllt. Von serbischen Obstbränden bis zu diversen Single Malts und hochklassigem Wodka ließ sie keine Wünsche offen. Silevic wusste, wie man Gäste betreute.

Er goss sich ein Glas Beluga ein und legte sich auf das ausgezogene Sofa. Er genoss den Wodka, und dann schlief er ein. Er wusste jetzt ungefähr, was zu tun war. Bestenfalls standen seine Chancen schlecht, schlimmstenfalls hatte er keine. Silevic würde ihn in keinem Fall leben lassen. Da konnte er genauso gut ein wenig schlafen. Der Rücken weckte ihn mehrfach, aber ansonsten konnte er sich am Morgen an keinen Traum erinnern.

13. Dezember

Bei Pale, 13. Dezember 1995

Es gab viel zu tun. Sie hatten ihm ein Frühstück gebracht, und er nahm an, dass es irgendwann zwischen sechs und sieben am Morgen war. Eine kurze Klettertour zeigte ihm, dass es draußen noch dunkel war. Er rüttelte ein wenig am Gitter und stellte fest, dass es dank seiner Wässerung am Vorabend jetzt beinhart im Fels festgefroren war. Hoffentlich wurde es bald ein wenig wärmer.

Ivan duschte, machte den Boden sauber, frühstückte und wartete, bis das Geschirr wieder abgeholt wurde. Es gab viel Arbeit. Und wenn sie mit dem Mittagessen kamen, durften sie nichts bemerken.

Er nahm ein paar Decken vom Sofa und einen seiner schweren Stiefel in die Hand. Es gab Kollegen, die auf leichte Stiefel standen, weil sie in ihnen besser marschieren konnten. Für Ivan waren seine Stiefel mehr als Wanderschuhe. Sie waren ein Multifunktionswerkzeug. Eine Art Schweizer Taschenmesser unter den Fußbekleidungen. Tatsächlich barg zum Beispiel der rechte Absatz ein winziges Messer. Aber das würde er jetzt nicht benötigen.

Die Decken breitete er ums Waschbecken herum auf dem Boden aus, mit einer deckte er das Waschbecken ab. Dann schlug er mit der Stahlkappe des Stiefels den Spiegel ein.

Er sammelte die Scherben und stapelte sie sorgfältig in einer Ecke auf. Er würde ein paar von ihnen brauchen. Er betrachtete sie einzeln und fand eine, die geeignet schien. Vorsichtig schnitt er damit einen Streifen Stoff von einer Decke ab und bastelte aus ihm einen provisorischen Griff für die Scherbe. Jetzt konnte er sie als Messer benutzen und schnitt weitere Streifen Stoff von der Decke.

Ein Stück Holz fand er, indem er einen der Sessel zerlegte. Die Kälte und Feuchtigkeit der Höhle hatte den Leimverbindungen des Möbels bereits genügend zugesetzt, sodass es leicht war, eine Querstrebe herauszulösen. Er wickelte einen Stoffstreifen um das eine Ende des Knüppels und mit einem anderen Streifen befestigte er eine Flasche österreichischen Rum aus der Minibar am Koppel. In der Schachtel mit den Zigarren fand er, wie erwartet, ein Feuerzeug. Das Handtuch tränkte er noch einmal mit Wasser, nahm es wie schon am Abend zuvor zwischen seine Zähne und erklomm so den Kamin.

Kurz unterhalb des Gitters tränkte er den Stoffballen am oberen Ende des Knüppels mit dem Rum und zündete ihn an. Mit der Fackel heizte er die Metallstäbe dicht am Felsen auf und konnte schon bald das Gitter wieder bewegen. Ob sich die Risse über Nacht erweitert hatten, konnte er nicht sagen, aber er wusste jetzt, wie er weiter daran arbeiten konnte. Es schneite. Und der Schnee blieb liegen. Ivan nahm das Handtuch und ließ erneut Wasser in die Risse einsickern.

Die Frage war, ob der Rum ausreichen würde.

In jedem Fall ließ er die gelöschte Fackel und den Rum oben. Alkoholika brannten ab einem Alkoholgehalt von vierzig Prozent. Davon sollte noch mehr da sein. Hoffentlich blieb der Tag kalt. Wenn es taute, war er verloren.

Silevic saß in seinem kleinen Büro, das er für sich allein hatte, und ging alles noch einmal durch. Miroslav hatte sich nicht mehr gemeldet. Sie hatten ihn erwischt. Das war bedauerlich, aber kümmerte Silevic sonst nicht weiter. Der Verlust von Menschenleben gehörte dazu. Es ging um Größeres.

Die NATO würde angreifen. Sie hatten ihn kontaktiert, taten so, als verhandelten sie. Aber er wurde hingehalten, das wusste er genau. Am Ende würden sie angreifen und die Festung stürmen. Aber ihre Verluste würden hoch sein, und vor allem dauerte es zu lange. Es gab drei große Eingänge, die sie finden konnten. Jeder war mit mehrere Meter dickem Beton gesichert. Ohne bunkerbrechende Waffen kamen sie da nicht rein. Und die Wände waren so gebaut, dass diese großen Waffen nicht einfach gegen sie in Stellung zu bringen waren. Die Türen waren die Schwachstellen. Aber auch sie waren mit schweren Bolzen im Beton verankert und sollten eine ganze Weile standhalten.

Sie hatten ja nicht mal eine halbe Stunde Zeit. Und der Startplatz war von oben nicht einsehbar. Eine kaum vier Quadratmeter große Lücke zwischen den Ästen alter Bäume. Es war genau ausgemessen. Kein Radarbild der Welt würde mehr zeigen als alte Bäume, die ihre mächtigen Kronen über eine kleine Schlucht wölbten.

Dolvich …

Um Dolvich tat es ihm leid. Obwohl er ihn für intelligenter gehalten hatte. Für patriotischer. Und jetzt wurde er vom Westen verraten. Sie wussten, dass Ivan sterben würde, und sie taten nichts für ihn.

Sie würden beide sterben. Beide. Aber an ihn, Silevic, würden sich die Menschen noch lange erinnern. Sein Tod gehörte zum Plan. Sein Überleben hatte ihn nie interessiert. Er hatte alles im Leben gehabt: Tage am Pool, umgeben von schönen Frauen, erlesenen Speisen, Champagner und mehr Drogen, als der Organismus verkraften konnte. Nächte aus wahllosem Sex in immer absurderen Spielarten, zu zweit, zu dritt, zu viert, ein schier endloses Angebot an gekauftem Fleisch, gekauften Träumen, gekauften Körperöffnungen, um seine gekauften Orgasmen hineinzuspritzen. Ein paar gekaufte Gespräche und die verzweifelte Suche nach Sinn hinter allem. Alles leer. Alles bedeutungslos.

Dies hier ergab Sinn. Dies hier war sein Geschenk an sein Volk, seine Rache an der Welt, sein Ticket in die Ewigkeit. Sie sollten ruhig kommen. Er war bereit.

Fox zitterte nach wie vor unter den Decken, während sie den Vormarsch ihrer Truppen über den langen, schneebedeckten Hang beobachtete. Sie vermied es, die beiden toten Serben anzuschauen, denen Shadow gerade die Kehlen aufgeschlitzt hatte. Sie wollte die leeren, blutigen Augenhöhlen des Unteroffiziers vergessen. Der Einsatz. Es ging um den Einsatz.

Präzision und Schnelligkeit waren wichtig. Letztere war der schwierige Teil, weil sie keine Ahnung hatten, wie Silevics Versteck von innen aussah. Sie hatten jetzt einen guten Startplatz, aber sobald Silevics Leute den Angriff bemerkten, würde ihnen weniger als eine Viertelstunde bleiben, bis die Rakete abgeschossen werden konnte. Das war verdammt wenig Zeit. Wurden sie irgendwo von einem weiteren MG aufgehalten, würde es blutig werden. Denn sie hatten keine Zeit für langwierige Umgehungsstrategien.

Fünfzig Soldaten rannten jetzt auf das MG-Nest zu, das Shadow und Fox ausgehoben hatten. Sie sammelten sich in der Senke, schweigend und so leise wie möglich. Alle wussten sie, was zu tun war. Einige betrachteten nervös den kleinen Berg, der sich hinter ihnen erhob und den Komplex barg, den sie erstürmen sollten.

Sie würden sich in drei Gruppen zu je fünfzehn Mann aufteilen, die von drei Seiten den Komplex stürmen sollten. Fox sollte mit zwei Helfern und drei Wachen in dem MG-Nest bleiben und einen provisorischen Verbandsplatz aufbauen. Ihr gefiel das nicht, denn sie war lieber vorne mit dabei, aber Klines Befehle waren eindeutig gewesen.

Shadow kam eine spezielle Aufgabe zu. Er sollte mit in den Komplex vordringen und sich dann, wenn möglich unbemerkt, allein auf die Suche nach Ivan machen.

Zwei Helikopter waren im Anflug. Sobald der Angriff begonnen hatte, würden sie die übrigen MG-Nester am Berg ausräumen.

Wie fast immer kam alles anders als geplant.

Die ersten beiden Trupps waren aufgebrochen. Sie arbeiteten sich links und rechts den Hang des Berges entlang vor. Dabei sollten eventuell auftauchende Patrouillen möglichst geräuscharm aus dem Weg geräumt werden. Je später Silevic alarmiert wurde, umso besser. Die Nachtsichtgeräte sollten dabei den entscheidenden Vorteil bieten.

Die Aufklärung hatte an drei Seiten des Berges jeweils einen Eingang zum Komplex ausgemacht, und der Angriff sollte über alle drei Punkte gleichzeitig erfolgen. Sobald die Trupps an ihren Zielpunkten angelangt waren, würde über Funk das Signal zum Angriff gegeben.

Es gab keine Informationen darüber, welche Hindernisse sich ihnen an den Eingängen entgegenstellen würden. Und Kline musste sich eingestehen, dass er keinen guten Plan B für den Fall hatte, dass seine Leute dort scheiterten. Er hoffte auf die Luftaufklärung. Irgendwann würden sie die Rakete nach draußen bringen. Und das durfte ihnen nicht entgehen.

Der dritte Trupp hatte die kürzeste Strecke, denn der mittlere Eingang lag nur etwa einhundert Meter vom MG-Nest entfernt am Ende eines schmalen und inzwischen von den eigenen Leuten gesicherten Pfades.

Die Männer hatten Fox geholfen, ein paar Planen auszubreiten und die Leichen der beiden Serben aus dem Weg zu räumen. Einer der Soldaten lag in Deckung und sicherte den Hang. Aber nichts rührte sich dort. Es war auch kaum anders zu erwarten.

Ihr fiel Shadow ein, den sie, nachdem er ihr ihre Ausrüstung gebracht hatte, nicht mehr gesehen hatte. Sie schaute sich um. Er war verschwunden.

Shadow suchte. Die anderen sollten sich um die großen Eingänge kümmern. Vielleicht hatten sie Erfolg. Shadow suchte kleine Eingänge. Wenn er einen fand, hatte er sicher Erfolg. Die Eingänge, die er suchte, würde er oben finden. Auf der Bergkuppe: Lüftungsschächte, Felsspalten. Er brauchte nicht viel Platz.

Die Zeit lief Ivan davon. Ein Geschirr hatte er sich aus Tuchstreifen geflochten, mit dem er sich in das Gitter einhängen konnte, sodass er nicht ständig Beine und Rücken gegen den eiskalten und scharfkantigen Fels pressen musste. Der Nachmittag war weit fortgeschritten, es dämmerte bereits wieder. Sie hatten ihm kein Mittagessen gebracht, und Ivan rechnete deshalb damit, noch vor dem Abendessen exekutiert zu werden. Sechsmal hatte er inzwischen Wasser in die Risse laufen und es gefrieren lassen und dann wieder erhitzt. Die Flasche Rum war beinahe leer. Als Nächstes stand ein Obstbrand mit fünfundvierzig Prozent auf dem Programm. Der würde längst nicht mehr so gut brennen.

Er stemmte sich wieder in den Kamin und rüttelte an dem Gitter, und bei jeder Bewegung brannte sein inzwischen völlig zerstörter Rücken.

Das Gitter bewegte sich, aber es löste sich nicht. An einer Stelle hatte der Betonpfropfen, mit dem es im Felsen verankert worden war, sich mehr oder weniger in Kies verwandelt. Aber an den sieben anderen Verankerungen bewegte sich wenig.

Mit einer der Glasscherben hatte er begonnen, die Erde abzutragen, welche die Betonpfropfen nach oben bedeckten. Die Erde war hart gefroren und die Arbeit sehr mühevoll gewesen, aber als er es endlich geschafft hatte, musste er feststellen, dass all seine Mühe keine entscheidende Verbesserung gebracht hatte.

Wieder ließ er Wasser in die Risse laufen, träufelte auch, indem er durch das Gitter griff, von oben Wasser auf die Verankerungen.

Wie bei jedem Abstieg wusste Ivan nicht, ob es einen weiteren Aufstieg für ihn geben würde.

Silevic hatte das, wozu er nun sein Büro verließ, den ganzen Tag vor sich hergeschoben. Es gab ja auch genug zu tun. Wenn die NATO angriff, dann würde sie es in dieser Nacht tun. Sie mussten vorbereitet sein.

Er würde es selbst tun, das war er seinem alten Freund schuldig. Und er würde es schnell tun, ehe seine Bedenken siegten. Die Skrupel, die ihn daran erinnerten, dass auch er schwach war. Er musste sich voll auf das konzentrieren können, was vor ihm lag. Ein Gefangener störte nur.

Silevic überprüfte die Zastava und erhob sich von seinem Schreibtisch.

Shadow stand auf dem Gipfel des Berges. Hinter ihm fiel der nördliche Hang, bestanden von Kiefern und Fichten, sanft ab. Vor ihm, in südlicher Richtung, aus der er aufgestiegen war, lag der Hügel gerodet, kahl und weiß wie ein Schädeldach, vor ihm. Er lauschte. Noch hatte er nichts gehört: keinen Schuss, keine Explosion, keinen Schrei. Aber es würde gleich losgehen.

Doch das nächste Geräusch, das er hörte, war weder das eine noch das andere. Und erst direkt danach hörte er den ersten Schuss.

Was er hörte, klang in etwa nach „Vot blyad!"* und bedeutete, das hatte er von Dolvich gelernt, so viel wie „Fuck!".

Man telefonierte nicht alle Tage mit dem Präsidenten, auch als Geheimdienstkoordinator der amerikanischen Streitkräfte in Europa nicht. Man versuchte auch nicht jeden Tag, seinen Präsidenten davon zu überzeugen, die Unterzeichnung eines Friedensvertrages zu verschieben.

Paul Kline hatte mit Clinton telefoniert. Und Clinton hatte ihm klargemacht, dass eine Verschiebung oder Verlegung nur infrage käme, wenn es keine andere Möglichkeit gäbe. Und dass von ihm erwartet wurde, jede andere Möglichkeit vorher auszuschöpfen. Natürlich nur, insoweit dies Russland nicht auf den Plan rief.

Kline erhob sich aus seinem Bürostuhl und begab sich in den Keller. Hier war die Einsatzleitung. Von hier aus konnte er verfolgen, was in Pale geschah.

* Вот блядь!

Als er den Raum betrat, drehte sich ein Funker um: „Alle sind in Position, Mr Kline.“

Kline nickte. Er schaute auf die Uhr: es war 1:23 Uhr in der Nacht. Ab jetzt lag es nicht mehr in seiner Hand.

„Irgendwelche Neuigkeiten über den Russen?“

„Nein, nichts.“

Es würde Opfer geben. Es gab immer Opfer. Er mochte den Russen nicht besonders. Das machte es fast noch schwieriger. Niemand sollte sterben, bloß weil er, John Paul Kline, ihn nicht besonders mochte. Aber es blieb ihm keine andere Wahl.

„Sie sollen anfangen.“

Silevic stand vor der Tür zu Ivans Raum, die Hand auf der Klinke, als er eine Serie von Explosionen hörte: der Angriff!

Sofort war der ganze Berg in Aufruhr. Soldaten rannten an ihm vorbei, Befehle wurden gerufen, und die ersten MG-Salven waren zu hören. Der Boden bebte, als die ersten Granaten in die Betonwände einschlugen, dann hörte er Schreie, aber er konnte nicht ausmachen, ob die Wände standgehalten hatten. Wieder hörte er Granaten explodieren. Es gab Schreie Verwundeter und er fürchtete plötzlich, dass die Türen dem Angriff nicht lange genug widerstehen konnten.

Er schnappte sich sein Funkgerät und rief ein paar knappe und klare Befehle hinein. Dann legte er wieder die Hand auf die Klinke.

Ivans Kräfte gingen zu Ende. Er rüttelte verzweifelt am Gitter und fluchte in die Nacht. Er wusste nicht, warum er noch lebte, aber er wusste, dass er kurz davor war, die Stricke durchzuschneiden, die ihn am Gitter hielten, und sich in den Kamin fallen zu lassen. Fünfundzwanzig bis dreißig Meter senkrecht, unten Fels.

Jedes Mal, wenn er das Gitter nach oben aus seiner Verankerung drücken wollte – und das war ja schließlich die eigentliche Aufgabe –, musste er sich mit Beinen und Rücken in den Kamin klemmen. Und die Schmerzen wurden inzwischen nur noch von der Eiseskälte übertroffen, die der gefrorene Fels in seinen Körper trieb und die jeden Lebenswillen in ihm ersterben ließ. Er war unglaublich müde, und er wusste, dass dies von der Unterkühlung herrührte und dass er nicht einschlafen durfte.

Es war nicht so, dass er keine Fortschritte gemacht hätte seit heute Abend. Inzwischen waren drei der Verankerungen des Gitters so weit zerbröselt, dass man das Gitter nach oben hätte wegdrücken können, wenn es nicht noch fünf weitere gegeben hätte.

Er brauchte eine Pause und lauschte schwer atmend den Geräuschen der Nacht. Vielleicht ließen sie ihm noch bis morgen früh Zeit. Vielleicht auch nicht. Die eiskalte Luft fiel von oben in den Schacht, und Ivan spürte Rücken und Beine kaum mehr. Jeder Kubikzentimeter seines Körpers war eine dumpfe, breiige Masse aus Schmerz. Er bezweifelte, dass er, wenn er zum Aufwärmen nach unten kletterte, es noch ein weiteres Mal hierherauf schaffen würde. Er würde hier sitzen, bis er Erfolg hatte, Ante ihn herunterschoss – oder er die Konsequenz aus seiner Verzweiflung zog.

Bloß, wie es gelingen sollte, das war ihm zunehmend unklar. Er hatte sich verausgabt und nicht mal die Hälfte der Strecke geschafft.

Als Hauptmann Grgo Simunic den Befehl bekam, die Missile zu starten, wusste er, was zu tun war. Das Wichtigste würde sein, keine Attacke von außen zuzulassen. Er schickte seine Männer los, um das Gebiet um die Missile, die geschützt in einem engen Tal inmitten eines kleinen Wäldchens stand, zu sichern.

Er bellte ein paar Befehle, und zwei Dutzend Männer zogen los, die Grenzen des Wäldchens gegen unerwünschte Eindringlinge zu sichern. Von oben war die Missile nicht zu sehen. Das hatten sie per Helikopter überprüft.

Der Rest seiner Männer, eine speziell geschulte Truppe von fünf Mann, begann mit den Startvorbereitungen, indem sie den Truck aus der Wellblechgarage holten und etwa fünfundzwanzig Meter zu einem genau markierten Ort in der Schlucht fuhren. Die Vorderräder erreichten die Markierungssteine, der Truck blieb stehen. Simunic umrundete das Fahrzeug und kontrollierte, dass auch die Hinterräder ihre korrekte Position auf den Markierungen erreicht hatten. Das Fenster im Geäst über ihnen war klein und erlaubte keine Fehler.

Er nickte seinen Leuten zu. Alles war perfekt.

Der östliche Eingreiftrupp kam schneller zum Stehen, als sie es sich erhofft hatten. Die Männer hatten das vordere Tor aufgesprengt, Tränengasgranaten in die Öffnung geworfen und anschließend versucht zu stürmen. Als sie die Betonmauer dahinter bemerkten, jagten sie eine Panzerabwehrrakete in die Öffnung. Dass die Wand viel zu dick für diese Waffe war, sahen sie ihr von außen nicht an. Aber als der Qualm sich verzog, war die Wand verschwunden und mit ihr der Eingang. Die gesamte Höhle hinter dem Tor war eingestürzt.

John Paul Kline erhielt die Information, dass einer der drei Angriffstrupps feststeckte, nur wenige Sekunden später. Er orderte den Truppführer, seinen Trupp über den Berg zu führen, um dort nach weiteren möglichen Eingängen zu suchen. Besonders ein Wäldchen an der nördlichen Flanke des Berges sei aus der Luft kaum aufzuklären.

Es war noch nicht ganz halb zwei.

Er war erledigt, musste Ivan sich eingestehen, und er hatte keine Kraft mehr zu schreien.

Stricke durchschneiden, bis drei zählen, loslassen, fallen und noch zwei Sekunden Schmerzen ertragen, bevor er aufschlug. Es klang wie ein guter Plan. Er griff nach seinem Behelfsmesser.

„Pst!“, sagte eine Stimme über ihm. „Nicht so leise! Ich hätte dich beinahe nicht gefunden.“

Shadow war dem Ruf gefolgt und hatte eine ganze Weile vergeblich nach Lüftungsschächten gesucht, bis er hinter einem größeren Felsbrocken ein kleines Loch im Schnee erspäht hatte, aus dem schweres Atmen drang. Er hatte sich leise angeschlichen und dann in dem Loch, hinter einem schweren Gitter aus vier gekreuzten Eisenstangen, Ivan entdeckt. Obwohl es dunkel war, konnte Shadow sehen, dass der Russe am Ende war.

„Shadow! Scheiße! Hilf mir!"

„Warte kurz! Ich hole was."

Shadow verschwand wieder, und Ivan war sich nicht so sicher, dass der Amerikaner je wieder auftauchen würde, als er einen dicken Ast sah, den dieser von oben durch das Gitter schob. „Gleich haben wir dich da draußen, Mann. Halt durch!"

Ivan konnte nicht wirklich sehen, was Shadow da tat, aber er nahm an, dass er versuchte, das Gitter aufzuhebeln. Er hörte es knirschen, sah, wie eine Verankerung nach der anderen aus dem Fels gehoben wurde, dann brach krachend der Ast. Er blieb gefangen. „Ich hole einen anderen!", flüsterte Shadow, als wäre der brechende Ast nicht in weitem Umkreis zu hören gewesen. Dann war Shadow wieder weg.

In diesem Augenblick hörte Ivan mehrere Explosionen und Gewehrfeuer. Es ging also los. Hoffentlich war Ante jetzt erst einmal abgelenkt. Er ließ sich in seinen Behelfssitz fallen. Shadow würde sich beeilen müssen, wenn er ihn noch retten wollte. Ivan griff nach dem Gitter und zog sich ein wenig hoch, um Leben in seinen unterkühlten Körper zu bringen. Aber nach mehreren Sekunden musste er sich wieder sinken lassen, denn auch seine Arme hatten keine Kraft mehr. Aber sein Blutdruck war ein wenig in die Höhe geschossen, und kurz ging es ihm ein wenig besser.

Dann hörte er Stimmen von unten.

Shadow hatte am Rande des nahe gelegenen Wäldchens nach einem brauchbaren Ast gesucht, als er ein paar bellende Befehle hörte. Serben. Sie kamen aus der Mitte des Wäldchens. Bald konnte er einen Soldaten erkennen, der genau auf ihn zuhielt, das Sturmgewehr im Anschlag.

Shadow hielt es für ausgeschlossen, dass der Mann ihn sehen

konnte, denn instinktiv hatte er sich hinter ein Gestrüpp gleiten lassen, das ihn in der Dunkelheit ausreichend verbergen sollte.

Der Mann ging an ihm vorbei und erreichte den Waldrand, wo er sich hinkniete und das freie Feld vor sich über das Visier seines Sturmgewehrs absuchte. Shadow machte schnell seine Pläne. Er brauchte zuerst einen Überblick, denn der Kerl war mit Sicherheit nicht alleine unterwegs. Er musste wissen, wo die anderen standen. Hoffentlich hielt Ivan durch.

Plötzlich merkte der Soldat auf und schaute nach links. Irgendetwas war dort, denn er brachte sein Gewehr in Anschlag. Shadow konnte nicht erkennen, auf was er zielte, aber was immer die Aufmerksamkeit des Serben erweckt hatte, es würde ihn das Leben kosten. Shadow machte sich auf den Weg. Nach etwa fünfzehn Metern entdeckte er einen brauchbaren Ast. Weitere fünfundzwanzig Meter vor ihm hockte der Soldat, sein Sturmgewehr im Anschlag.

„Planen abgezogen, Attrappen beiseitegeräumt, Abschussvorrichtung in Position gefahren und gesichert. Alle Vorbereitungen abgeschlossen, Hauptmann!"

Simunic schaute auf die Uhr. Etwas über fünf Minuten hatten sie gebraucht, trotz der Dunkelheit. Nicht schlecht. Wenn alles gut ging, dann war die Rakete in vierzehn Minuten in der Luft. Es war 1:35 Uhr.

„Gut. Beginnt mit der Startsequenz."

Shadow tat dem Soldaten den Gefallen, ihn nicht nur lautlos, sondern auch schnell sterben zu lassen. Kurz schaute er nach links. Dort näherten sich dunkle Gestalten, und das konnten keine Serben sein. Sie waren aber jetzt, mitten in der Nacht, noch nicht nahe genug herangekommen, um einen sicheren Schuss abzugeben. Zeit, sie zu warnen. Shadow suchte den Waldrand ab und erkannte einen weiteren serbischen Soldaten etwa fünfzig Meter weiter rechts. Ein kurzer Feuerstoß reichte, und der Mann fiel. Shadow zog sich sofort wieder in den Wald zurück. Nur eine Sekunde später schlugen Kugeln, wahrscheinlich aus einer M4 abgefeuert, in den Wald ein, wo er eben noch gestanden hatte. Die Angreifer waren gewarnt, die Verteidiger verwirrt. Jetzt musste er nur noch den Ast die knapp einhundertfünfzig Meter zu Ivans Schacht bringen, ohne dabei gesehen zu werden. Und viel Zeit hatte er sicher nicht mehr.

Ivan war der Verzweiflung nahe, als er die Schüsse hörte. Sie fielen in der Nähe, viel näher als die ersten Schüsse. Aber aufzugeben kam für ihn jetzt nicht mehr infrage. Shadow hatte Hoffnung in ihm geweckt. Die Stimmen unter ihm in der Höhle wurden immer aufgeregter, offenbar suchten sie nach ihm. Wobei er sich fragte, wo sie da überhaupt suchen wollten. Es musste doch klar sein, wo er steckte!

Er starrte aus dem Gitter. Oben lag immer noch die leere Rumflasche. Neben der ebenso leeren Flasche Wodka. Und der noch fast gefüllten Flasche Obstbrand. Er griff nach ihr und bekam sie zu fassen. Die anderen beiden Flaschen legte er sich günstiger zurecht, die eine hielt er in der Hand. Die Bewegung schmerzte in jeder Faser seines Körpers, aber sie vertrieb auch ein wenig die eisige Kälte, die sich seiner schon bemächtigt hatte. Aber jetzt war er bewaffnet, wenn auch nur mit einer Flasche. Das Feuerzeug war inzwischen leer durch seine Versuche, den Fels zu sprengen. Aber wenn sich jemand unten im Kamin sehen ließe, dann war er, Ivan, zwar zum Tode verurteilt, doch vielleicht konnte er Silevic mitnehmen.

Silevic wollte die Tür gerade öffnen, als sein Adjutant angerannt kam: „Kommandant, der Osteingang ist eingestürzt. Drei Männer sind verschüttet!"

„Ist er passierbar?"

„Nein."

„Dann alle Überlebenden auf die anderen Eingänge! Niemand darf hier eindringen. Alle Positionen sind um jeden Preis zu halten!"

„Jawohl, Kommandant." Der Mann brüllte ein paar Befehle in sein Funkgerät. Eine andere Stimme meldete sich hinter ihm:

„Kommandant, sie haben die erste Tür der Schleuse gesprengt."

„Welcher?"

„Südeingang!"

Es hatte keinen Zweck. Sie brauchten ihn. Bosnische Freischärler waren das eine. Hochtrainierte NATO-Soldaten mit perfekter Ausrüstung etwas anderes. „Ihr beiden!", rief er zwei vorbeihastenden Soldaten zu.

„Jawohl, Kommandant!" Die Männer blieben stehen.

„Da drin ist ein Mann. Ihr holt ihn da raus und bringt ihn zu mir in die Zentrale. Lebend und gefesselt, wenn er sich nicht wehrt."

„Jawohl, Kommandant!"

Dann hastete Silevic davon.

Ivan hörte es über sich rascheln und sah, wie sich ein zweites Mal ein dicker Ast durch das Gitter schob. Dieser brach nicht. Diesmal gab das Gitter endgültig nach. Mit einem langen Knirschen brachen die Verankerungen aus dem spröden, durch Frost geschwächten Fels. Das Gitter sprang mit einem klirrenden Geräusch aus dem Fels, und der Weg nach oben war frei. Shadow griff nach der rechten Hand des Russen, und später war er sich sehr sicher, dass Ivan es nicht mehr alleine aus dem Loch geschafft hätte. Der Russe blieb direkt neben dem Schacht im Schnee liegen. In diesem Moment fielen Schüsse unten in der Höhle, und Kugeln pfiffen aus dem Kamin heraus. Wütende, aber hilflose Stimmen riefen irgendwelche Kommandos.

Fox erhielt den Notruf um 1:37 Uhr. „Fox, hier Shadow. Ich habe Ivan. Er braucht Hilfe!"

„Shadow, hier Fox. Wo bist du?"

„Oben auf dem Berg. Halte dich genau nördlich! Du musst ein wenig suchen. Etwa einhundertfünfzig Meter vor dem kleinen Wäldchen. Ivan kann nicht selbst laufen. Und er ist stark unterkühlt! Bring Decken und eine Trage mit! Und Träger!“

„Bin unterwegs!“ Sie suchte sich zwei Soldaten, die sie begleiten sollten, und brach auf.

Shadow wartete nicht, bis Fox eintraf. „Halt die Stellung, Ivan! Fox ist gleich da.“ Er drückte ihm seine M4 in die Hand. Für das, was er jetzt vorhatte, brauchte er kein Sturmgewehr. Und wenn, dann würde er sich eines besorgen.

Dann machte er sich wieder auf den Weg zu dem Wäldchen. Die ganze Zeit waren von dort vereinzelte Schüsse zu hören gewesen. Er war sich sicher, dass die Anwesenheit der Serben dort etwas bedeutete. Und wenn sie etwas bedeutete, dann konnte es nur sein, dass sie die Missile schützten.

Was immer im Berg geschah, es war möglicherweise unwichtig.

Der NATO-Trupp, der sich beim Wäldchen befand, musste zum Angriff übergehen.

In Zagreb verzweifelte Kline wegen der Nachrichten, die ihn erreichten. Der westliche und der südliche Angriffstrupp versuchten jeweils, meterdicke Bunkerwände zu knacken. Es würde mit der Zeit gelingen, aber was sie eben nicht hatten, war Zeit. Das Positive war, dass auch keine Männer bei zermürbenden Gefechten in einem Höhlenlabyrinth fielen.

Mittlerweile lief der Angriff seit acht Minuten, und seit fünf Minuten gab es kein Vorwärtskommen mehr.

Der dritte Trupp war unter Feuer geraten und steckte vor einem kleinen Wäldchen auf der Bergkuppe fest. Auch dort gab es noch keine Verluste, aber momentan auch kein Vorankommen.

Wenn kein Wunder geschah …

Hauptmann Simunic sah auf die Uhr. Die Aufwärmphase war beinahe abgeschlossen, die Systemüberprüfungen liefen. Das Einlesen der Zielkoordinaten war abgeschlossen. Es war 1:40 Uhr. Noch neun Minuten.

Neško und Radan waren nicht die Hellsten, und das rettete Ivan wahrscheinlich das Leben. Als die beiden Soldaten, die Silevic beauftragt hatte, Ivan zu holen, seinen Raum betraten und ihn nicht sofort fanden, suchten sie zunächst eine Weile nach ihm. Sie nahmen sich Zeit. Alles war schließlich besser, als zu den Eingängen ins Gefecht zu müssen. Dann diskutierten sie eine Weile über die Bedeutung der verschiedenen Spuren, die sie vorfanden: den zertrümmerten Spiegel, die ausgeräumte Minibar, den überall verschütteten Schnaps, mit dem Teppich, Kissen, Decken und andere Dinge vollgesogen waren. Die Scherben, die überall auf dem Boden lagen, die Stofffetzen, die von zerschnittenen Decken herrührten.

Und schließlich den Kamin, auf dessen Boden unerklärlicherweise dicke Rußspuren zu erkennen waren. Nur der Russe war verschwunden. Er versteckte sich wahrscheinlich irgendwo in diesem Chaos.

Sie machten sich einen Spaß daraus, sich auf dem alkoholgetränkten Sofa herumzuwälzen. Der Geruch war herrlich. Die anderen würden sie beneiden! Neško versuchte sogar, den Schnaps aus einem der Kissen zu saugen, aber das schmeckte ekelhaft. Sie lachten. Mochten die anderen kämpfen, sie hatten ein paar Minuten Zeit für Spaß.

Dann hörten sie Geräusche aus dem Kamin. Das konnten sie nicht mehr ignorieren. Einer kroch auf dem Rücken liegend hinein und schaute nach oben. Er konnte gegen den schneegelben Himmel erkennen, wie der Gefangene nach oben gezogen wurde. Bis der Serbe sein Sturmgewehr in die enge Kaminöffnung gewunden und in Anschlag gebracht hatte, war der Mann allerdings verschwunden. Trotzdem schoss er noch einmal hinterher. Er wollte sich nicht nachsagen lassen, nicht alles versucht zu haben. Schließlich kroch er achselzuckend wieder aus dem Kamin. Sie würden Ivans Verschwinden jetzt dann wohl melden müssen.

Oben lag Ivan. Er hatte, fiel ihm jetzt ein, wieder Streichhölzer. Auch wenn sie die Form einer M4 hatten.

Er steckte den Lauf des Sturmgewehrs in den Kamin und feuerte.

Ein Schuss genügte: Die Schnapslachen und mit Alkohol getränkten Kissen fünfundzwanzig Meter unter ihm fingen schlagartig Feuer. Ivan setzte sich auf und wärmte die eiskalten Glieder an dem sich schnell erwärmenden Luftstrom, der aus dem Loch im Boden drang.

Neško und Radan fanden sich schlagartig inmitten eines niedrigen Flammenmeers, das allerdings sehr schnell auf ihre alkoholgetränkte Kleidung übergriff. Sie schrien.

Shadow hörte den Schuss aus Ivans Richtung. Er zögerte, hielt inne und wandte sich um. Sollte er umkehren? Hatte Ivan Probleme?

Dann entschied er, dass Ivan diese selbst lösen musste – und dafür hatte er ja die M4. Shadows Ziel lag vor ihm, in dem Wäldchen.

Silevic erhielt die Meldung, dass das Gästezimmer brannte und zwei seiner Männer mit schweren Verbrennungen auf der Krankenstation lägen.

„Lasst das Zimmer brennen. Was ist mit Dolvich?"

„Er scheint entkommen zu sein. Wir müssen aber erst löschen, um das genau zu wissen."

„Dieser verdammte Bastard! Lasst das Zimmer brennen. Das hört von allein wieder auf. Wie sieht's sonst aus?"

„Die erste Tür ist auch im Westen zerstört. Im Süden haben sie ein Loch in die zweite Tür gebohrt und leiten Tränengas ein. Wir hören weitere Bohrungen. Wahrscheinlich sollen die Bolzen gesprengt werden. Wir werden die Eingänge nicht mehr lange halten können!"

Silevic schaute auf die Uhr: „Sieben Minuten noch. Das ist ein Befehl: Sieben Minuten noch dürfen die Eingänge nicht fallen! Alle ziehen Gasmasken auf und halten die Stellung. Ab 1:50 Uhr dürft ihr euch zurückziehen. Ihr kennt die Fluchtwege!"

„Jawohl, Kommandant!“

„Wenn ihr mich braucht, ich bin über Funk erreichbar.“

Der Soldat salutierte und verschwand. Silevic stand auf. Dolvich war da draußen, und wenn er durch den Kamin verschwunden war – was die einzige Möglichkeit war –, dann war er zu dicht dran an der Missile.

Die Sache wurde langsam persönlich. Silevic musste sich selbst darum kümmern.

Shadow hatte den Waldrand wieder erreicht. Er wägte seine Möglichkeiten ab. Wahrscheinlich konnte er die Stelle erreichen, an der die Missile stand. Aber wie sollte er sie zerstören? Er musste also die Verteidigungslinie am Waldrand so weit schwächen, dass die NATO-Truppen ohne große Verluste vorstoßen konnten.

Es würde alles zu lange dauern. Es war 1:41 Uhr.

Brian Walker befehligte den Stoßtrupp, der östlich vor dem kleinen Wäldchen festsaß. Er hatte immer noch nicht ganz verstanden, was da eben vor ihnen geschehen war. Sie waren auf die Bäume vorgerückt, als sie einen Feuerstoß erkennen konnten, der vom Waldrand abgefeuert wurde, aber offensichtlich nicht ihnen gegolten hatte, sondern einem anderen Mann, der dort in Stellung gelegen hatte.

Seine Aufklärer waren noch dabei, die Situation zu analysieren, aber die Nachtsichtgeräte zeigten zwei Leichen, die am Waldrand lagen und eine Gruppe von sechs Soldaten, die ihnen entgegenstand, gut gedeckt hinter Bäumen.

Es war dunkel, und sie würden diese Linie durchbrechen können. Aber es würde blutig werden, und das hätte er gerne vermieden.

„Walker, wie sieht’s aus?“ Kline höchstpersönlich meldete sich jetzt über Funk.

„Vor uns mindestens sechs Mann. Unklare Situation.“

„Die Missile ist wahrscheinlich im Wald vor Ihnen, sagen meine

Analysten hier. Wir müssen da rein. Und wir haben höchstens noch sechs bis acht Minuten!"

„Also sofort?"

„Sofort, ja. Versuchen Sie, ungesehen so dicht wie möglich ranzukommen!"

„Geht klar, Sir!"

Walker gab das Zeichen zum Vormarsch.

Shadow hatte sich entschieden, alleine vorzurücken. Vielleicht fand sich vor Ort eine Möglichkeit, das System zu vernichten.

Er war noch nicht weit gekommen, als ihm ein Mann mit Sturmgewehr entgegenkam. Shadow überlegte sich, den Mann auszuschalten, aber es würde weitere Zeit kosten, und wenn es schiefging, würde der ganze Wald wissen, dass er da war. Es war das eine, einen Mann auszuschalten, der sich selbst nicht bewegte. Ein Griff, ein Schnitt, und der Mann blieb für die restlichen Sekunden seines Lebens ruhig.

Ein sich bewegendes Ziel war etwas ganz anderes.

Aber der Mann hatte Spuren im Schnee hinterlassen, und diese verfolgte Shadow jetzt zurück. Und so fand er um 1:45 Uhr auf dem Grund eines engen, steilen, aber nicht allzu tiefen Taleinschnittes die Missile. Er erklomm einen kleinen Felsen, der in die Klamm hineinragte, und konnte von hier aus die Szenerie sehr gut beobachten.

Shadow machte fünf Leute aus, die an dem System arbeiteten. Hoch aufgerichtet stand die Rakete auf dem Auflieger eines Lastwagens. Es konnte nicht mehr lange dauern, und sie würde abgefeuert.

Shadow sah außerdem noch sechs Männer, die das Tal nach unten hin absicherten. Insgesamt zu viele Menschen, die sich zu unberechenbar bewegten. Er konnte die Rakete alleine nicht sabotieren, abgesehen davon, dass er dafür auch gar kein Werkzeug dabeihatte.

Hinter sich hörte er Schüsse.

Die Wärme brachte die Klarheit wieder. Die Klarheit des Schmerzes in seinem völlig zerschundenen, vereiterten Rücken, in seinen malträtierten Beinen, und die Klarheit des Gedankens. Das Feuer würde Ante herbringen. Oder seine Schergen. Er musste Deckung suchen.

Er erhob sich mühsam auf wackelige Beine, und er war sich sicher, dass er nicht weit kommen würde. Aber er musste auch nicht weit kommen. Nur bis zu einer verteidigungsfähigen Deckung.

Richtung Westen erkannte er im Halblicht der verschneiten Landschaft eine kleine Senke hinter einem schmalen Felsgrat. Das war besser als nichts. Er stolperte darauf zu. Zufrieden stellte er fest, dass der Wind hier, auf der ungeschützten Bergkuppe, an einigen Stellen den Schnee weggefegt hatte. Er würde nicht mal deutliche Fußspuren hinterlassen.

Fox konnte jetzt den Waldrand vor sich erkennen. Sie hatte über Funk mitbekommen, dass einer der Stoßtrupps dort festsaß, und hielt sich mit ihren zwei Begleitern dicht am Boden. Das hatte den Nachteil, dass sie von dort, wo sie nun lag, Ivan nicht ausmachen konnte. Shadows Angaben zufolge musste er in der Nähe sein. Aber vor ihr erstreckte sich die beinahe ebene Hügelkuppe etwa einhundertfünfzig Meter weit bis zum Waldrand, der sich trotz der hellen Nacht nur als dunkler Saum erahnen ließ.

Sie versuchte irgendetwas zu erkennen, irgendwelche Details, die ihr einen Hinweis gaben. Und dann bemerkte sie einen Funken, der plötzlich, vielleicht acht Meter vor ihr, aus dem Boden aufstieg. Und dann konnte sie die Schlieren in der Luft erkennen, die dort aufstiegen, als warme Luft aus der Erde.

Sie wusste nicht, was da vor sich ging, aber es war ihr einziger Hinweis auf etwas, das nicht hierhergehörte. Sie wies ihre beiden Begleiter an, in Deckung zu bleiben, und robbte auf die Kaminöffnung zu.

Sie waren vielleicht zwanzig oder fünfundzwanzig Meter weit gekommen, als der erste Schuss fiel. Walker sah das Mündungsfeuer ungefähr vierzig Meter vor sich, ging in Deckung und hielt drauf.

Von hinten antwortete die Sicherung. Er wusste nicht, ob er getroffen hatte, aber der Beschuss hörte auf. Da er seine Position verraten hatte, rollte er sich vorsichtshalber einige Meter zur Seite. Es war keine Zeit, nach Verlusten zu fragen. Die Sicherung funktionierte wahrscheinlich. Den Rest mussten sie so schnell wie möglich hinter sich bringen. „Auf! Weiter!“, rief er ins Funkgerät und kam wieder aus der Deckung. Sofort erkannte er etwas rechts von sich und schoss im Laufen. Wieder arbeitete die Sicherung hinter ihnen schnell. Das Gewehr verstummte. Er hörte noch weitere Schüsse, sah sie aber nicht mehr, und dann tauchte er in den Wald ein.

„Wer ist durchgekommen?“ Sieben Stimmen antworteten. Acht hätten es sein müssen, einer meldete sich mit Beinschuss. Aber sechs außer ihm reichten. Mussten reichen. „Sammeln!“

Es dauerte etwa eine Minute, bis alle bei ihm waren. „Wir dringen weiter vor. Jake, Neil, ihr sichert ab. Hier stecken noch welche im Gebüsch. Wenn einer sich verrät oder uns folgt, schaltet ihr ihn aus. Sichert vor allem an den beiden Flanken ab!“ Walker schaute auf seine Armbanduhr: Es war genau Viertel vor zwei.

Hauptmann Simunic lauschte auf die Geräusche des Waldes. Er hatte Schüsse gehört, aber er wusste nicht, was sie bedeuteten. Es waren noch etwas unter vier Minuten bis zur Zündung. Hoffentlich stand die Verteidigung.

Er schaute das Tal hinunter. Sollte er seine Wachen nach oben befehlen? Als letzte Verteidigung? Und was, wenn das alles nur ein Ablenkungsmanöver war?

Er würde zwei nach oben schicken, einen westlich, einen östlich der Schlucht. Sie würden ihn warnen, wenn sich jemand näherte.

Fox hatte den Kamin fast erreicht. Sie erkannte Fußspuren, und ein Mann hatte hier gelegen. Sie kroch näher, um Details zu erkennen.

„Wenn du dich weiterbewegst, Mädchen, dann bist du tot!“, hörte sie in gutem Englisch mit starkem slawischen Akzent. Sie erstarrte.

Die Stimme war von vorne rechts gekommen, wo ein paar Felsbrocken herumlagen.

„Deine beiden Begleiter stehen jetzt auf und heben die Hände über den Kopf, damit ich sie sehen kann."

Die beiden Sanitätssoldaten folgten der Aufforderung, ohne dass Fox ein Wort hätte sagen müssen.

„Ivan!", schrie die Stimme jetzt auf Russisch. „Ivan! Zeig dich! Oder soll ich die Frau erschießen?"

„Ist es das, was aus dir geworden ist?" Ivans Stimme antwortete von links. „Einer, der auf unbewaffnete Frauen schießt?"

„Sie ist bewaffnet!"

„Mit einer Pistole. Sie ist Sanitäterin. Schießen Serben jetzt auf Sanitäter?"

„Du hast selbst auf Sanitäter geschossen. In Afghanistan!"

„Ich bin Russe, kein Serbe. Und die Sanitäter trugen Sprengstoffgürtel."

„Das wusstest du aber erst nachher!"

„Vorsichtsmaßnahme."

„Kann ich dann auch sagen."

„Sie hat keinen Sprengstoffgürtel. Sie kam, um mir zu helfen."

„Dann solltest du dich bei ihr bedanken und sie überleben lassen."

„Du würdest sie nicht überleben lassen, selbst wenn ich jetzt käme."

„Vielleicht doch!"

„Du würdest erst mich erschießen, sie dann vergewaltigen und danach erschießen. Ich tue ihr einen Gefallen, wenn du sie direkt erschießt. Bloß hast du dann mich nicht. Und wenn du nicht gleichzeitig auch die beiden anderen Sanitäter erschießt, was schwierig ist, dann sind wir drei gegen einen."

Die Pause, die folgte, schien endlos. Fox fror.

Shadow beobachtete den Soldaten, der etwa achtzig Meter von ihm entfernt Posten bezog. Ihm war klar, warum der Mann seine Position am nördlichen Ausgang des Tals verlassen hatte. Er sollte warnen, falls Feinde anrückten.

Aber er würde nicht mehr lange genug leben, um seine Aufgabe zu erfüllen. Shadow machte sich auf den Weg.

Lieutenant Walker versuchte, schnell und leise zu sein. Dies gelang nur zur Hälfte.

Shadow konnte den Trupp schon hören, bevor er bei dem jungen Serben war. Eigentlich war ihm das nicht einmal unrecht, denn der Serbe hörte Walker und seine Leute ebenfalls, ging in Deckung und legte an. Dadurch war er abgelenkt, aber Shadow musste sich jetzt seinerseits beeilen, bevor der Junge schoss. Außerdem bedeutete es wahrscheinlich, dass der Serbe schon über Funk Alarm ausgelöst hatte. Sie würden gleich Besuch bekommen.

Shadow hörte ein paar geflüsterte serbische Brocken, als er sich von hinten an den Posten anschlich, dann tötete er ihn, wie er schon viele getötet hatte.

Immerhin hatte er jetzt wieder ein Sturmgewehr, auch wenn er zunächst einmal das Blut des Jungen abwischen musste.

Lieutenant Walker erreichte den Rand der Schlucht. Sie waren auf keinen Widerstand gestoßen und spähten in die Schlucht hinunter. Es war 1:47 Uhr. Die Rakete stand immer noch, hoch aufgerichtet auf dem Auflieger des Trucks.

Grgo Simunic hörte über Funk die Meldung seines Spähers, dass sich im Wald vor ihm etwas bewege. Er orderte zwei weitere seiner Wachen als Verstärkung auf die südliche Seite der Schlucht.

Der Lkw mit der Rakete war nicht zu übersehen. Walker brachte gerade die Panzerfaust in Stellung, als eine Stimme ihm ins Ohr flüsterte: „Als Nächstes kommt ein Angriff aus dem Westen. Sie sollten da ein paar Leute in Stellung bringen.“

Er fuhr herum und sah mit weit aufgerissenen Augen in das Gesicht Shadows.

„Beeilung, sonst startet die Rakete!“

John Paul Kline hatte seine Fingernägel inzwischen bis zum Handrücken abgekaut. Um möglichst keine Geräusche zu machen, hatte Walker Funkstille eingehalten, sodass Kline nur noch den Zeiger seiner Uhr vorrücken sah, ohne Nachrichten zu erhalten.

Er hätte vielleicht alle seine Einheiten in den Wald werfen sollen. Aber die Serben hätten das gemerkt, und dann wären auch sie alle an einem Ort gewesen. Kline hoffte, dass die beiden Hauptangriffstrupps so viele Serben banden, dass die Verteidigung der Missile dünn genug wurde, sie überwinden zu können.

Er schaute in die Runde. Doch niemand konnte ihm helfen. Niemand wusste, was gerade in Bosnien geschah. Walker war in das Wäldchen eingedrungen. Das war der Stand der Dinge.

Walker gab den Befehl, die linke Flanke zu sichern. Doch er wusste: der Moment, in dem die Granate in den Lkw einschlug, war der Moment, in dem alle serbischen Soldaten, die in diesem Wald lagen, nach ihm suchen würden. Ihre Chancen waren nicht gut. Er hatte ein Oneway-Ticket gezogen. Aber der Job musste getan werden.

Er korrigierte die Position des Granatwerfers auf seiner rechten Schulter und warf einen Blick auf die Uhr an seinem linken Handgelenk. Sie zeigte 1:48 Uhr, und der Sekundenzeiger näherte sich der Zwölf. Es wurde Zeit.

Walker nahm den Werfer in beide Hände, zog den Abzug durch, und die Granate zischte mit einem lauten Fauchen auf den Lkw zu. Er sah, wie sie in den Wagen einschlug, der in einer lauten Explosion zerrissen wurde. Die Rakete stieg auf dem sich aufbäumenden Auflieger etwa zwei Meter in die Höhe, dann fiel sie zurück und kippte langsam zur Seite.

In diesem Augenblick fielen zu seiner Linken schon die ersten

Schüsse. Walker sah die Missile nicht einmal mehr auf dem Boden aufschlagen. Er warf die Panzerfaust weg, griff nach dem Sturmgewehr und hastete seinen Leuten zu Hilfe. Jetzt wurde es eng.

Sie spürte die Explosion im Boden, bevor sie sie hören konnte. Sie wusste, was die Erschütterung bedeutete, und erwartete jeden Moment die Kugel. Silevic hatte jetzt nichts mehr zu verlieren.

„Ziel ausgeschaltet!“, rief Walker in sein Mikro, während er vorwärtsrannte. „Ich wiederhole: Ziel ausgeschaltet! Wir brauchen hier oben Hilfe, Jungs!“

Kline hörte die Meldung, und um ihn herum brach verhaltener Jubel aus. Sie hatten gewonnen, aber noch starben Männer. Er schnappte sich das Mikrofon: „An alle Einheiten: Walker sitzt oben in einem kleinen Wäldchen fest. Holt ihn da raus! Das hat höchste Priorität! Ich wiederhole …“

„Was war das?“ Das war Silevics Stimme

„Das war deine Cruise Missile, Ante. Sie ist hinüber!“

„Komm raus, Ivan! Lass uns die Sache beenden.“

„Was habe ich davon?“

„Einen ehrenvollen Tod.“

„Kein gutes Angebot. Wenn du auf Fox schießt, dann wirst du keine zwei Minuten mehr haben. Hier sind gleich überall unsere Leute. Der Schuss würde dich verraten. Ich biete dir an, jetzt zu verschwinden. In Serbien werden sie dich nicht verfolgen können.“

„Ich lasse meine Leute nicht im Stich!“

„Das hast du längst getan, Ante, als du die Cruise Missiles ins Land gebracht hast. Du wusstest, dass man dich und deine Leute dafür um den ganzen Planeten jagen würde. Hast du sie vorher gefragt, ob sie das wollen?“

Wieder schwieg der Serbe. Fox wusste nicht, ob sie sich für ihre

Russischkenntnisse verfluchen oder dafür dankbar sein sollte. Bisweilen jedenfalls wäre es ihr lieber gewesen, nichts zu verstehen.

Es war ein großes Durcheinander. Von allen Seiten kamen jetzt serbische Soldaten herbei und nahmen Walker und seine Leute unter Feuer. Da es aber Nacht war und im Wald auch nicht viel Schnee lag, war es sehr dunkel, und wahrscheinlich bekämpften sich auch einige Serben untereinander.

Shadow war das ziemlich egal. Ihr Auftrag war ausgeführt, und er befand sich inmitten wild um sich schießender Soldaten. Er hatte keine Lust, Opfer eines ziellos abgefeuerten Schusses oder eines Querschlägers zu werden. Also schob er sich, so flach, wie es ging, auf den Boden gepresst, aus der Kampfzone.

Jetzt erklangen von Westen her neben Schüssen auch noch zusätzliche Rufe. Offenbar war dort etwas in Bewegung geraten. Jedenfalls ließ der Beschuss nach und verlagerte sich in westlicher Richtung, was Shadow dazu nutzte, schnell ein paar Dutzend Meter zwischen sich und das Gefecht zu bringen.

„Das hat keinen Zweck, Ante. Was willst du erreichen? Flieh, bevor es zu spät ist!“

„Du warst mein Freund, Ivan!“

„Und du hast mich gefangen genommen und willst mich töten.“

„Weil du ein Verräter bist!“

„Nein, Ante. Der Verräter bist du. Du hast deine Leute verraten. Du hast mich verraten. Du warst nie mein Freund, Ante. Du dachtest, du wärst es, weil du geglaubt hast, wir zwei wären uns ähnlich.“

„Halt den Mund! Deine Freundin wird jetzt sterben.“ Ivan sah von seinem Versteck aus, wie der Lauf eines Sturmgewehrs sich über den Felsen schob, hinter dem Silevic saß. Ivan konnte Silevic nicht einmal sehen. Er stand auf, das M4 im Anschlag: „Hier bin ich, Ante. Zeig dich!“

Dann peitschte ein Schuss.

Shadow trat aus dem Wald und lief los, um nach Ivan zu schauen. Doch schon nach wenigen Metern blieb er stehen, denn er konnte erkennen, dass etwas nicht stimmte.

Auf dem Boden, dort, wo Ivan liegen sollte, lag jemand, der nicht Ivan war. Shadow musste noch einige Meter näher heran, bevor er Fox erkannte. Ivan konnte er zunächst nicht sehen, aber näher an ihm dran saß ein serbischer Soldat, der hinter einem Felsbrocken Deckung gesucht hatte, und der hielt ein Gewehr in der Hand. Irgendetwas redete er, und Ivans Stimme antwortete. Jetzt konnte Shadow auch Ivan erkennen. Er lag hinter einem Felsen und zielte mit seinem, Shadows, Sturmgewehr irgendwohin. Auf den anderen Mann. Oder auf Fox? So genau war das nicht zu erkennen. Shadow nahm das Sturmgewehr, das er dem toten Serben abgenommen hatte, und legte an. Er musste Fox retten. Sie hatten Fox in die Falle gelockt. Er hatte Ivan befreit, und der hatte Fox in die Falle gelockt. Shadow musste schnell sein. Erst Ivan, dann der andere.

Aber auch der andere Mann schob jetzt sein Gewehr über den Felsbrocken vor sich und zielte auf Fox. Zweifelsfrei auf Fox. Dazu rief er etwas.

Shadow musste sich entscheiden. Der Mann hockte höchstens sechzig Meter vor Shadow, aber er war so auf die Frau konzentriert, dass er den Amerikaner nicht bemerkte. Das Schussfeld auf ihn war freier, während Ivan hinter seiner Deckung kaum zu sehen war. Shadow würde es nicht schaffen, wenn er zuerst auf Ivan schoss. Er schwenkte das Sturmgewehr herum und nahm den Mann ins Visier. Jetzt stand Ivan plötzlich auf, das Gewehr im Anschlag! Zu spät, noch einmal umzuschwenken. Shadow zielte kurz und schoss. Er traf, wie es auf diese Entfernung sein sollte, sofort tödlich.

Als Silevic zur Seite kippte, wurde Ivan von etwas Kaltem, Feuchtem im Gesicht getroffen. Der Schnee war in Regen übergegangen.

„Nimm die Flossen hoch, Ivan!“, hörte er Shadows Stimme. „Sonst leg ich dich auch um!“

Alles wurde langsam in Ivans Wahrnehmung, als sähe er in Zeitlupe. Er hatte es nicht gesehen, aber er wusste, dass Silevic tot war. Das M4 glitt aus seinen Händen und schwebte seltsam langsam in einer eleganten Pirouette zu Boden. Unendlich langsam hob er die Hände nach oben. Er spürte die Regentropfen, sah sie auf sich hinuntertaumeln. Es wurde wärmer. „Fox!“, rief er. „Du mir hilfst?“ Dann sackte er in die Knie.

„Shadow!“, hörte er Fox noch rufen, als wenn ihre 45er-Stimme auf 33 abgespielt würde. „Du solltest das bei Gelegenheit behandeln lassen!“

Dann verlor er das Bewusstsein.

Abgesang

Fox lag auf einem Liegestuhl unter einem großen, mit Schilfgras gedeckten Sonnenschirm. Die Karibik rauschte im Hintergrund, der warme Wind strich ihr sanft über die Haut, und die Rufe einiger herumtollender Kinder drangen aus der Ferne an ihr Ohr.

Und die Erinnerungen verblassten, sortierten sich, gewannen langsam Konturen und verloren ihren Horror. Ihre Seele war fast schon angekommen in diesem Liegestuhl. Nur ab und zu erinnerte sie sich noch an Pale …

Die Gefechte waren bald abgeflaut, als klar wurde, dass es nichts mehr zu verteidigen gab. Die überlebenden Serben verschwanden auf geheimen Pfaden und ließen die NATO-Soldaten auf dem Schlachtfeld zurück.

Sieben von ihnen waren gefallen, zwölf Verwundete gab es, drei davon schwer. Brian Walker hatte eine Kugel den halben Unterkiefer weggerissen, aber er lebte.

Es blieben etwas über zwei Dutzend gefallener und verwundeter Serben zurück, aber man wusste auch nicht, wie viele geflohen waren. Man fand zahlreiche Fluchtwege in der Höhle: enge Spalten im Gestein, die hinter einem Gebüsch verborgen waren. Einige offenbar noch von Hand erweitert, damit ein Mann hindurchpasste.

Die Nacht hatte das Ihre dazu beigetragen, die Flüchtenden zu decken.

Die Drähte zwischen Washington und Belgrad waren heiß gelaufen, wie ihr leitender Offizier Portman ihnen später erzählt hatte: Niemand hatte ein Interesse daran, dass dieser Einsatz öffentlich bekannt wurde. Belgrad nicht, weil eine Verzögerung des Friedensschlusses seine Position nur weiter schwächen konnte, Washington nicht, weil ein internationaler Skandal Clinton die innenpolitischen Werkzeuge aus der Hand geschlagen hätte, die ihm seine Gegner gerade erst in die Hand gespielt hatten. Nichts Wertvolleres als ein politischer Gegner, der erpressbar ist.

Der überraschende Verzicht des Speaker of the House, Ginger Poors, auf die Präsidentschaftskandidatur wurde direkt vor der Unterzeichnung des Friedensvertrages publik und flog deshalb etwas unterhalb des Radars von Tagespresse und Nachrichtensendern.

John Paul Kline hatte allen Beteiligten an dem Einsatz in einer knappen Ansprache gedankt und war dann ins Flugzeug nach Deutschland gestiegen.

Leister Portman hatte Ivan, Shadow und Fox zum Mittagessen eingeladen. Sie hatten ein amerikanisches Restaurant gefunden, das genießbare Burger servierte. Im Hintergrund lief CNN, das von den Unterzeichnungszeremonien in Paris berichtete.

Der Tod Jonah Fieldings, der Reporterlegende der New York Times, bei einem Bombenanschlag in einem Zagreber Hotel war vor diesen Neuigkeiten kaum eine Meldung wert. Der nächste Tag würde einen Nachruf in der nationalen Presse liefern.

„Kline hat sich bei mir noch einmal bedankt“, bemerkte Portman. „Insgesamt eine gute Arbeit. Ich hoffe, man sieht die Narben hinterher nicht so stark“. Er nickte Fox zu, die abwinkte.

„Wie geht es Ihnen?“ Ivan schaute auf und grunzte. Er konnte weder sitzen noch liegen noch stehen, ohne Schmerzen zu haben. Sein Rücken war großflächig und teilweise tief aufgeschürft, entzündet, eitrig. Eigentlich hatte der Arzt ihm gesagt, er solle eine Woche auf dem Bauch liegen und sich mehrmals täglich den riesigen Verband wechseln lassen. Aber es wäre das erste Mal gewesen, dass Ivan Dolvich einen ärztlichen Rat eingehalten hätte.

Fox hatte ihm eine große Folie mit Klebestreifen über den Verband geklebt, damit die Wundflüssigkeit sein Hemd nicht versaute.

Beide waren schwer erkältet und hantierten unentwegt mit Papiertaschentüchern und Nasenspray.

„Wie lange brauchen Sie, bis Sie wieder fit sind?"

„Die Erkältung eine Woche, wenn's keine Lungenentzündung wird. Sein Rücken zwei, wenn's gut geht."

Portman nickte. „Machen Sie Urlaub! Feiern Sie Weihnachten und Silvester im Warmen! Der Auftrag war lukrativ, und Sie haben sich einen Bonus verdient."

Shadow schüttelte den Kopf: „Pauschalurlaub ist nichts für mich."

Auch Ivan lehnte ab. Er flog lieber nach Russland. „Da zwar nicht warm, aber zu Hause!"

Portman nickte: „Wie Sie wollen. Halten Sie sich bereit! Wir brauchen Sie Mitte Januar. Diesmal wird's keine Erkältung geben. Es geht in die Karibik."

„Kuba befreien?" Ivan versuchte unter seiner roten Nase sarkastisch zu grinsen.

„Nein, Mr Dolvich. Es gibt Ärger in Arulco."

„Arulco?"

„Eine kleine, aber unabhängige Insel. Mit einem ziemlich ekelhaften Bürgerkrieg. Näheres erfahren Sie dann. Jetzt wünsche ich Ihnen erst mal einen schönen Urlaub!"

Arulco lag 270 Meilen südlich ihres Liegestuhls. Sie würde es nicht weit haben. Die Schiffspassage war schon gebucht. Aber bis dahin waren es noch volle zwei Wochen.

„Einen Whiskey Sour?"

Sie erkannte Jeremys Stimme. Jeremy war schwarz wie die Nacht, groß, schlank, eher sehnig als muskulös und ein großartiger Liebhaber. Er war außerdem Manager des Hotels. Heute Nacht würde sie mit ihm Silvester feiern.

„Du hast mir immer noch nicht verraten, wo deine drei Bauchnabel herkommen."

„Und das wirst du auch nie erfahren.“ Fox lächelte ihn an und nahm das Glas entgegen. „Ich müsste dich sonst töten!“

Er lachte, und seine weißen Zähne blitzten im schwarzen Gesicht. „Deine Haut leuchtet schon in allen Schattierungen von Rot! Lass dich eincremen!“

„Aber nur oben auf dem Zimmer.“

Jeremy verdrehte gespielt die Augen. „Du bringst mich sowieso noch um, Fox, warum verrätst du es mir dann nicht?“

Er lachte, hielt ihr die Hand hin und half ihr beim Aufstehen.

Dreihundert Meter entfernt nahm ein blasser, unauffälliger Amerikaner, der von niemandem beachtet wurde, das Fernglas von den Augen. Fox schien glücklich. Das war gut.

Aber der Schwarze sah sich besser vor!

HOMEFRONT™
HOME IS WHERE THE HEART IS.
WAR
HOMEFRONT
STIMME DER FREIHEIT
JOHN MILIUS and RAYMOND BENSON
Roman zum Game von John Milius (Apocalypse Now, Conan – der Barbar)!
Homefront: Stimme der Freiheit
€ 12,95 (D)
ISBN 978-3-8332-2321-1
Copyright © 2011 by THQ Inc.
All rights reserved. Used Under Authorization.
Artwork © 2010 THQ Inc. THQ, Homefront and their respective logos are trademarks and/or registered trademarks of THQ Inc. All Rights Reserved.
PANINI BOOKS
www.paninicomics.de